U0945263

编委会

山与海的交响

福建援疆干部讲述援疆故事

山与海的交响

福建援疆干部讲述援疆故事

林丽明 主编

厦门大学出版社
XIAMEN UNIVERSITY PRESS
国家一级出版社
全国百佳图书出版单位

图书在版编目(CIP)数据

山与海的交响:福建援疆干部讲述援疆故事/林丽明主编.—厦门:厦门大学出版社,2019.11

ISBN 978-7-5615-7660-1

Ⅰ.①山…　Ⅱ.①林…　Ⅲ.①故事—作品集—中国—当代　Ⅳ.①I247.81

中国版本图书馆 CIP 数据核字(2019)第 263377 号

出 版 人 郑文礼
责任编辑 文慧云

出版发行 厦门大学出版社
社　　址 厦门市软件园二期望海路 39 号
邮政编码 361008
总　　机 0592-2181111　0592-2181406(传真)
营销中心 0592-2184458　0592-2181365
网　　址 http://www.xmupress.com
邮　　箱 xmup@xmupress.com
印　　刷 厦门集大印刷厂

开本 787 mm×1 092 mm　1/16
印张 19.75
插页 1
字数 350 千字
印数 1～3 000 册
版次 2019 年 11 月第 1 版
印次 2019 年 11 月第 1 次印刷
定价 98.00 元

本书如有印装质量问题请直接寄承印厂调换

厦门大学出版社
微信二维码

厦门大学出版社
微博二维码

心灵的故乡

援疆是国家战略。地处天山北麓的新疆昌吉回族自治州，是福建省的援建地。1999年以来，福建省派出的援疆干部人才久久为功，“一批接着一批干”，在这片远离海洋的土地上挥洒汗水，施展才华，创造了可圈可点的援疆功业。

2017年2月28日，197名福建省援疆干部人才带着3900万家乡人民的嘱托，带着让受援地人民与全国人民共进小康的家国情怀，义无反顾地踏上万里援疆路，向着受援地高歌进发，紧锣密鼓地拉开第7批福建援疆工作大幕。

项目援疆，民生为先；产业援疆，高位推动；脱贫攻坚，精准发力；智力援疆，开花结果；旅游援疆，融情聚力……春秋更迭，寒来暑往。三年来，他们“想千方百计，用千言万语，克千难万险”，按照“保重点、攻难点、创特色、出典型”的援疆思路，高起点地展开了全方位、立体式援疆！

他们夙兴夜寐，披星戴月，走村串户了解民情，殚精竭虑精心策划，为产业援疆汇集人脉，举办论坛，内引外联，搭建平台，招商引资，与数十个国内外知名企业签订战略合作协议，赢来一个个民生项目完美竣工，一个个产业援疆项目顺利落地。

三年中，他们栉风沐雨在农田，弓腰俯身在农业设施大棚，以科技助力，让受援地农牧业发展的道路上洒满科技之光；三年中，他们为打赢脱贫攻坚战呕心沥血，让数以千计农牧民靠奋斗摆脱贫困，实现了致富梦想；三年中，他们精心筹划，稳步启动乡村振兴试点，帮助当地群众把自己的家乡建成美丽乡村，是援疆干部与受援地人民共同的希冀；三年中，一位位医疗援疆专家奋战在无影灯下，让数以千计重病患者延续生命，数十万患者摆脱了疾病困扰，为受援地填补了数十项医疗技术空白；三年中，一位位援疆教师伫立三尺讲台，带来先进的教学理念，赢来受援地中小学生学习成绩连年提升，莘莘学子走进梦寐以求的大学校园；三年中，他们亲力亲为，不辞辛劳带队走进福建乃至全国各大博览会，昂首阔步走上国内外各个产品推介会平台，自豪地推介受援地旅游资源，助力大美新疆声名远播。他们倾情为受援地特色产品代言，让奇台面粉、木垒羊肉、玛纳斯碧玉、葡萄酒为名片的昌吉乃至新疆的500多种优质农副产品走出新疆，走向全国……

三年啊，一千多个日日夜夜，他们咽下了永失亲人的泪水，克服了水土不服的折磨，战胜了疾患侵袭的痛苦。他们挂念着病榻上的白发父母，牵挂着襁褓中的婴孩，担忧着成长中的儿女，思念着肩扛家庭重担的妻子……那含泪的悲伤中，含蕴着一种令人仰止的高大。

他们把泪水擦干，将思念尘封于心底，心无旁骛地策划援疆方案，研究援疆规划；在寒风刺骨的冷冬，在骄阳灼肤的盛夏，他们奔走在安居富民、牧民定居工地，巡视建设中的工业园区、校舍医院和开发中的旅游景点。他们奔走在草原牧场，戈壁大漠。因为，他们只有一个信念——为国担当，造福一方百姓！

草木葳蕤，岁岁枯荣。三年时间，一千多个日日夜夜，第七批援疆干部人才在这片神奇、雄浑、辽阔的土地上摸爬滚打，携手奋战，洒下汗水，融进光荣与梦想。三年的朝夕相处，受援地的那山、那水、那树、那云，那麦田、那草原、那牧场、那农舍，那怀抱婴儿的母亲的恬静安然，那校园中孩子的朗朗书声，那宅院中老人的慈爱笑脸……受援地的一切一切，已与他们水乳交融，这片曾经陌生的土地已经成为他们生命的一部分。三年援疆路，一生援疆情。福地昌吉、大美昌吉，已经成为他们心灵的故乡。

“为什么我的眼里常含泪水？因为我对这片土地爱得深沉……”这部二十多万字的《山与海的交响——福建援疆干部讲述援疆故事》中的每一个细节，每一句话每一个字的委婉诉说，每一个感人至深的故事，都昭示着他们的家国情怀，倾诉着他们“青山一道同云雨，明月何曾是两乡”的心灵故事，同时它也是对援疆岁月的珍藏，是对这片土地的致敬！

援疆，是一段峥嵘岁月，洗尽铅华；

援疆，是一份无上荣光，历久弥新；

援疆，是一种艰辛磨砺，涅槃重生；

援疆更是一个时代的召唤，共扛责任在肩，功成不必在我。

筑梦天山，青春无悔！

编　者

2019年10月

目　录

肩有担当胸有情

——新疆昌吉回族自治州党委副书记、福建省第七批援疆
前方指挥部总指挥长黄鹤麟访谈录

/李 娟/

开局之年

路虽弥，不行不至；
事虽小，不做不成。

——《荀子·修身》

2017年3月3日清晨6时。

一辆越野车奔驰在前往昌吉州木垒县方向的公路上。纷纷扬扬的雪花在

黑夜将晓的空中飘落。编队行驶的大型货车疾驰而过，车轮卷起的公路落雪在车灯射出的光束中飞舞，前方能见度极低，司机不由减缓了车速。

坐在车后排座椅上的，是昌吉州党委副书记、福建省第七批援疆工作前方指挥部总指挥长黄鹤麟。之前，他任厦门市委宣传部副部长、市委文明办主任。2016年10月的一天，得知省委正在选拔第七批援疆干部，他没犹豫就报了名，并如愿中选。援疆是国家战略，福建行动。从宣传部副部长到援疆前方总指挥长，是实施国家战略，代表福建在行动，黄鹤麟转换的不仅仅是角色，更重要的是，身上的担子更重了！

2017年2月28日，黄鹤麟与197名援疆干部人才走进被称作“新疆首府乌鲁木齐后花园”的边陲小城——昌吉。对新疆的寒冷，他是有心理准备的。但踏上这片远离海洋的土地那一刻，他的心立即被受援地各级领导、各族民众的热情重重包围。那种充满感恩之情的期待和盼望，让他的内心涌动着难抑的感情潮汐。同时也感到，受援地人民对援疆干部之所以怀着如此热切的期盼，是对17年福建人民倾情援疆成果的肯定和赞赏。

17年福建援疆成果可圈可点。黄鹤麟用“站在巨人的肩膀上，要比巨人更优秀”自勉。

寒鸡不待东方曙，唤起征人踏月行。踏上这片土地的第三天，黄鹤麟便带着一种急切，一种紧迫，冒雪赶赴受援地对接调研。他走进呼图壁、走进玛纳斯、奇台、木垒、吉木萨尔了解当地经济发展状况，倾听来自最基层干部、群众对援疆项目之所需。他走进农牧民的屋子，了解他们的生活状况，了解他们追求美好生活的向往。

三个月，昌吉州7县市3个国家级园区留下黄鹤麟密集扎实的足迹。调研中他看到，受援地干部群众努力奋进，各项事业长足发展。同时他也意识到，历史和地缘因素，受援地与时代发展存在着不可忽视的距离。而缩短距离，产业发展必须大力推进、农业现代化还需科技含量、教育卫生事业需要人才资金投入，还有，新农村建设……马不停蹄地调研对接，他对产业援疆、医疗援疆、教育援疆、干部人才援疆有了更加全面深刻的认识。因为认识全面深刻，更感使命重大，任务艰巨。于是，他提纲挈领，总结归纳了“保重点、攻难点、创特色、出典型”的12字援疆思路。

培训总结会上，他郑重地对大家说：坐等时间，三年很快过去。但是，受援地辽阔的地域，给了我们施展才华的空间。与其等待时间从身边流走将来留下遗憾，不如弓腰俯身，用有限的时间为昌吉人民留下更多援疆成果，向受援地人民交上一份漂亮的答卷。

黄鹤麟中等个子,体态偏瘦。可他坚定的神情和沉稳的话语,让人感到一种定力,能够担当一切的定力!在他掷地有声的"弓腰俯身为受援地人民留下更多援疆成果"的不是誓言、胜似誓言的话语感召、激励下,各援疆分指蓄势以待的援疆干部刻不容缓地进入工作状态。就此,一项项续建项目相继开工,一项项新建项目落地生根……

4 月,呼图壁产业园中著龙国际集团运动内衣一期项目投产;总投资 6 亿元的恒安纸业公司既定二期项目近期开建;组织援疆招商团前往石狮、晋江、南安、莆田等地开展纺织服装、石材产业招商,短短十几天,达成 3 个战略合作协议,签约 10 个项目,总投资 26.3 亿元;

5 月,莆田援建玛纳斯第一中学项目隆重开工;

6 月,龙岩援疆指挥部"招大引强",以产业链招商引入的汉诚纺织有限公司投产;

7 月,福建院士、专家昌吉行,共商产业发展大计。投资 3 亿元的华安纺织 PET 项目落地;

8 月,在之前援疆团队奠定的基础上,黄鹤麟适逢其时鼎力辅助,"昌吉州福建商会"隆重成立。在昌吉打拼多年的闽商在"福建商人节"上登台亮相,以"商会论坛"各抒发展己见树立形象,以"慰问公安干警、养老院老人"展示形象。三百多位闽籍商人欢聚一堂,共庆在异地他乡有了"家"。应邀前来参加成立大会的福建省政协副主席、福建省工商联主席王光远在讲话中说,希望商会会员把昌吉当作第二故乡,并为故乡经济发展,为故乡人民奔小康贡献力量。黄鹤麟接受记者采访时欣慰地说:商会不仅为闽籍企业家与昌吉经济发展架起一座桥梁,也为福建援疆搭建了"以商招商"的平台……

第七批福建援疆开局之年,组团援疆医生走进医疗机构,在诊室、在无影灯下救死扶伤;援疆教师走进校园,走上三尺讲坛,"厦门班"孩子们的成绩节节攀升;玛纳斯菌棚内蘑菇秆壮朵厚、呼图壁海棠争鲜斗艳、满眼尽是黄金甲的江布拉克景区游客纷至沓来……援疆项目推进、招商项目落地、引资工厂开工……一份份捷报中,黄鹤麟仿佛看到一位位奔走在项目工地的援疆干部,一位位倾力招商洽谈桌上的援疆干部,一位位躬身设施农业大棚中的援疆干部,一位位走村串户为农牧民脱贫致富呕心沥血的援疆干部。还有,受援地干部赞许的目光,受援地人民感恩的目光,受援地老人、孩子的欢笑……一切一切,都让黄鹤麟思绪万千。第七批援疆团队队员,都是青年才俊。他们带着鸿鹄

林毅夫等著名经济学家参加“企业家昌吉行——产业援疆与产业发展圆桌会议”

之志，带着光荣与理想，飞越千里关山来到受援地，为的是在援疆事业中一展雄才，让受援地人民共奔小康！

鏖战开局之年，雪封北疆大地之时，第七批援疆团队圆满完成当年资金总额4.07亿元的123个援疆项目。

大手笔资金投入，满载3900万福建人民的深情厚谊。123个援疆项目落地，写满197位援疆干部栉风沐雨、倾心援疆的真情付出。对此，黄鹤麟充满感激，充满骄傲与自豪，为这支年轻充满激情的援疆团队而骄傲自豪。

有一种奉献让人感动，有一种激情让人斗志昂扬。转眼间，即将迎来援疆跨年的日子。处于感动之中，胸臆中沉积着激情的黄鹤麟感到，新的一年，是“撸起袖子加油干”的一年，总结成绩的同时，还需抒发情怀，用鼓舞激励斗志。为此，他精心策划了一场别开生面的“援疆新年心语诵读会”。

2017年12月30日，年终岁尾的日子，九个援疆分指，全体福建援疆干部集结在州党校大礼堂。清一色的白衬衫，领带规整地垂于前胸。一张张年轻的面庞，炯炯有神的目光，展示着福建援疆团队自信自律、昂扬向上的精神风貌。

没有多姿的舞蹈，没有高调的唱腔，没有妙曼的音乐。这是一方用诵咏抒发心语的平台。平日驰骋前线的援疆干部走上这方平台，诵读自创作品……

“四十度的持续高温，零下三十度的严寒，凛冽刺骨的北风曾让他们皱眉。但，每每望着窗外雪地中挺立的胡杨，耳边就响起入疆时的誓言铿锵：辞家万里来援疆，莫问得失慨而慷。不忘初心践使命，只把他乡作故乡……”莆田分指指挥长龚冠雄的散文诗《援疆人，大漠中的胡杨》以“生千年不死，死千年不倒，倒千年不朽”的胡杨寓意“脱去红尘华美的衣裳，赤裸火热的臂膀”，肩扛使命，义无反顾奔赴受援地的援疆干部。质朴的文字，真挚的情感，激起在场援友心中的豪情。因为，他们在用中国脊梁，在受援地广阔的大地上站成一片坚强的胡杨！

“不是每一朵花都能开放在雪山上，雪莲做到了；不是每一棵树都能屹立在大漠上，胡杨做到了；不是每一个人都能来援疆，我们做到了……”组团进疆的援疆医生用情景诗《一次援疆路，终生新疆情》表达他们为受援地人民贡献高质量医疗服务的医者仁心。

援疆，让人激情澎湃，让人感念感怀。为了这场咏诵会，黄鹤麟与林丽明、黄小谷集体创作了诗歌《援疆路上，有你真好》。那天，他与副总指挥长刘革生、《昌吉日报》副总编林丽明联袂走上台……

感谢命运的机缘，
让我们共赴一个千山万水的约定。
依然记得，出发前老父母的千叮万嘱。
依然记得，妻儿依依不舍的目光。
出发前夕，有的援友作别产房待产的妻子，
出发前夕，有的援友含泪回望病榻上的父亲，
……
我们有欢乐、有泪水、有寂寞、有感动，
我们灵魂深处的来来往往，
我们携手共进的相互守望，
今夜，都融进彼此再次深情的凝视，
绽放成午夜梦回时最动人的微笑
……
如果可以，让我再陪你去滨湖河畔走一走，
忘记离家万里的牵挂与乡愁；

如果可以，让我再陪你去天山天池看一看，
博格达峰，见证我们的理想和使命，
如果可以，让我再陪你去江布拉克，
听流星划过天际的声响……
援疆干部眼里的风花雪月，
是沙漠冷风、是雾凇冰花、
是漫天飞雪、是边关红月……

有道是，“无情未必真豪杰，怜子如何不丈夫 ”。在他们深情满怀的诵咏中，出发前拜别高堂父母，吻别怀孕的妻子，离别年幼孩子的情景影视大制作般一幕幕出现在大家脑海中。诗中感人的情景，描写出在场每一位援疆干部的家国情怀。此刻，一种依依不舍、一种牵念牵挂潮水般涌上在场七尺男儿心头，不知不觉泪水模糊了眼眶。

首首诗歌，写意出他们勇敢面对人生挑战的忘我；篇篇散文，诵咏着他们投身援疆的决心和执念。他们发自内心的诵咏，展示了胸臆中的家国情怀。没有真切的感受，怎会有如此的动人的诗章；没有不舍的离别，怎会有洒泪作别的忧伤；没有闽疆儿女的家国情怀，怎会有广阔草原上一骑绝尘，以梦为马，仗剑天涯的热血衷肠！

伟大的事业需要伟大的情怀，伟大的时代需要壮美的歌唱。2017 年 12 月 31 日“援疆心语新年诵读会”，定格在黄鹤麟以及第七批援疆干部的记忆中。

福地之约

功崇惟志，业广惟勤。

——《尚书 · 周书 · 周官》

2013 年 9 月 7 日，习近平总书记在哈萨克斯坦纳扎尔巴耶夫大学演讲时，首次提出共建“丝绸之路经济带”倡议。2015 年 3 月，国家有关部委联合发布的《推动共建丝绸之路经济带和 21 世纪海上丝绸之路的愿景与行动》公告中，福建省列为“21 世纪海上丝绸之路核心区”，确定新疆为“丝绸之路经济带”起点及核心区。

历经两千年历史风云的丝绸之路，留下无数令人感怀的故事。而福建“21 世纪海上丝绸之路核心区”、新疆“丝绸之路经济带起点及核心区”的定位，犹如在福建与新疆之间架起一道绚丽的彩虹，铺就一条开放、友谊、包容、互利的发展之路。

功崇惟志，业广惟勤。将海上丝绸之路与陆上丝绸之路经济带起点及核心区联系在一起，黄鹤麟脑海中滋生出许多思路。夜深人静之时，他将梳理成熟的思路敲击在电脑的纸页上……新疆与周边8个国家接壤，坐拥诸多口岸，占据着中国向西开放门户的地缘优势。比较内地省份，这优势得天独厚。而比较昌吉州，福建省有着成熟且配套的产业集群，有着资金雄厚的上市公司，有着寻求新的发展空间的知名企业。而就产业发展，昌吉需要整合；交通、物流、通讯需要通畅；亟待开发的项目需要大资金投入……他将昌吉州与内地，与倾情援疆的福建省一相比较，便引出了“比较优势”概念。

“比较优势”犹如一面镜子，比较出作为“21世纪海上丝绸之路核心区”福建省之所长，折射出昌吉之所短。那么，如何借助福建优势，撬动昌吉优势，则需要高人“指点迷津”。

于是，举办国内著名经济学家、成功企业家为产业援疆，为昌吉产业发展“问诊把脉建言”高端论坛的思路在黄鹤麟脑海中挥之不去。举办高端论坛的思路，在他与同事们的磋商探讨中逐渐成熟完善。2018年春节后的州党委会上，他将经过缜密思考的举办“高端论坛”的思路向州党委、州政府领导做了汇报。思路决定出路！与会领导首肯，并希望论坛“在国内产生一定影响”。就这样，借助“一带一路”倡议，举办“企业家昌吉行——产业援疆与产业发展圆桌会议”形成决议。

受援地各界对“圆桌会议”充满期待。援疆干部对“圆桌会议”收获圆满胸有成竹。而黄鹤麟对“圆桌会议”势在必得，源于他二十年前供职厦门团市委期间积累的经验，还在于他负责厦门青年商会、青年企业家协会工作时期汇聚的人脉。

那年，黄鹤麟28岁，风华正茂的年纪。他感到血管里的血液在奔涌，浑身的骨骼犹如竹子拔节，嘎嘎作响。在为企业家服务、在以诚相交的日子里，他与厦门美亚柏科集团董事长腾达、象屿集团董事长张水利、福建中闽能源董事长张峻等企业精英成为挚友，并将他们一一圈定参会嘉宾名录。精英们欣然应邀。二十年前结下友情，二十年后相遇产业援疆高地昌吉，黄鹤麟不能不感叹命运在冥冥之中的某种契合。

总之，为了邀来国内知名经济学家和资深学者，黄鹤麟千里迢迢登门拜访；为了邀请成功企业家来昌吉投资兴业，他发邮件、发微信、视频通话。让他感动的是，有的著名学者为“圆桌会议”改变行程；有的企业家为昌吉之行辞去原计划参加的会议。

进入2018年9月,“首届企业家昌吉行——产业援疆与产业发展圆桌会议”会期临近,黄鹤麟办公室的灯通宵达旦地亮着。“圆桌会议”临近,作为东道主,会场选址、会场布置、会议议程、会议文件……总之,会前筹备工作千头万绪,他犹如高速旋转的陀螺,无法停下来。他日程表上的“休息”二字自动删除。有道是,细节决定成败。他是一位注重细节,且能巧用十指弹琴的领导。他将千头万绪的工作梳理得井然有序,分工任务井井有条,忙而不乱,源于他多年工作经验的积累,也是他事必躬亲,日事日毕的工作习惯。

所有事宜落定,天际已晨曦微染。

金秋九月的昌吉,因首届“企业家昌吉行——产业援疆与产业发展圆桌会议”隆重开幕而热烈欢腾,异彩纷呈。

2018年9月19日,昌吉州迎宾馆溢彩的华灯映射着装饰既典雅古朴,又不失现代风格的会议大厅。“企业家昌吉行——产业援疆与产业发展圆桌会议”,这几个巨幅大字在海蓝底色大屏幕上十分醒目。而以“共谋规划对接,共享繁荣之路”的主题,诠释了会议的外延。内涵与外延涵盖的开放、多元、融通、共享的氛围,让来自北京、福建及疆内的345家企业嘉宾,35家疆内外主流媒体记者激动、感慨、振奋!

还有一种期待,期待百忙中应邀前来的全国工商联原副主席、北京大学国家发展研究院联合创始人、世界银行首席经济学家林毅夫,十一届全国政协委员、国家税务总局原副局长、经济学家许善达,十二届全国政协委员、国务院发展研究中心原副主任、经济学家侯云春等大咖的主题演讲,聆听他们为产业援疆、产业发展“听诊把脉建言”。而诸位大咖以“一带一路”为引擎的演讲,讲出了高度,讲出了格局,讲出了作为“丝绸之路经济带起点及核心区”的新疆的即将崛起,讲明了昌吉在“一带一路”背景下,千载难逢的大发展机遇。

林毅夫先生在演讲中指出:昌吉有人才有技术,有福建这样东南沿海发达省份的援助,对昌吉经济发展将是很大的促进。但是,昌吉的产业必须升级,向附加值更高、技术含量更高、资本密集型新型技术性产业发展……他的关于“一带一路倡议,让遥远的新疆从后方变成前沿”的论述,定位了新疆区位优势的同时,肯定了昌吉州在丝绸之路经济带核心区建设中的战略地位。

许善达先生所作《科技在国民经济发展中的重新定位》、侯云春先生所作《乘西部大开发和一带一路建设之势,促产业援疆和昌吉产业发展》、张水利先生所作《国际视野下的昌吉物流》、腾达先生所作《创新的力量》的主题演讲,从经济、科技、人文等方面，诠释了创新、协调、绿色、开放、共享的发展理念。

凤凰卫视特约评论员、资深国际金融学者宋新强站在时事评论家的角度，以昌吉乃至新疆面对的发展空间，以及大发展带来的利益共享为命题，并站在实业家的角度论述：无论经济、政治、文化还是产业结构，昌吉都有可塑性。假如是企业家，我一定选择昌吉。因为，昌吉是一片"福地"！

"福地"昌吉，令企业家们风物长宜放眼量。七匹狼、象屿集团、中闽能源等国内知名企业带着涉及装备制造、新能源新材料、商贸物流、农副产品精深加工、新型建材等领域的重点项目参会，并签约20个，签约额199.73亿元。

2018年9月19日"圆桌会议"是"丝绸之路经济带核心区"新疆、"21世纪海上丝绸之路核心区"福建携手致力于国家发展战略的实践，是福建产业援疆、昌吉产业发展的盛典，也是产业援疆、产业发展的集结号。圆桌会议必将成为"一带一路建设"中的佳话。这佳话将成为闽疆、闽昌人民共同的记忆。这段记忆，将是丝绸之路经济带建设历史长卷中浓墨重彩的一页华章！

"圆桌会议"当晚，消息迅速登陆央广网、中国日报网、中国新闻网、人民网、东南网等国内各大网络媒体，点击量上千万。翌日，《中国证券报》、《福建日报》、《新疆日报》等纸媒大篇幅刊登会议消息。网民和读者由此了解了昌吉。更多亟待发展的企业家将目光聚焦昌吉。黄鹤麟深信，"论坛"产生的影响为产业援疆、产业发展带来的长期效益，将在昌吉大地未来经济发展中得以彰显。

二十里店村的春晚

文化是一个国家、一个民族的灵魂。文化兴国运兴，文化强民族强。没有高度的文化自信，没有文化的繁荣兴盛，就没有中华民族伟大复兴。

——习近平

中国人看重农历新年，尤其"农人盼插田，娃娃盼过年"。进入腊月的乡下，瑞雪如盖的田野上，袅袅炊烟中，就有了浓浓的年味了。多民族共居的新疆乡下的年味，是垂悬檐下的苞谷辣椒，是洗菜剁肉包冻饺，是和面架锅炸油果，是贴在窗上的窗花，是孩子的欢跳、洋溢在村民脸上的憨笑。

而2019年腊月，呼图壁二十里店镇二十里店村村民心中，那些传统的过年讲究似乎不那么重要了。他们心心念念的，是具有闽味的二十里店村的新年。

面积10.8平方公里的二十里店村，村里居住着351户维吾尔族、哈萨克族、回族、汉族1283位村民。

援疆干部与村民一起包饺子

尽管弹丸之地,也有着历史更迭废兴。从20世纪初干打垒院子围着两间土房的车马店,到春有绿茵夏有花,秋有果实冬有景,公路通到家门口二十里店村的变化堪称翻天覆地。

黄鹤麟初次调研二十里店村,是2018年仲春的一天。那天,春阳融化了路上的积雪,一脚踩下去,鞋上沾满淤泥。陪同调研的村支书艾尔肯说:这样的路我们走了几十年,已经习惯了。

艾尔肯的话刺痛了黄鹤麟的心。而深入走访,得知村里产业发展难寻出路,村民平均收入亦不容乐观。二十里店村成为他沉甸甸的心结。

党的十九大提出"产业兴旺、生态宜居、乡风文明、治理有效、生活富裕"的乡村振兴战略目标。黄鹤麟在深入解读中,对上一批援疆项目"二十里店村维吾尔族风情村"建设渐渐有了明晰的思路。之后,他与宁德、龙岩分指指挥长研究村史与现状,梳理村民思想状况,与镇、村干部商讨研究,按照乡村振兴战略,听建议,拓思路,极富涵盖力地提出"十个一"工程,即:"加强一个基层党组织建设、实施一批道路畅通工程、建设一条闽疆文化长廊、打造一座文化阵地、培养一支文艺演出队伍、培育一个民族食品品牌、扶持一个特色产品、发展一批庭院经济、创意一张全家福笑脸、建造一个闽疆文化村LOGO标准",把二十里店村打造成“闽疆生态文化村”、“民族团结一家亲”的“援疆示范村”方案。

“十个一”方案，将历史性地改变二十里店村的面貌。村民们翘首以盼，用不同的语言口口相传将给他们生活带来巨变的“十个一”。

2018年6月，宁德、龙岩分指按照“十个一”方案，作出阶段性谋划，并梯次推进，多轮驱动，多管齐下。道路畅通工程开建，闽疆文化长廊开修，全家福笑脸墙进入设计排版……一切工作都在紧锣密鼓中进行。

2018年仲秋，按照国家四级标准铺就的“四横一纵”路网亮相在二十里店村。几十年“晴天一脚灰，雨天一脚泥，污水靠蒸发，垃圾靠风刮”的情景不复存在。村民呼朋唤友，偕老牵幼，行走在弥漫着果木清香、坦阔整洁的福建路、援疆路、宁德路、龙岩路上，享受着生活改变的喜悦。

但，黄鹤麟有种执念，二十里店村需要改变的不仅仅是道路。产业强不强、农民富不富，决定着村民的幸福感、安全感、获得感。2018年5月的一天，他下村与宁德指挥长陈何兴谈及村里强产业的问题。似乎心有灵犀，陈何兴正要向他汇报村里筹备打馕合作社的事情。

因用料绿色，炭火特殊，纯手工制作，二十里店村的馕已小有名气，平均每日销往乌鲁木齐、克拉玛依等地4000多个。只是，打馕户各自为政，打多的馕销不出去，打少了难以满足客户需求。前些天，陈何兴在亲戚家做客时得知这一信息，犹如发现新大陆，当即与村干部研究，组织起各自为政的打馕户，成立“打馕合作社”。原本计划方案成熟后再向指挥部汇报。

不谋而合的想法，让两人兴奋。黄鹤麟说：因地制宜，鼓励受援地人民勤劳致富，是援疆使命。我们挖掘传统手工“馕文化”，并通过打馕合作社，培育一个产业，二十里店村的村民一定会通过奋斗实现幸福生活的梦想。

为了打馕合作社行稳致远，福建援疆前指与镇、村政府领导召开专门会议研究，争取到各方项目资金110万元，把“馕”培育成村民增收的特色产业有了资金保证。

3000平方米的凹字形合作社院子建了起来。13家打馕户落户合作社。之后，注册了“西域飘香馕”商标，加之统一包装，二十里店村的馕一下子火了起来。火到需提前订货，火到提货迟到空手而归，火到日销售量达14000多个，合作社月收入达15万元。

建设美丽乡村，是村民共同的梦。发展庭院经济，是“十个一”之一。黄鹤麟与宁德、龙岩分指共议倡导村民发展庭院经济之事，号召并指导村民在庭院的土地中栽种果蔬。这对喜爱绿色的村民来说，并非新课题。于是，春暖花开之时，家家在庭院中撒下辣椒、茄子、西红柿、豆角等蔬菜种子，栽下海棠、杏子、苹果树苗。五月，小苗破土冒芽，果树枝条上长出新叶。果蔬六月开花，七月结果。出了屋门，庭院中满眼红黄紫绿青，想吃什么菜，俯拾即是，完全是城里人向往的绿色食品。尼业孜大哥摘了各式蔬菜到市场出售，竟收获了五百多元。哈森老人庭院中的一亩地中，西红柿、茄子、辣椒、葫芦、土豆等蔬菜，从夏到秋，自给自足，省了不少菜款。

之后，先后有5户村民利用自家庭院开设“农家乐”“度假村”。旅游旺季，看着一辆接一辆私家车、一辆接一辆旅游大巴载来一批又一批游客，农家乐、度假村的老板乐在心里，笑在脸上。思想观念转变带来生产方式的转变。小庭院种出大效益，村民们说，没有福建援疆，我们观念转变不会这么快！

村容村貌变了，变得美丽而充满生机。村民的心情变了，变得舒缓而惬意。黄鹤麟带着欣慰走在村路上。欣慰中他在思考，生活变化后的村民需要高质量生活。生活质量与文化是互证的，文化对小村的领衔作用毋庸置疑。都说“巧妇难为无米之炊”。而二十里店村不是无米下锅，而是米面在锅，如何整合、配制，烹制一桌大餐。做好这桌大餐，需要一个载体，一个契机。契机，在中华民族传统节日——新春佳节。载体则是“迎新春联欢晚会”。就这样，以“迎春纳福送春联”“百家饺子宴”“草根春晚”三个环节，一场“欢欢喜喜迎大年”的活动方案，在黄鹤麟与援疆干部的共同策划中完成了。

腊月十七，天飘微雪。清晨，近百名援疆干部涌向二十里店村，直奔文化广场、福建楼。

文化广场、福建楼是福建援疆在二十里店村的落地项目。建设初衷，是用于村民开展文化娱乐活动的。黄鹤麟来村考察时，看到可容纳500名观众的楼内空空荡荡，很是不安。于是，他对村干部说，习总书记说文化兴国运兴，文化强民族强。我们村里居住着百分之九十维吾尔族村民，他们能歌善舞，完全可以组织一支文艺演出队，让他们带着自信登台表演，让正能量占领舞台。之后，宁德、龙岩援指大力倡导，村党支部积极引导，村民踊跃参加，村文艺演出队成立了。福建楼成为村民开展娱乐活动、村里召集大会的场地。夏日周末，村民不约而同集聚在文化广场，伴着欢快的舞曲，畅快地跳起“麦西来甫”。秋来夕阳下，各民族孩子相聚于此，打球、跳绳、做游戏……那种和谐和睦，那种酣畅快乐，成为二十里店村幸福生活的一道惬意景致。

此刻，“福建楼”宽阔敞亮的大厅中，厅顶吊着大红灯笼，楼檐挂着大红横幅，门口贴着大红春联，铺展着大红桌布的长案上，应邀前来的书法家挥毫泼墨，书写春联：喜迎福地千年好，福照家门万事兴；事事如意大吉祥，家家顺心永安康！书法家为351户村民书写的351副春联，副副墨香四溢暖人心。

此刻，黄鹤麟与援疆干部们走村串户，登门拜访村民，与他们一起将春联贴上院门框，将灯笼挂在院门外。

腊月十七的二十里店村，进村的大门上挂着灯笼，家家户户院门外挂着灯笼，路灯上挂着灯笼。红色象征着喜庆热烈，白色意蕴着纯洁向往。红的春联，红的灯笼与如盖的白雪以无与伦比的美，烘托着2019年二十里店村新春佳节的喜庆欢乐、迎春纳福的景致。

欢天喜地过大年

此刻，设在村委会的“百家饺子宴”拉开阵势。援疆干部与二百多位村民在欢语声中，在孩子们的穿梭嬉闹中，剁羊肉、拌馅子、和面擀皮子……宽大的案板上摆满形态各异的饺子，远远望去，是饺子铺展的世界。架在操场上的四口沸腾的大锅中升腾着雾气。艾则孜将生饺子端出村委会倒进大锅。古丽汗捞出快活翻滚的饺子端进村委会，大家争先品尝。

贴了对联，挂上灯笼，黄鹤麟进了联系户穆太力普·穆沙家门，与家人边剁馅子、和面、包饺子边拉家常，从汉民族的饺子，讲到维吾尔族烤馕；从二十里店变迁，讲到美丽乡村建设。贴心的话语，让他与联系户的心贴得更近了。

吃罢饺子，黄鹤麟与大家前往“福建楼”，观看草根春晚。

舞台上端的大红灯笼与“首届二十里店村迎新春联欢会”背景墙相得益彰，大气、爽气、喜气。

开场大戏是舞蹈《我们新疆好地方》。紫红色大幕徐徐拉开，聚光灯射向

鼓浪屿历史国际社区、北庭故城结为“友好世遗”

6 位身穿大红石榴裙的维吾尔族姑娘。奔放欢快的乐曲伴着她们柔韧飘逸的舞姿，将台上演员的心与台下援疆干部、村民的心交融在一起，大家仿佛共同为美丽新疆，为二十里店村的变迁而欢欣跳跃，而舞动狂欢。

舞台是福建援疆搭建的，演出队是村民组成的，节目是自编自导自演的。黄鹤麟坐在观众席上，听维吾尔族村民唱《红灯记》，哈萨克族村民唱《爱拼才会赢》，听 4 岁的苏麦娅·艾买提唱《我爱你中国》，看村支书、村委会主任艾尔肯·尼亚孜与十几位村民表演的小品《总书记的祝福》……七十多名“草根明星”你方唱罢我登场，充满年味、文化味、二十里店村味。舞台上，演员的表演出神入化。舞台下，黄鹤麟与观众一起时而开怀大笑，时而击掌喝彩。

那天，黄鹤麟很晚才睡。平日，他是为项目落实、为招商引资落地、为精准扶贫难眠。可那天，他为二十里店村的春晚不眠。他在想：战时的文艺队，是宣传队，是播种机。而二十里店村的文艺演出队在走向致富之路的小村所起到的宣传村民、鼓动村民、感染村民、感动村民的作用同样不可估量。优美的舞台节目，让村民内心世界得以丰富之时，也在潜移默化地接受着现代理念的熏陶而丰富了内心世界。

多年的工作实践，使他悟出“文化建设说到底是阵地之争、人心之争”。人心向上，人心向善，让正能量成为主流，是实现乡风文明的根基。文明的乡风是多元的。黄鹤麟深思熟虑，按照“孝老敬亲、助人为乐、重视教育、爱国守法、勤劳致富”五个系列，指导村党支部在全村开展了“十户最美家庭”评选，并于2019年7月1日进行了隆重表彰。

为了宣传弘扬他们的优秀事迹，黄鹤麟一改“光荣榜”模式，提出了新的创意，在援疆路上为当选的十户最美家庭修筑了十把座椅，将他们的事迹镌刻在椅背上。意在号召全体村民百善孝为先、乐善好施、遵纪守法、勤劳致富、学习改变命运。同时，也给前来观光美丽乡村的游人展示了二十里店村文明的乡风。

沿乌伊公路北行，路两侧6万亩银杏、夏橡、皂角、丝绵木等苗木蔚然成林，散发着林木特有的清香。二十里店村与那片苗木林隔路相望。坐落于入村大门左侧的巨石上镌刻着“闽疆生态文化村”七个大字。进得村门，右侧的巨幅笑脸墙上，以千余张村民的笑脸勾画而成的“感党恩、听党话、跟党走”九个大字，写照了“各民族像石榴籽一样紧紧抱在一起”的内涵。这种内涵在文化演出中心，在文化长廊、波浪形图文并茂的文化墙、福建路的千米葡萄长廊，在农家书屋、电商工作室、特色产品展示柜，在古朴的木架、农家小竹篮、葫芦雕刻的 物一景中得以延展和深化。黄鹤麟殚精竭虑把二十里店村打造成绿色、生态集旅游观光、餐饮休闲、庭院经济为一体的“闽疆生态文化村”的构想一步步成为现实。

如果说黄鹤麟把二十里店村作为福建援疆 乡村振兴示范村”项目精心培养，倾力打造，是为了树立一个成功的典范，在昌吉乃至全疆援疆省市推广，那么，“示范”必将化作一股春风，在昌吉大地催生出更多美丽乡村。“示范”，必将成为一面乡村振兴的旗帜，在昌吉大地的村庄、田野、草原烈烈飘扬。“示范”将犹如一颗饱满的种子，生成一片美丽的花海，在昌吉大地竞相怒放。

真情像草原一样广阔

为什么我的眼里常含着泪水，因为我对这片土地爱得深沉。

——艾青

2017年3月20日，又一个雪花飞舞的日子。黄鹤麟与援疆干部驱车赶往木垒县，初次参加民族团结“结亲周”活动，同时应邀参加大南沟乌孜别克族乡纳吾鲁孜节庆祝活动，还将初次拜访家住阿克喀巴克村的亲戚——74岁的阿达汗老人。那天，为了赶到现场参加升旗仪式和庆祝活动，他凌晨6点启程，因为天降大雪，原本四个小时路程，竟车行五个多小时。

木垒县大南沟乌孜别克族乡，是全国唯一的乌孜别克民族乡。受邀之后，黄鹤麟做了“功课”，了解了纳吾鲁孜节的历史、乌孜别克族的习俗，以及居住在祖国西部边境的乌孜别克族乡民的生产生活状况。

纳吾鲁孜节是乌孜别克族民众辞旧迎新的日子。上午10时，乡民身穿节日盛装，成群结队走出宅门，聚集在乡政府门前的广场上，等候远方亲人到来。一双双温暖的大手，一句句诚挚的问候感动着黄鹤麟。而升国旗仪式时，他在乡民仰望国旗、高唱国歌的面庞上，看到他们“热爱祖国，热爱家园”的纯朴心灵。那天，他走进阿达汗的家，结识了老人的家人，与他们一起分享“纳吾鲁孜粥”。

74岁高龄的阿达汗有着40多年党龄，曾任村党支部书记。从逐水草而居的游牧生活，到今天定居新宅，风风雨雨几十年，老人经受了太多的苦与累。如今，老人住在人畜分隔的前后大院，过上了幸福生活。后院栏内圈养的牛、马、羊，每年可收入10多万元。

谈起今天的好日子，阿达汗滔滔不绝，苍老的面庞上绽开了幸福的微笑。那种发自心底的笑感染着黄鹤麟，他拉着老人生铁般的大手，向他表达衷心的祝福。

亲戚越走越亲，感情越交越深。每次来木垒“探亲”，黄鹤麟都要与阿达汗老人的家人同吃同住同劳动。他已经融入这个乌孜别克族家庭，成为老人家庭的一员了。那天，他像搀扶着自己父亲那样，踩着厚厚的积雪，前往村委会参加“结亲周”联欢会，分享丰富多彩的文艺节目，观看村民争先恐后参与的“十九大知识竞赛”。夜晚，他与阿达汗老人父子般盘腿坐在铺着华丽地毯的大炕上唠家常。体己的话语，透着无须言表的亲情。他耐心地给老人的孙女森巴提解析古诗，鼓励她好好学习，将来为国献力。老人感慨地说：“托共产党的福，这辈子能与福建来的书记结成亲戚。”

“一日结亲，终身为亲”。大半年过去了。期间，工作再忙，黄鹤麟每两个月必定买了礼物，赶往阿克喀巴克村“探亲”。不但看望阿达汗，还登门看望其他村民。来来往往中，他了解了更多乡况村情。仅阿克喀巴克村352户村民中，就有35户贫困户。有的家庭虽然脱了贫，却没能脱困，有的家庭因故返贫。

脱贫攻坚，是福建援疆重要任务之一。接过援疆接力棒之时，黄鹤麟与全体援疆干部便接过帮助受援地4487名贫困人口摆脱贫困的使命。阿克喀巴克村的35户贫困家庭的状况家家不一，所需不同。买得力别克·努尔毛拉的妻子患风湿性关节炎、心脏病，且病情严重。为了给妻子治病，家里入不敷出。

他省吃俭用,舍不得买一台方便做饭的电磁炉;加玛丽汗大婶年事已高,洗衣服是难事,她梦想有台洗衣机,让家人的穿戴干净清爽;哈克大叔盼着一台电冰箱,一年四季都能吃到冷藏食品;加坎年轻时放牧落下老寒腿,有一台红外线治疗仪,就不用去医院去烤电了……这些在城市家庭习以为常的家电,却是阿克喀巴克村困难家庭村民的梦想。

阿克喀巴克村乃至大南沟乡,贫困、困难村民的梦想成为黄鹤麟的心结。他想,与摆脱贫困的大远景相比,居家急需物资则是他们的小小心愿。为他们圆梦,援疆干部义不容辞! 由此,他想到厦门市开展多年的"微心愿"公益活动。借鉴"微心愿"活动,他与援友们共同磋商策划了"由相对贫困家庭提出家庭梦想,乡、村干部收集家庭梦想,援疆干部承接家庭梦想,调动社会力量实现家庭梦想"的"家庭圆梦行动"方案。

让贫困家庭心愿成真! 掷地有声的承诺背后,是多方筹集圆梦资金的努力。"家庭圆梦行动"的消息传回家乡,厦门"红十字会"和烟草专卖局立即捐资30万元;昌吉福建商会的企业家捐助15万元,用于购置圆梦物品。启动仪式那天,摆放在现场的洗衣机、电视机、电冰箱、微波炉、电磁炉、电烤箱、红外线理疗仪等数十件家电震撼着村民的心灵。他们分别将梦想中的家电搬回家的同时,也将福建援疆干部让他们梦想成真的关爱之情带回了家。

黄鹤麟倡导,援疆干部集体策划的"家庭圆梦行动"是一次传递温暖、传递关爱的行动,是突出精准性、增强针对性、具有创意性的脱贫帮扶新模式。福建援疆各分指"复制"并发展延伸行动模式。一时间,"圆梦行动"犹如一股的精准扶贫的温暖劲风,吹遍田野、村庄、牧场,吹遍昌吉大地角角落落。

"家庭圆梦"是一次动员社会力量投入援疆爱心助力的行动。黄鹤麟以援疆的影响力,动员福建各界伸出援手。各援疆分指广泛调动人脉,一笔笔资金从厦门、从福州、从泉州,从福建各地汇集而来,汇成援助远在西部边陲的困难家庭"微心愿"的资金力量。截至2019年9月,据不完全统计,"家庭圆梦"圆了昌吉州各县市1120户贫困家庭的"微心愿",价值120万元。

社会力量介入,使"家庭圆梦行动"的影响得以扩大。得知正在建设中的乡中心学校的教师梦想建立电脑室,厦门医保中心立即捐助20台电脑;厦门"海峡青少年发展基金会"援资30万元,设立昌吉州"青少年鹭岛奖学金";《福建日报》以"让阅读点亮孩子们的未来"为主题发出了倡议,并得到了热烈回应,社会各界购置价值数万元的课外读物运往受援地学校;昌吉福建商会以公益之心,捐资支援"家庭圆梦";福建援疆前指压缩办公经费,出资20万元扶持阿克喀巴克村的冬不拉制作、发展手工刺绣，捐赠 330 辆多功能手推车，助力村民发展庭院经济，改善村容村貌；昌吉州福建商会在木垒雀仁乡五棵树村启动“百企帮百村”精准扶贫活动，并与五棵树村结成对子，制定就业、助学、温暖、亲情、认购五大帮扶计划；南平分指安排专项资金，在木垒培养了一批足不出户便可赚得收入的哈萨克族“绣娘”……

黄鹤麟提出“家庭圆梦”的初衷，是援助经济困难的家庭圆梦。可受援地还有更多需要帮助的乡民、村民。于是，他倡导深化、延展、升级“圆梦行动”。2019 年 1 月，木垒“圆梦行动”中，“家庭创业合作社”装上了生产急需的和面机；“妇女之家”“乡村文化社团”增添了手提音响；环卫工人穿上暖心毛衣，戴上爱心围巾；残疾人用上康复训练包；贫困母亲收到“两癌”救助金。与此同时，活动拓展，延伸到助学、助医，设立“家庭创业循环基金”。那真是一份温暖啊。令人感动的温暖！

接地气、贴民意、暖人心的“家庭圆梦”行动，让村民们从一件一物中感受到党和政府的关怀，从而激发了他们“安得下、守得住、能致富”，与全国人民共奔小康的决心。

为了让受援地人民走上致富之路，黄鹤麟拓展脱贫攻坚思路。消费援疆，他力挺远在千里之外的厦门、福州开专营店，设专柜，让昌吉乃至新疆的土特产在福建广开销售渠道；援疆干部手把手指导商家建立电商销售平台，奇台面粉等数十种土特产跃上“天猫”“京东”官网。商户足不出户，产品便销往全国各地；旅游援疆，一列列旅游专列、一架架旅游专机载来的福建游客对大美新疆流连忘返之时，带来受援地宾馆、农家乐、牧家乐快速发展；乘产业援疆，项目落地投产之际，数以千计农牧民走进工厂，成为靠劳动创造幸福生活的企业职工……

2018 年 4 月，《中国扶贫》杂志以“天山脚下闽江情”为题，对“圆梦行动”进行了专题报道。黄鹤麟带领援疆干部精心打造的感恩阳光，感恩爱，贫困、困难家庭广受益的“圆梦行动”成为助力脱贫攻坚的援疆品牌。

品牌不是光环，而是阳光，传递着温暖，传递着大爱。为了让受援地贫困家庭摆脱贫困，2017 年以来，福建省援助昌吉州实施脱贫攻坚项目 106 个，援疆资金 47295 万元。动员社会力量用于脱贫攻坚资金 6799 万元，援建项目 50 个。帮助建档立卡贫困人口 4419 人脱贫，资助贫困大学生 496 万元……一组组数据，带给受援地人民的，是前所未有的获得感、幸福感。记录的则是黄鹤麟率领的福建第七批援疆团队扶贫攻坚的印迹，也是他对受援地真情付出的心迹。

“我来自福建，也来自新疆。现在是新疆的福建人。再过半年完成援疆使命回到福建，我将永远是福建的新疆人。今天，我自豪地推荐我的家乡‘吉祥昌吉’。昌吉有大家熟悉的天山天池，有历史悠久的、最有沧桑感的胡杨林。但是，今天我要隆重推介给大家是奇台江布拉克……大美新疆、吉祥昌吉、浪漫江布拉克在等待着你们！”

这是2019年6月20日，黄鹤麟在“人民网”演播中心“坐着火车游新疆”推介会上的一段发言。随着他精彩的演说，江布拉克景区的景致一幅幅展示在大屏幕上。

心里有爱，处处是风景。关于江布拉克景区，黄鹤麟非一日苦心思考。思考源于他对大美江布拉克信心满满。他带着那份满满的信心，带着完美的策划方案，作为代言人，在推介会上全景介绍……江布拉克有着悠久的历史，将东汉名将耿恭据守疏勒城的故事拍成电影，从而扩大江布拉克的影响，让全国观众因影片前来探寻疏勒古城的遗址；江布拉克48平方公里园区内，20万亩麦田与高山草原相依相接，是全国唯一、世界无双的农垦文化与自然景观浑然天成的景区；江布拉克有着150万株郁金香种植基地。以浪漫郁金香为主题，将江布拉克打造成第二个丽江，成为全国男女“寻找、遇见”另一半的爱情圣

天山飞来一群小白鹭——厦门小白鹭民间舞艺术中心赴昌吉开展艺术交流活动

地。在爱情圣地建造“爱情心愿墙”“爱情连心索道”。按照高端、舒适、特色标准打造“遇见客栈”,引全国青年男女住下来,缅怀远古英雄,观万亩麦浪,看雪山日出,傍晚斜阳,看星星缀满夜空,体验篝火晚会,品尝独特的新疆美食……大屏幕上美轮美奂的画面,黄鹤麟声情并茂地侃侃而谈,将与会专家带入追寻远古文明,体验戍边文化、农垦文化,感受自然景观文化的情境中。人民网投资总监当场表示:近期将前往江布拉克考察!

在现场有专家感慨:这位福建援疆干部,这位福建援疆总指挥长,他真正把受援地当作故乡了。

黄鹤麟的确将受援地当作家乡了。因为,他是带着责任、使命、担当奔赴援疆前线的。在担当责任、履行使命的日子里,他深深爱上了受援地美丽壮阔的土地,爱上了这片土地上勤劳质朴的人民。为这片土地再添一抹绚丽色彩,让援疆之光温暖受援地人民走上富裕之路,也是他的朝思暮想。为此,他带领第七批援疆团队以“爱拼敢赢”的福建精神,苦战三冬,征服三夏,即将迎来收获的金秋。但他遗憾还有许多想做的工作尚没完成,还有诸多设计的愿景尚未实现。于是,他带着初心,组团调研昌吉州高新区,组成团队,围绕重点龙头企业分解出产业门类,让门类中的示范企业产生聚合效益,达到产城结合;他奔走“东三县”,在吉木萨尔,他建议举办“车师古道”越野挑战赛,宣传推介“车师古道”景区;建议将“厦门鼓浪屿国际社区与北庭故城”签约合作,推动两个世界文化遗产携手,共同挖掘文化遗产对人类的教育价值。在木垒,他建议石人子沟与马圈湾景区包装起来,作为发展全域旅游的项目定位;他还建言挖掘乡村音乐,以“农业主题公园”为平台,用乡情唤回从木垒走出去的大学生,让他们用音乐打造旅游品牌回报家乡……

我采访黄鹤麟时,距离他三年援疆结束还有半年时间。但他丝毫没有倒计时的盼望,他仍在思考,仍在调研,仍在设计,仍在力推新疆土特产,仍在力荐天山北坡旅游品牌,仍在进行产业发展课题研究。他是想在援疆期满之时,为受援地政府留下具有参考价值的建议,为下一批援疆团队留下可供操作、可持续建设发展的项目。

福建援疆,受援地人民收获的是自信,黄鹤麟付出的是真情。真情像草原一样宽阔。他在工作总结中写道:福建援疆给受援地带来的不仅是项目建设改善民生,更重要的是推动产业发展、推动人们交往交流交融,观念理念更新、体制机制创新,所有这一切,将对受援地内生动力的激发影响更为深刻、意义更为深远。

李娟，中国作协会员，出版长篇报告文学、中短篇小说集20部，900万字。中篇小说《金沙漠金胡杨》《沙寨》由中央电视台影视频道改编为影视作品。长篇报告文学《共和国血脉》获第六届“天山文学奖”。

援疆汉子

——记新疆昌吉回族自治州党委常委、副州长，
福建省第七批援疆前方指挥部副总指挥长刘革生

/黄小谷/

从遥远的青藏高原出发
血脉里留着雄鹰的翎响
站在绵延千年丝路之上
迎着风雪聆听驼铃声脆
茶马古道丝绸之路在交融
用一腔热血开拓新的传奇
用一条天路打通雪域孤岛
用一片胡杨见证汉子性格
您把百姓民生装进心里

牧民用一碗自酿的马奶酒

表达的欢快感动

足以点亮草原戈壁的星辰大海

——《援疆汉子》

接触过刘革生的人都说，他是一个真汉子，真性情！干部这么说，老百姓也这么说，身边朋友这么说，一起援疆的同志也这么说。真诚、乐观、开朗，有能力、有情怀、有格局，笑声爽朗，步履稳健，雷厉风行，这就是刘革生，昌吉州党委常委、副州长，福建省对口支援新疆工作前方指挥部副总指挥长，也是福建省唯一既援藏任县委书记又援疆任州党委常委、政府副州长的干部。

使命情怀　澎湃如海

他从海上来，爱拼敢赢是他家乡的品格，维护边疆稳定，加快边疆建设，推动经济高质量发展，这种使命感、责任感在他身上激情涌动，澎湃如海。入疆才一个多月，刘革生就积极参与维稳和招商工作，忙得连轴转起来，马不停蹄。2017 年 4 月，刘革生带领新疆昌吉州纺织服装、石材产业对接团专程赴闽，开展招商活动，共签订 3 个战略合作协议，10 个项目投资协议，总投资 26.2 亿元。刘革生自己也没想到，在随后三年的日子里，维稳、招商成了他的重要工作，南征北战，东西纵横，求贤若渴，只为招大商、优商进昌吉。他通过开展项目推介、以商招商、网络招商、请进来走出去的办法，先后组织“小分队”外出招商 100 余批次，对接项目 500 多个，其中已签约 137 个、合同金额 392 亿元。

2018 年 12 月 30 日上午，福建省援疆工作前方指挥部迎来一群不速之客，新疆华嵘电子商务有限责任公司总经理潘智英带人来送锦旗：“助企发展办实事，爱洒边疆暖人心”。潘智英紧紧握着刘革生的手，连声感谢福建省援疆工作前方指挥部让企业起死回生，再次焕发新的生机。原来她的企业在担保方面遇到困难，眼看 1.3 亿投资就要打水漂，刘革生获悉后，立即竭尽全力协调相关部门予以支持，让企业渡过难关、转危为安。“真是遇到贵人了，和刘革生常委以前也素未谋面，他这么用心帮企业渡过难关，且不求回报，真让人感动，让我看到援疆干部服务企业的赤诚之心。”潘智英动情地说。

一面锦旗虽微不足道，却饱含一个企业的深情，诸如此类的事情还有不少。落户昌吉州的恒安纸业一期投资 1.5 亿元，经过几年运营，取得效益，2017 年拟追加投资，但是遇到税收返还、法人实名认证、消防手续办理慢等突出问题。在刘革生的积极协调下，解决了建设中遇到的有关问题，使企业年增收300万元，企业增加了2.5亿元的二期投资，企业负责人高兴地说："福建省援疆工作前方指挥部真是我们的娘家人。"

新疆闽新钢铁集团闽航特钢有限责任公司因产能置换手续不全，自治区有关会议已研究决定2天后下文责令关停该企业，眼看近20亿元的投资将化为乌有时，刘革生第一时间找企业核实情况，并向州党委、政府主要领导汇报情况，在王国和书记的授权支持下，用两天的时间带领其所在阜康市领导和企业负责人上下反复奔跑沟通协调，取得了自治区政府及发改、工信等相关部门的理解和支持，重新研究决定将关停令改为整改令。

刘革生在调研全域旅游工作时获悉，杜氏旅游因资金链断裂，到处贷不到款、借不到钱，眼看一个优质乡村旅游品牌就要消失了，刘革生马上着手与多家银行联系，一个月内协调兴业银行给企业贷款1000万元，帮助企业渡过难关。

注册在昌吉高新区的新铝铝业拥有"新疆著名商标"，在哈萨克斯坦投建3个加工建材企业，成立了4家营销公司，在乌兹别克斯坦和吉尔吉斯斯坦也建立了战略合作伙伴，该企业被巴州库尔勒市一家企业以不正当手段恶意抢注新铝铝业字号，并用于同类产品，严重侵害了新铝铝业正当权益，公司声誉和产品销售受到严重影响。企业负责人找到刘革生求助，刘革生立即召集州市场监管局等部门研究对策，并向金之镇州长报告，取得支持后，以州政府名义向自治区区市场监管局行文求助，并引领企业逐级把情况上报到国家市场监管总局。在国家市场监管总局的关心和监管下，侵权行为得到遏制，企业得以发展，继续在"一带一路"建设发光发热。该集团公司2019年被海关总署列为"中国外贸出口先导指数样本企业"。

协助黄鹤麟总指挥长，推动成立"昌吉州福建商会"并举办了"企业家昌吉行——产业援疆与产业发展圆桌会议"、首届福建商人节，召开福建企业投资昌吉工作联席会，协调解决商会会员企业在投资过程中遇到的问题。刘革生作为党委、政府主管招商的领导，多次召开昌吉州优化营商环境恳谈会，邀请福建商会、浙江商会等异地商会会员及在昌企业代表参加会议，宣讲"放管服"改革、招商服务、优惠政策，以商招商，共同营造良好的营商环境。推动昌吉农业园区与浙江商会联合建设"闽浙产业园"，以"园中园"招商模式赴闽浙两地引入16家企业入驻园区，投资额近22亿元。产业援疆成效凸显，据统计，2017年至今，福建省援疆前方指挥部落地产业援疆项目127个，投资总额181.31亿元，其中到位资金84.29亿元。产业援疆项目资金达福建省本级项

目援疆资金的10倍以上,解决就业5300人,其中新疆籍3500人。

担当情怀　敦厚如山

刘革生在多个场合谈到,援疆干部就是来任实职、履实责、干实事的嘛。他这么说,也是这样做的,敢于担当、敢于负责、敢于仗义执言,不驰于空想,不骛于虚声,沉稳果敢,敦厚如山。进疆以来,他帮助过的企业有200多家,却从不求回报。他总认为企业是市场的主体和经济发展的源泉,保护和助力企业,就是助力经济发展,要把企业家的事当作自家的事来办,手机24小时开机为企业服务。当地企业界流传着这样一句话,企业有难处就找福建援疆指挥部,企业要发展就找刘副总指挥长。

在去董景福乐养护院调研时,刘革生发现这家私立养老院做得很好,但条件简陋,原来他们刚刚投建起一栋楼,封顶了,没钱了。刘革生找来相关文件认真学习疏理,政策层面提倡医养结合,支持养老院公建民营,民办公助,一院两制,当时他就想着能不能引导州人民医院用2000万元援疆资金与这个养老院合作,做成一个三甲医院与民营养老院合作共赢的医养结合示范项目。这个思路一提出,有很多部门单位反对的声音,但刘革生没有动摇,抱着心底无私天地宽的信心，他多次召开协调会，沟通了半年，反复地进行政策解读，形成共识，项目得到顺利推进，该项目引起州党委、政府的关注，列入州政府工作报告。养老院二期建成后，将增加 600 张床位，近 200 个就业岗位，极大提升昌吉州养老服务水平，满足更多的社会养老需求。

刘革生这类工作还很多，如让昌吉州民政局干部记挂在心的是，他的仗义执言，让评优评先、年终考评有了更客观的评判。按照州党委、政府的分工，刘革生任务最重时，曾分管、代管、联系 26 个部门、单位，分管部门都对他评价很高，觉得他没有官架子、思路活、办法多，关心干部，在鼓励、推动业务争先创优"攒劲得很"，在他的分管下，各部门纷纷争创一流，许多工作在全疆乃至全国，都取得好的名次，分管的州老龄办被评为全疆唯一的老龄系统全国优秀单位。

刘革生 2019 年以来负责第三产业工作，负责文化体育、广播电视、旅游、商贸流通、现代物流、招商引资、市场监督管理（知识产权）、烟草专卖、无线电管理、邮政、通信等方面工作。分管文化体育广播电视和旅游局（文物局）、商务局、市场监督管理局，联系贸促会、工商联、商会、烟草专卖局，无线电管理委员会、邮政管理局、电信、移动、联通、铁塔公司等。1—6 月三产对经济的贡献率达 42%。

刘革生和结对亲戚在一起

民生情怀　赤诚如火

2017 年 12 月 17 日，夜幕已经降临，长风呼啸，飘雪满天。木垒县沈家沟村奥斯曼一家灯火通明，老两口在等待一名来自远方的亲戚，这位亲戚就是刘革生。

驱车 300 多公里，风尘仆仆的刘革生一下车，就大步流星走向奥斯曼，握住老两口的手，亲切地说，让你们久等了。他随即拿出两件带过来的新羽绒服，帮老两口穿上，并蹲下身来，把拉链拉上。两位老人笑得合不拢嘴，连连称谢。

这是刘革生结亲周的一个温馨画面，他不仅关心结对亲戚，更对沈家沟村的乡村振兴“上了心”，沈家沟村的村道、山坡、田间、村民家、村委办公场所，都留下了他的足迹。他认真开展实地调研，详细了解村民所思所盼，在沈家沟村实施乡村振兴战略和脱贫攻坚工作上做足“功课”。

为了扶持沈家沟村发展第三产业，刘革生争取上级资金及协调州公积金管理中心等单位筹集资金 700 多万元用于乡村振兴战略；协调福建省漳州市和南平市各出资 50 万元共计 100 万元，从伊犁购买“树上干杏”和苹果苗木，在村里栽种千亩援疆林；协调资金 20 万元，帮助东城镇政府解决电采暖项目资金短缺困难。得到福建省人防办的支持，从省人防办拨付的个人工作经费中支出 14 万元，用于沈家沟村发展产业、壮大集体经济，传承非物质文化遗产麦西来甫，支持演出队创作节目、购买乐器、置办服装等；协调援疆资金 150 万元用于乡村民宿、道路、文化等方面的建设。组织商会和其他社会组织捐款捐物，扶贫帮困，组织医疗队开展义诊活动。木垒县东城镇、沈家沟村的党员们说，刘革生就像一把火，温暖鼓舞人心，激发大家干事创业的热情。据统计，2017 年以来，在刘革生的推动下，沈家沟村在闽昌两地交往交流交融、基层组织建设、脱贫攻坚等工作方面投入 800 余万元，有力地促进了当地发展。

家国情怀　晶莹如雪

在刘革生心里，家国情怀，国永远在家之前。为此，他也内疚过、流泪过，但是为参与边疆建设，他总是一次次义无反顾，再踏征程。

援藏三年三个月，作为墨脱县委书记，他针对墨脱县不通公路，46 个行政村有 35 个行政村不通路等贫困落后的情况，进出墨脱 53 趟，徒步、乘溜索

1000 多公里，走遍 46 个村，5 次与死神擦肩而过，深入调研；聘请华东勘测设计研究院做总体规划，积极向上级有关部门呼吁，取得政策支持，修公路，惠民生，引项目，促发展，让全国唯一不通公路，有"雪域孤岛"之称的墨脱县通了公路，实现了由后进边境贫困县到经济较繁荣社会稳定县的蜕变。墨脱县在林芝地区综合考评中由 2010 年的倒数第一名跃进为 2012 年的第二名，招商引资由倒数第一名跃进到第一名，财政收入由 337 万元提升到 8073 万元。

这些成绩离不开家人在背后的默默支持，在和家人通电话时，父母常常都是"家里一切都好，你好好安心工作"等宽慰、教诲话语。别后俱是平安讯，过往方知事多艰。父亲去世后，当他领取父亲骨灰时，发现一根 20 多厘米长的钢钉，那一刻，他惊哭了。父亲腿上装有这么长的钢钉，他居然一无所知，在深深自责中询问家人，才得知父亲在他援藏期间，曾经摔倒，腿部关节骨折。父亲怕他分心，增加危险，要求家里所有人不得告诉他，父亲为了让他安心工作，独自承受痛苦，每每想起，让他痛心不已。

2017 年 2 月 26 日，第七批福建援疆干部人才出发在即，妻子突感身体不适，刘革生陪妻子到医院检查身体，医生建议做手术。当晚他赶紧找 2 名专家咨询，专家们都说要尽快手术，而第二天，福建省第七批 197 名援疆干部人才要集中到福州参加省委召开、并有主要领导参加的动员和欢送会。当晚他向妻子提出要请假推迟进疆的想法，妻子认为不妥，忍痛强装笑脸，提出次日早晨，陪他从漳州到福州，送君出征。

那一夜，刘革生整夜未眠，心中有太多的愧疚、太多的感动。次日一大早，老母亲就准备好了早餐，颤巍巍地拉着他的手说："阿生，你又要出远门了，一定要照顾好自己，媳妇要做手术，你联系个好医生，我和你妹、你弟媳会轮流照顾好她的，你就放心去新疆工作吧。"母亲一句"你又要出远门了"，再次让刘革生一度哽咽。

无论是"雪域孤岛"墨脱，还是天山北麓昌吉，长年的山峰积雪皑皑，这恰如刘革生的初心，晶莹如雪，始终不变。高耸云天的博格达峰，见证了一名福建援疆干部的初心使命、家国情怀。

黄小谷，福建援疆干部，昌吉州民政局副局长。

初心·使命

——记新疆昌吉回族自治州党委副秘书长、福建省第七批援疆前方指挥部副指挥长林国标

/史　晶/

万水千山不忘来时路。无论走得多远,都不要忘了当初为什么出发。

——题记

六年半的时光,万里关山。援疆,在福建省对口援疆前方指挥部副指挥长、昌吉州党委副秘书长林国标的生命中注定是一页浓墨重彩的篇章。人生只有一次,恰如沧海一粟,时光如白驹过隙。回首援疆来时路,仿佛就在昨天,自己默默许下的"不达使命誓不还"誓言犹在耳边,六年前与新疆初见时的惊艳已经成了自己生命中不能分割的部分。他说,回想援疆工作中的点点滴滴,信任与感动常在,温暖共自豪长存。

援疆路　家国情

林国标是在农村长大、有着近二十年党龄的老党员。感党恩，听党话，跟党走是他坚定的信念。“苟利国家生死以，岂因祸福避趋之”。怀着与同乡林则徐一样的家国情怀，2013 年，他踏上了前人走过的漫漫西行之路。

福建人爱拼才会赢的性格与共产党员为国为民的责任心结合在一起，让林国标主动报名援疆。在此之前，2010 年他曾主动要求援藏；2004 年 7 月 8 日至 2007 年 7 月 29 日，他在“红旗跨过汀江，直下龙岩上杭”的革命老区长汀驻村，在村里当了三年多的第一书记。

2013 年 8 月，作为福建省第六批（全国第八批）援疆干部骨干，他从东海之滨飞越万里关山来到天山脚下，开始了压茬交接工作。时光匆匆，转眼三年过去了，2016 年底，当第六批的援疆干部期满陆续回乡时，林国标却选择留任，开始新一轮的援疆工作。

作为副指挥长，主要工作是协助指挥长做好各项工作，具体分管综合、宣传、财务三项工作。林国标谦虚地说，我就是为大家服务的“勤务兵”。为了给第七批干部做好服务工作，让工作衔接更顺畅，他选择留了下来。“兵马未动粮草先行”，解决 197 人住的地方成了急迫的事情。在大家的努力下，省前指租了近 30 套房子，确保援疆队伍有了安稳的大本营。当第七批援疆干部在白雪皑皑中到达昌吉时，林国标已经为他们做好了生活保障。

援友们评价林国标在工作中讲大局、重协作，补台补位不越位。林国标说，我们来援疆，不仅是要帮助当地发展，也是要锻炼一支过硬的援疆干部队伍。爱下围棋的他，喜欢把自己比喻成一枚棋子，“我们不仅要树立援疆工作一盘棋，也要树立全国一盘棋的思想。稳定西北，经略东南，援疆工作的重要性也因此凸显。我就是要做这盘棋中一枚活子，一枚有用的棋子”。协助总指挥长带好这支福建援疆团队、完成各项任务就是自己重要的工作。他积极参与省前指重大事项决策。在援疆制度修订、援疆规划编制与中期调整、援疆资金安排、内部人员分工等方面，积极参与并建言献策。

2017 年省委书记于伟国率福建党政代表团、郑建闽副省长等省领导来疆考察调研活动，他圆满完成了相关协调与服务工作；做好福建省工商联赴昌吉州光彩助学活动，参加厦门市青年联合会与漳州市全国、福建省劳模赴昌吉州助学活动、福建电视台《时代先锋》栏目等新闻媒体赴昌吉采访等工作；“八闽亲人游昌吉”暨丝绸之路旅游专列和包机，增进闽昌两地交往与了解；协助州工商联争取福建省工商联连续3年共150万元助学金，用于支持贫困学生完成学业。

2019年7月初，笔者约采访，林国标都在援疆干部人才公寓楼建设工地上。虽然援疆任务即将结束，为改善下一批援疆干部人才的住房条件，谋长效保障之举，他和援疆指挥部的领导们经常泡在工地上。

牢记初心，使命必达。林国标舍下小家来到边疆，他经常思考援疆来干什么，要给当地留什么？林国标认为，援疆是两地干部的双向学习，促进闽昌两地交往交流是援疆的主要工作。在助力昌吉州的脱贫攻坚和产业发展方面，他和援友们一起做出了积极的贡献。2017年参加各类展会积极推介昌吉州，参与推动昌吉州福建商会成立；2018年9月，作为首届“产业援疆与产业发展圆桌会议”的后勤组组长，为会议成功举办做了大量具体细致的服务保障工作。为了招商引资，林国标平时利用微博、微信等多种方式宣传推介新疆，探亲时更是四处拜访有实力的企业，邀请企业家到新疆考察投资，每次都是回家匆匆和亲人见一面，其余时间都用在招商引资上了。

一天120个电话短信，这是林国标创下的工作纪录。2014年9月，昌吉州举行成立60周年庆典，福建省及所属地市的不少主要领导都来了，十几位领导的日程活动由林国标这个秘书长陪同，具体的事情都得林国标牵头落实。“那几天，我每天睡觉不超过6个小时，最多的一天接过120多个电话和短信。”

林国标对笔者说，援疆既是奉献更是一种历练，我从新疆干部群众的身上学到了许多，“对党忠诚、奉献精神、吃苦精神，这让我的党性得到锻炼，理想信念更坚定，更加讲政治、讲大局。”

第一书记情怀

作为福建省第一批的驻村第一书记，当年，林国标在龙岩革命老区的贫困村：梅迳村，带领当地百姓脱贫致富拔穷根，赢得了村民们的一致好评。在贫困村工作了三年的林国标，对精准脱贫有自己独特的见解，积累了较丰富的工作经验。木垒县阿克喀巴克村是单位“访惠聚”工作队的驻村点。林国标经常与工作队队长、村第一书记、州党委副秘书长张经朋交流驻村结亲体会，提出了“拔穷根”的脱贫思路。分析这个村在脱贫路上第一块“拦路石”就是“等靠要”的思想严重，有力气也不干活。他与驻村工作队、村两委提出了理清思路、盘活存量、产业带动的具体措施，发展村集体经济助力脱贫攻坚。阿克喀巴克村现有三家民族特色食品加工企业，还因地制宜发展民族刺绣合作社、种养殖合作社，增强发展内生动力。

2013年刚到昌吉，林国标就在这个村子联系了贫困户托合塔森。托合塔森家是村里唯一的建档立卡贫困户，后来又与他结成了亲戚。托合塔森是一个懒汉，虽是壮年，却不爱劳动。扶贫不扶懒。林国标想着结亲就要真结，帮扶要真帮，不是作秀，一定要让托合塔森家真正脱贫。经过调查分析，他提出：扶贫先扶志。一定要让这个懒汉动起来。经协调，托合塔森到村里的食品厂上班，一个月有2200元的工资。今年，托合塔森又养了15头奶牛，前段时间卖了4头，有了4万元收入。林国标欣慰地说，看来这个贫困户很快要真正脱贫了。

林国标结合自己曾经驻村任职与当前挂钩结亲户的经历，给"访惠聚"工作尤其是相对贫困村精准脱贫，开出了扶贫转型升级的方子，不仅要重视"输血"更要注重"造血"，要转变思想观念、学习先进思想理念、增强自我发展能力。他为工作队争取资金让村民学法律、学国家通用语言、培训农村实用技术。

神奇的标哥

在援疆干部的表述中，标哥的招牌表情是"腼腆地一笑"，标哥的口头禅是"神奇的新疆"。福建人来到昌吉要克服很多困难，刚来时大家不适应，标哥就安慰并鼓励大家"入乡随俗"、保持"平常心"。他经常说："神奇的新疆"，因为自信，他经手的事大都顺遂（办成），所以大家就叫他"神奇的标哥"。

标哥，平素没架子还诙谐幽默，和大家一起打打台球，下下围棋，调节着援疆楼里的气氛，在不知不觉间给大家带来轻松与快乐。援友"林家小妹"刚进疆时咳嗽了好长时间，厉害时五六分钟就会咳一阵。标哥给她一瓶白酒让她喝，说是治咳嗽。说也奇，喝了白酒，林家小妹的咳嗽居然真的好了。

标哥这个"后勤部长"对大家的关心渗透在生活的点点滴滴中。在援疆团队在福州集中报到那天，他与后勤人员早早到了福建西湖宾馆，给每件行李贴好专门订制的标签。当时，有九个地市的人集中在一起，大家之间还都不认识，行李又多。但因为大家团结协作、有条不紊，行李一件没掉、没乱、没错。州纪委副书记黄琦锋眼中的林国标很有亲和力，"跟着他一起打台球，打扑克，说笑话，一些看似平常的事情，经他一讲，就觉得真的很神奇，觉得我们跟新疆有某种神奇的纽带，冥冥中就该来的那种缘分"。

初心历久弥新

回首往日时光,林国标感谢组织的培养和家人对自己的支持。当年驻村时上小学三年级的女儿,如今已经入了党并考上了研究生;工作出色的妻子在省农行任部门总经理,还照顾着他近 80 岁的老母亲。这个党员之家,人人比的是奉献,是付出,家里只有支持与鼓励,没有抱怨与指责。

既然选择了远方,就只顾风雨兼程。选择了援疆,就是选择了奉献,这种选择,成为林国标生命中宝贵的经历。援疆路上,他挥洒的是汗水,收获的是充盈的果实。2016 年底,他被自治区表彰为"第八批省市优秀援疆干部人才",授予个人二等功。

林国标笑称,自己已经是个地道的昌吉人。不到新疆,不知道祖国之大,不到昌吉,不知新疆之美。六年里,他走遍了昌吉的每个县市,尤其是最偏远的木垒县,甚至比一些当地人都熟稔。青山一道,明月千里。对林国标而言,昌吉已经是他的第二故乡,无论想或不想,这份情就在这里,不增不减。这份情是乡情,更是一个共产党员的爱国之情、爱民之情。以一颗赤子之心,抵达的是民心,坚守初心,才能担起使命和责任。

不是每一朵花都盛开在雪山之上,雪莲做到了,不是每一棵树都能屹立在大漠戈壁,胡杨做到了,不是每一个人都有梦想和远方,援疆人做到了。不是每个援疆干部都能留任,林国标做到了。

六年多的援疆工作结束,对他又是一个新的起点,不管在哪个岗位上,从事什么工作,对这个老共产党员而言,为人民谋幸福就是所有工作的出发点。向往群众的向往,幸福着群众的幸福,不忘初心,继续前行。牢记使命,新的征程再出发。

史晶,中国报告文学协会会员,新疆作家协会会员。昌吉日报社主任编辑。散文、新闻作品多次获国家级奖。出版作品集《风住尘香》。

万里归来年愈少 此心安处是吾乡

新疆昌吉回族自治州纪委副书记、福建省第七批援疆
前方指挥部副指挥长黄琦锋

来新疆之前，我对它的了解仅限于地理教科书上“位于祖国西北，气候干旱”的枯燥印象，来了之后才领略到她的壮美。这是我家小子在昌吉州团委举办的青少年民族团结融情夏令营闭营式上作为营员代表时的发言，不谋而合地说出了我对新疆的初见感触。人生已过不惑之年，从未到过新疆，也没想过会来新疆，却因机缘巧合，三年前我踏上了援疆征途。

——黄琦锋

“援疆是人生一次无悔选择”

——这是我援疆以来的深切体会。

现在还会有亲友问我:“当时你妻子正派到上海高校访学,还要半年才能回来;孩子刚上初中,正是成长最重要的阶段,你怎么会有勇气去援疆?”关心的语气里略带责备和不解。其实,当时我也没有过多的思想准备,从年龄看,已是青丝生白发、秋霜染鬓间;从家庭讲,老少皆是牵挂负重。但既然响应单位号召报了名,那就是一种承诺,必须无条件接受组织的挑选。另一方面,苏轼那首“谁道人生无再少?门前流水尚能西!”的诗句给我很深的印象,常激发我不负韶华、克难前行的冲劲。一辈子不长,如果只在一成不变的路上行走,怎能领略到精彩的别样风景!正如当年选择从部队转业到地方从头再来那样,我相信,生命只有经历各种磨砺才会更加丰盈饱满。

2016 年 12 月 23 日,我随第七批福建援疆骨干队伍,先头进疆与前批援疆工作队压茬交接。

我们援疆干部人才没有当“看客”“过客”,进疆后就快速融入新疆大局,与当地干部群众深度融合,一起为新疆的安定发展投入真情奋斗,在分管工作岗位、维稳值班室、项目建设工地、学校三尺讲台、医院手术室、贫困户家里……处处都有福建援疆人努力奋战的身影。进疆以来,我们众志成城先后创造了项目、产业、智力、扶贫、乡村振兴等十大援疆工作亮点,在建设壮美边疆的画卷上留下了浓墨重彩的一笔,串缀成我们人生为之自豪的闪亮足迹。

“要在艰难中锤炼真金”

——这是我的援疆初心立志。

在省援疆前方指挥部,我担任副指挥长,分管纪律检查和党风廉政建设工作。我们第七批福建援疆工作队共 197 人,既有来自各级机关的党政干部,又有各行各业的专业技术人才。这是一支省委赋予重任、寄予厚望的团队。我的职责就是当好“警卫员”“护林员”,保证每个人干事不犯事、敢闯不乱闯,不踩“雷区”、不踏“禁区”,圆满完成援疆任务。

进疆伊始,我就带领省前指监察组、财务组,到福建 9 个设区市派出的援疆分指挥部,逐一宣讲援疆项目管理、经费使用、队伍建设等制度,组织签订廉洁承诺书，把纪律意识根植到每个援疆干部人才心里，打好“预防针”。同时，在每个分指挥部设立监察员，构建上下联动的全覆盖监督网络，通过案例警示教育、提醒谈心谈话等方式，做好咬耳扯袖、抓早抓小工作，保证援友们严守纪律红线，在援疆征程中建功立业，给组织和亲人带去喜报和喜悦。

援疆团队的援友和部队军营的战友一样，都是远离故土家人，为了同一个目标，聚在同一杆旗下，为共同的事业一起战斗。我珍惜这同吃一锅饭、同举一杠旗的援疆情谊，努力为团队的凝聚和谐当好“黏合剂”。在生活中，我和援友们互帮互助，感受团队带来的力量和温暖；一起在住地开垦“援疆果园”，分享瓜果满园的丰收喜悦；一起聚餐茶话，分担思亲忧家的苦涩乡愁；一起结伴出游，在纵情山水间赶走孤独、增进友谊；一起读作和赋，在激扬文字中碰撞思想、增才益智；一起烹调乡味，在唇齿留香时融合成新的大家庭。有部分援友中期轮换返乡后，还时常想念一起援疆的岁月，想起我这个“不像以前所想的那样严肃刻板、令人不敢接近”的纪检干部。

在受援地昌吉州，我担任州纪委副书记、监委副主任，分管机关的 3 个部门，无论是岗位职责，还是工作环境都发生了很大变化。这既是挑战，又是历练自己、提升能力的机遇。怎样适应新岗位、融入新集体、带好新团队，我给自己的要求是多学、多听、多干。

新疆干部的政治意识强、工作勤奋拼搏，面对艰巨复杂的维稳形势，经常加班加点、下乡进村，与家人也常是离多聚少，这是一个令人敬佩的坚强群体，值得我们援疆干部学习。

记得一个雪夜，我正带队奔波在考核县市年度工作的路上，车上高速后，雪越下越大，风越刮越猛，形成了北方特有的“风吹雪”气象。漫天大雪狂舞，能见度不足 5 米，我们只能靠边停车。猛烈的风雪刮得车身乱晃，在不安和惊惧中，我度过了有生来最漫长的一个多小时，直到高速交警赶来将我们带离险境。那次，当地同行干部的镇定和交警的冒险相助给我留下了深刻印象，想必他们不止一次在工作中遇到过这样的险象。

新疆纪检监察工作也有不少创新做法，比如通过常态化的群众工作督导，深入基层解决“最后一公里”的问题；通过“一清二白”工作法公开村务，让群众明白、干部清白，重塑干群关系，等等。在当地工作中，我一方面虚心向当地干部学习工作经验，充分尊重新疆的实际情况，客观面对地域文化产生的思想观念、处事方式等方面的差异，注重沟通方式，经常性与分管部门同志谈心，形成良性互动。另一方面，主动交流内地工作经验，在顶层设计、系统指导、下沉督查上着力,先后带领分管部门完成自治区纪委赋予的乡镇纪委谈话场所和州县纪委信访形象窗口建设试点任务,健全完善审查安全制度、预案和文书格式,建立"一案一自查、每月一分析"的安全自查自纠责任机制等,推动分管工作规范化、制度化、科学化。在共同的奋斗中,我们共同成长进步,我也得到大家的信任,收获友谊融入集体。

"你们是党的好干部"

——这是一位上访群众给予我们的最高评价。

老李年近八旬,因为对 1994 年拆迁补偿不满而长期上访,又因为上访过程产生的不满和怨气,继而投诉接访干部,成为令人避之不及、头痛难缠的老信访户。

2018 年底,我接到州纪委主要领导下决心解决该问题的批示件后,立即组织调集老李历年的信访件和相关办理情况进行分析研判,确定了"耐心说服、依法办理、真情化解"的处置原则,并从多种诉求中抓住拆迁补偿这个症结入手开展工作。

我带领信访室同志,先后约访老李的老伴和子女,取得家属的理解支持,争取了最有力的同盟军。在约老李谈话时,从拉家常聊天开始,耐心听他倾诉,同时顺势开导劝解,以真诚和善的态度得到了老李的信任。之后,我又邀约律师一起上门走访,从法律角度逐一对拆迁补偿涉及的问题进行梳理讲解,讲清政策和道理,消除误解,从而进一步夯实了解决问题的思想基础。

2019 年 1 月下旬,我刚住村回来,就带队直奔老李家,并带上慰问品,一来是赶在春节返闽探亲前给老李一家拜个早年,二来是想再听听老李经过一段时间考虑后的想法。看到我们再次来访,老李很高兴,不住地续茶递烟上水果。当我们把经过细致调查做出的解决方案告诉老李后,虽然离他预期的还有差距,但老李说,他真切感受到了我们公平公正处理的态度和对他真情实意的关心,当即表示全盘接受解决方案。看到老李一家如释重负的笑容时,真心为他能从此过上尽享天伦之乐、不再奔波上访的晚年生活感到高兴,为人民群众服务尽职后的满足感、幸福感油然而生,幸福真的是奋斗出来的!

“你永远是我的巴郎子”

——这是哈萨克族大叔沙它尔里甫·呼尔汗的动情告白。

沙大叔是昌吉州纪委挂钩的吉木萨尔县老台乡阿克托别村的农牧民，今年70岁，他和老伴独自抚养3个孙子女，属于低收入需帮扶的困难户。我和沙大叔结缘于“民族团结一家亲”结亲活动，他是我进疆后的第一个少数民族“亲戚”。

记得我第一次打起背包住进沙大叔家，就遇到了语言沟通不畅、风俗习惯迥异、饮食起居落差大等挑战。特别是语言不通，当南方地瓜腔碰上抖舌音，双方都有“鸡同鸭讲”的苦恼。刚开始，我需要通过翻译，才能与沙大叔交流。几次往来后，我逐渐掌握了一些本地土话和腔调技巧，慢慢可以和沙大叔顺畅地聊天“喧谎”。我们聊着家长里短，一起铡草拌料喂牛喂羊，到地里运粪堆肥，给苞谷苗打岔，看看苜蓿的长势，感情上进一步贴近了。

沙大叔家两个年幼孙女的妈妈不幸因病离世，爸爸又常年外出不在家。我刚来时，两个小古丽胆小怯生、令人怜爱。为了让她们开朗快乐起来，每次来，我都会带上一些图书、玩具和零食，和她们一起做游戏、讲故事，一起到城里游览，带她们到巴扎买新衣，教她们念诗写字。记得那次去县城公园玩耍，我带上她们到西餐厅吃牛排开“洋荤”。进餐厅后，我们既像父女般亲昵又不像父女的样貌，吸引了不少疑问的眼神。还是老板娘聪明伶俐，猜出了我们是“亲戚”的关系，她连声赞叹“劳道，劳道！”（新疆方言，厉害、给力的意思）

现在，她们已不再像以前那样，见到我来就往奶奶身后躲，她们会主动给我演唱学校刚教的儿歌，还会在爷爷冬不拉的伴奏下，跳起欢快的哈萨克族舞蹈“黑走马”。希望她们天天都快乐！

沙大叔老两口年老体衰，只能养几头牛羊维持生计。他几次给我念叨说，前些年政府为了帮扶他，出资在乡里某养殖合作社托养了几头羊，每年由合作社分红用于补贴家用。但因种种原因合作社难以为继，拖欠了两年分红款和托养合同到期后应返还的本金。了解情况后，我多次协调相关部门会商解决方案，经县纪委督办，沙大叔等几十户农牧民终于领到了合作社以物代偿的马和羊。那天，我正好结亲来到沙大叔家，看到他深夜赶着马和羊回家，脸上满是笑容。

在结亲期间，我还见到不少品学兼优的少数民族学生，他们在贫困艰苦的环境中仍然勤奋努力，有的已经考上大学。为了让他们心无旁骛地求学向上、放飞梦想，在省纪委支持下，我们筹款在村里设立了“帮困助学金”，至今已资助了十余名贫困学生。考上了新疆大学旅游本科专业的巴力恒·阿勒哈别克感激地表示，要加倍努力读书，回报社会的关爱，以后工作挣钱了要归还资助款，把爱心延续下去。朴实的话语和诚挚的决心让我深受触动，建设新疆安定繁荣美好未来的希望，就寄托在这些有知识、有志向、感党恩的青年人才身上！

与基层群众的结亲活动，也让我和援友们受益匪浅：走出了机关大院，踩进了田间地头，睡上了农家炕席，身上多了泥土味、少了官僚气，与各族群众融为一体、打成一片，更接地气了。正如习近平总书记指出的“来来往往、说说唱唱、聚聚聊聊里面就有大政治”，我亲身感受到，我们离群众有多近、群众就与我们有多亲，只要我们将老百姓的冷暖放在心上，老百姓就会把我们装在心里。

“三年援疆路，一生新疆情”

——这是最常听到的新老援疆干部发自内心的真情表白。

三年援疆路，足以给我们的人生烙上深深的新疆印记，让我们这辈子再也忘不了新疆。这三年中，煎熬过“乡愁漫灌塔里木，归箭直上博格达”的思乡情切，也澎湃过“当效先朝破虏将，丹心报国不负君”的慷慨豪迈；这三年里，遇到过“帘卷西风烈，人比黄花瘦”的艰辛困苦，也激荡着“黄沙百战穿金甲，不破楼兰终不还”的壮士情怀。

三年援疆路，激励我不畏艰难、砥砺前行的是各方的关心温暖，这些温暖时常荡漾在心间，让我远行沉重的心感到轻盈。

感谢你们，我家乡的领导和同事！忘不了，省纪委主要领导要求“机关领导和各部门要给予援疆干部更多关心关注”的暖心批示，让我感到虽远征在外，但我身后是整个机关的力量。忘不了，一位领导大姐写下“铁匠定当钢铁汉，千锤百炼不怕难。耐住雪寒与孤寂，待到他年捷报传”的鼓励诗句，给疲惫徘徊的我注入了重整旗鼓再出发的满满正能量。忘不了，家乡纪委系统的战友们，有的给我寄来凝聚智慧心血编写的制度文稿，共同助力提升受援地的工作；有的牵挂我的安危冷暖，传递各种关心，让我觉得从未离开过那个温馨的集体；有的帮助我处理家庭难事，慰问我患病住院的亲属，化解我鞭长莫及、无力顾家的心焦。

感谢你们，我新疆的领导和同事！各级领导工作上对我们高看一眼，给予充分信任，放手让我们分管重要工作，常指导、常交流，定期听取意见建议；在生活上厚爱三分，每逢节日组织慰问。州纪委的同事们在交往中坦诚相待，主动帮助我熟悉情况、开展工作；闲时邀约摆上家宴，一壶醇酒、大盘佳肴、交心话语，让我真切感受到情感上贴心、工作上顺心、生活上舒心。

感谢你们，我朝夕相处的援友们！福建援疆团队是一个温馨暖心、情意浓浓的大家庭，有智慧担当、平易如兄长的领头人，有和谐共事、同心协力的班子，有相互关心、团结奋进的集体。喜乐，大家共享；苦闷，大家分担；有难，大家互助。难忘我们一起出游，欢笑满路；难忘一起运动散步，把烦闷甩到脑后；难忘几次家中老人摔倒受伤，医生援友迅速联系专家急救；难忘年迈父母来疆探亲时，同行援友一路陪伴照料；难忘孩子学习波动，老师援友热心会诊把脉、出谋划策……我要说，援疆路上，有你们真好！

对不起，我至亲的家人们！岳父岳母、爸爸妈妈，你们都已年过七旬，我不能在身边陪伴照顾，还要你们为我操心挂念。岳母曾患癌两次手术，在我援疆期间又患脑中风，病情才缓解就拖着蹒跚步履，坚持从外地赶来帮忙照料我的小家。爸爸妈妈，你们在我接到援疆任务、紧急离家进疆后，张罗着租房搬家，你们照顾孙儿长达半年，你们坚持锻炼身体，说要保重身体，怕生病拖累了我。老婆，你辛苦了，一边要承担学校繁重的科研教学任务，一边还要操持家里的大小事务，常常忙到深夜凌晨。那年春节前夕，你生病住院，我们因为边疆工作特殊要求而延迟了返乡探亲时间，等赶到家那天，你刚办理完出院手续回家休养，却没有一句怨[illegible]，你刚上初中不久，我就去了新疆，在你成长的重要时期[illegible]。记得那年你来昌吉参加夏令营，在接受采[illegible]，我每看一次视频回放，都忍不住落泪。路终[illegible]切顺利！

[illegible]付出，也有收获欢欣，我坚信：经过边疆风雨洗礼，我们终将遇见生命中最美的风景！援疆未有期，让我们继续奔跑吧，为了新疆的安宁稳定，为了新疆的美好未来！

天山皑雪证初心

——记新疆昌吉回族自治州党委组织部副部长、福建省第七批援疆前方指挥部副指挥长李少群

/黄小谷/

就像可以代入的数学公式一样，每个中国人，都会代入到“父母在，不远游”中，感受离家的不易，从深深的故土拔出双腿，从层层人伦的差序格局中，剥离出自己，古往今来概莫能外，援疆干部也是如此。

一种文化，只有转化成为群体的日常伦理时，才称为文化。儒家文化的载体是人际关系的结构，父子、夫妻、兄弟，若不知这些人伦关系之所在，伦理就无从展开，特别是当对方病患时，就格外焦灼。

昌吉州组织副部长、福建省援疆前方指挥部副指挥长李少群，作为骨干人员于2016年12月提前进疆与上一批援疆干部人才队伍压茬交接，回闽短暂休整之后，于2017年2月底再次来到新疆昌吉刚一个多月的时候，就体会到了这种焦灼。

2017 年 4 月，他的父亲检查出肠道重大疾病，一查出就急需手术，那时候他刚和新一批援疆干部人才队伍进疆才一个多月，万事开头难，有太多的工作要去推进，分管干部队伍的他，自己说回就回，队伍还怎么管？

倒是妻子和父亲安慰着忧心如焚的他，老人家在妻子、大舅子及家人的悉心照顾下，顺利手术，他这才庆幸地宽下心来。

这一批援疆干部的年龄段多是父母年龄大，孩子正在上学。他不但错过了父亲的手术，还错过了一件事情，妻子生二胎时他也不在身边，弥补的办法是，给孩子的名字里嵌入一个“新”字。

“谁家没有点什么事啊，自己消化，藏在心底就好！”李少群笑了，摆摆手，似乎在摆脱某种回忆。

话锋一转。

根据中组部、人社部的统一部署，福建省选派的第七批 197 名援疆干部人才，于 2017 年 2 月 28 日赴新疆昌吉州，开展为期 3 年的援疆工作，分布是这样的，党政 72 人，含各个级别，专技人才 122 人，其中副高以上 71 人，中级 51 人，还有 3 名企业高管，全部中级以上职称，医生占了人才援疆的大头 62 名，教育系统 35 名，女性 27 人，上批留任了 8 名，进疆时的平均年龄 41 岁，最大的是吉木萨尔县厦门班的易老师。

看来这些数字每天都在他的脑海里回旋着，被他信手拈来。

他总结着这一批援疆干部的特点，挂实职，人数多，任务重，压力大，下沉深，在从严治疆的新常态下，对干部要求非常严格。大家都在积极参加受援单位 24 小时值班带班，全身心投入到民族团结一家亲工作中。从大局来讲，从严治党，从新疆来讲，从严治疆，从严治吏，从援疆前方指挥部来讲，是从严管理。援疆是个集体，也是个大家庭，197 个人要高高兴兴地出来，平平安安地回去，一个都不能少。所以，在干部人才管理这一块，他们严抓规章制度的落实，确保援疆干部人才安住心、沉下身、干出活、留下情。

干部管理是他的主业，援疆干部人才资源是援疆工作中的重中之重，李少群对重中之重的干部人才管理有自己的思考，善于归纳的他就一句话，四个字：“严管、厚爱”。

说起来容易，怎么做到呢。

先说严管吧。大部队进来的时候，先在党校培训了一周。大家在州党校的援疆干部人才培训会上，学习了援疆工作的政策、民族宗教、当地的经济社会发展情况、风土人情等以前没有涉及的知识，让从内地来的大家，都理解到新疆工作的特殊性。很多援疆干部感受到，以前作为一个地方干部时一直都在努力工作，但从未像这次援疆，感到自己付出的努力，与伟大祖国的大政方针、战略战术融在了一起，感到自己是“中国梦”“一带一路”“戍边”这样一些国家大战略、大构想的实践者、参与者。

新疆非常讲政治，讲安全。政治安全，不要乱讲话，经济安全，清清白白，多交一些朋友，福建人喜欢交朋友，但不能出错，保障人身安全，不酗酒，不乱请假、乱开车。这么多规矩，怎么才能让大家记住呢。李少群把它们拓展成“五抓”：“严抓管理、细抓服务、勤抓保障、力抓特色、狠抓实效”。

怎么样从严从实管 干部，是他 直在想的问题。在州党校学 的时候，总指挥长黄鹤麟交给他一个难题，让他去解读一些文件，但那些文件大家左耳进、右耳出，根本就记不住怎么办？

经常化的工作需要归纳、总结，否则就淹没在文件中了。他会上会下都在梳理着文件，一件件解读，归纳，绞尽脑汁，几天之后的那个晚上，他忽然被触动了，灵光一闪：解放战争时期的那些电影里，不都有那个三大纪律八项注意的歌谣吗，这一代人从小就耳熟能详，简直是飞进了千家万户，能不能像三大纪律八项注意那样，让大家朗朗上口？

政策是冷冰冰的东西，但说不出来不行。也许工作干得也很热闹，但大家记不住。他总结归纳的“十要十不要，三个安全最重要”，就成了整个前指的行动指南。易读易记、入脑入心，还因为它的精粹、实用、适用，最后还被《组工文萃》选登，连福建“领导文萃”的公众号也进行了推送。

“十要十不要，三个安全最重要”：

“十要”：要学习政策规定、要尽快融入当地、要提升业务水平、要服从统一管理、要及时报告动态、要维护队伍团结、要强化责任意识、要培养健康情趣、要注意锻炼身体、要树立良好形象；

“十不要”：话不要乱说、态不要乱表、路不要乱走、酒不要乱喝、钱不要乱花、情不要乱纵、车不要乱开、牌不要乱打、假不要乱请、图不要乱晒。

“三个安全最重要”：确保政治安全、确保经济安全、确保人身安全。

李少群绞尽脑汁的《十要十不要，三个安全最重要》，成为团队的行动指南，达成了一种共识，目的就是确保这支队伍的政治安全、经济安全、人身安全。

昌吉州党委组织部人才援疆办主任赵斌说起“十要十不要”，“自治区对援疆工作有三个严禁,第一严禁驾车,第二严禁酗酒,第三严禁进娱乐场合,那个是大的框架,十要十不要,是在自治区三个严禁之下,关于援疆管理办法更为细化的东西,管用,接地气,精准,针对性强,具有示范性。他因为主管人才管理与服务,像推动"三个双一百",组团援疆这些工作,都需要人才保障,工作都是要人来做的。"

在"严管"上,李少群还制定出台了《干部人才请销假制度》、《因私外出安全承诺制度》、《重大事项报告制度》等规章制度。规定探亲家属出去旅行要两个家庭一起,或三个援疆干部一起出去,确保第一时间知道出现了什么问题,要跟正规的旅行社签订合同,受援单位领导签字同意,临行前还要由省前指人才组同志负责谈话、指定出行负责人等等。2017 年中秋国庆双节,大家回闽的机票都定好了,4 个月没回家了,自治区党委组织部一个通知,就马上退票,全体援疆干部人才留疆在岗。每天晚上 11 时,不管你是在健身、下棋,还是加班,所有的援疆干部,手机不约而同响起来,该点名了,报告你的个人位置;这是福建援疆前方指挥部对干部人才管理的一个侧影,天天向指挥部报告自己行踪。

我们在茶香中谈天,不断有电话进来,他问,"卫生系统探亲的人,回来没有?"放下电话,他续上话题,"这种压力非常有必要,新疆从严管理,我们也是为祖国做贡献。我对这个队伍很满意,很欣慰,干部队伍是援疆的基础,工作是人在做,通过人的工作,工作才能落实。我爱护并且尊重这支队伍,人才这一块发挥了很大的作用,农业、检验检疫,医疗团队方面,我们有全国的妇科冠军,在国际上都有排名。"

"当然,严管的另一面是厚爱。"李少群平静的语气中透着决断与刚毅。

厚爱怎么表现?

他有自己的管理理念。管理人才是最基础的,最重要的因素,工作要靠干部去推动,管理得好,服务得好,他的积极性就发挥得好。

初来乍到,对大家的安保也是厚爱的一个侧影,他向前指提出增设安保组并由自己分管,给大家换了每个单元的楼道铁门,安装了指纹锁,安装了一键式报警器和电铃。给每人配上必要的安防装备,带大家经常做一些安保演练,稳住了人心,再去细抓服务,哪个监控坏了,他让安保组找人去修。

有电话进来,他说的最多的是,"要注意安全啊"。

"我们的干部人才,在工作上都很认真,虽然受援地条件比大家想象中好很多,但随着时间的推移,初来时的激动渐渐淡了,取而代之的是对家乡、亲人的思念,大家都在4600多公里外的异乡,所以得营造一种家的氛围,这将是这个团队在援疆路上的一道'坎'。"所以省前指每月让干部人才过一次集体生日会,让这个月生日的干部人才集体上台点生日蜡烛,大家共唱生日快乐歌为寿星祝贺。同时食堂加几个菜,加点啤酒,大家在欢歌笑语中一解乡愁,集体的温暖,把团队做成暖心的家。记得2017年三八节的时候,援疆干部人才进疆刚满一周,前指统一过的节,所有女同胞都收到了小礼物,黄鹤麟总指挥长献的鲜花,省前指洋溢着节日的欢快气氛。

2018年1月,在新疆过的第一个生日,李少群收到时任福建省委常委、组织部部长胡昌升的短信祝福:"少群好,今天是你的生日,祝你生日快乐!你积极响应号召,远赴天山、参加援疆。你敢于担当、主动作为,协助领队带好援疆干部队伍,促进民族团结,积极推动福建和昌吉两地交流交往,发挥桥梁纽带作用,工作成效明显。在此向你道一声辛苦!请你多保重身体,注意安全。希望你再接再厉,取得新的成绩。代我向你的爱人和家人问好,祝幸福吉祥!"李少群感觉到一种与窗外冰雪反差极大的关怀。

管理这样一个团队,他必须有自己清晰的思路。举办"援疆讲堂大家说",让援疆干部人才自己登台讲课,分享各自实用的专业知识,让参与破大案的吴舒腾讲案综,让医生讲讲保健的知识,提高实用的技能,把这个系列讲座打造成了"四个平台":学习知识的平台、交流经验的平台、展示自我的平台、健康生活的平台。

人才援疆办主任赵斌主任说起点滴的故事,"一个农业专家,突发疾病,因为感冒引起的吧,引起失衡眩晕,人都站不稳了,赶紧住院治疗。他第一时间赶到中医院看望,把组织的关心带到了病房。对我们组织部里的人也是,协调后方相熟的企业献爱心,给大家捐赠棉衣棉鞋。我们州党委组织部挂钩帮扶的团结大院社区,他在进社区时发现社区许多设施老化,就从不多的个人工作经费中挤出3.5万元,帮助团结院社区添置办公设备,打印机,复印机,5台电脑,对一个社区是很大的提升,促进了它的办公信息化建设。"积极推动闽疆两地的交流,也是他的工作之一,协调福建省委组织部下属富闽基金会每年拨出10万元资助昌吉州的品学兼优的贫困学生,目前有280多名贫困学生受益。

爱心的故事还辐射在双湾村。它是昌吉州党委组织部访惠聚工作队驻点的村。刚开始的时候,村工作队队长来找到他,希望能对村里做一些基础设施的投入。他向前指,漳州、南平分指协调资金共90万元,用于帮助扶贫、修路、改善基础设施等等。

2018年底，新疆昌吉州木垒县照壁山乡双湾村村民的一封感谢信，抵达了福建省委组织部部长的案头："今天给您写信，想说说我们老百姓心里话，感谢你们派来的这些好领导、好干部!"、"现在，我们的路灯亮了，自来水接通了，各小组油路修好了，村民唱歌跳舞有地方了，挣钱有门路了，日子越过越好了。但我们山里农民心里有一杆秤，这一切一切的变化，是黄书记、刘州长、李部长这些好领导帮助的，更应该感谢您为我们选了好干部……"

村民们的亲笔信，虽然写得不规范，却印满了红手印。这既是一个民族团结一家亲的故事，又是援疆两地情的故事。

严管与厚爱所取得的成效是，1名援疆医疗人才出国参赛，赢得好名次，为国争光。2名援疆干部获得自治区"开发建设新疆奖章"、1名援疆干部获得福建团省委"五四青年奖章"、1名援疆老师被评为2017年"感动厦门十大人物"、福建省援疆前方指挥部和9个分指被昌吉州评为扶贫开发工作先进单位(特殊贡献单位)、12名福建援疆干部被表彰为扶贫工作先进个人。据不完全统计，入疆以来，共有136名人次的福建援疆干部人才被县(市)一级嘉奖、表彰，有98名人次被州一级单位嘉奖、表彰，有46名人次被省、自治区一级嘉奖、表彰。李少群被福建省委省直机关工委评为"提振精气神、机关勇担当"攻坚克难"十佳"典型提名，他的家庭也被福建省妇联推选为"2019年度福建省最美家庭"。

他说起党建工作，"昌吉州党委常委、组织部部长孟汉江来了以后，在抓党建这一块上力度很大，支持援疆干部用心去推动闽昌两地党建工作交流交往，推动福建省各设区市、县与对口受援县的党委开展互访交流，福建省9个设区市党政主官、组织部部长、分管副部长，都来看望过援疆干部人才。比如，2019年5月，龙岩市上杭县委书记，上杭县委常委、组织部长率上杭县党政代表团赴呼图壁县开展党建工作交流；6月，呼图壁县委考察团一行赴福建省龙岩市进行考察活动，先后参观了毛主席纪念园，实地领会了'古田会议'精神。"

他喜欢创新，在党支部层面探索"1+2"支部结对帮建，比如呼图壁县二十里店镇二十里店村1个党支部分别与福建省龙岩市上杭县古田镇五龙村党支部、宁德市寿宁县下党村党支部2个支部结对帮建，开展"六共六提"、"四共四帮"活动。五龙村党支部是"全国先进基层党支部"、"全国民主法治示范村(社区)"、"全国文明村镇"、"中国乡村旅游模范村"、"全国五四红旗团支部"。

下党村是一个知名度很高的村，习近平总书记在福建工作期间三进下党，留下了四下基层、现场办公、心系百姓等工作典范。下党村发展红色旅游、特色产业、电商产业，改变贫穷面貌，成为脱贫攻坚的典范，是“福建省党性教育基地”。

6 月 14 日，他带领二十里店村 8 名党员干部远赴福建省宁德市寿宁县下党乡下党村，重走习近平总书记走过的“党群连心路”、聆听亲历者对习近平总书记“三进下党，现场办公”的讲解。8 名村党员干部在鸾峰桥头，这座“宗旨桥”、“爱民桥”上，重温入党誓词，回望入党初心。

就这样，人才培育交流、干部教育管理、组织党建工作，构成他重点工作中的“三辆马车”。

呼图壁县二十店村党员赴福建下党村开展共建活动

在全疆 19 个对口援疆省市中，他们率先开展福建省院士专家昌吉行，11 位院士专家来为昌吉州的经济发展会诊把脉。

投入 6600 万元，组织昌吉州 6870 名干部人才赴福建培训交流，每年编制福建省对口支援新疆昌吉州人才工作项目和资金安排方案。

2018 年以来，全州完成中期轮换专业技术人员达 115 人次，协调福建医疗卫生高级专家来疆开展学术交流达 40 人次。

2019 年 3 月，在昌吉州对口支援地——南疆克州举办“不忘初心、为疆奉献”福建援疆干部培训班，组织援疆干部考察产业援疆、福建企业助力南疆脱贫攻坚等工作，为南疆的脱贫攻坚，建言献策。

他在州党委组织部信息管理工作上编制“一规一册”，畅通“四张网”、建好“四个库”、开发“四大系统”，信息工作不断优化，信息体系畅通高效。干出了有特色的工作，在全疆范围内进行了经验交流，分管的党员远程教育工作、公务员管理工作、部机关保密工作、扶贫工作等都亮点纷呈。

“不忘初心、牢记使命”主题教育调研，他坚持到工作一线听听干部人事档案工作人员最真实的心声。有的干部倾诉道：“档案工作繁复冗杂，往往同一项工作要重复上百回、上千回，既望不到尽头、又看不到成效，单位提拔干部也就不会考虑我们了，所以干着干着就没了当初的激情。”

这一句话，李少群默默地记在了心里。

“我作为分管领导，对干部人事档案队伍严管有余，关心关爱还不够，一定程度上影响了干部干事创业的积极性和主动性”，他在调研报告里写到。与此同时，举办一期干部人事档案培训班的想法在他心里萌发。

为了让学员们学得扎实、吃得舒服、住得舒心，他选定了面朝大海、风景优美、位于福建省东山县的谷文昌干部学院，并多次就培训事宜进行对接。

2019 年 10 月 25 日，一支由长期在档案一线、表现优秀的干部档案管理人员组成的 30 人队伍从新疆出发了！

这是昌吉州首次在谷文昌干部学院举办干部培训班，也是大部分档案管理人员第一次赴闽学习。看到波澜壮阔的大海和郁郁葱葱的树木，学员们不禁激动地说：“组织能看到我们这些平凡岗位上的普通人，给予我们外出学习的机会，让我们倍感关怀。这是我第一次看到大海，第一次外出培训！感谢组织！”

看着从福建传回来的学员们学习的照片，李少群被那一个个渴望知识的眼睛、洋溢幸福的面庞所感染，露出了欣慰的笑容。

他讲起具有福建特色的“三个双一百”智力援疆，每年从农业、教育、卫生三支队伍里，派 100 人去福建考察，福建也派同等人数来昌吉，双向交流。还有 2 个月、4 个月的短期互派，目前已接收当地 180 名医疗卫生技术人员赴闽进修深造。共选派 436 名专业技术人才来昌吉开展支医支农工作，援疆医生用精湛医术填补了当地 85 项医疗空白，援疆农业专业技术人员引进一批新品种新技术。

人的工作是最难的，听说他在两次推荐选拔干部，提任干部上，得到了援疆干部队伍的广泛理解和认同，做到了“零牢骚”“零怨气”。

“这是怎么做到的？”

他说，"做人的工作，做干部的工作，说难很难，说不难，把规则定下来，一碗水端平，就不难。以公道正派的姿态，深入基层，听意见，为组织上选人用人的决策提供参考。"

"那，以什么样的角度进入这样的谈话？"

"面对面，背靠背。"

"怎么讲？"

"首先是面对面和大家坐在一起，不理解政策的地方就摆出来，给大家做一些政策解读，听听大家的意见，完了之后呢，再背靠背，一对一地谈话。"

第七批197位援疆干部人才，在"民族团结一家亲"活动中，每人结一家少数民族亲戚，李少群有着从乡镇基层到省委组织部的工作经历，看问题的眼光有他的经验。他说，"住亲对干部有好处，直接了解了基层，了解了农村。"

就像那句名言"幸福的家庭都是相似的，不幸的家庭各有各的不幸"。当李少群初次来到木垒县照壁山乡双湾村35岁的维吾尔族村民叶合牙家的时候，这个村子唯一的一户建档立卡的贫困户家庭，正是一团糟的时候。

自从2017年3月与叶合牙结为"亲戚"，他带着米面油去了四趟，还没见到过男主人，只有女主人和孩子在家。说是叶合牙在奇台放羊，怎么回事呢？原来，叶合牙七年前借了高利贷，用于贩卖羊，倒来倒去的，不但没赚，本钱都回不来，还欠下了30多万元的债务。妻子没工作，还有两个幼小的孩子，一个小康之家的生活变得困顿起来。叶合牙开始了躲债，东躲西藏，那是他最苦的日子，躲得像个流浪汉。债主把他告到了法院，他想不通吃药自杀。正好李少群在县上，和驻双湾村的"访惠聚"工作队干部知道消息后立即把他送进医院，后来的叶合牙说，"要不是亲戚救我……"

此后李少群就经常去到叶合牙家中，他担心的是，"人抢救过来了，可欠下的债务要还啊。只有把债务还清了，一家人才好过点。"

李少群就去协调法院，将房子卖掉抵了大部分债务。

他买了一只价值四五千块钱的种公羊，是那种黑头羊，让叶合牙养起来，用于繁殖。

其实，不吃牛羊肉的李少群，最不耐牛羊肉的膻味了，平日吃得比较素，这一点让他来新疆就很难适应。但他还得一次次跟羊打交道，到牧区，到草场，到少数民族家里，去克服语言障碍、了解他们的习俗。

那天，李少群与双湾村"两委"及驻村工作队，买了20只待产的母羊，一头价值1300块钱，把一货车的羊，拉到叶合牙的家。叶合牙的父亲掉下了眼泪，叶合牙的汉语不太流利，只会哽咽着叫一声“李大哥！”

他们就这样做着精准扶贫的工作。之后，每次去木垒出差，他总会去看看“亲戚”，不到一年时间，去了十几趟。

援友们调侃他，“亲戚家又产了几只羊羔？”“20 只母羊，把种公羊累死啦。”

我问，“现在呢？”

“当初送去的 20 只羊，母羊都产羔了，加上村里和工作队送的 20 只羊，现在有七八十只了。”

他很开心这样的前后变化，又给叶合牙的妻子在县城找了份保洁的工作，每月有 2000 元收入，给每个孩子每年 1000 块钱的助学金，还有鹭岛基金。结亲以前，叶合牙家庭人均纯收入 3500 元，结亲后，他的家庭人均纯收入达到了 7000 元以上。一个苍白的家庭就这样一点点有了起色，有了血色。

上次见到李少群时，他若有所思，“我下去之后才看到，各级政府对他们都很好，怎么让他们学会感恩呢？”

这，是个深层的问题。

但现在，时间过去之后，有了爱的投入之后，情况不一样了。

“他以前自闭到不说话，现在虽然也还是听不懂我的话，但会主动过来身边，跟我讲几句话了，每次见到我，两个孩子最先扑过来，我去村里的时候把他们请到县城吃饭，上次还主动打电话，请我去做客，结亲的路太远了，要走 400 多公里……”

魏源《海国图志》说，以前走得最远的人，一僧，二兵，三商，四役。自古以来都不断地有着仁人志士隔着时空的援疆，今天，是走了这么远的福建人。

他说，“我们党政干部的援疆期限是三年，干部人才只有一年半，在时间的长长峡谷中，只是白驹过隙……”

他的这首诗，像誓词像名言：

天山闽水梦牵萦，丝路皑雪映初心。

大漠驰骋砺英志，家国情怀永镌金。

他刚入疆时，在阔大的时空，寂寥的心境下，写下《天山冬雪》：

绘一场漫天蝶舞的白

轻轻拥抱我的到来

刹那，万籁静寂

冰冻所有的霾

塞外的风景
持续精彩

吹一曲悠远坚定的笛
在思念的夜里响起
远行,初心不改
饮下浓酽的酒
期盼的重逢
意念深埋

扶一把千年传承的脉
天山下的丝路沧海
稳定,民心所载
共筑久安的城
花开的美丽
醉人心怀……

李少群写下了诗意化的雪,他有感而发:雪在福建很少见,来到新疆,一年看雪,新奇;两年看雪,感动;三年看雪,觉得另有深意。雪是冷的,如同在干部管理层面上,冷面、严峻,但雪的覆盖下,却是毛泽东的诗句,"大地微微暖气吹",管理干部同样要有这种温度。而雪的洁白,仿佛象征着初心!

黄小谷, 福建援疆干部,昌吉州民政局副局长。

人生的一次转场

——记新疆昌吉回族自治州发改委副主任、福建省第七批援疆前方指挥部副指挥长张军

/刘　茜/

援疆是人生的一次转场，阔达了人生宽度、挖掘了生命深度。诗和远方，我都有了，真好。

——张　军

2016 年的最后一个月，福建省发改委项目推进处干部张军开启援疆之旅。

张军现任新疆昌吉回族自治州发展和改革委员会副主任、福建援疆前方指挥部副指挥长。

一米八几的个头，人长得敦敦实实，自带温暖的气场，这是张军给记者的第一印象。初见张军，他刚从 5 公里外的单位值班回来，略显疲惫却眼神明亮。看到记者，他有些歉意地说："不好意思，没刮胡子今天。"

张军的讲述,一字一句中充满了睿智,伴随一缕缕茶香在斑斓的阳光里袅袅上升。

援疆岁月成就"高光时刻"

张军说,这批福建援疆干部都是通过层层遴选,素质高、业务强、富有责任心,这支队伍是最好的团队。团队力量,让人读懂责任、品味友谊、珍惜生活。在他眼里,援疆经历堪比一座"985 大学",援友们就像是大学时代的"舍友"和"同学"。

"今年 9 月 18 日,昌吉的酒店订不到房间,乌鲁木齐机场特别拥挤;今年 9 月 18 日,是我们这批援疆干部人才最忙碌和最期待的一天,期待第二天的会议圆满成功。"张军这样说。

2018 年 9 月 18 日至 20 日,福建援疆前指举办了"企业家昌吉行——产业援疆与产业发展圆桌会议",邀请林毅夫等国内知名经济学家和企业大咖近 400 名嘉宾云集昌吉,为推动闽新"一带一路"两个核心区融合发展提供更多新思路。

清晨 9 时许,会场中心就已熙熙攘攘。来自全国的 30 多家媒体记者聚焦圆桌会议,盛况空前。全国工商联原副主席、北京大学国家发展研究院联合创始人、原世界银行首席经济学家、北京大学新结构经济学研究院院长林毅夫,十一届全国政协委员、国家税务总局原副局长、经济学家许善达,十二届全国政协委员、国务院发展研究中心原副主任、经济学家侯云春以及国内知名企业家进行主题演讲。兴业银行首席经济学家鲁政委、凤凰卫视时政经济评论员宋新强、特变电工股份有限公司董事长张新、福建省建工集团副总经理丘亮新、七匹狼控股集团公司副总裁周士渊等一起为产业援疆与产业发展论道把脉。会上,昌吉州揽获 20 个重大签约项目,总签约额 199.73 亿元。

都说现在的舞台越来越注重既视感,在产业援疆圆桌会议上,大气前沿的会场布置,得到业内高度认可。援友们形象地说,福建省对口支援新疆工作前方指挥部总指挥长黄鹤麟是导演,而张军是舞台总监。

今年 1 月 17 日,一场"闽味"春晚在呼图壁县二十里店镇二十里店村火热上演。当天,新华社、中央广播电视总台、人民网、新疆日报、昌吉日报等作了深度报道。其中,新华社直播《去新疆乡村看一场闽南味儿"春晚"!》,15 小时浏览量破百万。

这是一个普通的小村庄，10.8平方公里，351户1283人，维吾尔族、哈萨克族、汉族等人民共同生活在这里。去年以来，福建援疆工作前方指挥部与福建援疆宁德、龙岩分指挥部先后斥资1700多万元，在村里启动了“十个一”援建工程，让二十里店村村容村貌焕然一新。

当天上午的活动是为村民写春联，数张长条桌一字排开，大红纸张铺开，春联福字写起来，瞅着就那么喜庆。援疆干部藏龙卧虎，与当地书法家们一起把热腾腾的新春祝福，送给二十里店村的乡亲们。

什么？对联的横批是“狼吞虎咽”？哈哈，原来这是福建援疆干部、昌吉州党委宣传部副部长温云荣在给孩子们宣传传统文化，他拿出“莺歌燕舞迎新春”求孩子们的下联，在启发孩子们莺、燕是飞鸟后，有个孩子对出了“狼吞虎咽过大年”的“绝对”。最终“书法家”将“狼吞虎咽”四个字送给了小朋友，一方面鼓励他们强化中华传统文化学习；一方面，援疆工作的目的，是让孩子们摆脱物质上和精神上的贫乏，让梦想照进现实。

张军说村里千人饺子宴嚼出了一家人的味道，自己早早就给村头的小卖部贴上了春联。他说，没想到店主热孜古丽还是明星呢！下午穿着旗袍唱了京剧，闽南歌唱得也很棒。

你瞧！“春晚”舞台上中了大奖的乡亲十分激动。慢着——同时领奖的两个人长得咋不像一家人呀？哦！原来是中了大奖的援疆干部，把奖品转赠给了自己的“亲戚”！

“全体合影留念时，满台的欢喜，簇拥着大家伙的心。还有一个小孩跑到了我的怀里来。”张军开心地说。

一段融入春天的行程

这段时间，在福建援疆前指的牵头下，张军和援友们一起调研、筛选、论证，正在擘画昌吉市物流业发展课题的新定义、新模式、新境界。历史上昌吉市物流发展较慢，张军希望新思路能在昌吉构筑新模式的“台风眼”，集聚发展元素，让昌吉市物流业跨越式发展，进而能在新疆乃至全国占领一席之地。

张军表示，以前招商多用产业链模式，现在现代物流，已经可用以补充产业链中的部分环节。比如，借用大数据+物联网的形式，可让物流变成企业流水线上的一个“生产车间”：需要什么配件，远方厂家的半成品通过物流准时到达，精准嵌扣。物流替代车间，这就是高科技新时代催生的崭新供应模式。

张军的女儿今年15岁,9月开学上初三,仍处于叛逆期。和他自己在军队家属院成长时一样,父亲无法陪伴度过这段心灵成长关键期。他对女儿提出的期望要求是,做任何事都要踏踏实实,干完一件事就要让别人高看你一眼,未来做一个大写的人。

“努力前行就是成功。成功是一种状态,不是数字,也不是赛跑终点的红线。”这是张军和他的哈萨克族亲戚莎拉·吐尔德别克的微信聊天记录。莎拉家住木垒县大石头乡大石头村,20岁的她正读大二。张军笃定知识能改变命运,践诺负责莎拉这三年的大学学费,每年4800元左右。他希望通过交心引导,让莎拉不再有认知上的偏差,用正确的三观去导航人生。

飞越天山独酌岁月,沙枣树长出一树芬芳,从古边塞诗里飞出的苍鹰,盘旋在大漠的高处。张军说,四季轮转,新疆人的热情周到和领导同事的关怀备至,给了他饱满的幸福时光。

胡适先生在《自由人生》中说:“生命本没有意义,你要能给它什么意义,它就有什么意义。与其终日冥想人生有何意义,不如试用此生做点有意义的事。”

张军说,援疆就是他做得最有意义的事了。

是的,新疆是个好地方,也许它从不曾完美,却时常让人热泪盈眶。

刘茜, 昌吉日报社记者。

初心如磐

——记新疆昌吉回族自治州纪委党风政风监督室副主任杨露榕

/刘　茜/

6年前坚定地离开家乡，是因为祖国的召唤，向着心中的方向出发。自此走进了大漠戈壁，扛起了使命担当，邂逅了深情大义。

——杨露榕

2019年6月26日，新疆昌吉。

午后灿烂的阳光里，窗台上的君子兰淡雅绽放，阳光洒在层层书架上，杨露榕坐在办公桌前为第二天的出差准备着。神仪明秀，剑眉星目，半框眼镜下面，眼神透着亲切与朴实，看上去书卷气浓郁而又儒雅谦和，这是杨露榕给人的第一印象。

杨露榕是福建省纪委监委干部，现任昌吉州纪委监委党风政风监督室副主任、福建援疆前方指挥部监察组组长。

万里家国赤子心

从福建福州出发,向西4000多公里,是中国的西北角——新疆维吾尔自治区。这里河流、雪山、沙漠、绿洲等自然景观交融,人文历史底蕴深厚。一纸援疆令,千军万马来相会。2014年3月21日,杨露榕积极响应祖国的召唤,作为福建省第六批援疆干部的一员,从绿水青山走进了大漠孤烟。2017年援疆期满,他选择留任,开启新一轮的援疆岁月,自此在2000多个日日夜夜,播下希望的时光和力量。

阳春三月,福建已是一川烟草、满城风絮了。但在天山北麓的昌吉才刚刚进入草色遥看、嫩芽初萌的季节,群山之巅仍是雪的世界。杨露榕说,有了援疆之行,才深切感受到"国家、民族、团结"这3个词的分量。

作为一名纪检监察干部,他先后30余次参与维稳督查、群众工作督导,对基层干部损害群众利益、党政干部不作为慢作为乱作为等问题进行检查,参与反"四风"专项治理以及环境保护、安全生产、食品药品监管领域再监督再检查等,参与违反中央八项规定精神案件、重大安全生产责任事故案件、重大违纪违法案件初步核实、审查调查20余件,独立完成案件审理50余件,在岗位得到了全面锻炼和提高。协助组织落实全疆60名纪检监察干部赴厦门大学培训,得到了省、区纪委监委领导的充分肯定。

昌吉州取"昌盛吉祥"之意,成立于1954年,是全国两个回族自治州之一。州域总面积7.39万平方公里,约有半个福建省那么大。6年来,在督查中,他走遍了昌吉州各乡镇(街道),远到中蒙边界乌拉斯台边境线,近到各乡村和社区,随便跑跑就是几百公里、七八个小时车程,加上高强度的督查工作,熬夜加班是常有的事。都说督查任务繁重也很忙累,有时甚至会"得罪"人,但是通过督查发现问题解决问题,帮助老百姓解决一些实际困难,杨露榕觉得很自豪。

有一次,杨露榕到某社区督查工作效能情况,在门口看到一名青年男子眉头紧皱、踯躅不安,便上前询问是否遇到了困难需要解决。经走访核实,该男子来昌务工已三年,因疏忽未及时办理暂住证,小孩无法办理入学手续。杨露榕立即协调相关人员办理了暂住证,让孩子得以顺利入学就读。

一场关于爱的家长里短

夏日的风把树叶吹成墨绿。杨露榕和木拉提·对山拜忙完地里的活，骑上三轮车，穿行于两排白杨树间。

52岁的木拉提·对山拜是一名朴实的哈萨克族牧民，是杨露榕在吉木萨尔县老台乡阿克托别村结对的亲戚，木拉提·对山拜身有残疾、腿脚不便，妻子早早过世，儿子也尔别克常年在外打工，平时独自一人在家靠低保度日。

阿克托别村是一个传统的牧业村，漫步村里，到处都是画风淳朴的文化墙。村里叶尔肯服装制作合作社里，几名哈萨克族绣娘正忙着赶制一批沙发垫订单，黑色的案底、鲜艳的团花，透着喜气。

初见木拉提·对山拜是在一个阳光明媚的午后。2017年6月16日，汽车在蜿蜒的国道上向山的尽头驶去。一路颠簸，杨露榕脑海里一直想象着关于亲戚的一切。四个小时后，到达目的地。

木拉提·对山拜很纯朴，第一次见面他把自己最好的衣服——西装衬衫穿出来了，早早地来到村文化中心等候。一见到杨露榕，就紧紧地握住他的手，热情地与他拥抱道好。杨露榕说，自己当时就有一种很亲切的感觉，好像在一起已经认识很久了，不得不感叹缘分真的是很奇妙，让相隔四千多公里完全没有交集的两个人，在这个特殊时刻、特殊地点结成了亲戚。

几天后，古尔邦节到了，杨露榕又去看望木拉提·对山拜。为了迎接他，木拉提准备了一桌的馓子和干果，亲手煮奶茶给他喝，这让杨露榕很感动。临别，木拉提流着眼泪和他拥抱。木拉提说，儿子忙着谋生，很少有时间来看自己，还好有你这个亲戚常来，家里才热闹起来。

此后，杨露榕就隔三岔五去看木拉提，每次都给他带些食品和生活用品，做最擅长的闽南米粉和大哥一起分享，木拉提则用馕饼、香喷喷的奶茶招待他，还时不时相约去山上的弟弟家吃羊肉，一家人在一起同吃同住、聊家常、聊生活。

“木拉提大哥，你想干点什么？”

“养牛，可我腿不行，也没钱。”

没几天，杨露榕花1万多元买来一头健硕的黑白花奶牛，牵到村里养殖合作社入了股，每年可分红1800元。木拉提高兴地逢人便说：“我也有牛了，是亲戚给买的。”

上周末,木拉提问杨露榕:

"弟妹平时干啥呢?"

"教书呢,当老师的。"

"今年你就要回去了,我丢不下你,我要想你咋办?你一定要带弟妹过来走走。"

"好呢……"一席话让杨露榕忍不住心酸,眼圈泛了红,木拉提平时不大会讲普通话,这些朴朴实实的话想来是在他脑海里练习很久了,他心里明白,再过几个月小杨弟弟就要回福建了。

杨露榕说,木拉提年纪渐长,生活又不便,常年一人实在让人不放心,就反馈给了昌吉州纪委监委驻阿克托别村"访惠聚"工作队,经过多方做思想工作,木拉提的儿子也尔别克终于愿意回来了,在叔叔家帮忙,时不时回家看望一下,有了儿子的陪伴,木拉提脸上笑容也多了起来。

2018 年初,杨露榕争取援疆资金 5 万元,用于阿克托别村文化活动室升级改造。近三年来,争取福建省纪委支持,累计向村里困难家庭、困难学生送去慰问金、助学金 4 万余元。

极心无二虑

"我的爸爸援疆去了,爸爸的城市,地图上很近,离家却很远,没有爸爸的家里有点孤单,我很想他……"

这是杨露榕的儿子写的作文《我的爸爸》中的片段。

回想当初来新疆前,自有许多不舍,对"西出阳关"也心怀忐忑。但面对国家召唤、组织选择,杨露榕没有犹豫,爱人没有怨言。

6 年前,临别前夕,7 岁的儿子跟他说:"我给你提几个要求,你要记住了。一是不准出去喝酒、不准开车、不准跟别人出去玩。要出去玩也等我过来一起玩……"然后顿了一下说:"我要去尿尿,爸爸你陪我去一下吧,回来我们再接着谈……"说话间,小家伙就打着哈欠"呼呼"入睡了,留下杨露榕转过身去泪奔。

杨露榕说,援疆苦的是思念、牵挂和每一次离别。

除了家人,一直萦绕他心间的,还有来自家乡领导和同事们的关心和慰问。2017 年 9 月,在福建省纪委监委机关的协调下,杨露榕的爱人从郊区学校调到了家附近的学校任教,解决了困扰他多年的家庭实际困难,也解除了他援疆的后顾之忧。

这位铁骨铮铮的汉子，讲到工作中的种种艰辛和挑战都没有皱一下眉头，唯独讲到亲人的牵肠挂肚时，眼里泛起了泪花。杨露榕说汗水总比泪水更有营养，行动总能让梦想离我们更近一步，照顾不了家人，就努力工作。时间很紧，要多做一点事。

千万种忙碌，同一种姿态。纪检人的理想与担当正在戈壁风沙的打磨中熠熠生辉。杨露榕先后获得昌吉州2016年度援疆工作先进个人，福建省第六批援疆干部先进个人荣誉称号。

“不贪勋功，不计短长，但行好事，莫问前程！”这是杨露榕一直践行的质朴信念。

刘茜，昌吉日报记者。

明月有情来相照
文化润疆情更浓

——记新疆昌吉回族自治州党委宣传部副部长温云荣

/王　薇/

“香江西域两茫茫，十年驻外鬓华霜；回望半生来时路，一腔热血洒边疆；明月有情来相照，男儿未敢思故乡。”2017 年 2 月，刚刚结束驻港任务不久的福建省委宣传部干部温云荣奔赴昌吉州，开启三年援疆工作。连绵的天山，辽阔的草原，成群的牛羊，处处透着不一样的风情，这里不同于家乡的自然环境和生活情景，极大地触动了他，援疆一年后温云荣提笔写下了这首诗。

天山闽水心连心。福建、新疆，两个相隔近万里的省份，因为援疆，紧紧联系在一起。

面对气势磅礴的博格达峰和洪波决口的天池天河天瀑，任昌吉州党委宣传部副部长的温云荣开始思考援疆要做的究竟是什么？慢慢地，他摸索出自己的援疆理念，他决心要把优秀、传统中华文化在庭州大地传播开来，让各民族一同见证中华民族大家庭的和谐，通过文化凝聚人心。

两年有余，温云荣走遍了昌吉州的山水，往返于绿洲和沙漠之间，穿梭于乡村和城市之中，一物一景都足够带来震撼。一往无尽的天山、沙漠、戈壁、绿洲，游目骋怀。大美昌吉带给他的不仅是美景美食的留恋，更是单纯善良的各族人民对美好生活向往的影像。

受命打造呼图壁县二十里店镇二十里店村“闽疆生态文化村”、举办首届昌吉州文化产业领军人物和领军企业大赛、筹建昌吉州文化产业协会、推动闽昌两地优秀剧团和剧目交流演出、协助奇台表现“疏勒城保卫战”的电影《十三将士》拍摄、扩大江布拉克对外宣传、联系福建新闻媒体为玛纳斯县棉农打开销路……两年多的援疆时间一晃而逝，温云荣一直在为让更多人关注昌吉而努力着，通过闽昌交流交往交融，促进昌吉州经济社会发展，民族团结和谐。

2018 年，温云荣领导的昌吉州“扫黄打非”办公室获全国“扫黄打非”先进集体殊荣，他本人获昌吉州民族团结一家亲先进个人称号。

笑脸在墙上　幸福在心里

“你上村里的笑脸墙了没有？”“上了，上了！我看见你笑得牙花子都露出来了！”“哈哈哈哈……”

一走进呼图壁县二十里店镇二十里店村，一面长约 10 米的“笑脸墙”分外醒目，上面贴满了 1100 张村民发自内心开怀畅笑的照片。笑脸墙上里有句村民心声，让人印象深刻：“感党恩、听党话、跟党走”。每天，都有不少村民围在一起，乐呵呵地指认亲人，从村民朴实的笑容看出来，大家脸上洋溢的是真正的幸福。

“笑脸”的背后是一件件实事。2018 年 7 月，福建省援疆前方指挥部按照中央新疆工作的统一部署，坚持把助力脱贫攻坚作为重中之重，重点在以维吾尔族人口占 90% 的二十里店村实施乡村振兴战略，大力实施一批道路畅通工程、建设一条闽疆文化长廊、培养一支文艺演出队伍等“十个一”工程，着力打造“闽疆生态文化村”。

作为这项工程的执行者之一,温云荣记得刚到二十里店村的情景:村路全是土路,下雨泥泞路,刮风尘土飞……变化先从文化入手,当一条1.8公里长的文化墙建设启动时,维吾尔族村民们先是不理解不配合,用警惕的眼光看着这些外来人。温云荣没有气馁,带着施工队加紧工程建设。村民们看到援疆干部在实实在在办事,文化墙让自己的家园焕然一新时,主动为施工队员送来茶水和馕,有的还争着要求把自家的院墙也装饰一新。

如今,“社会主义核心价值观”“脱贫攻坚”“民族团结一家亲”“红色文化”等内容纷纷上墙,让维吾尔族群众由“被动看”变为“主动瞧”。温云荣感慨地说,文化墙既美化了村容村貌,又在潜移默化中弘扬了先进文化,推动了精神文明建设。

温云荣还和几个援疆干部一起组建村文艺队,是清一色的维吾尔族村民,他们不但学会了闽南语歌曲《爱拼才会赢》,还能表演京剧《智取威虎山》。二十里店村村民热孜古丽·哈力克是京剧表演队骨干,她笑着说:“村里环境变好了,钱袋子也鼓了,援疆干部还为文艺队专门请来老师,教我们唱国粹京剧,老百姓自然笑得开怀、笑得真切。”

杨柳春风二十里,闽水天山情相依。2019年元旦,福建援疆前指在二十里店村办春晚,由前指宣传组组长温云荣具体落实,这是二十里店村村民第一次过春节。看节目、吃饺子、贴春联,二十里店村村民欢欢喜喜过大年的画面上了中央电视台晚间新闻联播,新华网、人民网、新疆日报、福建电视台等媒体也纷纷报道。

一条援疆路　一生援疆情

2017年3月,越野车在高速公路上飞驰,一片皑皑白雪连着天际,整齐排列的白杨林列队欢迎,温云荣低头看了看表:11时30分,距离从昌吉市出发已经3个多小时了。当“木垒县大南沟乌孜别克自治乡”几个大字映入眼帘,温云荣心里开始扑通扑通打起鼓,这一天,他有幸多了个哈萨克族亲戚——宝拉提。

车子在一排排“漳州水仙花园”字样的整齐援建住宅群中徜徉,在一家花园般的住宅前停下。“访惠聚”工作队的同事、村干部和亲戚都已等候在这里了。在人群中温云荣一眼就认出了他,50来岁,瘦小个子,黝黑的脸上绽放笑容,显示出哈萨克族的热情好客。宝拉提向远方来的亲戚伸出热情的双手说:“亲戚好!”

一次结亲,终身结缘。宝拉提是温云荣结下的亲戚之一。宝拉提夫妻身体不好,还要供养两个孩子上学,在两年的相处中了解到亲戚家实际困难,温云荣思考办法,帮助宝拉提发展庭院经济、为他联系找工作、为他的女儿资助学费……尽自己最大努力给予帮助,与哈萨克族同胞团结一心,共创美好未来。

2018 年 9 月,温云荣又去看他们。这次,除了备些油、面,他还写好了一幅毛笔字:“亲如一家”,挂在了亲戚家的门厅上,驻村工作队员说,这是木垒县哈萨克族牧民家里第一次挂上了中华传统文化的书法作品。

在疆工作近 3 年,温云荣与 3 个家庭结成对子。逢年过节,他带着米、面、清油和慰问金去这些亲戚家里看看,了解他们的生活近况,尽量帮他们解决一些实际困难,用生活中的点滴帮助与各族群众建立起情同手足的友谊,用实际行动带动亲戚发展致富。温云荣深知,作为一名援疆干部,不仅要挑起助力当地经济发展的担子,更要挑起维护好各民族团结、维护好新疆稳定的重担。

交流促发展　交融情意长

2019 年 1 月,昌吉州文联、昌吉州福建商会举办了“书艺流馨”闽昌文化进企业迎新春活动,温云荣邀请昌吉州著名书画家武凯、马亚飞、陈亮等与商会企业家交流互动。书法家们现场书写春联、条幅,赠予现场商会企业家和工作人员,把祝福和年味带回家。

在促进闽昌两地文化交流中,温云荣做得有声有色,“书艺流馨”只是其中之一。他不仅参加、协调、服务昌吉赴闽文化交流,还多次负责联系对接、陪同福建各文化单位团体组织进疆考察调研、洽谈合作。福建援疆前指邀请福建优秀话剧《县委书记廖俊波》来昌吉演出,厦门小白鹭艺术团来昌吉演出,推动昌吉州艺术剧前往福建交流学习……温云荣为闽昌两地交往交流交融奔走穿梭,他说,文化援疆是援疆工作的重要内容,是惠民工程、育民工程,更是人心工程。文化援疆把内地的优秀传统文化引进来,将新疆的优秀传统文化带出去,加强了不同地域的交流合作,增进了不同民族的文化认同。文化援疆虽然不像其他民生项目那样有立竿见影的效果,但润物细无声中所产生的实际效果是长远的、双向的。

在援疆期间，各族同胞的亲善友爱打动了温云荣，这也激发了他的创作灵感。树叶黄了，河流瘦了，棉桃吐絮了……温云荣写诗、写书法、写随笔，用手中的笔描写了大量庭州大地的山水和发生在身边的故事，其中注入了他对这片广袤大地的一种特殊感受。

偶尔，温云荣也会给援疆干部们理发。他说，刚学会理发的时候，手握剪刀追着人满院子跑，后来手艺精进了，变为门庭若市。再后来，他又收起了剪刀，叫大家去门口理发店帮衬下小店主，笑称，君子不与民争利。

"我在生命中最热血沸腾的季节/遇见你/你将身上的莽莽古雪/化成春露/融成秋水/进而化作我身上流淌的血液/从此/我们都融在了一起/没有再见/没有分离"

温云荣写的这首诗《遇见天山》中，流露出援疆干部把异乡当故乡的情谊。是啊，文化如一缕春风，吹绿了西部边陲这片干涸之城；文化如一丝细雨，滋润了古老丝绸之路上的这颗璀璨明珠；文化如一个连心结，让闽昌人民情深意暖、心手相依！

王薇，昌吉日报记者。

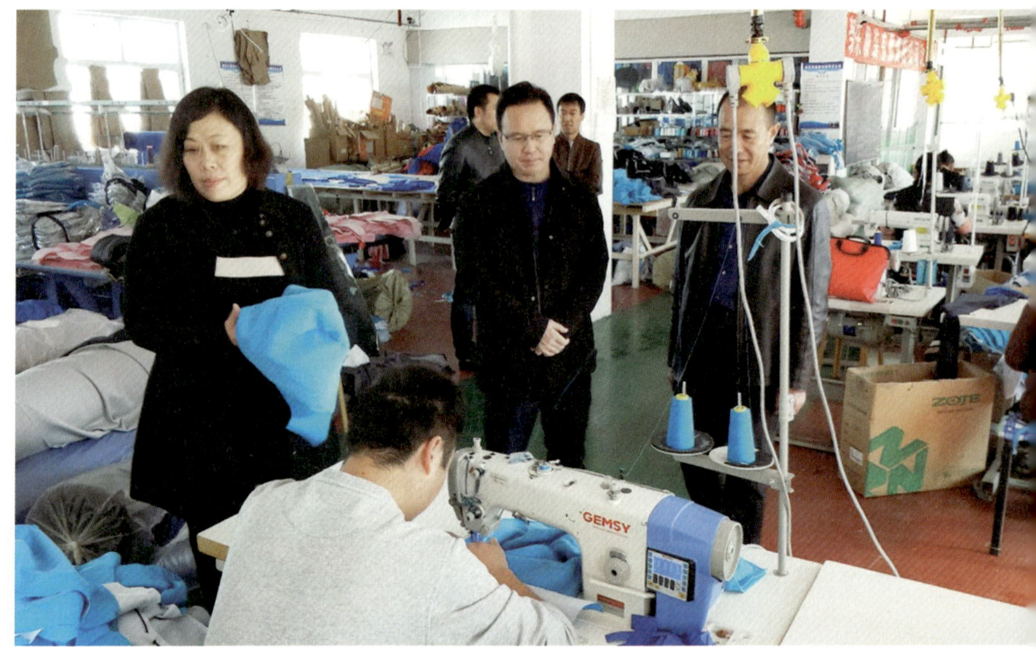

破冰之人

——记新疆昌吉回族自治州人力资源和社会保障局副局长黄晓中

/黑　白/

早就听身边的人讲，在第七批福建援疆干部队伍里，有一位基层经验非常丰富的人社系统干部，他曾经还是福建省第一批驻村第一书记。当年，他在自己所负责的那个省级贫困村，扑下身子蹲点调研，带领当地老百姓发家致富奔小康，赢得了村民们的一致好评。

2017 年 2 月，他告别妻女老小，离开八闽大地，来到冰天雪地的新疆。当时，他就告诫自己，即将开始的三年援疆工作，他要尽己所能，在昌吉州人社系统干出一番天地，做一个破冰之人。他就是昌吉州人力资源和社会保障局党组成员、副局长，福建省援疆前方指挥部人才组组长黄晓中。

预计一个小时的采访，前后两个月时间约了五次，这次见面说好的时间地点，又因为工作原因，临时换了一个地方。到了目的地，看到他还在布置工作，又等了近一个小时。在一个小时的见面采访过程中，他陆续接了七个电话，并且以最简短的语言匆匆结束了通话。即便如此忙碌，在见到黄晓中副局长的时候，我依然看到了一个衣着讲究，精神抖擞，容光焕发的江西汉子。

一

黄晓中大学毕业后被选调到了福建参加工作，一晃都二十多年了。他说，自己出生在江西、工作在福建，如今在新疆已经奋斗了三个年头，这三个地方都是自己的家乡。

经过近一个小时的交流，我从眼前这位人社系统的领导干部身上，切实感受到了“为人民服务”的可贵精神。他说，从福建来到新疆，如果仅仅是完成了组织安排的各项基本任务，那我的援疆经历显然是黯然失色的。

黄晓中说，作为援疆干部，一定要有创新精神和破冰勇气。如此，才不辜负党中央提出的对口援疆战略，也不枉三年援疆岁月。毕竟，不是每一个福建干部都有条件和机会能够来到新疆昌吉工作。

面对自己所分管的农村富余劳动力转移就业、军转干部安置服务、引进国外智力、劳动能力鉴定、信息化、就业扶贫、援疆，以及两地干部人才培训和交流交往等工作，他说，这几项工作没有一项是轻松就能做好的。

黄晓中说，援疆干部有其特殊性。时间紧、任务重是共性特征。所以，在援疆工作过程中，要做一个善于思考和学习的人，这样才能事半功倍。“做好援疆工作，必须理念先导，思路清晰，慎言笃行，稳步推进”，在谈及自己的工作思路和方法时，他的总结显得很严谨。昌吉州人力一位工作人员告诉我：“黄晓中副局长总是能拨云见雾，让处于停滞阶段的工作柳暗花明。尤其是在信息化和就业脱贫工作上所采取的改革措施，不仅方便了办事群众，而且提高了工作效率，大家赞不绝口。”当笔者向黄晓中求证这些信息时，他却谦虚地说，其实自己也是摸着石头过河，还需要继续努力。

值得一提的是，当初刚到单位时，面对眼前一摊子毫无头绪的工作，黄晓中审时度势，迅速进入角色，理清思路，大胆探索，勇于创新。很快，他所分管的农村劳动力转移就业、信息化、军转干部安置等多项工作就有了起色。

他面对困难，毫不畏惧，分析原因，争取资金，落实政策，很快昌吉州军转干部工作成了全疆军转服务的典范，获得“全国军转信息工作先进单位”称号。然而，最让他最引以为傲的，还是自己不遗余力推行的农村富余劳动力转移就业工作。

二

黄晓中说，按照习近平总书记的要求，要加大农村富余劳动力转移就业力度，实现家家有门路、人人有事干、月月有收入。所以，他就多措并举推动富余劳动力转移工作。

他经过长时间实地调研和科学分析后发现，新疆的农村富余劳动力非常丰富，而富余劳动力有组织转移工作却明显滞后，有的地方甚至是一片空白。为了做好这项工作，他一边跟政府部门对接政策，一边跟企业商家协调岗位。与此同时，他还将目光放在了山东、浙江、福建等沿海城市。

经过一段时间的努力，终于摸索出了一套行之有效的农村富余劳动力转移之路，并且取得了明显成效。

面对劳动力市场的供需矛盾，黄晓中从实际出发，以"小规模，多批次，多场次，精准化"为目标，组织开展春风行动等活动，全面提升农村富余劳动力转移就业服务水平。依托劳务合作社打造劳务品牌，分层次开展农村劳动力培训、项目承接，带动农村劳动力转移就业 4 万余人。不仅如此，他还创新转移就业新模式，把"就业小工场(厂)"建在家门口，实现"离土不离乡，出家门进厂门"。

黄晓中还不断摸索，探索出了依托劳务联盟转移农村富裕劳动力的新模式。同事发挥劳务联盟作用，积极做好劳动力转移安置和对口援助克州工作。行内人经常说，昌吉州这两年发展劳务产业，助推农民增收，绝对是全疆的一大"创举"！

目前，转移到福建省的新疆籍少数民族务工人员 2673 人，在闽新疆务工人员均与其他民族员工实行同工同酬，平均月收入 3500 元以上，收入高的近 8000 元。2019 年，计划再向福建转移新疆少数民族就业人数 1700 人，而且还要为每一个人做好后勤保障工作。每一个富余劳动力转移的背后都是一个家庭。眼看着一个个贫困家庭因为劳动力转移，走上了脱贫致富的道路，黄晓中打心底里为这些人感到高兴。

黄晓中在劳动力转移方面所探索出的这一系列创新举措，不仅给昌吉州农村富余劳动力转移工作开启了一个新的模式，而且给整个新疆的农村富余劳动力转移工作带来了新的希望，这可以说是新疆农村富余劳动力转移史上的一场破冰之旅，影响巨大，意义深远。

三

黄晓中结的亲戚，在奇台县犁铧尖社区。自从结识了维吾尔族亲戚奥斯曼·哈散后，他就经常去奇台浪亲戚、串门子。暑假时期，爱人带着孩子从福建来新疆探亲，黄晓中还专门带着妻子孩子一起到奇台亲戚家做客。亲戚有两个孩子，他每次去亲戚家都带着礼物，而且经常给亲戚还在上大学的孩子，在学费和生活费上予以资助，在学业和精神上予以鼓励。黄晓中说，如果能够让孩子安心读完大学，顺利就业，那么这一家人的生活就会慢慢好起来的。所以，他毫不犹豫地从自己的工资里拿出一部分资助给亲戚的孩子上学。

前几天，亲戚听说黄晓中三年的援疆工作即将结束，就拉着他的手特意叮嘱道："我知道你明年初就要回福建，但是我不会忘记你的，我们虽然结亲一阵子，但我们的亲戚关系可是一辈子的。"他听了维吾尔族亲戚发自内心的话语，心底泛起了一阵涟漪，感触颇深。

黄晓中说，结亲三年来，他的维吾尔族亲戚越来越能干了，思想觉悟也越来越高了，在日常的言谈举止中，亲戚对党的感恩之情也溢于言表。如今，在他的帮助下，还在社区当上了公益岗。看到他们一家人的日子过得越来越红火，他就打心眼里感到高兴。上次见面，他还早早地跟亲戚约定好了，等他结束援疆工作回到福建后，请亲戚到福建家里做客，带着亲戚在内地好好转转，见见世面。

闽昌情深。在跟黄晓中的交流中，我从他的言谈举止中已然感受到了他对新疆和新疆人民的挚爱。岁月如梭，从最初的破冰之旅，到如今劳动力转移工作在新疆乃至全国花开遍地，黄晓中用智慧和勇气、心血和汗水，受到了当地人民的一致赞誉。

如今，不论是在对接援疆工作时，还是在与内地朋友聊天时，黄晓中总是以这样的开场白介绍新疆："我们新疆是个好地方"。

是的，"新疆是个好地方"。一传十、十传百，进而引起的蝴蝶效应，注定会成为新疆最亮丽的名片。而这，恰恰是像黄晓中一样的来自全国各地各行业的援疆干部们，在今后漫长的岁月里，给予新疆最大的馈赠！

黑白，原名黑正宏，《回族文学》编辑，新疆作家协会会员。

足迹留天山　爱洒援疆路

——记新疆昌吉回族自治州财政局副局长童祥斌

/王　硕/

爱拼才会赢，这是福建援疆干部最常说的一句话。当童祥斌作为第六批援疆干部，踏上新疆这片土地时，便责无旁贷地肩负起援疆的重任，把这句话作为自己的人生信条。

2014年3月，向往着西北生活的童祥斌踏上了飞往新疆的航班。刚下飞机，新疆的风似乎对这位南国来的客人并不友好。看惯了四季如春的童祥斌怎受得了这么冷的冬天，这阵风虽吹寒了童祥斌的身子，但并没有吹散他的斗志。

"不做镀金干部"

经过近一个月的培训，4月，童祥斌正式任职为昌吉州财政局副局长。身份转变是童祥斌面临的第一大难题，童祥斌深感这次援疆责任重大。作为福建省援疆资金和财物经费的管理者，他必须严格把好每一关。第一次在签字拨款的文件签上“童祥斌”三个字时，他又谨慎又紧张。渐渐地，工作开始得心应手了，这时的童祥斌也开始计划着为昌吉做点贡献。

亚洲开发银行贷款项目向中国下拨了 15 亿美金，用于基础设施示范工程建设，包括道路工程、供热工程、燃气工程、排水工程、环卫工程、生态恢复工程及建筑工程等方面。童祥斌接到文件后心想，“这么好的机会，我们必须抓住。”他利用以前在财政部工作时积累的人脉，详细了解这项贷款项目的各方面信息。童祥斌到财政部向领导汇报：“我们第六批福建援疆干部，来到新疆后，发现新疆的基础设施建设还是比较薄弱，新疆作为国家‘一带一路’的核心区，希望能够得到财政部的支持。”一番情真意切的言辞让对方动容。“那你先报材料吧，新疆可以优先考虑。”这句话让童祥斌瞬间信心百倍。

回到新疆，童祥斌马不停蹄地开始准备各项申报材料，他结合昌吉的具体情况，将项目设计好，一层层提交到财政部。童祥斌说：“我们千里迢迢来到新疆，不想就这么平平淡淡地过，一定要为昌吉做点贡献，绝不做镀金干部。”童祥斌忙碌了近两年的时间，终于为昌吉成功申请了 1.5 亿美金的项目贷款。

到目前为止，阜康市、奇台县及呼图壁县，已成功改扩建了多条道路，并进行了城市基础设施的改造。下一步还将继续完善道路养护设备、垃圾处理设备、供水管网土建设备等项目工程。

“我是你在福建的家人”

2016 年，作为第六批福建援疆的干部，童祥斌已经完成了使命，但是他并没有跟随大部队回到福建，而是选择继续留任新疆。这个决定也让他与恰勒哈尔一家结下了深厚的情谊。

2016 年 12 月，童祥斌和恰勒哈尔一家结为亲戚。恰勒哈尔一家四口人靠放牧为生，家里的两个儿子还在上学，一家人生活困难。结亲一年多以来，童祥斌只要有时间，都会去村上看望亲戚。在长期的交往交流中，他们建立了深厚的感情。每到周末，恰勒哈尔的儿子都会盼着这位福建叔叔的到来，跑到村委会打听童祥斌的情况，“叔叔今天来不来？”“叔叔什么时候来？”在孩子心里，这位福建的叔叔早已成为自己家里的一员。

童祥斌每次来到恰勒哈尔家，都会给孩子带礼物，而恰勒哈尔也会早早地准备好特色食品。一家人坐在炕头上，聊着家里的趣事，说着一年的计划，一旁的孩子“叔叔，叔叔”地叫个不停，热闹极了。童祥斌看着孩子从口袋里掏出了一个信封，里面是给孩子的1200元奖学金，他说：“你要好好学习，健康成长，以后争取考到福建的大学，童叔叔就是你在福建的家人。”童祥斌给亲戚家的孩子送了新书包和羽毛球拍，孩子高兴地笑了，他也高兴地笑了。

“这段经历终生难忘”

2018年年初，福建援疆前方指挥部总指挥长黄鹤麟提出了要在呼图壁县二十里店村打造一个“闽疆生态文化村”的想法。作为福建省援疆工作指挥部财务组组长，童祥斌立即表示赞同，认为这是福建援疆工作结合当前新疆的形势特点，巩固脱贫攻坚，实施乡村振兴战略及大力发展乡村旅游的好时机、好项目，并千方百计从计划外筹措资金支持二十里店“闽疆生态文化村”建设。经过近一年的建设，福建省共投资700万元，改建了二十里店村29条巷道，在村里四条主干道上实施建设4公里的闽疆文化长廊和道路两侧的文化墙，极大改善了村里的交通条件和文化氛围，也带动了人流物流，助力村民增收。

2019年1月，二十里店村迎来了第一个“闽味”春晚。童祥斌和二十里店村的村民们一起贴春联，挂灯笼，装扮院落。听着少数民族村民用抖舌音唱《爱拼才会赢》时，童祥斌也学着用地瓜腔说着新疆方言夸赞起来。看着二十里店村由一个基础设施薄弱村，慢慢变成了示范村，童祥斌说：“以前我从没想过自己会来到新疆，也从没想过在新疆会有这样的经历，我很庆幸当初做的决定。这段经历让我终生难忘，以后回到福建，我会把这里发生过的一切慢慢讲给我的家人、同事、朋友听。”

自1999年到2019年，先后有2000名福建干部来到新疆。多年来，他们先后创造了项目、产业、智力、扶贫等十大援疆工作亮点，在建设壮美边疆的画卷上留下了浓墨重彩的一笔，串缀成他们人生为之自豪的闪亮足迹。童祥斌作为众多援疆干部里的一员，从碧波万里的东海之滨到昌盛吉祥之地。童祥斌满怀豪情，用双脚丈量了这片热土，与各族群众一起用双手绘制了美好蓝图。

王硕，昌吉日报社记者。

大鹏一日同风起，直向阳关西

——记新疆昌吉回族自治州工信局副局长杨鹏飞

/冉歌舒/

2017 年 2 月 28 日，当杨鹏飞的脚踏踏实实踩在祖国西北的土地上时，冬天的冰雪还未消融。从东南沿海到西北边陲，透过窗户从高空俯瞰，脚下的山河如一幅长卷缓缓展开，大片的绿色向后退去，裸露的沙漠在云的暗影下若隐若现。

绿洲之上，城市拔地而起。在这星罗棋布般的城市中，他又将会在哪座城市栖身呢？

昌吉，这个耳边总被提及的地方，又将是怎样一番光景呢？杨鹏飞的心里充满期待，期待在接下来的工作岗位上，用青春去追逐梦想，全身心地投入到援疆工作中去。

2013年清华大学博士毕业后，他先后在福建龙岩市、省工信厅任职，工作岗位上的磨炼和经验使他渐渐成长起来。福建省第七批对口援疆工作的启动，像一阵春风吹来，一下子击中了杨鹏飞的心。“到基层去，到西部去，到祖国最需要的地方去。”这样的声音在他心中越来越强烈，推动着他想要主动融入国家对口援疆战略，到国家最需要的地方锻炼自己、做出贡献。但现实情况是，爱人有孕在身，双方父母又不在身边。下了班吃完饭，他几经思量，最终还是和家人们说了想要去援疆的想法。没想到妻子听了没有反对，沉默半晌，哽咽着说：“你放心去吧，我会照顾好自己。”

此一去山河万里，食不能同餐，寝不能共枕，万般牵挂也只能是电话里的几句叮嘱。离别那天，杨鹏飞的妻子在朋友圈写了一首诗：

送君西征展红旗，鲲鹏有志翔万里。

依依执手千万语，瑟瑟寒风话别离。

请君莫挂家中事，赤心报国丈夫意。

从此天山频佳讯，遥贺竟已泪沾衣。

这些诗句，在他人看来壮怀烈烈，温柔体贴，可他看了，却只有对妻子和家人的心疼。杨鹏飞说，要感谢组织对他家人细心体贴的关怀，以及家人的支持，让他没有后顾之忧地投入到援疆工作中去。

作为第七批援疆干部，杨鹏飞还有196名“战友”，也是舍小家顾大家，从遥远的福建来到新疆，为了同一个梦想，为了新疆的美好明天，努力工作，一起奋斗。他们将资金、项目、技术和人才带进来，融入当地的生活和工作中去，践行着“为国担当，为疆奉献，为闽增光，为己添彩”福建援疆精神，努力打造着福建援疆品牌，积极助推昌吉州经济社会发展。

到昌吉后，杨鹏飞任职昌吉州经济和信息化委员会副主任，负责工业和信息化领域产业援疆、中小企业发展等工作，任务多、担子重，他结合新疆实际和福建产业优势，积极推动闽昌两地产业对接，助力受援地产业发展带动就业。

杨鹏飞多次组织纺织服装、石材等产业对接，编写发布《昌吉州纺织服装产业投资指南》，促成签订3个战略合作协议，10个项目投资协议（总投资26.2亿元），已落地项目6个。牵头制定《昌吉州促进纺织服装产业发展和转型升级实施方案》，进一步明确昌吉州纺织服装产业发展目标、重点任务和实施路径，并完成昌吉州纺织服装产业“十三五”规划中期评估。近两年，推动全州纺织服装产业产值年均增长20%以上，新增就业2000余人；通过引导石材产业提高行业集中度和技术改造升级，闽奇石材园区骨干企业生产比重已超

50%，异型材产值占总产值超30%。

他还着力培育中小企业公共服务示范平台；组织举办各类创业创新活动；打造新疆股权交易中心"昌吉"专板，开展重点企业三级联动挂钩帮扶工作；……他深入企业，了解需求和发展困难，实事求是，精准服务，切实助推中小企业发展。

2018年2月，杨鹏飞全票当选昌吉州团委兼职副书记，肩上责任更重了。为推动闽昌两地青少年交流交往交融，他做了一件暖人心的事，在他的组织下，来自福建、山西、昌吉州108名各族优秀青少年在昌吉开启"昌吉州青少年民族团结融情夏令营"活动，孩子成了闽疆两地沟通的桥梁，他们心中也播下民族团结的种子，援疆工作的推进从项目通往人心。

杨鹏飞说，他希望通过这样的活动，推动闽昌两地青少年交流交往交融，对接服务两地青年创新创业，希望内地更多的年轻人了解新疆、理解援疆，动员更多社会力量相互交流，共同发展。

杨鹏飞还是援疆指挥部项目组组长，负责援疆项目的协调和管理，他走遍各对口支援县市，基本做到了援疆项目调研全覆盖。新疆地域辽阔，县域内的跨度大。有的项目距离县城较远，为了了解实际情况，杨鹏飞经常不辞辛劳，赶到项目点上实地查看。

在组织督查、协调推进项目建设的基础上，杨鹏飞结合实际情况，推动援疆项目审批权适度下放，并修订《福建省对口支援昌吉州援疆项目管理办法》，优化项目管理流程，有效提升了援疆项目的管理效率和水平。同时结合昌吉州民生急需，牵头完成"十三五"援疆规划中期评估调整工作，将援疆工作落实到一个个具体项目。调整后的援疆规划更加聚焦基层、聚焦民生、聚焦脱贫攻坚，更加贴近昌吉州实际需要，更加符合国家发改委等部委工作要求。

杨鹏飞的30岁生日是在昌吉度过的。那天，白天他都在忙着工作，家人的电话也没来得及回，等到晚上，想要给家人发个视频聊聊天，但孩子已经睡了。妻子发来好长一段微信，说祝他生日快乐，也叮嘱他注意身体……

杨鹏飞看着妻子发来的信息，种种思绪涌上心来，想到援疆以来的充实与收获，想到组织的信任期望和家人的付出支持，心里充满自豪，同时又感到沉甸甸的责任。三十而立，他内心更加坚定从容。

杨鹏飞像当地干部一样，也参与结亲活动。他的结对亲戚是一户哈萨克族牧民，住在木垒县正格勒得村，男主人叫凯吉别克。结亲活动让杨鹏飞在这里找到了自己"另一个家"，从最初的陌生到后来亲人般的相处，他和结对亲戚同吃同住，一起劳动，帮他们修房子，买小鸡苗，发展庭院经济，鼓励亲戚学习刺绣技能，帮助亲戚脱贫致富。凯吉别克的大女儿胡丽朋艾才上幼儿园，每次杨鹏飞住亲，她都要拉着他讲故事。小女儿阿叶丽开则更是活泼，调皮得很，挂在他脖子上不下来。

杨鹏飞说，结亲不仅增进民族交融，也让自己更加了解基层贫困群众所思所想所需，从而更好地推动我们做好援疆工作，助力受援地脱贫攻坚。

转眼三年援疆接近尾声，谈到自己的改变和收获，杨鹏飞笑了笑说："其实没什么特别，和其他的援友一样，大家在都认真地做好本职工作。"他停顿片刻，又说："我们在援疆工作过程中，强化了政治历练、磨砺了意志品质、提高了能力素质。三年时间，不自觉地将家国情怀融入个人血脉，将个人的理想和人生价值同民族的前途命运结合起来、同人民的幸福结合起来，努力做到不负青春、不负时代。"

冉歌舒，"90后"，供职于昌吉州文联。

“飞人”杨建东

——记新疆昌吉回族自治州商务局副局长杨建东

/冉歌舒/

三月份联系到杨建东时，当时新疆还处在倒春寒，天气冷得厉害，正是窝在房子里喝茶聊天的好日子。

经人介绍，我早就想和这位从福建来昌吉援疆的干部聊聊天了，听他说说自己的家乡，说说在援疆工作中遇到的故事，可惜的是，他在电话里告诉我：正在外地出差。

2017年初，杨建东成为福建省第七批援疆干部的一员，担任昌吉州商务局党组成员、副局长，分管外资外经科和贸易科两个科室。作为福建省援疆指挥部产业组组长，他主要负责产业援疆工作，牵头做好每次招商活动的策划、组织、对接以及推动项目落地等，做好各大展会的布展、参展等各项具体工作。

此后几次联系，他都是往返于内地与新疆，不是去机场的路上，就是刚下飞机。工作需要，他要经常参加展会，推动新疆地产品外销，更要去对接项目，促进适合昌吉本地的产业项目尽快落地。直到五月中旬的一个早晨，我才见到了他，而当天下午，他又要乘机前往福建，准备“5·18”海交会的相关工作，组织昌吉的农产品企业参展，推动新疆农产品外销，用订单带动消费扶贫，借助展会平台招商推介、项目对接、产品销售，全面深化闽昌两地产业对接和经贸合作。

杨建东是一位很随和的人，带着南方人骨子里的温和与热情。一身灰色的休闲服穿得周正得体，虽然公务繁忙，但仍然极有耐心地接受了采访。

在来昌吉援疆之前，杨建东对这座城市已经算得上是熟悉了。因为工作原因，他在福建任职时就经常往返于新疆和福建，对与乌鲁木齐相邻的昌吉市，自然不会陌生。“这是一块神奇的土地，无论是自然风光还是民俗风情，都是令我心驰神往的，所以，能有幸参与援疆，为这里的经济发展尽一份力，是一件让我自豪的事情。”杨建东以这句话来阐述自己的援疆情怀。

“虽然远赴新疆参与援疆工作，对家里的照顾少了，但来援疆的援友，哪个不是上有老下有小。”在家人的支持下，杨建东毅然报名援疆，自此开启了近三年的援疆生活。

来到昌吉，杨建东很快就投入了当地的工作中去，和当地干部群众融入一起，维稳值班、结亲工作，他一样不落，同时尽力做好本职工作。“无论身处何地，踏踏实实做事总是没有错的。”他牢记援疆使命，将自己的个人理想与国家的援疆战略密切结合起来，工作中以百分百的精力去做。

2017 年，由于特变电工等重点企业进出口遇到一些困难，昌吉州进出口贸易额出现较大降幅。他积极组织召开外经贸重点企业座谈会，协调自治区商务厅、商检、海关、银行等相关部门解决企业进出口遇到的实际问题。通过一系列有效措施遏制外贸出口大幅下滑的趋势，也为 2018 年昌吉州进出口的稳定增长打下坚实基础。在当时全球经济发展滞缓的情况下，杨建东带领科室同志帮助企业解决具体问题，不断催生企业内生动力。“功夫不负有心人”，在杨建东和同事们的共同努力下，2018 年昌吉州外贸进出口 6.16 亿美元，同比增长 59%，进出口总额排全疆第 5 位，增速排全疆第 3 位，彻底扭转 2016 年、2017 年大幅下滑态势。

产业援疆是一个大工程，每一个项目的签约落地，都需要大量的前期准备工作。邀请企业、项目资料整理撰写、组织会议、后勤保障等一系列的工作，事无巨细,他都需要组织和参与。

2018 年 9 月 19 日—20 日,由福建援疆前指主办“产业援疆与产业发展圆桌会议”召开。国内著名经济学家、企业家大咖近 400 人云集昌吉,聚焦“一带一路”区域联动,为产业援疆与产业发展把脉,共绘丝路发展的美好画卷。

杨建东负责会务组、项目组的工作,345 家企业的邀请以及 500 多人次名单的收集和整理,制作编撰“企业家昌吉行”企业名录,做好企业家航班信息以及落地接待,组织圆桌会议的各个环节……

“做服务工作,任何环节都不能出错。”秉承着这样的工作意识,杨建东和同事们一门心思扑在繁杂的工作中。事实证明,全身心的努力是值得的,会上共签约项目 20 个,总签约额 199.73 亿元。

福建第七批援疆工作队入疆后就开始主导推动昌吉州福建商会的成立。杨建东从 2017 年 4 月份开始就投入商会成立的各项准备工作,在各方力量的支持和配合下,2017 年 8 月 27 日,昌吉州福建商会正式成立,为昌吉闽籍企业家的合作共赢和发展提供一个崭新的平台,也为加强闽疆两地经济、社会交流与合作搭建了桥梁和纽带。

杨建东还和当地干部一样,参与“民族团结一家亲”活动,先后与维吾尔族热合曼家、哈萨克族努尔依帕·胡马尔汗家成为结对亲戚,他经常从昌吉坐车三四个小时到亲戚家走访住户,通过电话、微信等方式与结对亲戚保持密切联系,在古尔邦节、肉孜节等节假日主动到亲戚家慰问,与他们结下了深厚的民族情谊。

除了结对亲戚,他还密切关注其他民族同胞家中的困难。2017 年底,他给二马场村最困难的十户家庭每户 500 元的慰问金。2018 年 6 月,他主动协调福州援疆分指挥部慰问二马场和桥子村的 80 多户村民,每户送上一床夏凉被,总共价值一万元。

我觉得农牧民们特别淳朴,杨建东笑着说。

他还为二马场村和桥子村等十名优秀中小学生争取了“榕树助学基金”,每名学生资助 1000 元左右。

“因为当地一些学生上学的确有经济困难,所以我争取对接一些社会爱心企业,为他们尽力解决一些学费之类的问题,这也是力所能及的嘛。”谈到他为群众办的这些好事,杨建东总是轻描淡写地带过。

对于一个青年人来说,有什么比梦想更重要呢?他的爱心义举对于那些渴望知识的孩子们来说,无异于春日喜雨,那些美好的梦想也会因此而破土生长。

“我两任处长分别是第一期和第四期的援疆干部，他们都有很深的援疆情结。对口援疆工作是国家战略，对我个人而言也是一种难得的阅历。”杨建东说。

“人活着嘛，把每一天过得更有意义，在新疆广阔的天地中去磨炼自己，充实自己，真的挺好。”

冉歌舒，“90后”，供职于昌吉州文联。

援疆交通人茶余二三事

——记新疆昌吉回族自治州交通局副局长谢紫忠

/田志兰　王新德/

2017 年 2 月 28 日，谢紫忠带着那份对沙漠的渴望、带着对草原的向往、带着对西部边陲的执念，从清新福建来到离大海最远的新疆，来到寓意为昌盛吉祥的昌吉，开始为期三年的援疆工作。

这次离家，他脸上虽挂着笑容，却又有一种莫名的愁绪萦绕心头，剪不断，理还乱。夜深人静时，想起远在万里外的老母亲和妻女时，总会涌起难以言表的愧疚与自责。

八十多岁身体还算硬朗的老母亲跟着弟弟一家生活，前段时间因弟弟的家事，母亲只身一人独居老家老屋。每次电话，每次探亲，母亲的笑声依旧爽朗、乡音依旧亲切，但他总有一种揪心的感觉。

2018 年女儿高考，和千万考生一样，复习考试密集、成绩起伏，女儿所经历的一切,他只能从妻子简短的描述中得知,无法在女儿熬夜学习时默默地陪伴;更无法在女儿取得优异成绩时与她一起欢欣庆祝。这些,母亲、妻子是支持的、女儿是理解的。他说:"如果我能,我愿将心底的一切都揉进今日的分别,但是我不能啊!"

远离家人,牵手亲戚。博斯坦村创业能手苏勒提亚孜是他的结亲户,他的爱人帕提古丽具有"皮芽子"一样丰满的身材,有着天然"黑牡丹"之风韵。两口子在乡上开了一间蔬菜水果日杂店,养了十五头牛,生活打理得井井有条。家里有两个上小学的孩子,一家四口有着新疆人的热情好客的特点。他们靠头脑和辛勤双手过上了幸福生活。

2018 年 3 月,谢紫忠精挑细选买了两套桌椅送给祖甫哈尔和祖米热提俩兄妹,当打开包装傻眼了,螺丝螺母,板块拼件大大小小的一堆,他对照图纸研究了一个多小时,像丈二和尚摸不着头脑,只好把一起来结亲的金正文邀请来,先核对好各个配件分别属于哪个部分,从两支架开始对孔连接,再连横杆处找准三个孔,再用螺丝拧紧,这样拆了装,装了拆,对于这些科室能手来说却是个难题。先是蹲着,然后是坐到地上,再后是仰着脖子,3 个小时过去,他们终于把 1 套桌椅装好了……就这样,结一次亲、续一生缘,他喜欢上了羊肉、奶茶、抓饭、包尔撒克和馕等美食。

从木垒亲戚家出来,已是傍晚 6 点多了,正值隆冬季节,天降暴雪。接到局里通知要参加明天的重要会议,他们便急着往回赶。一路上漫天飞雪,看不清路在何方。不一会儿前方有车灯逆向而来,原来是在大奇高速公路成林加油站路段,发生了一起严重车祸,两辆大货车相撞横扫一小辆小卧车的惨烈现场,两辆已严重变形的大货车叠压横戈占据了整个车道。零下 17 度,几十辆车滞留在高速路上,再往前已全堵了,故而刚才才有车不得已冒险逆行。凛冽的寒风卷着鹅毛大雪铺天盖地而来,夜越来越深了,也越来越冷了,经当地交警指挥协调,直到凌晨 1:00 才抵达驻地。当走入灯火通明的活动室时,看见还在等候的兄弟姐妹们,一股温暖的热浪涌上心头。

他有个雅号——"暖男"。"暖男"因茶而起。茶是一种文化,一样的茶叶在不同人的手里,泡出的味道是大相径庭的,与人和性情有关,但在驻地"圣水雅阁"仅仅因为他浸泡功夫尤为讲究。"香飘屋内外,味醇一杯中""为爱清香请入座,欣同知己细谈心",援友都是远离故土,远离家人,总有寂寞挥之不去。他便请对方坐下来,喝喝茶,聊聊天,就在不经意间把苦闷抑郁疏解了。我就与同事们一样,慢慢地爱上了茶叶,也不由自主地成了他办公室那儿的"蹭茶"

老手,每每都能轻而易举地让他把最好的茶叶拿出来,让我们一饱口福。他常说这不单是品茗,更是一种文化的交流交融。

曾向往塔克拉玛干和古尔班通古特大沙漠,向往巴音布鲁克和那拉提大草原,向往天山之巅大冰川的他,如今穿越了沙漠,走过了草原,滑过了冰雪,睡过了土炕,吃过了大馕,留下着一条条难忘的路,结识了一个个难忘的人。还有他见识过戈壁海市蜃楼般的恐龙沟客运站、事不过夜的作风和无休无假的持续作战……一件件都难以忘怀,让这些镌刻在深深的记忆里,我只写写他茶余这二三事吧。

田志兰, 昌吉市交通局干部;

王新德, 供职于昌吉日报社,新疆作家协会会员,2005 年出版个人抒情诗集《回望麦田》。

那条路上三原色

新疆昌吉回族自治州文化体育广播电视和旅游局副局长苏文晖

2017 年 2 月 28 日下午，当从福州飞来的援疆包机降落在白雪皑皑的地窝堡机场时，我终于确认自己踏上了平生第一次来的新疆土地，也确认了从此开启自己微信公号上备注的“三年援疆路，赓续闽昌情”生活，那时的心情，既兴奋又茫然，兴奋的是来到祖国的最西北，神秘而又神奇的新疆，茫然的是对新疆一无所知，旅游援疆干什么？旅游援疆怎么干？我内心忐忑不安。

走在援疆路上，不知不觉 1036 个日日夜夜过去了，从了解新疆、熟悉新疆到融入新疆、热爱新疆，我和第七批福建援疆人一样有好奇，有自豪，有喜悦，也有过彷徨和郁闷。但更多的是，我们付出了艰辛，收获了成果。在这条路上，我们有太多的难忘，太多的感动，太多的收获……

旅游援疆，春意盎然。新疆是个好地方，这里有雄奇的山地、广袤的大漠，还有壮美的草原、浩瀚的戈壁，人称“旅游者的天堂”。但初来乍到，旅游援疆工作从哪入手、如何开展，我一筹莫展。

一个多月后，组织“闽疆海丝与陆丝牵手之旅”踩线活动，带着福建的13家重点旅行社推介“环天山千里黄金线”，并组织昌吉州6家主要旅行社与福建同仁对接，疆内外数十家媒体进行报道。天山天池、江布拉克、北庭故城、库木塔格沙漠等景区，无不让福建的资深旅游从业者惊叹不已。一位从业20多年的旅行社业者，深有感慨地对我说，“苏处，新疆有这么好的旅游资源，绝对值得我们去宣传推介。像江布拉克，肯定受摄影爱好者欢迎，我回去后先组织一个离退休干部摄影团来试试”。我顿时领悟，让更多的内地游客到新疆旅游观光，不正是我们旅游援疆人的使命和责任嘛！

自此，在派出单位福建省文化和旅游厅领导和有关处室的大力支持下，福建援疆人通力协作，海峡旅游博览会、成都国际旅游展、台北观光博览会等都展现了新疆旅游形象资源和产品。《海峡都市报》旅游专刊和微信公号、福建交通广播等媒体刊播出昌吉州旅游专题，东南卫视《食来运转》播出了昌吉州专题12集180分钟，全方位展现了昌吉州的景区和特色美食。福建省有关对口地市组织旅行商来新疆踩线，昌吉州旅游协会、旅行社和福建省市旅游协会、20多家旅行社达成了合作协议，推广新疆旅游资源、招徕游客送疆。16场旅游专项推介会先后在福州、厦门等地陆续展开，新疆美景名扬万里之外的八闽大地。福建援疆经费支持拍摄的美轮美奂的昌吉州旅游宣传片完成，福建旅游专列、旅游包机、自驾游源源不断来到新疆，被自治区表彰为“旅游客源援疆”先进单位，福建旅游援疆工作在自治区会议上交流发言，自治区公布2018年福建入疆游客达65万人次……我想这一切都有我们福建第七批援疆人流下的滴滴汗水。当多年以后，“新疆是个好地方”在八闽大地家喻户晓时，我会自豪地回忆起当年的辛勤汗水和不懈努力。

认亲结对，融入真情。根据组织安排，我有了一户哈萨克族亲戚和三户结对挂钩联系户。第一次和亲戚见面前，我心里惴惴不安，和爱人在电话中说，我们从此有了一家哈萨克族亲戚。妹妹名叫库里帕西，是奇台县石河子村刺绣合作社的负责人，也是一名入党积极分子。第一次到亲戚家是驻村干部陪同去的，哈萨克族特有的热情一下子打消了我的不安和疑虑，库里帕西夫妇把我们领进家里，亲切地喊我哥哥，并烧起了酥油奶茶、摆上各种民族食品，主动聊起自己的刺绣产品和家庭情况。离开前还专门给我准备了一份沉甸甸的礼物，现保存于福建援疆指挥部内，他们夫妇自己刺绣的一对写有“民族团结一家亲,和谐发展一条心"的抱枕和一对刺绣坐垫,我考虑他们可以拿去卖一些钱就推脱不要,他们坚持要我带走并合影留念。

此后,我先后20次到他们家走访或住户,和他们一家人一起学习、生活、劳动,并及时为他们双胞胎女儿申请助学金、奖学金,过年通过微信给她们发点压岁钱等。有两次去刚好是周末,带她们去县新华书店买课外书、吃德克士并买些小孩喜欢的食品。记得第七次去时,我刚下车拿准备好的礼物,因为听到车的声音,他们的双胞胎女儿达娜和沙娜一前一后跑过来抱住我,非常高兴地叫"舅舅,你来了!"我半天没有反应过来,虽然库里帕西妹妹和艾肯妹夫一开始就叫我哥哥,两个小家伙以前可都是称呼我叔叔啊!回来后和爱人说多了两个外甥女,而且是哈萨克族的外甥女,爱人也挺高兴,说挺好的。

也许正是双方的这种真心换真情,我和库里帕西妹妹一家真正成了"民族团结一家亲",当若干年后有机会再来新疆时,我一定会再去石河子村看望他们。

思念亲人,隐忍心间。

今年5月的一个周末晚上,几位援疆干部吃腻了牛羊肉,相约到小区门口的川菜馆吃酸菜鱼,在吃饭过程你一言我一语地聊天,不知道谁先感慨起大家来援疆都不容易,说谁谁谁爱人流产了也没好意思请假回去,某位分指挥长父亲过世最后一面也没见上,某某援疆后有了二胎全靠爱人一个人带,还有带着孩子来援疆的、在入疆报到的飞机上爱人分娩的……一下子好像空气就凝固了。正拿筷子夹菜的我愣住了,虽然忍住没说什么,但一下子想起临行前小妹妹发给我那条"老妈说那么久,不知道能不能等到你回来"的微信,顿时眼睛湿了。

之前在部队工作了24年,因工作性质要经常出海训练和外地出差,和家人聚少离多已经司空见惯,自以为援疆会比别人心理要强大。可实际上,儿子正在人生最关键的高考阶段,爱人在社区任党总支书记兼主任,工作任务繁重,经常加班加点。援疆前父亲因脑出血曾两次住院,他出院后根本不知道在ICU病房期间谁去探视过,性格也有很大的变化。母亲多年前患重度帕金森症,生活都很难自理。说实话,援疆期间我和父母都是电话语音联络问候,没有过一次视频通话,因为我无法面对他们人在厦门、影像在眼前的场景,更不想让他们看到通话时我自己都不清楚的脸上表情。

去年儿子大学报到,一家三口开开心心地在昆明相聚,三天后和爱人在长水机场安检后,挥挥手即分头走向不同方向的登机口,原路分返新疆和福建,看着她远离的背影，其实挺心酸的，一家三口分别在东南、西南、西北成三角形的三地学习、工作，一年只有春节能短暂相聚。说实在，如果说援疆人不想念亲人那是骗人的话、安慰的话。别看平时大家在活动室一起泡茶、打球、健身、打牌，貌似欢乐地有说有笑，可是夜深人静时总是想起八千里外的父母、妻儿，感到自责自疚、难以入寐，有休息不上班时，也会一个人猫在宿舍里，一包烟，一杯茶，一首怀旧音乐，在那静静地发呆。但每当想起自己 2017 年 1 月 17 日在福建省旅游局处室负责人述职述廉大会上，那段“到新的岗位后努力把握中央治疆方略和新疆工作的方针政策，继续保持 24 年党龄和 24 年军龄的共产党员优良作风，不忘初心，砥砺前行，坚决做到锐意进取、恪尽职守、兢兢业业、守住底线，决不辜负局党组、局领导和同志们的信任与期望”的表态，作为一名援疆人，理所应当和新疆广大干部职工一起付出艰辛努力，为新疆的社会稳定和长治久安做出自己的贡献。

援疆有归期，真情无句号。虽然八闽大地与天山北麓相隔千山万水，但我相信我们福建第七批援疆人会继续当好第二故乡的“儿子娃娃”。我知道，今后自己不论身在何处，新疆都会时时刻刻牵动着我的心、拨动着我的情、触动着我的梦，当脑海中出现博格达峰的白雪皑皑、天山山脉的苍翠雪松、江布拉克的金色麦浪，还有屯河边上那耀眼的“皮芽子”建筑，我丝毫不会意外，因为这是我工作过的地方、生活过的地方一个寓意“昌盛吉祥”的地方！因为今后，可以自豪地说，“我们是福建的新疆人”！

爱在万里情牵处

——记新疆昌吉回族自治州国资委副主任陈运星

/史　晶/

这世间必有一种情意,踏着幽幽暗香而来。

——题记

万里亲情一线牵

“爸爸,你看天上的云。”祖拜迪汗稚嫩的声音打破了寂寞的山谷。

6 月的天山深处,沈家沟。天蓝云白,风景如画。清凉的空气中,白云如放牧的羊群在天空游走。是呀,天上的云散了又聚,聚了又散,就像地上的人一样。陈运星不禁想起了金庸小说里的一句话。3 年前的他如何会想到此时此刻,会和这个不同民族的小女儿在离家 4200 公里的天山一起看云。

儿童节刚过,恰逢少数民族的传统节日与端午节连在一起,在昌吉的陈运星就想来看两个维吾尔族女儿和她们一起过节。他先到沈家沟。除了送各样礼物,他还给两个女儿各送上 1000 元助学金。

之后,他又到水磨沟看望大女儿穆斯丽曼。穆斯丽曼是陈运星的结亲户热吾汗·热加夫的大女儿。也是他认下的女儿,祖拜迪汗是穆斯丽曼的表妹,是他后认下的小女儿。

女儿是爸爸的小棉袄。像所有的爸爸一样,陈运星对两个女儿疼爱之情从不掩饰。他的朋友圈被两个女儿和一个侄女霸屏了。妻子佯嗔道:你总发的是女儿的照片,也太冷落儿子了,真是太偏心了。

想起 3 年前最疼爱的唯一的儿子,如今被排在这三个小姑娘的后面,陈运星也不禁会心一笑。都说父母之爱最公平,实际上是委屈儿子了。

话虽这样说,从来也没有见过两个女儿的妻子却一样偏心女儿。她给父女三人买了亲子装从福建寄来,陈运星专程给两个女儿送去,三人穿上照了一张照片,陈运星又把这张照片发到了朋友圈。妻子看见高兴地点赞。

这段万里亲情一线牵的传奇,得感谢他三年的援疆经历和民族团结一家亲的结亲活动。

2017 年 2 月 28 日,陈运星到了昌吉,任昌吉州国资委副主任。一到单位就碰上同事们开展结亲活动,他主动要求也要结一门亲戚。陈运星就与木垒县西吉尔镇水磨沟村的热吾汗·热加夫家结成了亲戚。

初春的残雪中,陈运星驱车近 400 公里来到单位驻村点木垒县西吉尔镇水磨沟村,与维吾尔族村民热吾汗·热加夫一家人结亲。一进热吾汗家,10 岁的大女儿穆斯丽曼就抱住了陈运星,在他脸上亲了亲,张开小嘴口就叫他“爸爸”。一种突如其来的幸福感,让陈运星激动不已。在同事的建议下,陈运星认下了这个女儿。说起援疆三年最难忘的一瞬,陈运星眼现温柔:“是穆斯丽曼叫我爸爸的那一刻,我特别喜欢女儿,那声爸爸把我的心都甜化了。”

认了这门亲后,陈运星一有时间就到他们家里走亲戚,除了带去生活必需品,他还给孩子们买衣服、书包、书籍、文具和食品,送钱送药。

穆斯丽曼认了爸爸,跟她一起在县城上学的表妹祖拜迪汗也要认陈运星做爸爸。陈运星也认下了祖拜迪汗这个女儿。两个女儿一样对待,当爸爸的绝不偏心。远在福建,没有见过这两个女儿的妈妈,陈运星的妻子也对两个女儿一视同仁,经常从福建邮寄衣物和学习用品时都是两个女儿一样。2017 年 6 月,陈运星的妈妈来昌吉。陈运星将热吾汗·热加夫和女儿穆斯丽曼接到了昌吉一起游览农博园、滨湖河公园,一起吃饭,其乐融融。穆斯丽曼第一次离开木垒，昌吉是她见到的最大城市，她开心地说：“昌吉好大，好美呀！”陈运星让在福州的妻子、儿子和女儿穆斯丽曼微信视频，穆斯丽曼害羞地叫万里之遥的“妈妈”“哥哥”。在他昌吉的宿舍里，奶奶给孩子们做了很多好吃的，让她们体会了来自福建奶奶的温暖。

一袋干馕表情意

圆圆的馕，寓意圆满，也传递着情谊。陈运星在昌吉收到了一袋饱含情意的干馕。这还得从陈运星凭空得来的侄女阿西古丽说起。

在认穆斯丽曼当女儿的那次，因为同去的州国资委副主任路琳路过奇台县时要去看望奇台县奇台镇犁铧尖社区的阿迪力、阿西古丽父女。在同事们的建议下，陈运星正式认下了这个侄女。15 岁的阿西古丽是一位美丽的维吾尔族小姑娘，在县城读初三，学习成绩在班上名列前茅。阿西古丽父亲阿迪力是个农民，患有心脏病干不了重活，母亲早去世了，阿西古丽小姑娘也患有贫血症。仅那一年，陈运星就 6 次到奇台看望慰问阿迪力父女，每次给钱又给物。

当第 6 次带着礼物去看望这家父女时，临走时，阿迪力硬塞给陈运星一袋馕，激动地说：“今天这袋馕一定要带上。”

春天到了，陈运星心中惦记着热吾汗・热加夫家春耕的事情。她家中没有劳动力，体力活干不了。陈运星多次委托单位的驻村工作队去她家看望，并帮她干活。还让工作队及时送去春种物资，并且发动村干部和村民帮助热吾汗・热加夫家春播春种。热吾汗・热加夫拿到种子后说：“马上要春耕了，给我送来了小麦种子，真是解决了我们的燃眉之急。”秋收时节，大家又纷纷帮助她收割进仓完成秋收。

2017 年 12 月，听说热吾汗・热加夫生孩子住院了，陈运星专程从昌吉赶到木垒县看望，并拿出 500 元现金交到热吾汗・热加夫手上。

每到节日，陈运星带着民族团结大礼包和自己精心挑选的礼物给亲戚送去节日的祝福。古尔邦节那天，热吾汗・热加夫用赠送的种子打下的小麦磨成的面粉，炸了一大盘馓子，大家一起围坐在餐桌旁喝着茶，吃着馓子，话家常、问冷暖，一片欢声笑语中，彼此的心贴得更近了。

天冷了，位于天山深处的水磨沟村冬天来得较早。陈运星心里牵挂着山里的这些亲人，为了让一家人安全顺利过冬，他协调州国资委驻村工作队送来

3 吨过冬的煤。

朋友圈传递爱的信息

陈运星经常把民族团结一家亲的照片晒在自己的朋友圈。

远在武夷山的战友王忠兴，被他的爱心所感染。他知道陈运星一个公职人员经济上也不富裕。出于战友情，他决定支持陈运星，帮助阿西古丽完成学业。

王忠兴每月给阿西古丽寄 600 元，直到她毕业。阿西古丽开心地说：“有陈叔叔、王叔叔这么多好人关心爱护我，我真是太幸福了！我一定要考上大学，回报叔叔们对我的厚爱。”

陈运星的微信朋友圈就是一个爱的传播媒体。陈运星经常晒两个女儿，引起了福建朋友们的关注。了解到陈运星的援疆工作和女儿穆斯丽曼的家庭情况后，福建大闽科技孵化器有限公司董事长王健明主动要求与穆斯丽曼结成爱心助学帮扶对象，委托陈运星捐助 2000 元助学金，用于穆斯丽曼学习和生活。随着时间的流逝，王健明与穆斯丽曼的感情日益加深，陈运星建议穆斯丽曼认王健明作“干爸爸”，王健明表示将继续资助她完成小学到大学的学业。两个爸爸都非常关爱穆斯丽曼，鼓励她发奋读书，用知识改变自己和家庭的命运，更好地回报社会。

2018 年 9 月 18 日，呼图壁县二十里店镇学校迎来了一批特殊的客人，来自福建三盛集团的 42 位公益使者将“三盛学堂”国学教室专项建设款 10 万元捐赠给了学校。这也是由陈运星牵线促成的。受陈运星的影响，他的朋友吴仕华、杨育仁、侯友贵、潘东文等也纷纷慷慨解囊，资助少数民族困难家庭学生。

陈运星个人的朋友圈，成为福建昌吉两地爱的桥梁，也成为他和援友们在庭州大地真心真情无私奉献的真实写照。

保国守边豪情满怀

当了 19 年兵的陈运星，从小就有一种家国情怀，他说，援疆圆了自己守边戍边的梦想。

陈运星担任昌吉州国资委党委委员、副主任，在援疆前方指挥部担任综合组、宣传组副组长，负责信息宣传工作。

2018年9月19日—20日，昌吉回族自治州首届“产业援疆与产业发展圆桌会议”召开，国内著名经济学家、企业家大咖近400人云集昌吉，陈运星多次和福建省国资委沟通协调，省国资委邵玉龙书记、主任大力支持，亲自带领省属15家企业参会，并签约项目5个，签约额46亿元。

数字虽然是枯燥的，但数字背后所产生的效益却是连锁反应，就在这一个个推介会上，就在一个个项目的落地上，远在西部的昌吉就这样一步步地走进了福建人的视野。昌吉对福建而言，不再遥远。通过援疆干部架起的桥梁，昌吉与福建紧紧连在了一起。

“援疆工作不仅仅是资金项目的投入，更多的是情感的交往交融。我觉得援疆首先要热爱新疆、融入百姓，既要和少数民族群众手拉手结对子，更要心贴心成家人，只有融得进才能真正做好援疆工作。”这是陈运星援疆以来最深刻的感触。

援疆三年，陈运星与当地的干部群众结下了深情厚谊，与当地少数民族贫困群众交上了朋友，认下了女儿和侄女。

三年时间的奋斗让197名援友结下了生死相依的情谊。陈运星说，难忘战友情，现在又有了援友情。在情感上我是一个很富有的人。

三年的时间，如白驹过隙。援疆任务就要完成之时，要回到福建家乡了。

万里援疆，情牵一生。这份爱不会因时间的逝去而褪色，不会因距离而弱化。

史晶，中国报告文学协会会员，新疆作家协会会员。昌吉日报社主任编辑。散文、新闻作品多次获国家级奖。出版作品集《风住尘香》。

躬耕天山下

——记新疆昌吉回族自治州农业局副局长陈斌

/王 硕/

2017 年 2 月,福建援疆的号角再次吹响,新的一批援疆干部人才来到新疆昌吉,迎接他们的是漫天的飞雪和陌生的城市。面对新的工作岗位和生活环境,一切都在等待适应,一切也都要从头开始。

“既然来了,就必须做些什么!”简单而平凡的想法时刻回荡在陈斌的心头。经历了近一个月对昌吉农业农村情况的初步了解,同行援疆的农业技术人才付瑞洲最先提出想法,“新疆日照充足,瓜果品质优良。福建这些年推广的百香果,种植技术与葡萄相近,当地农户应该比较容易上手,我们可以试试把百香果引进来”。两人在一番分析、预判后,认准了这条路子。

有了初步想法,2017 年 3 月,援助昌吉州农业技术推广中心的付瑞洲开始着手联系试种基地和购苗的前期准备,4 月从福建引入了 70 株百香果“台农 1

号”嫁接苗，并分别在阜康市九运街王母桃园试验基地的温室大棚和昌吉州农业技术推广中心的实验基地大田里开展引种试验。

大田定植后，要经过近4个月的生长培育，对于首次尝试在新疆种植百香果的他们来说，这一举动也是摸着石头过河。8月下旬，被精心呵护的百香果终于开始开花，他们心里别提有多高兴。但好景不长，九月的新疆气温说降就降，连续多天气温都在零度以下。由于大田里没有保温设施，10月10日左右，百香果树及刚刚结出的果实都被冻死了。“大田里的百香果无法成活，那温室大棚里的呢?”付瑞洲急切地拨通了阜康基地管理员的电话。“大棚里的百香果全部存活，已经开始结果了，果实圆润饱满，预计明年一月下旬就可以采收了。”电话那头的消息让他俩重拾希望。

2018年1月，“台农1号”百香果在阜康市引种试验获得成功，第一批百香果采收2000多个，产量约300公斤。第二批3月开花结果，挂果1万多个。看到百香果喜人的长势和可观的效益，进一步坚定了他们的信心，他们又陆续从福建引进两个品种共500株嫁接苗，分别在阜康、玛纳斯县和吉木萨尔县示范推广。试种推广按照他们的预想进行着，开花、挂果，一切都很顺利。这年7月，付瑞洲也完成一年半援疆工作任务返回福建。

春节，放假回到福建的陈斌和付瑞洲碰面，细说着百香果在昌吉茁壮成长的点点滴滴，商量着如何扩大种植面积。陈斌作为昌吉州农业农村局副局长，这一年来，他考虑更多的是怎样将试种成功的百香果加快推广，逐步形成让更广大农户受益的新兴产业，并成为昌吉州农民创业增收的好项目。

一年来，他每到一地，都推介百香果，摸底需求，了解意愿。在他的推动和福建省援疆前方指挥部产业组的支持下，福建援疆三明分指挥部在玛纳斯县决心大力推广百香果种植，2019年初从福建调集4800多株百香果种苗分发给有意愿的农户种植，种植面积75亩，迈出了大面积推广百香果的第一步，同时结合农业“双一百”项目，从三明选派了百香果技术专家到当地开展培训指导和管理工作；南平分指挥部在木垒县试点种植百香果500多株；在福建援疆前方指挥部重点扶持的呼图壁县二十里店生态文化村，引种了100多株百香果，发展民族聚居村落庭院经济、休闲观光农业……百香果正在昌吉遍地开花。

提到农业“双一百”，陈斌说，这是他三年援疆工作的重中之重。智力援疆农业“双一百”工作是2011开始的，由闽昌两地组织系统牵头开展的一个人才交流交往项目。仅2017年以来，福建省农业农村厅就已经选派了5批共111

名农业专业技术人才到昌吉州、县两级的农业、林业、水利、畜牧系统开展技术援疆工作。在疆期间,通过开展"福建农业援疆专家昌吉行""援疆农业讲堂"等活动,充分发挥援疆专家们的专业特长,引导他们扎实工作、倾情奉献,在与当地干部群众深入的交流交往中传授技术、沟通理念、分享经验,助力昌吉州现代农业高质量发展。陈斌说,十年树木、百年树人,智力援疆工作很难做到立竿见影,但是通过两地农业技术人才广泛、深入的交流交往交融,通过久久为功和潜移默化的作用,影响将是深远和深刻的。

2019 年 6 月 30 日,在福建省援疆前方指挥部,我见到了几位 2019 年第一批智力援疆的专业技术人才。刘燕飞就是其中的一员,她告诉记者,作为福建省海洋与渔业局选派的专业技术人才,在后方的大力支持下,她们一批接着一批干,这些年共为昌吉州引进了加州鲈、斑点岔尾鮰、南美白对虾、台湾泥鳅等 86 个水产养殖新品种;仅南美白对虾虾苗累计引进 1000 余万尾,2018 年底养殖产量已近 400 吨,经济产值近 2000 万元,成为昌吉州特色水产养殖品种之一。据不完全统计,两年多来,援疆农业技术人才累计引进种养业新品种 130 多个,深入基层一线调研 400 多人次,培训指导 3500 多人次,撰写昌吉州农业产业转型升级、农村土地政策、乡村振兴、休闲农业等方面的调研报告 99 篇,提出了许多具有针对性、建设性的意见和建议。他们用实际行动践行援疆情怀,为昌吉州现代农业发展献计献策,有效地解决了昌吉州农业产业发展中的一些重点和难点问题。

除此之外,两年多来,陈斌还组织昌吉州农业、林业、水利、畜牧系统技术人员 289 人次,到福建省农科院、福建农林大学开展十几天到三个月的学习与培训,为昌吉州各级农业农村部门和新型经营主体培养了一批批业务骨干。昌吉州农业信息化建设是福建省农业农村厅的重点援疆项目,福建省每年都会安排专项经费,用于提升昌吉州农业信息化能力和水平。经过多年的建设,昌吉州农业信息化建设能力取得了长足的进步,稳居全疆前列。他抓住农业经营管理环节,推进信息化建设,着重建设和改进完善了棉花收购信息管理平台、农村综合产权交易信息平台和农资监管平台 3 个信息化平台系统。目前棉花收购信息管理平台已获得自治区科技进步二等奖。农村综合产权交易信息平台已累计实现 113 万亩土地流转交易,交易金额达 13 亿元。农资监管平台已累计登记 524 家农资门店基本信息,存储全国农资标准产品库信息 10 万余条。

赠人玫瑰,手留余香。援疆干部人才的默默付出与奉献,必将像百香果一样，香飘天山南北；经历边疆风雨洗礼的援疆干部人才，必将遇见人生中不一样的风景。

王硕，昌吉日报社记者。

酒香情浓闽昌缘

——记新疆昌吉回族自治州林业局副局长池永东

/付小芳/

“希望我们能与当地的企业达成合作!”4 月 23 日,记者在昌吉州林业和草原局的办公室见到了援疆干部池永东。他刚刚送走前来洽谈新疆特产电商合作的一家杭州公司。

53 岁的他中等个头,言语间透着亲和力和幽默感。就是这样一位富有亲和力的援疆干部,为新疆与福建搭建起了一座葡萄酒业的桥梁,将新疆的葡萄酒远销到内地城市,再一次让新疆与福建之间结下了不解情缘。

挑　战

2017 年 2 月,池永东随着援疆队伍来到新疆,当时 51 岁的他是党政干部里面年纪较大的一个。池永东说,他刚接到来新疆的通知很意外,但家人都支持他,他内心深处既忐忑又兴奋,新疆一直以来都是很多人所向往的地方,充满着挑战,又富有着神秘的色彩。就这样,他满怀着期待,踏上了援疆之路。

对于一个长久以来生活在绿水青山中的福建人来说,二月的新疆显得太过寒冷,尽管如此,他很快入乡随俗。许多一起来的援疆干部有的水土不服,有的在工作上中遇到难题,而他却满怀着年轻人的热情与干劲,无论生活上还是工作上,都能很快适应其中。

新的环境,新的开始,池永东的工作性质也发生了很大的变化,从曾经的处理森林案件工作到如今的干好党建工作,对他来说,是跨越也是挑战。然而,对于一个有着25年党龄的老共产党员来说,接手党建工作的他也有着自己的一套工作模式,他通过熟悉党建工作流程,理出一条规律的工作思路。

为了凝聚团队向心力,丰富党员活动,池永东策划出“春之诵、夏之歌、秋之舞、冬之赛”党建活动四部曲,他会根据不同的节庆,充分调动党员的积极性,推出别出心裁的主题,同时通过开展多种趣味性活动,将驻村干部与驻村点木垒县博斯坦乡三个泉子村、依尔喀巴克村村民的关系越拉越近,让村民与干部之间没有距离感,将党建工作干得有声有色。

“虽然当时还担心自己能不能胜任这项新的工作,但是几次党建活动开展得都十分成功,还上了电视、报纸。党员们通过丰富多彩的党建活动,向心力和工作热情都有很大的提升,也让我更加有信心了。”池永东说。

开　拓

从参加工作以来,池永东都是从事与林业系统相关的工作,刚来新疆,虽然对周遭的一切还不算太熟悉,但他想,既然来了,就要为当地的人们做点什么。当他得知在新疆葡萄种植和酿酒产业属于林业范畴而不是农业,他又对红酒略有研究,于是决定趁每年参加林博会的机会为新疆葡萄酒产业开拓一片市场,借机推广昌吉州地区的葡萄酒产品,提高新疆葡萄酒的知名度。

昌吉州自然条件得天独厚,位于天山北麓、准噶尔盆地东南缘,属于典型的大陆性干旱气候,具有冬季寒冷、夏季炎热、昼夜温差大的特点。它与同处此纬度的法国波尔多、美国加州并称为“世界三大酿酒葡萄天堂级产区”,他发现当地葡萄的品质佳,但是品牌的名气不响,甚至当地很多企业只是单纯地为大酒厂提供初加工的葡萄汁原料,打造自己的地区品牌则是当务之急。“目前推广'天山北麓'品牌是重中之重,我希望把我们的葡萄酒做成质量有保障的品牌。"池永东介绍,受限于区位较为偏远、物流成本较高、产量和规模较小,昌吉州的葡萄酒成本是一般进口葡萄酒的3倍。因此,昌吉州的葡萄酒定位都在中高端,池永东希望把"天山北麓"这个品牌变成高品质葡萄酒的代名词,为昌吉州打开新的销售渠道。

一年一度的林博会是全国唯一的海峡两岸林业交流合作国家级专业展会,每年都会吸引全国各地的嘉宾。2017年,池永东带去了昌吉州的12家葡萄酒企业参加了福建的林博会;2018年11月,他再次带去了昌吉的10家葡萄酒企业代表。如今新疆的葡萄酒,在福建当地已小有名气。他说,希望能通过林博会的渠道,将新疆的葡萄酒带到内地,甚至全国各地,让很多人提起新疆,就能联想到新疆美景以外的葡萄酒。就这样,他借助林博会的平台,打开了葡萄酒在内地的销售渠道。

2019年初,福建的一家企业在他的介绍下,出资3700多万收购了正在走"下坡路"的纳兰河谷酒庄。就此,也为昌吉州葡萄酒业打开了远销的渠道,通过他不断推广,也让福建与昌吉逐渐有了联系。纳兰河谷酒庄的收购方还通过线上线下多种销售渠道,将葡萄酒运往福建各地售卖,短短几个月就呈现良好势头,如今新疆葡萄酒在福建市场上已颇有知名度。内地许多企业在池永东的推介下,慕名而来谈合作,其中不乏坚果、葡萄酒、物流等方面合作意识的投资方逐渐进入昌吉市场。

牵 挂

提起家里的情况,池永东沉默了一会儿。他用娴熟的动作冲泡着从家乡带来的茶叶,用茶海缓缓地续了两杯茶水,一杯递给记者,一杯放在嘴边细细品味着来自家乡的味道。他说自己是家里唯一的儿子,还有三个姐姐,但都远嫁他乡,家中只有一90岁高龄的老母亲,身体还算健朗,独自一人生活在浦城老家,每逢遇到大的节庆日一家人才能在一起团聚。

由于工作的特殊原因,池永东跟家人总是聚少离多。一次,池永东休假回家探亲,从亲戚口中得知,不久前母亲因为心脏上出了问题,自己跑去医院做检查,而他作为唯一的儿子却并不知晓此事。虽然为了能多陪母亲说说话,他隔三岔五就会与母亲通一次电话,但是母亲总是报喜不报忧,不断询问他在新疆的状况,而对于自己生病的事情却只字不提,这让他内心愧疚不已。

他和妻子也常年在两座不同的城市工作,唯一的女儿在他来新疆的那一年远赴日本留学,一年几乎见不到一次面,一家三口分散在三个城市两个国家,团聚仅仅只是通过微信视频相见,靠一部小小的手机联络着感情,构建起家人间彼此的思念。

一千多个援疆的日子里,池永东一边割舍不下工作,一边又是对亲人的无限牵挂。错过了许多和家人团聚的美好时光,他内心深处感觉亏欠家人太多。但他说家人又如此支持他的工作。三年援疆时光转瞬即逝,他要为这三年的美好时光画一个圆满的句号,才算是不负众望。

付小芳, 昌吉日报记者。

一名援疆干部眼中的风花雪月

新疆昌吉回族自治州民政局副局长黄小谷

一名援疆干部眼中的风花雪月
是沙漠冷风，是雾凇冰花
是漫天飞雪，是边关红月

——摘自《援疆路上有你真好》

2017年2月28日，随着一声号令，197名福建援疆干部人才从东海之滨飞赴天山北麓，开启福建省新一轮援疆大幕，三年斗转星移，白驹过隙，在福建援疆前方指挥部的领导下，全体援疆干部齐心协力，努力工作，筑梦天山，谱写一曲可歌可泣的丝路之歌、奉献之歌、团结之歌。作为一名援疆干部，我深深感受到浓浓的家国情、报国志。戈壁星河见证梦想，在一名援疆干部的眼中，风花雪月一样染绘上刚毅坚强、铿锵浪漫的色彩。

沙漠冷风

2017 年 11 月，阜康市的沙漠边缘，我和新疆民政厅、阿勒泰地区、福海县民政局的同志，一起在焦急等待深入沙漠腹地的联检车辆出来，1 个小时、2 个小时……还没有看到车的影子，夜色降临，风吹过梭梭草，刮在脸上，生生地疼，不由地为他们担心起来，阿勒泰地区的同志们劝我不要太着急，我却有点后悔，刚才应该陪他们进沙漠才对。因为能进沙漠的车坐不下，我让昌吉州、阜康市的区划地名科的同志陪阿勒泰地区、福海县的同志一起去沙漠腹地核实两个地区的界碑，靠着定位仪，茫茫沙漠，会不会出事？我掏出手机一看，几乎没有信号，还是一遍遍地拨打着。

夜色渐浓，天完全暗了下来，不知过了多久，忽然听到前面的人兴奋地喊："出来了，我们的车出来了……"只见两辆越野车飞驰而来，停在我们面前，州民政局区划地名科科长从车上下来，拉着我的手，几近哽咽，"找到了，找到了！也描红好了，我还一直担心找不到，出不来啊，一路上我都紧张得不敢说话，怕一不小心就陷到沙漠里！"他这么说是有原因的，当初埋这块界碑时，八辆越野车陷在沙漠里，后来靠骆驼和马才把这几辆车拖出来，并靠骆驼和马运了界碑到指定地点。这次进去还是傍晚，天都快黑了，危险系数更多了。我紧紧拉着他的手，"今天你们辛苦了，太不容易了，这种工作经历，我终生难忘啊！"

这次我们和伊犁州联合边界联检，经过连续 4 天的长途跋涉，驱车往返 2000 多公里，深入到奇台县、玛纳斯县、吉木萨尔县、阜康市等戈壁、沙漠、草原地带，开展两地界碑定位确认、清理描红、签订平安边界协议等工作。有一个深夜，穿过茫茫草原依稀可辨的小路、土路，停下车时，抬头天上星辰大海，冷风继续吹，却有一种成就感、自豪感，大美新疆，脚下的每一寸土地，都值得我们去丈量、去珍惜、去爱护……

雾凇冰花

2018 年 1 月 17 日，结束了一天的 24 小时值班，我向单位主要领导请假，赶赴呼图壁县二十里店村，那里是福建援疆重点打造的脱贫攻坚、乡村振兴示范村——“闽疆生态文化村”。作为一名援疆干部，我也要表达对他们幸福生活的祝福，帮他们写春联。车子急驰而去，一路上，树上依稀挂着冰凌，恍若透明的花，开在树上。

为了写好春联，我还专门花了几个晚上强化训练，援疆，也让我把久违的爱好——书法重拾了起来。但平心而论，我的毛笔字并不好，虽然有点工整，但透着一股稚气，我上网找了福建清代著名的书法家伊秉绶的隶书字体、颜真卿的楷书春联，怕自己一笔一画写太慢，临时抱佛脚，练起了行书，写了几幅黄庭坚的字，心里有点小满足：虽然下的功夫不深，但蒙得依稀几分黄庭坚字的模样。

书写现场，一群小朋友围着看我写字，边看边念，有一个小女孩说，“伯伯，有空您教我写字吧？我还会念古诗，我念两首给您听吧！”，我深感惭愧，就我这书法水平，是不敢强为人师的，赶紧把身边的温云荣推荐给他们，这两位援疆干部才是书法高手呢。我端端正正用古隶的笔法写下：“百世岁月当代好，千古江山今朝新”，为村民们呈上诚挚的祝福。

在村里小超市的老板娘家里，我和昌吉州发改委副主任张军一起为她家贴春联。张军主任认认真真把春联贴在大门的两边，把横批贴到大门的上方。一些透明的窗子也贴上剪纸窗花，衬着树上冰花，透着喜洋洋的气息。

福建援建的文化演艺中心里，舞台背景上早已挂上了大红灯笼，“首届呼图壁县二十里店镇二十里店村迎新春联欢会”几个红色大字十分醒目，可容纳近500人的演艺中心里，坐得满满当当。一场春晚捧红了70多名“草根明星”，12个节目历时两个小时演出，掌声、欢呼声不断。而我在抽奖环节，也抽到一台洗衣机，我当即把洗衣机送给我在村里结的联系户，还穿着演出服的联系户高兴得合不拢嘴。

当全体援疆干部有的拿着福字，有的拿着春联，打出横幅：“福建省第七批援疆干部人才向全省人民拜年”，并大声喊出来，声音响彻云霄，震落树头数支冰花。奉献边疆，是一件多么快乐的事！

昌吉州党委副书记、福建省对口支援新疆工作前方指挥部总指挥长黄鹤麟对此有一段精辟的论述：“二十里店村有了三个较大的变化，最直接的变化是环境美化、乡风文明、邻里和睦；最深刻的变化是思想认识；最根本的变化是稳定基础，全村凝聚了发展合力，夯实了和谐稳定发展的根基。”

漫天飞雪

2019年1月23日上午，站在玛纳斯县清水河乡的高处，飞雪中，山舞银蛇，原驰蜡象，近处新村建设一排排、一幢幢拔地而起，十分壮观。

今天，昌吉州党委副书记、福建省对口支援新疆工作前方指挥部指总指挥长黄鹤麟，带领我和援友，一起参加福建援疆莆田分指挥部举办“福建援疆助力玛纳斯低收入人群‘家庭圆梦行动’捐赠仪式”，本次“家庭圆梦行动”捐赠活动为清水河乡207户低收入家庭发放了电视、冰箱、洗衣机等价值27万余元的礼物。

这是“家庭圆梦行动”系列活动之一，在福建援疆前方工作指挥部的领导下，大力探索创新，构建由相对贫困家庭提出家庭梦想、乡村干部收集家庭梦想、援疆干部承接家庭梦想、整合社会力量实现家庭梦想的“家庭圆梦行动”脱贫帮扶新模式。“家庭圆梦”行动在实践中不断提升，力度和精度不断强化。2018年以来送出价值110万元的圆梦礼物，帮助1000余户实现家庭梦想。“家庭圆梦”行动得到新疆维吾尔自治区领导的批示肯定。

边关红月

2018年的一天，开往木垒的车上，我们忽然发现，从戈壁草原升起的月亮还带着太阳般的余晖，泛着淡淡的红色，这也许是边疆才能见到的壮美景象，我想起张爱玲的名句：“月亮应该是铜钱大的一个红黄的湿晕，像朵云轩信笺上的一滴泪”，边关红月，少了胭脂气，却多了一种豪迈的大丈夫气，与一群援疆干部的热血丹心相映衬。

无论是“明月楼高休独倚，酒入愁肠，化作相思泪”，还是“抬头望明月，低头思故乡”，明月，总有一种相思之味，思乡之情。八千里路云和月，福建和新疆，山海之间，八千里路，援疆干部挂念家里的父母、妻儿，人之常情。就像风筝，飞得再远，那根线拽在八千里外家里亲人的手上，那根线，叫思念。飞得再远，飞不出你的思念。福建的那头，同理可证。2019年的春天，站在滨湖河畔，看着满天的风筝，心里不由涌出几句打油诗：

滨湖风筝

千盏扶摇赋碧空，

一线牵挂不离宗。
万丈红尘俯身看，
筑梦天山引清风。

二十里店春晚

使命在心中激荡

——记新疆昌吉回族自治州公安局副局长刘哲立

/廖冬云/

从浪花迭起的海边城市来到一个美得像花儿一样的西北边陲城市——昌吉，对于福建省第七批援疆干部、昌吉州公安局党委委员、副局长刘哲立来说，最初这里的一切都充满着新奇和挑战。两年多的时间过去了，这里对他来说熟悉得如同自己的家一般。回忆三年漫漫援疆路，他在自己的工作岗位上甘于奉献，求真务实，经过锤炼，成为一名合格的警察，为实现社会稳定和长治久安总目标奉献自己的力量。

刘哲立是记者最早认识的一位福建援疆干部，因为采访一个特大电信诈骗团伙案而相识，甚至成了朋友。依然清晰记得第一次见到他的情景，由于办案几乎一夜没合眼，大清早6点钟就带着记者去乌鲁木齐火车站接战功赫赫的战友们，他顶着大眼袋，脸上写满了倦意。当看到战友们带着“连锅端”的几十名犯罪嫌疑人的那一刻,他的疲惫一扫而光。

采访老朋友,自然亲切许多,可是一触及离别的话题,空气中也弥漫了一些伤感愁绪。是啊,这些可爱的援疆干部们舍不得离开工作、生活了三年的第二家乡,家乡的人们又怎么舍得他们离开呢?

初来乍到　他交出了漂亮“答卷”

7 月 1 日,记者来到昌吉州公安局见到了刘哲立,他正在处理手头的文件。见到记者的到来,他调侃说:“选择的日子挺好,刚好是党的 98 岁生日。”他照例拿出最好的茶叶,待茶香飘满整个屋子,一向低调寡言的他这才打开话匣子。

2015 年 9 月,他作为福建省公安厅慰问组的成员来到昌吉市慰问援疆干部,一周的时间,他爱上了这座干净舒适的小城。2016 年底,他毫不犹豫地报名援疆。

刘哲立清楚记得,2017 年 3 月初,他刚到单位报到不到一周的时间,州公安局党委副书记、副局长章启新找到他说:“有个特大诈骗案,线索指向福建的一个山区县,你来牵头案件侦查吧!”接到指示后,他立即和刑侦支队副支队长吴舒腾、昌吉市公安局副局长邱鑫,与 7 名民警组成专案组赴福建省侦破案件。

由于异地办案,人手有限,跟踪、踩点、蹲点等工作,刘哲立亲力亲为,当起了侦查员。经过一周的侦查,就摸清了犯罪嫌疑人的窝点。经研究确定了抓捕时机和方案后,实施抓捕的当天,刘哲立亲自带队率领着 30 多名警察破门而入,一举端掉诈骗窝点,抓捕犯罪嫌疑人近 20 名。

在二十来天的案件侦查过程中,即使办案地点距离家乡福州市只有两个多小时的车程,刘哲立也是第一时间全身心投入到案件侦查当中去,案件侦破后,他才匆匆回家看了看父母、妻女。当记者问他:“破案这么紧张,累吗?”他笑着说:“在这二十来天的破案过程中,付出挺多,经历不少,让我感触最深的还是凯旋之时的喜悦。这也许就是警察最期待的,用艰辛换来的荣耀。”

四口之家　让人羡慕的其乐无穷

“其乐无穷”的意思是其中的乐趣没有穷尽。刘哲立的家庭就是这样一个没有穷尽乐趣的幸福四口之家。这又从何说起呢？他的一双儿女，名字分别叫其乐、无穷。其实，2016 年 12 月，刘哲立正式下定决心来援疆时，妻子就已经怀有身孕了。得知这一喜讯时，他也曾纠结犹豫过，可是想到这是组织最终做的决定，他必须得坚决服从。当然，贤惠的妻子也完全支持，就这样，他踏上了援疆之路，而妻子在家既要照顾 9 岁的女儿其乐，又要独自熬过怀胎十月的艰辛。

在工作中，刘哲立主抓法制、信访的同时，还协管着刑侦、经侦、禁毒等方面的工作，每天都处在忙碌的状态，经常忙到很晚才得以抽空陪妻子女儿聊聊天，很多时候女儿已经睡着了。2017 年 8 月初的一天晚上，妻子有了临产迹象，而刘哲立还在州公安局上班。“家属必须要回来，在手术单上签字！”医院的医生给他下了最后“通牒”，第二天，刘哲立乘坐最早的班机赶回福州，到达医院也已经中午了。匆匆在手术单上签完字后，在手术室门口坐了没多久，儿子就出生了。那一刻，得知母子平安，他喜极而泣。

给孩子取什么名字？他脱口而出就叫无穷吧，刚好和姐姐的其乐搭配成一个成语。他和妻子的想法不谋而合，就这样，一个其乐无穷的家庭就诞生了。刘哲立休完陪护假后就回到昌吉上班了，儿子不记得爸爸的模样，他只能靠视频聊天，让孩子对他多点记忆和了解。还记得 2018 年新年，他回家后，儿子对他很冷漠，像是不认识他，那一刻，他强忍着眼泪，过去紧紧拥抱着一双儿女。在一旁的妻子，眼泪蒙湿了双眼。

“不瞒你说，我觉得最亏欠的还是家人，在他们最需要我的时候，没能陪伴在他们身边。但是我一直很感激，所有的家人都全力支持我的工作，三年援疆对我来说是一笔宝贵的财富，正是家人的理解，我才能做得更好！”刘哲立笑笑说，亏欠家人的一切，定当加倍补偿。

乐观拼搏　搭建闽疆互通桥梁

刘哲立除了担任州公安局的职务外，同时还担负着福建省第七批援疆工作队公安分队领队的职责。援疆的三年里，他带领着 9 名公安小分队的队员在各自的岗位上奋力拼搏，创先争优，努力完成各项援疆工作，一大批大要案在福建援疆民警们的努力下告破，并得到了各级领导和同志们的一致认可。福建省第七批援疆工作队公安分队先后被授予“福建省示范青年突击队”“昌吉州工人先锋号”等荣誉称号，先后有 20 人次被授予荣誉称号或记功嘉奖。

在援友的心目中，他每天都是乐呵呵的，援友只要有困难向他求助，他总能在第一时间伸出援手。去年 7 月的一天，一位援友从机场将刚从福建飞过来过暑假的孩子接到昌吉，下车的时候不留神把行李落在了出租车上。在焦急万分的时候，刘哲立听说了这事，他立即赶到了下车地点，了解具体情况，摸排车辆去向，半小时不到，行李就回到了援友手中。

呼图壁县二十里店镇中心小学的富娟校长至今还记得，去年 8 月底，学校正在想办法筹措资金对一大批破损严重的课桌椅进行更换的时候，刘哲立正好在二十里店村结亲，他得知消息后，立即通过州国资委的援友联系了福建三盛集团，筹措了 10 万元资金把课桌椅进行更换，还为小学额外筹建了一间国学课堂。援疆期间，他积极发挥桥梁纽带作用，先后为昌吉州调拨扶贫物资 2100 余万元，推动闽昌公安机关开展各类交流 20 余批次，将昌吉州公安机关的近 500 名民警输送到福建公安各级警校参与培训。

廖冬云，昌吉日报社记者。

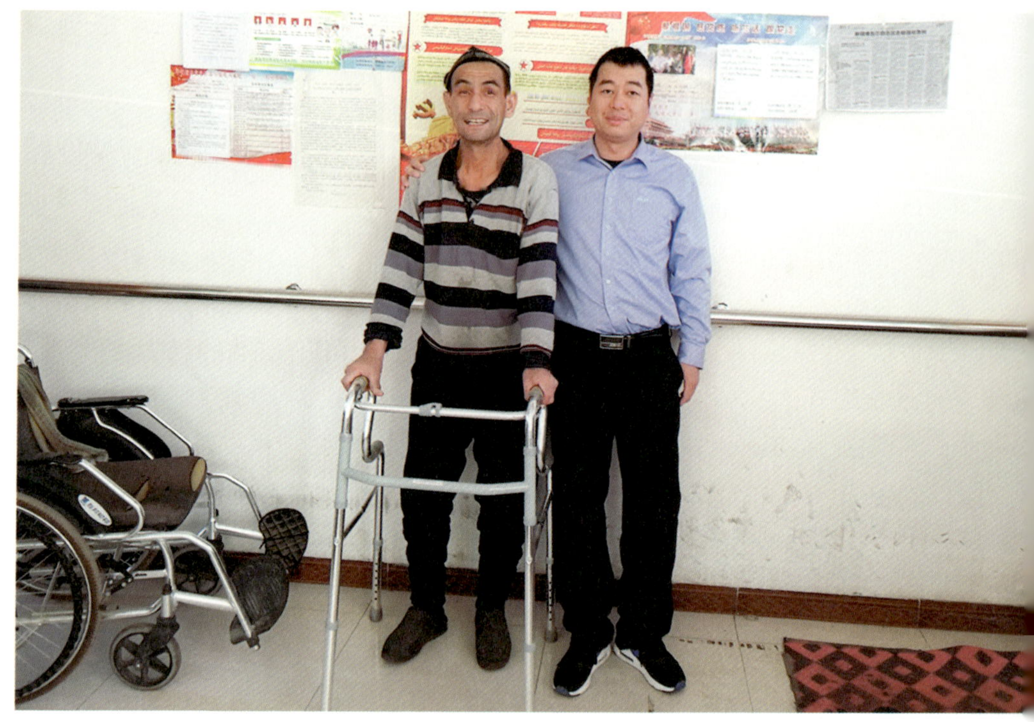

润物细无声

——记新疆昌吉回族自治州公安局刑侦支队副支队长吴舒腾

/陈　婕/

吴舒腾是昌吉州公安局刑侦支队副支队长，福建省第七批援疆干部。

在一杯茶的温暖中，他打开了话匣子。

“这两年，我们分别在阜康，奇台，木垒破获三起黑恶势力诈骗案，挽回经济损失1.9亿元，最大一起是1.4亿元。有一起正在侦破过程中。”

吴舒腾生于福建，长于福建。但说到新疆的自然条件、人文环境，使我这个在新疆生活了三十多年的老新疆自愧不如，他如数家珍地讲述着他心中的新疆。

一

吴舒腾的一对一结亲对象是呼图壁县二十里店镇二十里店村村民赛买提·菊马克。

这是一个政府精准扶贫的贫困户。

赛买提·菊马克在十二年前胆脂瘤手术后，又因小脑萎缩，丧失了生活能力。用赛买提·菊马克自己的话说："自己的承包地没人种了，还拖累妻子在家照顾自己。"原本家里的顶梁柱，变成了家里的负担。还有两个未成年、要上学的女儿。这些年都是靠政府救济和低保维持生活。

2017 年 4 月，吴舒腾走进了这个家庭，他们成了一对一的帮扶对象，结为亲戚，成了兄弟。

从此，这个家庭的情势就发生了可喜的变化。不到一年时间，丧失了生活能力十二年的赛买提·菊马克摆脱轮椅走出了家门。

对赛买提，吴舒腾不仅是一个有力的拐杖，更是一味精神补给的良药。

一个阳光明媚的冬日，康复训练已多日的赛买提实在累得不想起来，妻子催他，他就装睡。

吴舒腾来了，他什么也没说，从地上提起赛买提的鞋在空中晃了一下，弯下身帮赛买提穿鞋子。

在漫长的康复训练过程，这肯定不仅仅是一次！

吴舒腾多次到赛买提曾经就诊手术的医院调取病历，再找骨科、神经科专家会诊，查病情，找病根。然后依据专家建议制定治疗方案。

赛买提最后确诊为"小脑共济性失调"。

专家在制定医治方案时提出的建议是，这种病药物手术疗效不好，建议以康复训练为主。

他自己先向医生学，掌握康复技能，然后再一点一点准确无误地教给赛买提·菊马克。他把在州中医院挂职的援疆医生王辉请到了二十里店村，依据赛买提的实际情况量身定制了详细的康复计划。

首先，遇到的是语言交流的障碍，任凭吴舒腾怎么比画，他也是一脸茫然。

吴舒腾先从医生那里学到动作要领，再自己琢磨，理解以后，教给赛买提，并陪着他反复练习。爬、蹲、抬腿。一遍，两遍，十遍，一百遍。每一个动作，吴舒腾都要自己先练很多遍。为了避免危险，方便大哥自己在家练习，他又自己花钱对大哥家的家居环境进行了功能性改造。从卧室，到客厅，到卫生间，到房门口，沿墙根安装了防跌扶手，卫生间换了坐便器。

“现在，大哥仍在康复过程中。大女儿去年考取了东北大学，现在乌鲁木齐读预科班。小女儿的目标是要到西安去读内高班。两个女儿都很听话。不过像大哥家这样的情况，要供给一个大学生肯定是有困难的，我们就帮他们申请了每年一万元的助学基金。”

“女儿上大学后，我们每月又给孩子添加了三百元的生活费，只是在校期间，寒暑假是没有的。”他强调着，又补充说：“我们这样做，目的是让孩子利用假期去勤工俭学，学点自己赚钱养自己的本领，提高孩子的生存能力和社会适应能力。”

说到这里，我想起了媒体上吴舒腾给赛买提家买春耕播种用的玉米种子的照片。他送去的是玉米种子，播种的却是比玉米更养人的爱！

天已暗了下来，吴舒腾给邻桌的援友添过茶后，看了看腕表说“二宝醒了！”丢下茶碗和我们一溜烟地出了门。再进来，怀里抱着孩子。

他一边逗弄着孩子，一边沾沾自喜，自顾自地说：“这可是在新疆怀的孩子！古丽一样的宝贝！”

二

呼图壁县二十里店镇二十里店村。

赛买提·菊马克的家坐北向南，和天山南北很多农牧民家庭一样的平房阔院，砖混结构的平房是三室两厅，厨卫齐全，布局装饰和城里住宅楼房并无二致，显得更为阔绰。宽大的客厅，宽大的卧室，宽大的院子一大半种着果树和蔬菜。

一道一米高的砖砌花墙，把菜地和人居区分开来。

我们今天去，吴舒腾没有告诉他们，他说，如果提前告诉他们，他们会准备一桌子菜，挺麻烦，也挺不好意思。因此，赛买提就和往常一样，出去锻炼了。在厨房准备午饭的女主人一见吴舒腾一家，一丝惊喜从脸上划过。寒暄几句吴舒腾就在院子里给我介绍这个家的基本情况，一砖一瓦，一草一木，他如数家珍，了若指掌。

回到房子，茶几上已摆满了过节的馓子、糖果、干果和泡好的茶。

坐下后，吴舒腾妻子小声对我说：“你不知道，我们第一次来，大哥躺在床上，下床都很费劲，胆子也小得很，现在换了个人一样。”

他们兄弟紧挨着坐在一起，说着贴心的话。

吴舒腾在鼓励大哥下厨做饭，把嫂子解放出来赚钱去。

要走的时候，吴舒腾有些激动地和赛买提夫妇说：“女儿交男朋友的事一定不能急，她现在还小，正在上学！”又说：“下次那个男孩来的时候，一定要告诉我，让我见见，我要给孩子把把关！”他又把大哥从头打量到脚：“下次，给你买双软些的鞋，现在康复锻炼走路多，脚下的鞋一定要软，要有弹性。”

大嫂一边用手指抹着眼角的泪珠，一边动情地说：“我们的兄弟，妹妹，我们一家人！”这次，轮到我拼了命地点头。

爱出者爱返，福往者福来。吴舒腾用真心换回了真情，收获着真爱。

回去一路，吴舒腾只说了两句话。

“等大哥开始下厨做饭了，咱们再回去看看，看厨房有没有需要改造的地方。”

“今年九月份，孩子去东北上学，咱们送孩子去吧！”

看得出，这个家，这一切，他已放不下了。

三

他很忙！

他的岗位是昌吉州公安局刑侦支队，但，在我采写他的这段时间，他大多时间都是在乌鲁木齐出差，大凡回昌吉，要么是在单位，是在前指安排给他的值班时间，要么就是亲戚家有事。回昌吉值班，对他都是难得的休息。他所谓的休息，只是换了一个工作，将脑力换成了体力。

天气很热，下午四点，他带着妻子孩子还有我从昌吉出发，一路朝西，直奔呼图壁。

吴舒腾的妻子斜倚在后排一角，把最大的空间留给在坐椅上熟睡的孩子。

走不多远，吴舒腾翻出一则手机微信让我看，是赛买提大哥的大女儿给他发来的。

微信的内容大意是：放假回家后，看到父母和家里的情况，她感到压力大，不想上学了，上学费用太高，想去打工赚钱……

这就是让吴舒腾乱了方寸，百忙之中挤时间要去呼图壁的原因。

一路上，他和妻子商量着解决问题的办法。

外面炎炎赤日，灼烤着大地，也在灼烤着车内我们的身心。空调的风门，一会儿调大，一会儿调小。夫妻的声音也跟着风门一会儿高，一会儿低，一会儿疾，一会儿缓。看着他们夫妻的样子，我似乎明白，吴舒腾的援疆，不仅是他一个人的援疆，是他们夫妻，是他们一家的援疆。再进一步，福建的援疆，也不只是前方一线几百个八闽子弟的援疆，而是整个八闽大地的男女老少的援疆！

陈婕，自由撰稿人，陕西真元文学社社员。

肯斯瓦特水库

做一位讲好新疆故事的援疆干部

——记新疆昌吉回族自治州州委党校副校长刘振

/黑 白/

曾几何时,我们每个人的内心深处,都隐匿着一个远走他乡的冲动,或浪迹天涯四海为家,或忠君报国舍我其谁。而这种浪漫主义情愫是否成行,取决于从天而降的那个契机。

如果没有党中央的对口援疆政策,可能我这辈子都不会认识刘振。所以说,刘振和他的众多“援友”们怀着一腔热血来到天山南北,不仅给新疆各族群众带来了方方面面的实惠,还让两地的人民缔结了深厚的情谊,佳话传遍天山南北。

福建支援新疆昌吉,这不仅是昌吉人民的福祉,也是像刘振一样众多援疆干部们的幸运。从东南沿海,千里迢迢来到祖国的西北之翼昌吉做奉献是可遇不可求的。

曾经听一位援疆干部讲过,他在昌吉打了一辆出租车,当出租车司机听说他是援疆干部时,硬是不收车费,当我向刘振求证这个故事时,他一下子就乐开花了。他说,这就是援疆事业的潜移默化、润物无声。

是的,二十年来,福建给予昌吉的帮助是无法用金钱衡量的。作为昌吉人,能做的就是在合适的机会,将内心深处的感激,通过朴素的语言传递给像刘振一样来自福建的援疆干部们。援疆干部是可亲的,也是可敬的,是值得我们铭记的。

其实,此次采访刘振,我事先没有做任何准备,当然我也没有给他做准备的时间。我想在突然间的造访中,在随意的聊天中,捕捉一位福建人在新疆生活和工作的点滴,以及他在面对一个陌生人的来访时,该如何讲述眼前这片美丽的疆土,以及如何向笔者描绘一个正在腾飞的昌吉。

2019 年 3 月 21 日 12:00,我如约来到福建援疆前方指挥部。进入一楼门厅,一位中年男子,正坐在茶台后面泡茶,动作娴熟。

走到茶台前,恭谨问好,道出我要找昌吉州委党校刘振副校长后,泡茶人连忙说,我就是,我就是,快请坐,先喝茶。

这就是福建人的待客之道。先喝茶,再说事。一杯清茶,两个陌生人,瞬间变得熟悉起来。

落座后,刘振给我倒了一杯刚刚泡好的茶,讲起了他的援疆故事。

刘振是福建省第七批援疆干部,2017 年 2 月 28 日进疆。从此,他便以昌吉州委党校(昌吉州行政学院)副校(院)长和福建援疆前方指挥部综合组组长的身份,开始了为期三年的援疆工作。在党校,刘振先后负责过宣传、意识形态领域、精神文明建设、科研、信息化建设、保密、图书馆、援疆等工作。在援疆前方指挥部,主要是负责综合协调、办文、办会以及为州直援疆干部人才提供吃、住、行服务,工作头绪多、任务重。当他讲起自己所负责的这些具体工作时,只是一笔带过。他说,从思想的深处认同并切实维护好新疆社会稳定和长治久安总目标,是所有工作的出发点和落脚点。

在谈到对于新疆的认知和理解时,“稳住西北,经略东南。”刘振说,“从祖国的东南沿海来到西北边陲,我的任务就是尽自己所能,做一点力所能及的事情,不枉此行。”他说“做一点力所能及的事情”,这其实是刘振谦虚的表达。他在昌吉这几年，其实做了许多富有成效的事情。当我向昌吉州委党校的老师和同期的援疆干部询问刘振的事迹时，他们一个个竖起了大拇指，表示赞赏。

刚到党校，刘振就在呼图壁县雀尔沟镇西沟村结了一户哈萨克族牧民。结亲后，刘振经常到亲戚家里嘘寒问暖，变着法儿帮助亲戚解决实际困难。因为亲戚的丈夫早年就去世了，她一个人带着两个女儿，着实困难。刘振看在眼里，急在心里。眼瞅着亲戚的大女儿中专毕业后工作没着落，刘振就四处奔走，多方协调，最终帮亲戚的大女儿落实到呼图壁县医院就业，不仅解决了亲戚的大事，而且圆了这个年轻古丽的白衣天使梦。在得知亲戚的小女儿因为大学学费问题发愁时，刘振又慷慨解囊，给亲戚的小女儿垫付了两千元的学费。

后来，因工作需要，刘振又在昌吉市三工镇常胜村结了一户亲戚，这是一位70多岁的维吾尔族老人。刘振经常上门了解关心亲戚情况，及时帮助解决困难。2018年春节刚过，亲戚突发疾病，需要住院，但那段时间医院床位非常紧张。刚从福建回来的刘振知道后，四处联系，不仅帮助亲戚快速住进了医院，还联系好大夫，亲戚终于接受了最佳的治疗，很快就康复出院了。亲戚说，要是不刘振副校长，他可能这辈子都起不来了。

笔者作为一个常年漂泊在外的人，在跟像刘振这样同样离家在外的援疆干部聊天时，我还是想听听他对于家的理解和认识。

刘振说，参加援疆，家人虽不舍但还是全力支持，而自己作为儿子的父亲、妻子的丈夫、父母的孩子对家人实有不少愧疚。离开家的时候，儿子上小学三年级，等回去的时候，儿子该上六年级了。三年期间，作为父亲没有陪伴在儿子身边。妻子生病住院最需要丈夫在身边照顾时，自己却不能陪伴身旁。2019年5月17日，刘振的老家龙岩连城发了一场大洪水，当通过视频看到洪水已经淹没到老家的窗台，而家里只有年迈的父母，自己远在万里之遥无能为力时，他才感觉到了什么是分身乏术。那个时候，他除了干着急外只能默默祈祷。

虽然刘振说这些话时故作轻松，可我明显感觉到他在提到家人时，眼眶湿润了。

“自古忠孝难两全，既然选择了援疆，就无怨无悔。”刘振说，援疆三年，自己收获了很多。最主要的就是对新疆历史、新疆在祖国版图中的战略地位以及党中央治疆方略的认识，由当初的模糊、认识不深变为日渐清晰和更加坚定。说起新疆的历史，刘振如数家珍，提到跟新疆有关的历史名人，远的如张骞、苏武、卫青、霍去病、班超、耿恭，近的如林则徐、左宗棠、王震等，刘振言语间充满敬意。刘振说，自己有幸成为援疆的一分子，追随着先辈的足迹，来到新疆昌吉，为祖国领土主权的完整和社会的安定贡献绵薄之力，这是此生最值得骄傲和铭记的。

茶水一杯接着一杯，刘振仿佛还沉浸在对过去的追忆之中。他说，今天新疆的安定凝聚着各族干部群众的辛勤汗水，来之不易，要好好珍惜。今天安定的新疆应该大力宣传。他说，作为一个援疆干部，他已然把自己当成了新疆人。而讲好新疆故事，将是他今后义不容辞的责任和义务。

黑白，原名黑正宏，《回族文学》编辑，新疆作家协会会员。

五彩山谷

——记新疆昌吉回族自治州文联副主席吴维敏

/冉歌舒/

时至今日，离开家乡多年的吴维敏还常常想起屋前的那道小石桥。

桥下的水一年四季都在流，父亲每天去桥的那边工作，傍晚回到桥这边的家。父亲是一位很有文化的人，他总会在闲暇时候，坐在桥的这边，给儿女们讲一些历史人物的故事，关于国和家，关于为人处世。桥下的水流着流着就远了，父亲的故事讲着讲着，孩子们就长大了。

再后来，孩子们都离开桥的这边，去桥的那边为理想和生活打拼，很少回来了。

桥和父亲一起慢慢变老。

父亲重病住院了，远在新疆的吴维敏二十多天后才知道。那天早晨上班前，他给远在江西的母亲发了视频电话，响了很久母亲才接通。母亲老了，满脸写着疲惫,神色慌张,躲躲闪闪间,他看见了病床上悬挂的输液器。追问之下,才知父亲因脑梗已住院多日,吴维敏内心一阵焦灼。

自打他17岁那年偷偷报名参军,到2009年末转业到福建省文联工作,再到2017年2月参加援疆工作,他与家人从来都是聚少离多,他以为自己早已习惯了这种生活状态。而现在,那份潜藏心底的、难与人言的愧疚,终于还是冲出眼底,红了眼眶。但他又何尝不知"忠孝难两全"的道理呢?

放下手机,他向昌吉州文联的领导和援疆指挥部的领导说明情况,经允许,在对接好工作后,他匆匆忙忙登上了前往江西的航班。在飞机上,他回想起17岁那年第一次远行的场景,父亲站在桥的这边招手,母亲直抹眼泪。

打小顽皮的他却有一个梦想,成为一名真正的解放军战士。看到征兵的消息,他怕家人不同意,就偷偷报了名。直到要走的那天,他才跟父亲说了这件事。出乎意料地,父亲很支持他的选择。自那一别,就是近20年的军旅生涯。转业后在福建工作,与父母见面也是极少。父亲常同母亲说:"这个儿子是送给国家的。"语气里却满是骄傲,他知道,父亲是为儿子感到自豪,可父亲真的老了,时间像小石桥下的流水一样,流过父亲的年纪,洗白了他满头的黑发。

记得上次回家看望二老,父亲身体尚好,在医生的再三劝诫下,早就戒了烟酒,看起来精神许多。爷俩坐在茶桌前,下棋喝茶,聊起援疆的事情,吴维敏滔滔不绝地说,老爷子就安安静静地听,时不时点点头,询问几句。末了,抬起头,忽然说了句:三年啊,你头都不回,一去就是三年……

深夜两点的昌北机场,行人渐少。吴维敏出了站,打了辆车急速向医院赶去。医院的楼道里灯火通透,白的像雪一样的光,照着那一排排的病房。他赶到父亲所在的病房里时,父亲半眯着眼睛,意识模糊,已然不认识这个冲进病房的人。吴维敏走过去,拉住父亲干巴巴的手,长久无言,久别的父子俩再重逢,却是在这充斥着消毒水的病房里。

哥哥拉着他走到楼道里说:"哎呀,你怎么还是回来了?咱妈不都给你说已经没事儿了嘛!"

"咱爸住院20多天了,你怎么不给我说……"话说到一半,他叹了口气,他知道,家里人不告诉他,是怕打扰他的工作,怕他在外地担心。

那些天,吴维敏每天24小时在医院陪着父亲。他明白,这种独立的人格来自自己的经历,也同样传承于父亲。

哥哥告诉他,父母每天在家关注四个地方的天气预报:昌吉、福州、珠海、九江。这四座城市分别住着儿子、儿媳、孙女、其他家人。哪个城市的天气变了，他们就打电话给生活在那座城市里的亲人，嘱咐他们添衣穿暖，注意身体。

今年春节的时候，吴维敏回了一趟家，老爷子身体恢复得很不错，他们聊以前的事情，聊到那座桥，再问及他工作的事情，老爷子笑着对他说："你现在也是一座桥，一架沟通闽昌两地文化的桥，你要做好服务工作，让两地的文化通过你这座桥相互交流啊。"

小时候，父亲就给儿女们讲"福来者福往，爱出者爱返"的道理，时至今日，吴维敏依然把这句话作为自己与人为善的信条。结合自己的工作，做好服务工作，何尝不是这句话的另一种表现呢？

2017 年 2 月，吴维敏受福建省委组织部派遣参加第七批干部人才援疆工作，任昌吉回族自治州文联党组成员、副主席，分管办公室、组联室的组织人事、财务、组织联络等业务及相关科室和协会工作。

他是福建省派遣的第一批到新疆进行文化援疆的干部，作为福建省"文化援疆第一人"，他力求自己开好头，为搭建闽昌两地文艺交流交往交融的平台，进一步扩大闽昌两地文化合作、密切人文交流、促进文化沟通，他积极组织开展文学、美术、书法、摄影、剪纸和玉石文化等各门类文艺交流活动，努力提升闽昌两地文艺事业的共同繁荣和发展。

到昌吉州文联后，吴维敏快速了解相关工作，适应工作强度，立即着手策划在昌吉举办"丝路画语——福建省画院书画作品展"及采风交流活动。为了办好这项活动，他积极与福建和昌吉两地文化单位对接，倾听当地干部的意见和建议，实地勘察活动场地，确保活动顺利举办。为丰富活动内容，他组织 10 余位闽疆两地书画艺术家深入到木垒县平顶山、马圈湾、菜籽沟，阿勒泰地区的铁热克提乡、吉木萨尔县的采风基地，艺术家们以速写、摄影、文字记录等方式收集了大量创作素材，了解记录了当地的风土人情和历史文化，即兴进行了艺术创作，用画笔采撷了新疆优美的地域景观和独特的风土人情。写生途中，和书画家们入乡随俗，住毡房、啃馕饼，与牧民共处、和牛羊"对话"，保障了活动的服务工作。

近三年的援疆工作中，他还先后组织两期美术和书法人才高级研修班，邀请福建省 12 位知名美术和书法艺术家来昌吉州文联担任教学任务，培训美术和书法人才 180 余人次，为昌吉州美术和书法专业发展奠定良好基础；组织在福州举办"庆十九大 · 丝路情玉石梦——第二届和田玉精品交流展"，共展出 100 余件精品和田玉艺术品，充分展现了和田玉的俊美和新疆玉文化魅力；邀请36位艺术家和领导在昌吉州组织举办“辉煌四十年——闽昌摄影作品联展”和“闽昌精粹——非遗剪纸艺术家作品联展”,并组织为期5天的采风交流活动,共展出闽昌两地摄影作品160件和非遗剪纸艺术家作品120件,充分展现闽昌两地改革开放40年来取得的喜人变化和辉煌成就;在昌吉州开展冰心文学进校园活动,组织冰心先生生平图片展、“我读冰心”征文和评奖,以及“爱意盈怀——冰心作品诵读会”活动;组织开展闽昌两地文学周活动,邀请闽昌两地知名作家共聚昌吉,进行交流学习体验生活和文学创作;协调做好北庭雅集文艺沙龙和各项文艺采风,以及文艺志愿服务活动,共组织雅集文艺沙龙活动88场次,各门类文艺采风活动10余次,积极开展高雅艺术进军营、进校园,送文艺到农村、到牧区和新春送灯笼送春联等文艺展演和活动,努力实现昌吉州的文艺发展和繁荣。

除了日常的工作事务,他还积极参加民族团结一家亲工作,与哈萨克族努尔艾·热合木江一家结为亲戚,结对认亲帮困扶贫,经常走访慰问和看望,多方联系,帮他们解决工作问题,建立了亲密的感情。

“于我而言,新疆并不是一个很陌生的地方,2010年的时候,我就陪同福建摄影家到伊犁采风,沿途的风土人情深深打动了我。林则徐当年在新疆兴修水利、心系民生的事迹也对我产生了深刻的影响。新疆是一块文化的沃野,我能在闽昌两地文化交流中起到一个桥梁的作用,深感荣幸。”吴维敏说。

冉歌舒, “90后”,供职于昌吉州文联。

感恩·遇见

新疆准东经济技术开发区党工委委员、管委会副主任李宏辉

在新疆的这三年,可以说是我有生以来在心底留下烙印最深刻的时段,既做了一些很有意义的事情,也进一步打磨和充盈了自己。在这片辽阔的西北大地上,收获了几百名福建援友尤为珍贵的情谊,难忘这一大帮兄弟姐妹硬是把苦巴巴的日子过成了诗意和美好,让乐观成习惯成为自己一种永不变的信念。更难忘在戈壁荒漠上与准东同事们并肩协力的劳作篇章,一幕幕战天斗地的生动画面和攻坚克难后取得成功的欣喜场景,成为今后岁月永远的念想和骄傲……珍惜缘分,感谢有你!

尤其让我由衷感叹和颇有感怀的是,在推进国家级新疆准东开发区大开发的短短几年中,准东人始终以"开拓、创新、奋斗、奉献"的准东精神,在难以想象的异常艰苦的条件下,日复一日地战酷暑、斗严寒、抗盐碱、迎风沙的强大毅力令人动容。他们以"富民固边、稳疆兴疆"为己任,持续保持"撸袖挽裤、不知疲倦”的昂扬姿态，常年披星戴月、夜以继日地奋战在开疆拓土第一线，在1.55万平方公里荒无人烟的不毛之地上，渐进式改变“千山鸟飞绝，万径人踪灭”的恶劣环境，蹚出一条以煤炭资源为基础、以绿色经济发展为导向的高质量发展之路。奇迹颠覆想象，准东开发区也从一个寂寂无闻的蛮荒之地，发展成为疆电外送和西气东输的国家重要能源基地。准东现已建和在建发电装机容量已超过三峡，每年可向上海、江苏、浙江、安徽等地送电660亿度，源源不断地将清洁能源输送到华东等地区。近年来，开发区发展势头异常迅猛，预计今年的工业总产值占到昌吉州的50%以上，完成税收收入达40亿元左右。可以说，正是准东这帮牛人，以拓荒者的豪迈气概和“自加压力争朝夕，不待扬鞭自奋蹄”的顽强拼劲，在准东这张白纸上描绘出了最新最美的壮丽图画，谱写出了一曲曲撼人心魄的奋斗者之歌。斯人若彩虹，遇上方知有！是准东大地的浩瀚无垠和无限包容，让我增长了见识，开阔了视眼，宽大了心胸，磨炼了意志。是准东人坚韧不拔的品质和三年的援疆际遇，赋予了我今后面对一切不再畏惧和困顿的勇气，教会我与曲折同行，和美好相伴，用靠谱底色书写余生篇章的信念……磅礴大气，铭记于心！

苦乐相伴乃真实人生。回首过往，最忙最苦最累即在此，而最乐最甜最忆也在此。能在浓郁的民族风情中感受淳朴美好，体验酸甜苦辣，挑战身心极限，让生命旅程少留一点空白和遗憾，无论悲喜或苦乐，都是一段值得珍藏回味的经历，也将成为自己一笔宝贵的财富。有道是，人生就是一场又一场的相逢。在新疆的这段岁月，我遇见了拼搏，遇见了感动，遇见了美好，遇见了关怀，遇见了步入职场以来最难忘的时光。三年援疆路，一生新疆情，感恩弥足珍贵的点点滴滴，感念刻骨铭心的日日夜夜……幸运来过，无悔选择！

缘分天注定，聚散终有时。感恩准东，难忘昌吉，再见新疆！

援疆三问

——记昌吉国家农业园区管委会副主任赖万炎

/火　吉/

赖万炎，福建省农业厅选派福建省第七批援疆干部，2017 年 2 月底赴新疆挂职，任昌吉国家农业科技园区党工委委员、管委会副主任。像大多援疆干部一样，赖万炎到新疆后首先思考的问题是：我来援疆为了什么？我来援疆干些什么？我来援疆留下什么？近三年，赖万炎带着这些思考，用默默的行动来回答。

您真是我的好亲戚

一天傍晚，赖万炎像往常一样忙完一天的工作，正下班走在返回住处的路上，接到他结对亲戚不拉也木的电话："伯伯，您这个周末来我家吧。"电话那头说话的是一位口音还很稚嫩的小女孩的声音，这是不拉也木的女儿恩珠那·不拉也木，才7岁多，在乡里的小学上一年级，平常客人去他们家走访时，她都显得很腼腆，基本不和除了家里之外的人说话，今天居然主动给结对亲戚赖万炎打电话，能感觉她遇到了很高兴的事，很期盼亲戚能马上分享她的快乐。赖万炎便问："是不是有什么好消息，能告诉我吗？""我家修了新的厕所。"这个回答虽然让赖万炎有些意外，但他欣然答应："我一定去。"

到新疆不久，赖万炎就在阜康市一个牧民村结上两户结对亲戚和一户联系户，让他在新疆多了一份亲情。从此，他们经常相互联系、走访，相互诉说遇到的烦恼、分享快乐。他经常深入了解村民生活状况、风俗习惯，了解结对亲戚家庭实际情况、实际困难、真实愿望，有针对性地为结对亲戚办实事、解难题。

当地农牧民民风淳朴、吃苦耐劳，大多数靠放牧养殖业过上了幸福生活。赖万炎的结对亲戚不拉也木就是贫困户，一家四口人，他曾经靠跑运输过上了小康生活。但是一场不幸的车祸让他几乎全身瘫痪，40岁就只能长期卧床，全家失去了主劳力和主要经济来源，他妻子也有一只手残疾，家庭收入主要靠政府低保补助和承包草场转租收入。还要供一双儿女在初中、小学上学，家里除了通铺床和在冬季兼作取暖烧饭的炉灶，几乎家徒四壁。他家没有一间像样的厕所，就在离家约20米的地方挖个浅坑，用几块废旧木板围一圈就算是厕所，遇上刮大风还得把木板捡起来重新搭。遇上下雨和冬天寒冷天气，还得走到远处几百米的地方借用别人家的厕所。拥有一间能遮风避雨的厕所，成了他们家盼望多年的愿望。

赖万炎与他家结上亲戚后，为解决不拉也木行动不便困难，专门购置一辆轮椅，每次走访时，尽量多带些米面油等生活必需品，常为两个年纪尚小的儿女添置些换季的衣服。也尽量在他们家多待些时间，帮他家多干家务、农活，同时，还盘算着帮亲戚家尽快完成"厕所革命"的愿望。赖万炎出资4000多元，在当地附近找两个工人，在村干部的协助下，用了不到一个月时间修成水泥砖混结构的厕所，从此再不用担心刮风、下雨。赖万炎没想到，这件事成了亲戚家最开心的事，特别是两个孩子周五放学回家时，得知是结亲干部赖万炎为他们家盖了新厕所，喜出望外，立即拿起手机把这新厕所完工的消息告诉这位来自福建、不久前还感到陌生的结对亲戚。这个周末，赖万炎特地多带一些蔬菜和肉，刚进他们家，不拉也木尽管用尽全力但仍只能在床上侧个身，激动而吃力地说："您真是我的好亲戚。"

农田白色污染治理

2018 年 11 月 7 日，昌吉国家农业科技园区组织召开棉花秸秆与地膜回收联合作业项目现场观摩会。老龙河示范区佳苑农场棉田里，一辆拖拉机牵引着一台联合作业机正在作业。不一会儿，棉田里一行行秸秆被连根拔除，地里原来残留的一块块白色的、与泥土相混杂的农膜也不见了踪影，半掩在土地中残留的废旧地膜被迅速卷起。

看着地里的残膜呼呼啦啦被收起，赖万炎激动万分，“终于看到效果了！农膜污染终于可以解决了！”赖万炎讲述了这台棉秆残膜回收联合作业机的故事。

“作为一名援疆干部，援疆近两年的时间里，我一直在思索，我能为新疆做点什么？新疆是个棉花主产区，农业机械化水平也很高，可是时不时看到田间地头、电线杆上的各类残膜‘迎风招展’，我就想这么美丽的地方怎么就被这些垃圾破坏了？”一席话道出了他的初衷。

赖万炎到昌吉州后，为了了解农业的发展情况，经常深入各县市农村进行调研，发现昌吉州特别是昌吉国家农业科技园区农业机械化水平已经很高，但农膜残留污染较严重，而且在新疆普遍存在。在农村，秸秆基本成了没有用处的废弃物。焚烧？污染环境，还破坏土质。填埋？腐烂过程缓慢，还对次年耕种产生影响。怎么办？最好的办法就是将废弃的秸秆、农膜进行回收利用，新疆不少地方进行过探索、试验，但回收效果都不尽如人意，特别是棉花地的农膜回收率不高。

秸秆综合利用和残膜回收的事一直萦绕在赖万炎心头，直到 2017 年在援疆科技大会上，赖万炎与福州大学和福建永顺机械有限公司谈了自己的想法，没想到的是，他们非常看好这个项目，愿意协同研发，于是解决棉花秸秆综合利用和残膜回收技术研发项目应运而生。这是福建首次为援建地昌吉解决重大技术难题的科技研发项目。

“这个事情虽然很难，还会有风险，但想到能为昌吉解决白色垃圾污染问题，福建那边的公司也非常有信心，跟援疆指挥部汇报后，领导也非常重视，研发团队和援疆干部们也是一次次调研，一次次修改完善。”赖万炎说。

说干就干。2018 年 5 月，福建研发团队一行来到昌吉农场实地调研，了解当地耕作模式和土壤特点，并对相关技术需求进行了摸底调查，然后回去进行设计。经过多次研究、调整，成功研制出了样机在昌吉农业园区进行实地试验，成效显著。

据了解，目前传统的地膜回收机械作业原理是将棉秆地上部分（10 厘米以上）打碎后再进行地膜回收，这种作业模式由于棉秆根部周围的地膜无法回收，回收率很难突破 65% 以上，又因棉秆与地膜混合在一起难以分离，直接制约了地膜的回收再利用。与传统机械不同，福建永顺公司对地膜回收联合机械进行了改进和创新，一次性作业就可将棉秆连根拔除，使用该机械对地膜回收更加彻底，且可对浅层土壤（8 厘米以上）的历年残膜进行高效回收，同时做到膜秆分离。经试验测算，棉秆拔除率和当季地膜回收率双双达 90% 以上。

"如果真能成功，那真是填补了新疆技术空白。"赖万炎表示，下一步将继续对地膜回收机进行改进，计划在园区建立联合作业机装配与技术培训基地，在全疆范围进行示范推广。同时，推动建立棉花秸秆综合利用技术研发和产业化基地。

火吉，福建援疆干部。

不忘初心勇向前
援疆路上著华章

——记昌吉高新技术产业开发区管委会副主任洪冬青

/宋华敏/

“万里援疆逐梦去，千回西域豪情在。春夏求索搏寒冬，青春永铸照汗青。”这是富有文化底蕴的福建泉州洪冬青入疆前写下的一首诗，以此勉励自己在三年援疆路上不忘初心，牢记使命，砥砺前行。

洪冬青是一名福建援疆干部，担任泉州援疆前方分指挥部副指挥长、昌吉国家高新区党工委委员、管委会副主任。

两年多的援疆经历，洪冬青深深地体会到：“援疆，就是家国担当，就是走到彼此心里。”

一

5 月 12 日 16 点 35 分，从重庆飞往太原的 G52687 号航班准时在江北国际机场起飞。

途中是最好的学习时间，一上飞机，洪冬青便掏出随身携带的外出招商对接考察资料认真地看了起来。

“你是外出招商的?”坐在身旁的一位女士主动搭话。

经过一番寒暄，洪冬青得知这位女士姓游，是山西一家保温材料企业的负责人，在上海、山西、四川都有自己的企业。

这是多好的机会啊！心里时刻装着高新区招商引资工作的洪冬青递给游女士一本招商手册。在耐心听取了游女士详细介绍他们的高科技产品后，洪冬青帮她分析了保温材料在疆内的市场及未来发展潜力。

通过洽谈，游女士对洪冬青介绍的昌吉国家高新区的整体情况有了全面的了解，对企业自身产品在新疆的前景有了初步的认识和判断，对开拓新疆市场产生了浓厚的兴趣。“就凭你的这份想干事、能干事的真诚和执着，你这个朋友我交定了，我的企业未来将把新疆作为一个重点投资方向。”洪冬青不失时机地向游女士发出邀请，双方当即交换了联系方式，并约定好时间。

半个月后，游女士专程带队到昌吉国家高新区对接考察。

“飞机上短暂的接触，您就敢赴约，就凭你这份胆量，一定能干成大事。”洪冬青对游女士说：“作为一名援疆干部，昌吉国家高新区是我的福地，也必将是你们的福地，相信你的眼光，我们的合作一定是双赢的。”

接下来的几天，洪冬青带着游女士团队参观了整个高新区，游女士对这里的投资环境和条件非常满意，当即达成了明确的投资意向。

诚心、真心、用心、放心，是洪冬青在高新区做好招商工作的独家秘方、制胜法宝。

时间就是金钱，效率就是生命。有着丰富工作经验的洪冬青深知，高新区要实现产业按“高”“新”集聚，必须把招商作为龙头。他组织产业局、商务局、招商投资服务中心等部门，并邀请福建等内地商会召开招商座谈会，找准招商工作的“短板”和“软肋”，突出高新区的产业布局，实施精准招商、以商招商，足迹遍及上海、浙江、广东等 20 多个省区市。积极参加“9・8”贸洽会、北京科博会、深圳高交会等展会，先后赴四川福建商会、武汉泉州商会等 15 家福建泉州异地商会，以及赴蓝科节能、金百利等 58 家福建企业对接考察，先后接待国内知名企业和闽籍企业来高新区考察洽谈项目 85 批次 268 家企业，促成鑫元蔚蓝科技、凯茨特泵阀、中瀚电力等 11 家福建籍企业注册投资及购地建厂，预计总投资 25 亿元，可增加就业约 500 人。并促成引进了靳鑫高分子、纳鑫伟业等创业孵化项目 33 个，投资金额 6. 2 亿元。

就在近日，昌吉国家高新区首个驻外招商联络处在四川福建商会（成都）挂牌成立，这为高新区搭建了一个通往内地的招商对接平台。它可扩大昌吉高新区在川渝等中西部发达地区的知名度和影响力，让昌吉高新区能顺利承接中西部地区的产业转移，同时也是充分利用援疆省份驻外商会力量开展招商引资工作的有益尝试。12 家内地企业与昌吉国家高新区达成初步投资意向，涉及装备制造、新能源、新材料等领域，并与北京瞻望世纪集团达成 60 亿投资意向，重点建设以通航机场为基础，以航空产业为依托的航空经济区，以此来助推高新区的跨越发展。

二

坐落在昌吉国家高新区闽昌工业园的新铝铝业有限公司是一家援疆企业，是国家级高新技术企业。近日，公司再次被科技部命名为科技型中小企业。

洪冬青到昌吉国家高新区任职之初，便来到该公司调研，他建议："全铝家居不怕水不怕潮，零甲醛，还可回收再利用。要加快企业转型升级，产品就必须由单一的建筑型材向工业型材拓展。"

新铝铝业有限公司负责人熊勇说："洪副主任真是把企业的事情当自己的事情来干，他上任的一个多月时间里，先后 4 次来到我们公司，组织专家和企业班子座谈，探索企业创新新路子，为企业拓宽国外市场、提速增效加快发展提出指导意见。"

在洪冬青关心指导下，新铝铝业 75 系列节能门窗获得适用新型、外观型专利，拓展了国内和哈萨克斯坦销售市场，连续两年增加客户都在 10% 以上。

2019 年，公司新研发的铝合金窗帘轨道，表面采用氧化电泳黑珍珠处理技术，达到国家高精级认证标准。

以点带面，遍地开花，是洪冬青抓科技创新的重要思路。两年多来，洪冬青跑遍了园区 200 多家科技型企业。他深有感触地说："高新技术是企业的命门和活力，抓企业科技创新，不沉下去面对面指导不行。”

在他带领下，在第五届新疆创新创业大赛(昌吉赛区)暨第四届昌吉州创新创业大赛决赛上，昌吉国家高新区 5 家企业从全州 37 家企业中脱颖而出，包揽了全州两个一等奖，并荣获一个二等奖、两个三等奖。

一枝独秀不是春，百花齐放春满园。援疆两年多来，洪冬青先后带领科技创新团队，顺利通过火炬中心考核和区州绩效评估。

建设国家自主创新示范区对推进创新驱动发展具有重要引领、辐射、带动作用。洪冬青到任时，昌吉国家高新区正在积极申报，他多次会同自治区科技厅到科技部汇报对接。2018 年 11 月 23 日，乌昌石国家自主创新示范区成功获批，洪冬青心中一块石头总算落地了，他开心地说：“自创区是高新区发展的一个新起点，我将和大家一道以崭新的姿态投入到自创区建设中来。”

三

作为泉州援疆副指挥长，洪冬青对各项援疆工作如数家珍，特别是对泉昌两地交流交往交融倾注了心血，在民族团结一家亲活动中也用尽了全力。

6 月 24 日晚，榆树沟镇牧业村村民阿肯革命家灯火通明，歌声绕梁。刚从上海等地招商回来的洪冬青，专程赶来，与村民联欢。

这是昌吉国家高新区帮助牧业村建立的第一座哈萨克族文化大院。2018 年 6 月底，洪冬青到榆树沟村和牧业村两个文化大院调研，了解到配套设施尚不完善。他协调泉州援疆促进会 9 名企业家为两家文化大院捐赠彩电、书柜、移动音箱、民族服饰、民族乐器、图书等各类的文化产品，并积极争取各项资金 45 万元用于文化大院建设和民族团结活动。

和洪冬青结亲的吐尼亚孜·托胡提年纪较大、身患疾病，妻子穆克热木·艾山也体弱多病，两人靠打馕卖瓜维持生计。自结亲以来，洪冬青主动帮助协调解决有关户口落地、就医看病、就业生产等方面的困难，每次去都带来粮食清油面茶等，帮助喂羊、打馕、种瓜果，常常给他们送去食品、衣物和药品。洪冬青特别关心吐尼亚孜上小学的女儿西仁古丽的学习，每次结亲时都不忘给她带来书包、文具、衣服、鞋子等学习生活用品，并让家人从泉州寄来了儿子的一些课外读物，在结亲时只要一有空闲就帮忙辅导功课。洪冬青常说：“孩子就是这个家庭的全部希望，只要孩子培养成功了，吐尼亚孜大哥一家的生活必将越来越幸福。”西仁古丽说：“自从福建叔叔来了，我们家的灯变亮了，朋友变多了，谢谢福建叔叔！”

“没有一点领导架子，为我们家解决了很多难事。”吐尼亚子·托胡提说：“我盼着他天天来呢。”

两年多来，洪冬青先后与8个少数民族家庭结亲包联，帮扶困难户两户，坚持每月走访、节假日走访和不定期电话联系，热心帮助他们解决大病救助、生产生活等困难问题。自掏腰包8000多元，多次为他们送去各类生活用品，送去节日慰问金、病困慰问金，并带领10多家福建援疆企业及福建企业家朋友为村里的孤寡老人、困难家庭送去衣服、粮油等生活用品和慰问金。

在结亲住户过程中，洪冬青得知榆树沟各村离市区较远，群众看病难的问题一时难以得到解决。洪冬青看在眼里，急在心里，先后两次邀请20多名援疆专家医生来牧业村，为农牧民免费体检、送医送药。

“不惧前路多艰险，历尽磨难忠义成；万里悟道终须归，回首来时慰平生。”从泉州来到昌吉，洪冬青深知两地携手发展意义重大、任重道远。“三年天山水，一生援疆情。我一定以崭新的姿态，续写援疆路上的新篇章。”

宋华敏，昌吉国家高新区宣传中心主任。

初心能抵日月长

——记昌吉日报社副总编林丽明

/李　娟/

1. 地　图

林丽明办公室的墙上，挂着三幅地图。迎面的墙上是一幅新疆地图。直对办公桌的墙面上，是巨幅中国地图。靠窗一侧的墙面上，是世界地图。

似乎，她对地图有一种执拗的偏爱。

其实不然。实在是，墙上三幅地图中的某一点某一线，都牵扯着她心中最柔软的部分。

思念弥漫之时，她凝目在地图上出神。

凝神中国地图。她的目光从东海之滨的海上丝绸之路起点缓缓西移，西移到陆上丝绸之路新疆。新疆，一个世界上离海洋最远的地方。从东南到西北的对角线上,横跨中国大陆最长的一条航线。这条航线,将她与新疆连在了一起。

凝神新疆地图。她的目光锁定昌吉回族自治州。命运的机缘,让她赶赴了一个跨越千山万水的约定。在这里,她度过了三年笔墨时光。

凝视世界地图。她的目光锁定远隔几万公里的大洋彼岸。那里有她的女儿。女儿是她最深的牵挂。三年来,她忙于工作,一次次放弃前往女儿就读的学校,去看看孩子,去看看那座美丽校园。这是她挥之不去的遗憾。

有一次,思念亲人的援友们在微信上与家人做位置共享,然后截图,晒到朋友圈。昌吉与福建,神奇的微信犹如一条无形的纽带,让两地亲人越过万里之遥,共享同一时空。

丽明也想一试,便微信大洋彼岸的女儿:我们共享一下位置好吗? 半晌,女儿叹了口气说:"妈妈,你在东半球,我在西半球。我俩的位置无法在一个图上显现。"

从东半球到西半球,的确太遥远了……丽明第一次体验到"遥不可及"是多么无奈,又多么令人绝望。

援疆前,丽明任职《福建日报》主任记者。新疆与福建,虽然远隔千山万水,却与她有着特殊的缘分。缘分在于,与她同祖同源的先贤,世界禁毒先驱林则徐。追寻这位先祖在新疆的足迹,是她深藏多年的心愿。后来,当这一夙愿成真时,她蓦然有所悟,与其说是心愿,不如说是冥冥之中的约定。

2016 年 10 月,福建省征集专技人员援疆的通知下发。丽明一开始愣住了,继而兴奋。如果说,援疆是使命,却契合了那个冥冥之中的约定。她决定,去遥远的新疆,越千山跨万水,去赶赴那个约定,去追寻先贤林公的足迹,以梦为马,仗剑天涯……就这样,她以援疆人的身份,以昌吉日报社总编助理的身份,以福建前指宣传组副组长的身份来到新疆,来到昌吉。

集三种身份为一身,丽明的工作任务明晰而又明确:配合做好报社重大宣传报道的策划和实施;大力推动闽昌两地的新闻交流,推进昌吉日报社"中央厨房"、视觉中心工作室的创建,为当地媒体融合、转型发展助力。

舆论是导向,是传播正能量、推进援疆工作创新的重要载体,是展示援疆战果、鼓舞士气、凝聚人心的平台。作为资深记者,丽明对此心知肚明。援疆前线的援友们犹如战士进入阵地,马不停蹄地调研对接、招商引资、扶贫攻坚、治病救人、教书育人……援友们都在奔忙。丽明则找准位置,迅速进入角色。她以新闻工作者的敏锐视角,策划、采访、撰稿、编辑,从 2017 年 3 月 8 日开始,有关福建省第七批援疆团队的消息在昌吉州、新疆、福建各媒体连续报道:《福建省新一轮援疆工作全面展开》《福建省第七批援疆工作探营》《组团式医疗援疆提升各族民众健康水平》《产业援疆:激活发展新引擎》《智力援疆,农业"双百"谱新章》《全方位、立体式援疆新格局"花儿昌吉"更灿烂》《产业援疆"一带"连"一路"》等围绕产业援疆、项目援疆、医疗援疆、教育援疆、干部人才援疆、脱贫攻坚展开的系列报道,在昌吉州乃至新疆各界引起强烈反响。读者评价:福建援疆开始发力了!业内人士感慨:福建省的援疆宣传在于"时间节点抓得精准,新闻要点抓得精确!文字描述抓得洗练!"

业内人士所言"三抓",是对丽明的工作热情、新闻素养、精益求精作风的肯定。

不知不觉中,福建第7批援疆团队迎来入疆百日之际。这是一个值得纪念的日子。在与援友一同深入采访的基础上,丽明策划并走笔灯下写就的长篇通讯《关山万里援疆情 此心安处是故乡——福建省第7批援疆干部人才入疆百日侧记》,由《昌吉日报》两个整版联版重磅推出,并在"福建第7批援疆"公众号刊出。人民网、天山网、福建日报APP、昌吉新闻网、昌吉零距离等媒体相继刊发、转载。《侧记》从不同角度书写了第7批援疆干部人才为产业援疆、项目落地、智力支持、脱贫助困而克难攻坚、拼搏奉献的风采,向全国人民展示了初心如磐、铁肩担重任的福建援疆团队的整体形象。

不停息的脚步,是奋斗者的铿锵足迹。2017年6月,全国第六次对口支援新疆工作会议在南疆重镇喀什召开。为配合会议,自治州援疆办下达"援疆路·闽江情"大型宣传报道任务。丽明奉命参与策划、组织、实施这一重大活动,率昌吉日报社记者团奔赴福州、泉州、宁德、漳州、厦门等地,由于时间紧、任务重,常常是不顾舟车劳顿加班加点,旋风般采访了前六批16位福建援疆干部人才。

入疆后由于不适应当地气候,丽明上呼吸道感染,持续发烧,剧烈咳嗽夜不能寐、寝食难安。她强忍着病痛并告诫自己:一定要坚持!然而,连日奔波,疲累交加,导致病情加重,她咽喉肿痛几至失声。但,她的脚步没有停下。因为,从受访援疆干部人才对如火如荼的援疆岁月的回忆中,她感动并感受着他们对援疆重任的担当,对受援地倾情相助的情怀。到福州采访,家近在咫尺。可她顾不上,也无暇回去休整。采访结束,立即率团返疆。

从2017年7月10日开始,反映援疆干部事迹和心路历程的《援疆路·昌吉情》系列报道在《昌吉日报》重磅推出,并在闽、昌、晋三地产生了广泛的社会反响。这是《昌吉日报》历史上首次跨省的大型采访活动。2017 年 11 月 8 日,《援疆路·昌吉情》系列报道荣获第十二届“昌吉新闻奖”一等奖;2018 年 5 月,在 60 多家媒体近千件作品参与角逐的第三十届中国少数民族地区报新闻奖评选会上,《援疆路·昌吉情》系列报道荣获一等奖。

2. 在路上

在马不停蹄地内引外连疆内外媒体,在策划宣传活动、采访新闻事件、编辑版面文稿中,丽明度过了一年半的援期。援期内,她策划、编辑、出版的援疆专题 70 多期。采集、撰写、刊发的消息、通讯、援疆侧记类文稿上百篇,逾十万字。她参与策划、组稿、编辑的《筑梦天山》等二十多万字的内刊、书籍出版面世。她本可以收拾行装,交答卷返回温暖湿润的家乡了。

然而,当那一天即将来临的时候,她蓦然感到,正在进行中的工作还没有完结,计划开展的工作刚刚起步。她想起哈萨克族亲戚巴哈提·沙玛丽家温暖的大炕,想起最后一次探亲时,她对沙玛丽 7 岁儿子的承诺,要送给他玩具和读物;她想起家境贫窘的玛纳斯兰州湾镇回族亲戚刘桂玲。上次探亲,看到桂玲脚上穿着破旧的鞋,计划买双新鞋带给她;她想起采访过的农牧区孩子们明亮的眼睛,想起二十里店镇的海棠花香,想起江布拉克的麦浪,还有,朝夕相处奋战在这里的援友……原来,对这片土地,她还有着那样多的不舍,那样多的牵挂。

不舍与牵挂让丽明难以放下,就像当初义无反顾踏上援疆路,她毅然决然地留了下来!

留下来。她继续奔走在路上。

2018 年,是第七批福建援疆团队的攻坚之年。各个援疆分指项目援疆、产业援疆加大力度,招商引资、旅游开发走向广度,脱贫攻坚、乡村振兴走向深度。援友们撸起袖子加油干,二十里店村“四横一纵”公路完建,结束了小村“雨天一脚泥,旱天一脚灰,垃圾靠风刮,污水靠蒸发”的历史;丽明闻讯,赶去采访。援疆干部策划并协助玛纳斯残疾青年彭江涛成立“莆玛情商贸有限公司”,11 名身残志坚的青年走上劳动改变命运的致富之路;消息传来,她赶去采访。莆田分指挥部策划的“家庭圆梦”行动启动仪式在玛纳斯县清水河乡举行,她赶去采访。厦门“小白鹭”艺术团前往吉木萨尔县等地友情演出,吉、厦两地开展文化教育交流,合作助推世界文化遗产地宣传,她赶去采访。《奇台礼物》上线淘宝官网、昌吉特色农产品亮相食博会、二十里店村村晚……总之，哪里有新闻，她就出现在哪里。哪里取得成果，哪里干出成绩，她就出现在哪里。之后，夜夜挑灯夜战，一篇篇来自援疆前线的报道在各个媒体上发声。

习总书记指出：现在，媒体格局、舆论生态、受众对象、传播技术都在发生深刻变化，特别是互联网正在媒体领域催发一场前所未有的变革。读者在哪里，受众在哪里，宣传报道的触角就要伸向哪里，宣传思想工作的着力点和落脚点就要放在哪里。

这是习总书记对当代媒体发展所作的重要指示，丽明深刻理解，并接地气地身体力行。她抓住重大事件的重要时间节点，联系、协调中央驻疆、新疆本土媒体，福建主流媒体，在各大传统媒体以及微信公众号、各新闻客户端、新闻网站等平台发布重大活动报道，不放过任何宣传福建援疆工作的时机。

2017 年 8 月 26 日，昌吉州福建商会成立；2018 年 1 月，福建援疆前指组织发起助力精准扶贫的“家庭圆梦行动”；2018 年 2 月 28 日，《福建日报》《九地市党报》《昌吉日报》集中推出的福建援疆工作一周年专版；2018 年 9 月 19 日，以“共谋规划对接，共享繁荣之路”为主题的昌吉州首届“产业援疆与产业发展圆桌会议”；2019 年 1 月 17 日，二十里店村春晚……三年中，第七批福建援疆团队为受援地发展腾飞、为受援地民众摆脱贫困，攻坚拔寨而举办的重大活动一场接一场。策划宣传计划、联系媒体、邀请记者，丽明每每走在活动之前。当这些重大活动消息发布在各大媒体，被电视机前的观众、被电台的听众、被纸媒、各新闻客户端读者广为传播，津津乐道，当二十里店村草根春晚登上央视，新华社客户端《去新疆乡村看一场闽南味儿“春晚”》点击量突破 100 万，被新疆新闻界称为“现象级融媒体传播”之时，丽明因操劳过度而几近失声。可她内心却是深深的欣慰。因为，她为福建援疆，为宣传新疆，为传播正能量付出了一己之力！

3. 书生报国手中笔

一篇优秀新闻作品的诞生，需要独到的眼光，鲜活的素材，贴切的表达。讲好援疆故事也一样，既要体现援疆业绩，又要做到内涵丰富，富有感染力，生动地展现援疆干部的精神风貌。为了写出接地气、冒热气、沾泥土、带露珠的报道，三年中，她俯身在基层，行走在路上，活跃在现场。在她看来，置身基层，心中才会有百姓。在路上，心中才会有时代。在现场，心中才会有感动。

有情怀，才会有激情，才会被感动。在受援地，丽明一直工作在感动中。在“圆桌会议”中，她被大咖们对昌吉州广阔发展前景的论断感动；在“家庭圆梦”仪式现场，她被农牧民收到圆梦礼物时的泪花感动；在援建小学听到琅琅读书声时，在牧民定居点，看到搬进援建新居牧民幸福的笑容时，在医院看到获得“生命救助基金”的患者重新燃起生活的希望时，看到“用阅读点亮边疆孩子的未来”图书捐赠仪式上孩子们灿烂的笑脸时，看到在援疆资金帮助下圆了大学梦的莘莘学子流下激动的泪水时，她都因感动而热泪盈眶。

用激情燃烧如歌岁月，用责任书写福建援疆故事。在福建第7批援疆队入疆一周年之际，丽明在深入采访的基础上撰写的长篇通讯《万里援疆家国情 砥砺前行续华章——写在福建省第七批援疆队入疆一周年之际》，在《福建日报》、《昌吉日报》以整版的篇幅推出。通讯集中反映了197名援疆干部人才在天山脚下忘我奉献、攻坚克难的风采。“书生报国无他物，唯有手中笔如刀。”只有内心充盈着激情，充满着感动，丽明才能写出数百篇内容翔实、生动，富有时代精神的新闻、通讯、纪实作品。同时，经她手策划编辑的一部部书稿，一篇篇作品，也是她用手中笔报效祖国、感恩援疆的厚重之心的写照。

在追寻中总有新的感动。2019年10月19日，在福建援疆前指的重视与支持下，由闽昌社会各界发起，福建日报社、昌吉日报社主办的“重走林公路·传承民族魂”启动仪式，在玛纳斯县乐土驿镇举行。“新疆从来没有忘记林则徐”。她说，这是一次圆梦之旅，精神回溯之旅。有一种精神穿越时空，有一种浩然正气长存于天地之间,历久弥新。林则徐的精神和业绩,依然留在天山南北的土地上,留在新疆各族人民的心中。当她拜谒乌鲁木齐红山林则徐塑像,寻访阿齐乌苏渠龙口工程,登临伊犁河畔的惠远古城,穿过历史的烟尘,眼前不禁浮现出林公以带病之身"冲雪而往"、"踏冰而行"的身影,仿佛听到他吟诵洋溢着爱国情操的千古绝唱:"苟利国家生死以,岂因祸福避趋之。""林则徐的爱国主义精神与当代援疆精神一脉相承,激励着援疆人不忘初心,砥砺前行,在万里边疆挥洒汗水,留下奋斗者的足迹。这也是我们重走林公路的深远意蕴。"丽明深情地说。

丽明奋笔书写福建援疆干部的援疆故事,记录援疆干部讲述的援疆故事。可是,援疆三年,她的故事却不为人知。她面庞白净,身材娇小。走到哪里,便将明朗的笑声带到哪里。在援友心目中,她无牵无挂,无忧无虑。但事实并非如此,队伍开拔前,她的父亲因脑中风后遗症正在住院接受治疗。出发前夜,她赶去病房与老人道别;母亲患冠心病多年,心绞痛时常发作;女儿留学国外,只能电话互通信息,甚至没能赶去参加女儿毕业典礼这一人生重要的时刻。一家人,三地生活,丽明也是心有千千结。然而,她将援疆视为历练人生的战场,视为挑战自我、淬铁成钢的大熔炉,视为积累精神财富,拓宽视野、施展才华的大舞台,心中的千千结便都释然了。

三年,一千多个日日夜夜。她没有感到苦与累,更没感到时日难度。因为,初心能抵日月长!

援疆历程即将画上句号。怀着感恩的心,回望来时路,博达格峰下的追寻,是满满的喜乐。而她也得以实现了入疆初心——你的眼里有星辰大海,也将因此涅槃重生。

李娟,中国作协会员,出版长篇报告文学、中短篇小说集 20 部,900 万字。中篇小说《金沙漠金胡杨》《沙寨》由中央电视台影视频道改编为影视作品。长篇报告文学《共和国血脉》获第六届"天山文学奖"。

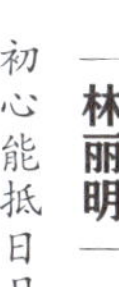

刚好遇见你，山城

——记木垒县委副书记、福建省第七批援疆漳州分指挥部指挥长黄永健

/严　萍/

2016年12月，一纸号令，黄永健从八闽大地飞赴天山，开启为期三年的援疆大幕。

黄永健儒雅的笑容里透着几分机智，他说，所谓对口援疆，最实际的就是让内地人来木垒旅游，把木垒农副产品带起来，把经济带起来。他有一个响亮的自我介绍名片“我是来自新疆木垒哈萨克自治县的福建漳州人”。

《庄子》说：大知闲闲，小知间间；大言炎炎，小言詹詹。木垒的蓝天白云、如茵草原、无际花海、青青雪松、沙漠瀚海、上古胡杨；木垒的七彩粮田、传统村落及超越了三千年的旱作农耕文化和草原文明历史；木垒的天然有机农副产品和优质家畜家禽等自然、人文、生态景观，如何推出去？怎么才能让这深阁山城，古丝绸之路重镇走向全国，甚至走向世界舞台？于是，黄永健带着木垒的羊肉、鹰嘴豆，带着木垒人的坦诚，不断地走向一个个制高的推销点，在全国各地不同场合脱稿演讲、大力推介木垒，一次次为木垒竖起拇指喊出“佳克斯”（哈萨克语：好）。

“木垒有礼”成为丝路礼品，“大美中国，新疆木垒县”在中央一套连续播出十几次。带领援疆干部人才牵头创建了“木垒联盟”，得到新华网、中国食品安全报、新疆日报等二十几家新闻媒体宣传报道。通过树标准、做溯源、强包装、建平台、创模式，大力整合木垒资源，从农牧场到餐桌全产业链打造，让木垒绿色优质农畜产品走出去。推动成立了新疆第一家烧烤协会——乌鲁木齐木垒烧烤协会；成立福建漳州在新疆第一家商会——乌鲁木齐漳州商会；重新整合木垒养殖协会。积极协调石灰石矿产开发、马铃薯加工等项目落地，努力帮助扶持鹰嘴豆加工、民族胡杨绣、马牛羊风干肉产业等地方特色产业做大做强。带动全县产业共同发展，增强木垒产业“造血”功能，挖掘优势旅游资源，创新旅游产品，树立旅游品牌，木垒旅游市场日益活跃。2017 年引入援疆资金 3123 万元，实施项目 15 个；2018 年引入援疆资金 3309 万元，实施项目 14 个；2019 年已到位援疆资金 3507 万元，计划实施项目 13 个。诗意和远方终于走在了一起，产研供销，以销为首的“牛鼻子”已翩翩起舞。

三年的时间不算长，但木垒已深深盘踞心底，仿如生根落地。给自己沏一杯香甜甘醇的红茶，看罐中叶叶尽情绽放。一席茶事，一段时光，隔窗遥望，万家灯火正阑珊。

“儿行千里母担忧”，八十多岁的老母亲，为了能和远行的儿子视频，硬是学会了玩微信。老母亲是第一个来木垒探亲的援疆干部母亲。在马圈湾花海，老母亲由衷感叹：“美得眼珠子掉出来了！”这句话也成了木垒最帅气的广告词。她不断地给老姐妹们发照片：“你们来吧，来吧，木垒美得眼珠子都掉出来了！”那些老伙伴很受感染，说：“明年一定带我去啊。”

黄永健乐呵呵地说：“马圈湾是新疆唯一的、中国最大的农业公园核心区，它的风景一卷卷地铺成一曲敕勒歌，铺成一首古乐府。林则徐的日轮，在远处的山梁上喘息。我们的车轮眼看追上了，日轮又跳到更远的山梁上去了。一地的野花，山洼、山坡，全都开着勿忘我，醉死个人，空气里的花香。吸一口，感觉整个花海都进肚里了。太阳接近地平线时，远处的颜色是一层层的瑰红、绛紫。老母亲的微信头像就一直用马圈湾的图片，她开心地说，我也给木垒当个‘宣传员’。”

风从纱窗跑了进来，吹散了一天的劳累。夜凉，星子闪闪，“远方吾儿睡何早？思念谁知道！”静静地站立窗前，思念盛满了这盏浓茶，淡淡的茶烟袅袅起。

黄永健来木垒的时候小女儿才三个月大，回家探亲时，女儿已长了7颗牙，牙牙学语，会坐会爬要抱抱，见到黄永健，怯生生地一直往后退，“陪伴成长”在援疆干部这里是“奢侈品”。

有一次岳父肺部感染，岳母带状疱疹，一岁多的女儿手足口病，三个家人同时病倒，妻子忙得焦头烂额，八十多岁的老母亲也是救心丸不能离身。这种情况下，妻子也一直说家里都好。知道这件事后，黄永健心里顿时打翻了五味瓶……心疼、不舍，还有深深的抱歉，常常会让黄永健在跟家人通电话时说不出话来，黄永健很感慨：

国是56个民族最大的家，
家是中华民族最小的娃。
没有强大的国，哪来安稳的家！
为了梦想的国，告别温暖的家。
别离耄耋的娘，依舍咿呀的娃。
八闽儿女志士，远赴万里天涯。
二十载如一日，一茬接过一茬。
继承优良传统，援疆卫国保家。
稳定西北固国，经略东南安家。
出谋陆丝兴盛，划策海丝繁华。
精准扶贫有方，全面小康无落。
稳定脱贫护航，共同富裕保驾。
重走复兴之路，再造巍巍中华。

茶的一生，须接受采摘时的分离、高温的烘烤、日光的晾晒，方可在一杯沸腾的水中，释放自己的馨香。“君从故乡来，应知故乡事”，民族团结一家亲活动开展以来，黄永健在木垒也有了自己的“家人”。

亲戚哈地里别克家在新户镇霍斯章村，女儿褚阿克刚满3岁，每次见到黄永健便张开双臂喊：“抱抱。”看到褚阿克只穿了一件薄薄的衣衫，黄永健赶紧找衣服给她穿上，褚阿克脱口而出：“谢谢叔叔。”陪褚阿克玩游戏、放风筝、唱儿歌的时候，喷香的奶茶、热腾腾的馕、包尔沙克、奶疙瘩、酥油已上桌。黄永健乐滋滋地将包里装的月饼掰成小份，细心喂给褚阿克和她的几个月大的弟弟。

看着坐在炕头吃得满心欢喜的姐弟俩，黄永健像是看到了自己的女儿。女儿叫出的第一声“爸爸”，是妻子用微信传给他的，视频里的女儿已会跑会笑会闹。

草、木、人者三而为一方为茶。人、事、物，只要注入了真实的情感，便有了灵性。这个时代总是反复消费理想与情怀，当镜头前的人惺惺作态、不能自已时，真正的理想正在山城戈壁风沙的打磨中熠熠生光。

“我，在山城烫杯煮茶，携七律，捧老酒，等您寻香而来……”这是黄永健的心声。

严萍， 新疆作家协会会员。

天山风光——生命之源

南木连心桥

——记木垒县委副书记、福建省第七批援疆南平分指挥部指挥长黄旭晖

/陈　霞/

五星出东方,四海举新疆。自张骞通西域,援疆犹如一部史诗。大地经过多少变迁,戈壁变成绿洲,沙漠变成林海,一切的一切都在变化,可,一代又一代人留下的援疆事业从未间断过,一个又一个感人的援疆故事仍在流传。

坐落在照壁山下木垒河畔的,是一个依山傍水的秀丽山城。雪峰、草原、大漠、戈壁,构成了木垒县独特的地理风貌和奇特的自然景观;古堡、岩画、烽燧、原始村落遗址,诉说着木垒历史的久远;叼羊、赛马、姑娘追、奶茶、手抓肉,折射着木垒浓郁的草原文化特征。多年以来,无数援疆儿女在这块土地上呕心沥血、奉献青春,留下他们坚实的足迹。

一

“没有援疆，就没有才双。”说这话的人，是王才双的老婆。那天，我采访福建援疆南平指挥部分指挥长黄旭晖时，女人刚从瓜田里回来，3000 亩瓜地，才下了种子。她一进门，就笑面春风地指着身材高大、一脸憨厚的黄旭晖对我笑言：“你都不知道黄书记帮我们种瓜、卖瓜的时候黑成啥了。他穿一件大棉衣蹲在地里，一个星期不离开，急得两眼血丝，口冒血泡，黑得像非洲人一般……”指挥长听了她的话“呵呵”地憨笑着，站在一旁的男人王才双像大哥一样，满怀感激地看着黄旭晖，并用臂环着黄书记的腰给他让座，两人亲密的程度胜似一家人。

原来，这走访的第一户人家是个瓜哥，名叫王才双，是木垒县雀仁乡双西甜瓜农民合作社领头人。合作社成立于 2013 年，当地能人王才双为社长，牵头带动了 30 人的瓜哥队。经多方考察，他认为木垒气候昼夜温差大，年积温在 3280 摄氏度，土质含沙量高，种甜瓜经济价值高于小麦和豌豆。于是，从 2013 年开始，他就满怀信心，雄心勃勃地带领当地村民开始大面积种甜瓜。结果，连续几年付诸东流。2015 年投资 90 万又扔了；2016 年 140 亩地收入 59 万元，尝到甜头后，第二年，他们一下扩种到了 1480 亩甜瓜地。还好，2017 年风调雨顺，甜瓜长势喜人，庄稼人见了无不点头称赞。

不料，到了瓜熟蒂落之时，晴空霹雳，商定好的中介商突然变卦毁约，千亩甜瓜成了无人收养的“弃儿”。转眼就是 8 月底，硕果累累的甜瓜地，香飘四溢，却无人问津，无人收购。这可急坏了辛苦干了一年的瓜农们，怎么办？瓜熟有一个致命的黄金时间段，它只有 10 天的保质期，一般七成熟的甜瓜就要上市了。可现在大面积的瓜都咧开了嘴，有的熟软的，一动就开始流瓜水。眼看 1480 亩甜瓜要烂在地里了。荒原秋阳下，媳妇天天立在田头抹眼泪，王才双急得近乎崩溃。

凑巧的是这一天，黄旭晖从一位援疆干部口里得知王才双面临的困境。“援疆要从大处着眼，小处着手，帮瓜农卖瓜也是援疆大爱的体现。”他立即发动全体援疆干部人才帮助瓜农寻找销路。第二天，黄旭晖指挥长还带着南平援疆突击队来了。他们直接下到地里帮着抢收甜瓜。顶着烈日头，这一干就是大半天。

然后，记者来了，电视台台长来了，县长也来了……两地领导现场办公，叫所有人放下手中的活儿，帮瓜农做“媒婆”——通过媒体以最快的速度联系客户，以“木垒200万公斤哈密瓜‘待嫁’”大标题向社会求救，并连夜把实地录像传到了央视七套“聚焦三农”栏目，《乌鲁木齐晚报》《昌吉日报》等媒体相继报道。

没想到，第三天凌晨5点钟，王才双还没起床呢，各处的电话就开始爆线：第一个打进来的电话是福建南平“九台农业”大型果园超市，一次性订购了几千公斤瓜。当福建南平的父老乡亲们通过新闻得知此况后，自发做起了义务推广哈密瓜的宣传员，许多援疆家属纷纷走向街头，告诉当地人：“这是我们南平援疆干部种的甜瓜，祖母绿，红沙瓤，口感甜脆……”

南平市大武夷电子商务有限公司开通木垒哈密瓜爱心众筹渠道；福建星胜丰物流有限公司垫资15.5万元，购买了27吨滞销瓜，并安排专车赴新疆拉货；南平市天新果蔬批发市场也腾出库房，专门存放木垒瓜……南平市政法委政治部主任吴超林曾来过新疆，感慨新疆人朴实大方，动员身边的朋友一起认筹木垒“爱心瓜”。那一天，王才双的求购电话，从早晨一直打到了下午，疆内外客户大批量要瓜的诉求连续不断。

第四天早起，王才双的脚底板还没踏到瓜地呢，前来拉瓜的人和车，就排了队早早等在那里了。王才双一见此况，二话不说。满含热泪地指着瓜园哽咽道：“抱抱抱，随便拉，小车500元，大车1000元。”就这样，不到三天时间，27吨熟透的甜瓜全部售完，纯收入达40万元。

“挣钱了！我们合作社挣钱了……”

王才双跳着蹦子激动地喊着：“感谢援疆干部，感谢南平指挥部，感谢指挥长……你们帮我赚钱了！不仅是钱，还是无价之宝，我挣来的是出路，是客户，是关系，是资源和口碑……是拿多少银子都换不来的情意……今年庄稼上虽然亏损了，可心里高兴。10天里，认识了来自全国各地上百位收购商，作为一个农民，一下接触到这么多的销路，过去想都不敢想。我代表全社瓜农向你们鞠躬了！”

后来，在黄旭晖的帮助下，雀仁乡黄蛋子甜瓜参加了跨省食博会，又进了超市，受到广大市民的赞誉和追捧。再后来，才双合作社保鲜库遭受火灾，指挥长黄旭晖得知情况后，及时送去助困金，鼓励王才双重拾信心；到了春天缺劳力时，指挥长组织全体援疆干部到田里帮忙种瓜，组织农业技术人才查看墒情，对有机肥的腐熟处理进行技术指导。在指挥长的协调下，王才双先后四次被派去学习种瓜技术，眼界思路大开，信心更加饱满。2018年瓜产达600万吨，纯收入达700多万元。

合作社的快速发展,不仅解决了800多人的就业问题,还为当地农业科技产业闯出了一条致富路。2019年3000亩瓜田又播下新种,合作社人员已由过去的30人发展到260人;过去一文不名的黄蛋子瓜,现在注册了“闽疆甜”的驰名商标;有了响当当的新名字,瓜农们在致富的路上有了更大的干劲。

二

精准扶贫,是新时期党和国家扶贫工作的精髓和亮点。这两年,全国扶贫开发工作已进入“啃硬骨头、攻坚拔寨”的冲刺期,作为援疆最基层的指挥官,黄旭晖清楚地知道精准扶贫的重要性,并身体力行。

奇台北山煤矿,一个17岁的保安叫俞再波,是黄旭晖精准扶贫的对象之一。俞再波家住木垒新沟村,父亲因病去世,母亲常年患病卧床。曾经一段时间,由于家境困难辍学了。但,后来他听说有个叫黄旭晖的叔叔帮他交了学费,遗憾的是因为他长年住校,从来都没有见过这个支助他上学的好心人。

每次从学校回来,都听母亲说:“波儿,你黄叔叔来了。这次来,除了给你买学习用具,还买了好多零食。”

波儿问:“说啥了吗?”

母亲说:“问你学习呢,有什么困难?”

波儿低头念着:“还好……就是英语跟不上。”

波儿没想到,他回校不久,老师就通知他去参加校内英语辅导班,那以后,有最好的老师帮他辅导英语,他很快提高了学习成绩。过些日子,母亲告诉他:“黄叔叔又来了,嘱托让你好好照顾自己,专心学习。”

通过电话采访到俞再波时,小伙子很惊讶,也很激动。他说:“我虽然没有见过黄叔叔,但他对我的影响非常大。他帮我交了高中三年的学费,我一辈子都不能忘记他……说实话,我之所以早早自谋职业,独立承担家庭费用,就是不想给社会造成负担。这和黄叔叔的教育是分不开的。我觉得黄叔叔扶贫和别人不一样,他不仅在经济上支持了我的学业,关键是他扶了我的思想和灵魂,扶了我的自尊和信念,给了我希望和精神。煤窑当然偏僻又艰苦,这里黄沙漫天,杳无人烟,可是一想到我能靠自己的双手打工挣钱,回报社会,感恩黄叔叔,心里就特别踏实。”

人穷志不能短,扶贫必先扶志。为了做好对贫困地区群众的宣传、教育、培训、组织工作,让他们的心热起来、行动起来,黄旭晖组织全体指挥部援疆人才，认真入户走访摸底，在调查研究的基础上，每人结对和帮扶一名贫困户，累计投入扶贫资金 27000 多元。他们还为当地一民办敬老院专门设立了志愿者服务点，定期走访慰问，送去党的温暖。当他得知西吉尔镇水磨沟村村民王建国患尿毒症无法住院就医时，专程看望慰问了他，并协调红十字会和民政局 8000 元的救济款。

另一个称黄旭晖"黄叔叔"的维吾尔族青年，叫米加提。他是水磨沟二村人，29 岁，在木垒收费站工作。一提到黄书记，米加提的眼睛就笑成了月牙儿。他说："黄书记是我家的'亲戚'，这个叔叔非常亲切，没有架子，一有机会，就邀我去喝茶，谈心，几天不见就打电话问缺什么？母亲生病不能下床时，黄叔叔帮她买药找医生看病。父母说还想请黄叔叔给我找媳妇呢。"

2019 年 1 月 5 日上午，一场声势浩大的福建援疆助力木垒精准扶贫"家庭圆梦行动"捐赠仪式在木垒县会议中心隆重举行。仪式上，为建档立卡贫困家庭分别发放电视机、理疗灯、微波炉、电磁炉、烤箱等生活用品，为 5 家"家庭创业合作社"发放生产所需的和面机，为 10 个乡村"妇女之家"和乡村文化社团发放手提音响，为环卫工人发放了爱心毛衣、围巾，为 10 名残疾人发放康复训练包，为农村贫困母亲发放了"两癌"救助金。被援疆大爱所感动，木垒县爱心人士赵玉霞也专门赶到仪式现场，为 20 户贫困家庭学生发放了救助金 2.4 万元。木垒县创业就业人员在仪式上进行了就业成果展示，用各种生动鲜活的实物，形象展示了近年来木垒县通过发展刺绣、手工艺品加工、渔具制作等特色扶贫产业，带动部分农牧区贫困家庭稳定增收，家庭创业脱贫的明显成效。

特别是，仪式上还启动"援疆家庭创业循环专项基金"。福建援疆南平分指挥部向"援疆家庭创业循环专项基金"资助了 10 万元专项资金。10 家创业合作社成为首笔"援疆家庭创业循环专项基金"受益者。这是援疆精准扶贫由输血式扶贫向造血式扶贫的转变，意义重大。

在活动现场，亲身感受每一位受捐对象那充满感激的表情，作为主要承办方，黄旭晖的内心无比欣慰。

三

冯锦年，现任木垒县英格堡乡党委书记，黄旭晖认下的徒弟。说到师父，他充满着骄傲的神情。他评价师父用了三个关键词：第一为人真诚；第二思路开阔；第三务实严谨。冯锦年说，师父每天的工作都是满档。除了抓好援疆工作外，他还分管全县的旅游营销、招商引资以及重点项目推进，工作有声有色。特别是为完成菜籽沟艺术家村落、胡杨林、鸣沙山、沙漠公园等项目建设做出了巨大的贡献。

始建于清末民初的月亮地村，是一个集传统民居、民俗、手工艺、自然景观文化为一体的中国传统村落，也是木垒县汉文化保存最完整的传统村落之一。村里至今保留百余年前的“全框架木结构”拔廊房建筑群和传统民俗。可是多少年来，由于地处偏僻，交通不便，一直处于封闭状态，属于木垒人梦里的“乡愁”。

为学习新理念、发展乡村旅游、让百姓富起来、让传统村落得到持续保护，以崭新的姿态呈现在八方游客眼前，2018 年底，主管旅游的黄旭晖指挥长带队考察了福建省漳州、南平、武夷山、浦城、南靖等地的乡村旅游业。

为加强当地村落文化的队伍建设，提高管理人员的文化素质和打造一流的服务水平，黄旭晖指导村委会先后六次举办了旅游管理人员和民俗客栈经营者培训班。为引导帮助农民从土地中解放出来，黄旭晖鼓励村民开办民俗客栈、经营特色餐饮、从事农副产品加工、手工艺制作。

在精准扶贫帮助村民走上致富的路上，黄旭晖动脑筋、想办法，通过各种关系、多种渠道将当地的农副产品——粉条、花饼、鹰嘴豆、挂面等推销出去，让旅游业与富民产业相结合，使古老沉睡的乡村在传承与创新中复活。

杨晓丽，木垒县旅发委主任，黄旭晖的另一个徒弟。她说，在师徒结对传帮带的三年之中，她在师父身上学到了许多好的品质：自己过去管旅游，性子急，办事风风火火，难免粗枝大叶被人误解。与客户谈业务也是不讲求方式，常常开门见山，直奔主题；由于不讲求态度和策略，大大降低了办事的成效。后来师父告诉自己，你是一个女同志，一定要向交谈的对象表达善意、敬意、诚意与爱意。遇到客人，可以先喝茶。工作之前先交流，交流之后再谈工作。要由浅到深，由远到近慢慢推进。这样，才容易沟通。杨晓丽说，后来按照黄旭晖所说的方式去做慢慢就悟出了：原来喝茶并不是为了喝茶，而是一种姿态，传递的是友善。另外，在拓宽思维和执行力方面，师父对她的启发也很大：比如福建旅游援疆专列的引进，游客服务中心的组建和管理以及人员培训等等；特别是在对开掘“养心木垒”主题打造、体验适宜生活的旅游环境方面，师父提供了很多崭新的思路。

在杨晓丽看来，师父身上体现了福建人的整体作风、精英意识、超前思维以及思想、经济、文化各个方面的带动效益。

四

王萍，黄旭晖的妻子，一个娇小温柔的女子，当时孩子小，老人年龄大了，黄旭晖接到援疆的通知后，担心家里不支持，犹豫不定，王萍鼓励他说："你去，家里，我们搞得定。"

于是，一别三年，他们一家三口，丈夫在新疆，女儿在厦门，王萍留在南平。

多少个分离的日子，一盏青灯，几处相思，日复一日，王萍习惯了星期六，节假日的孤单生活。一个人吃饭，一个人散步……偶尔碰见邻居，都奇怪地问："你老公呢？"特别是孩子到了叛逆期之后，父亲的陪伴本不可缺失。有时打电话问他，丈夫总是半开玩笑地说："我是新疆人了。"

黄旭辉喜爱兰花，"春兰、建兰、寒兰、素心兰、墨兰、国兰……"啧啧啧，他一口气如数家珍般地说了那么多兰花的名字，我最后记住的只有一个："野山兰。"

王阳明有个重要的理论：一个人心里有啥就能看见啥。中国人心中兰花净洁、典雅，至高无上。宋苏轼有诗誉兰："本是王者香，托根在空谷。"孔先生早就提醒后人："与善人居，如入芝兰之室，久而不闻其香，即与之化矣。"好了，不必再赘述了。他从山中来，带来兰花草……真正的大时代，感人的正是这些小故事。

黄旭晖，南平援疆干部的领头人，一个平凡朴实的闽北汉子，没有豪言壮语，也没有惊天壮举，带出一个满载荣誉的团队。他懂人心，贴近群众，幽微深处见精神。《周易》讲："天行健，君子以自强不息；地势坤，君子以厚德载物。"相应于此，他的君子团队——刚毅坚卓，厚实和顺，必将给木垒人民留下一座充满希望的丰碑。

陈霞， 新疆作家，原昌吉州文物局书记，现任中华散文网创作委员会副主席。

他把异乡当故乡

——记木垒县发改委副主任王贺成

/陈　婕/

木垒属昌吉州下辖县，东距昌吉305公里，距自治区首府乌鲁木齐270公里，地处天山北麓东段，准噶尔盆地东南缘，有绿洲草原，沙漠戈壁，是昌吉州经济发展相对滞后的一个县。

王贺成作为县发展和改革委员会副主任，项目援疆就是他分管的主业。2017—2019这三年，福建共投入木垒县援疆资金1.5亿元，项目近百个。他说过这样一段话："每个工程都必须建成精品工程，经得起历史检验，不负福建人民的重托，也无愧于自己。"为此，他克服气候、时差、饮食、语言、习俗、文化等诸多不适，在离家四千多公里的边陲小县，不辞辛劳，走遍了每一个项目工地，把异乡当家乡，把木垒当福建！

截至目前，项目基本上都已竣工投入使用，余下正在收尾阶段。

授之以鱼,不如授之以渔。援疆扶贫除了输血,更重要的是要有造血功能,就是要大抓产业援疆。他在县委副书记、福建援疆漳州分指挥部指挥长黄永健的带领下,与全体援疆干部人才创造运作了"木垒联盟"。目前,共投入援疆资金500多万元,完成"木垒联盟"整体构架体系规划、推进VI设计、溯源体系、团体标准打造等工作,并在昌吉市汇嘉时代购物中心设立"木垒联盟"援疆扶贫木垒特产销售专柜。

木垒县发改委主任陆秀蓉说:"王贺成援疆木垒,为木垒做了很多好事情。他把木垒当家乡,全身心投入,全身心热爱这片土地。"

县发改委项目办专职主任香磬说:"'木垒联盟'是木垒人想做而做不了的事,开创了木垒的新局面,是值得我们尊敬和学习的。为了这件事,他们没少费心,非常辛苦。经常白天一天忙着跑项目落实,晚上再商量下一步的工作,经常加班到晚上一点才能休息。"

县发改委副主任王多刚说:"'木垒联盟'已经发挥作用,悄悄地改变着木垒。以前,牧民卖羊,中间环节多。现在每只羊至少可提高五十元的收益。这是个很好的开端,是一个功在当代,利在千秋的大好事,牧民养羊的积极性得到了提高。以前,想出去的,现在则想着回来,在家门口发展。一家人在一起,其乐融融,没有了留守儿童,没有了空巢老人……木垒这个端着金碗讨饭吃的畜牧业大县也会变成强县,他们给木垒人做了件天大的好事。"

"木垒联盟"是一个扶贫项目,也是一个宏伟的工程,一份壮丽的事业,为木垒打开了一个崭新的局面,改变的不仅仅是木垒的经济面貌。随着"木垒联盟"的逐步深入,也必定会使木垒人的思维方式,生活方式得到相应地改变和提升!

在木垒,王贺成他们用两年多时间,用一只羊,掀开了木垒这位养在深闺无人识的小娇娘头顶上那厚重的盖头。从此,木垒不仅有青山绿水,更有金山银山。

除了援疆项目,当地干部要干的工作,他一样也没少干。结亲就是其中之一。王贺成结亲的亲戚是雀仁乡雀仁村的一户维吾尔族牧民,加帕尔。他们一见面,亲热得如同亲兄弟一样。加帕尔的独子巴合提亚说,"自王主任和我们成了亲戚,给我们讲的那个手机上卖羊后,爸爸放羊高兴得很!"

"有了钱干什么?"我问巴合提亚。他毫不思索说:"去买更多的羊呀!"惹得哄堂大笑。女主人沙德提忙出忙进,一会儿端出馓子,一会儿端来烤馕,一会儿端上水果和西瓜,表达着他们的心意。

三年援疆，王贺成还获得过不少荣誉，2017 年 12 月 22 日，他被中共昌吉回族自治州委员会、昌吉回族自治州人民政府评为自治州“民族团结一家亲”和民族团结联谊活动先进个人。今年 7 月 1 日，他被评为木垒哈萨克自治县优秀共产党员。在他的积极推动下成立了全疆第一个由援疆干部组建的地市级团工委——共青团漳州市委驻昌吉州团工委，并担任书记，这是由共青团福建省委书记亲自授牌的。他发起成立福建援疆漳州青年突击队，并担任队长，被共青团福建省委授予 2017 年度福建省青年突击队。

“关山明月起征程，快马加鞭未下鞍。”这些都在说明着他是广大青年追求政治进步的楷模，是广大青年维护民族团结和社会稳定的模范，是广大青年弘扬时代新风的榜样。

三年援疆路，一生援疆情。他说，“即使援疆结束后，依然要在福建帮助推进木垒特产销售，推进两地交流交往交融。”王贺成注定与木垒永远结缘。

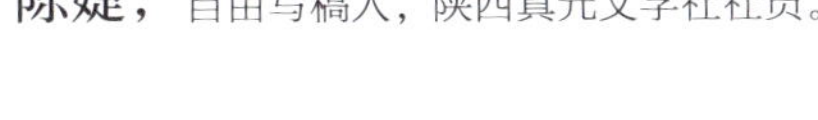

陈婕，自由写稿人，陕西真元文学社社员。

轻轻的，木垒我来了

——记木垒县公安局副局长黄慧鹏

/严　萍/

每个人今生所到之处，定是寻着前生的记忆而来。有些地方，即使你还未到达，可是，只听到名字，就会知道，你与那地方定是有着千丝万缕的联系。新疆与福建，漳州与木垒，遥隔八千里，可一举一动都紧紧牵动着彼此的心，一颦一笑都会深深地拨动彼此的情。这是一段用责任、担当、奉献、情怀铺就的八千里路，这是一段用热血、青春、汗水、激情铸就的八千里路。这是一段爱在左，情在右，与后方亲人一起撒种、开花，将这一径长途点缀得花香弥漫的路。

现年43岁的黄慧鹏从警20年，有点黝黑，憨憨的笑容里透着几分腼腆。是木垒县公安局党委委员、副局长，福建援疆漳州分指挥部副指挥长。2017年2月底，黄慧鹏告别娇妻幼儿，拥别老父弱母，整好戎装，从福建漳州一路奔赴小城木垒。

轻轻的，小城艳影在心头荡漾

初来乍到，水土不服、气候不适应、饮食生活有差异等诸多困难还未解决，黄慧鹏就迅速投入到了紧张的工作中。村村落落，山山洼洼，线索排查，重点人员掌握，一件都没落下。

黄慧鹏说他从福建漳州远赴八千里而来，以前只读"独在异乡为异客，每逢佳节倍思亲"诗句，没想到，现在竟有了切身体会。但在木垒，让他欣慰的是有了自己的"亲戚"。

2018 年 8 月底，黄慧鹏又一次带着生活用品、食品去木垒县大石头乡七个城子村哈萨克牧民哈山家走亲戚。正喝着金黄的酥油奶茶，却发现亲戚一家都眉头紧锁，唉声叹气，大儿子卡比重复着"我去放羊，我去放羊"；多次问询交流后才得知卡比中考失利，一分之差无缘高中，面临辍学，一家正着急得火烧火燎。黄慧鹏急忙赶回县城，开始多方奔走协调，9 月中旬卡比终于背起书包开心地重返校园，哈山家里也传出了久违的笑声。

哈山一家借了高利贷，债务越滚越多，一度负债累累。黄慧鹏看在眼里急在心里，结合"打击高利贷"和"扫黑除恶专项行动"，积极协调相关部门化解了高利贷利率，又牵线搭桥帮哈山卖了 60 多只羊，跳过了羊贩子中间差价，让哈山获得了更高的利润。哈山通过给别人放牧，每月也有了一份稳定的收入。2019 年哈山已全部还清债务，小日子现在过得红红火火，朝气蓬勃。黄慧鹏与亲戚一家结下了深厚的感情。家里母羊产羔、牛生小犊、牧场转迁、孩子在校获奖等等，都会第一时间告诉黄慧鹏。只要知道黄慧鹏要来住亲戚，哈山一家早早地便会煮好喷香的奶茶，包尔沙克、奶疙瘩、奶皮子、酥油等更是寻常物，手抓肉里必须要摆放羊头和江巴斯（髋骨的一部分，专给尊贵的客人）。

一段时间后，因干燥和水土不服，黄慧鹏会流鼻血、腹泻，但他由衷地向福建朋友感叹，我们生活工作的木垒，民风淳朴，这里的人民热情好客，性格豪放，纵马扬鞭；他们把淳朴的民风、善良的心地，搁进热气腾腾的奶茶里，浓郁的茶香，沁人心脾。与草原相伴的哈萨克牧民更是生活在画卷中的民族，春天草原用花的海洋迎接牧民和羊群。夏天草原宛如一望无际的绿毯，在微风中翻着绿浪，哈萨克牧民和他们的牛羊是画卷中灵动的主题。秋天阳光下的草原泛着金光，将收获的喜悦献给这个勤劳的民族，"一撮毛"（一种毡房）就是最温馨的家。冬天大自然用洁白的冰雪涂抹草原，这里永远是艺术家灵感的天堂。

轻轻的，带给你一片云彩

“不以天下之病而利一人”。全国“扫黑除恶”专项斗争开展以来，以张某某为首的黑社会性质组织团伙案件被自治区挂牌督办，面临发案时间长、涉及人员多、取证困难、侦查员紧缺等诸多困难，他充分发挥共产党员的先锋模范作用，迎难而上，带领木垒县公安局专案组全体同志，认真投入各项工作任务，埋头苦干，日夜辛劳，身先士卒战斗在一线工作岗位上，历时一年多，终于成功破获该团伙，共侦破各类刑事案件28起，抓获犯罪嫌疑人22人，移交起诉19人。

2018年7月，黄慧鹏从同事口中得知哈萨克族民警叶尔哈利的爸爸和姐姐同时病重，爸爸胃癌急需手术缺钱！姐姐肾、心脏等多个脏器病变，续命更缺钱！钱钱钱，分分能救命，叶尔哈利这个年轻的小伙子崩溃了，无助又无奈。黄慧鹏第一时间与分指挥部和福建一企业对接为叶尔哈利争取救命钱，经过一番奔波，筹到了2万元，及时将钱送到了叶尔哈利手中。叶尔哈利爸爸手术后，经过几次化疗，现已基本恢复，姐姐经多方治疗还是去世了。这次相助，让叶尔哈利一家感慨万千，爸爸一直惦记着要见黄慧鹏一面，一直念叨在他家最困难的时候黄局帮了大忙，永远也忘不了这份情。叶尔哈利说，今后要做一名优秀警察，遇到有困难的人一定会第一时间出手相助。

近三年的时间里，黄慧鹏通过多种渠道为木垒公安局落实各类资金384万元。公安工作任务繁重，同事们几乎没有时间陪伴自己的子女，黄慧鹏积极协调资金送木垒公安局民警子女赴闽参加夏令营；古尔邦节，黄慧鹏带着生活物资，探望生活困难的10位哈萨克族、维吾尔族辅警，送上暖心的节日慰问和关怀；发现民警信息化水平有欠缺，黄慧鹏积极协调漳州援疆指挥部支持，专门划出资金支持木垒县政法干部赴闽培训交流。

轻轻的，满载一地星辉

都说木垒太过偏远，的确如此。可细思慢想，能在这样一个时代，甘愿厮守这份偏远的宁静，也是智的选择，更是勇的选择。有空时黄慧鹏发呆、喝茶、看书或者沉默，可分明能清晰地感觉到自己内心的力量，饱满、生动、丰盈。他说：

我们迎着朝阳
从漳州到木垒
远跨万里征途
我们在这里
化作扎根戈壁的胡杨
爬冰卧雪
为维护稳定添砖
我们在这里
化作冰山迎风的雪莲
汗洒山城

"一人援疆、全家援疆"，对千里之外的家人最多的是抱歉和愧疚。值班、下乡、上案件，好多天都打不了一个电话。黄慧鹏爱人胡慧君是位温婉可人的女子，脸上总是挂着淡淡的笑容，说起独自照顾幼子与四位老人的心酸，也只是笑笑说："谁让我是援疆警察的妻子呢。"

有一次，公公得了带状疱疹，几乎无法行动，婆婆又重感冒躺着动不了，爸爸糖尿病复发也住院了，孩子刚上一年级，所有的困难都集中在那一刻爆发了，扛起这一切对一个弱女子来说，难，特难！边哭边将老人逐个轮流往医院送，要照顾老人接送孩子，还要上班。为了赶时间胡慧君开车都是飞奔的。这位漂亮的警嫂说："当时想着熬熬一定能过了这个坎，我一人能行，一定不能让我老公知道，要让他在那边安安心心工作。"

2017 年 6 月，胡慧君和孩子专程来木垒探亲，正赶上新疆维稳工作的关键期和攻坚期，黄慧鹏和千里迢迢来探望他的妻儿虽同在一个小城，但却没能见上几面，胡慧君深知丈夫职业的特殊和肩上的重任，几天后带着孩子悄悄返回了。黄慧鹏呵呵笑着说，三年援疆，儿子成了最熟悉的陌生人。儿子寄给他一张明信片，上面清晰地划了一条长长的从木垒到漳州的回家路，写着：爸爸记得回家哦。

"苟利国家生死以，岂因祸福避趋之"，责任与担当的后面是一种无言的情怀，这情怀里演绎的是灵魂的厚度和光泽。近三年的援疆工作中，黄慧鹏义无反顾地把青春和汗水奉献给了这片深爱的土地，自此木垒便是黄慧鹏与家人的第二故乡，这里的如织草原、如黛远山、七彩粮田、无垠雪原、蓝天白云、粗犷沙海、孤傲胡杨、村村落落都将铭琢心间，地也老，天也荒。

木垒，不是路过，我是归来。

严萍， 新疆作家协会会员。

筑梦天山 融情木垒

——记木垒县委组织部副部长杨清华

/陈 霞/

要爱就爱你的全部
就像绿色满野的山坡
要去就去你的心灵
就像阳光温暖的世界……

当这首对草原饱含深情的《要爱就爱你的全部》吉他乐曲，伴着木垒河畔的沙枣花，从福建援疆南平指挥部的窗口传来时，谁会想到这个弹奏者，不是歌手，不是文学青年，也不是音乐家，而是一个从事组织工作多年、素来不苟言笑的党政干部杨清华呢？

杨清华，福建邵武人。“他工作思路清晰，处事沉稳，心思细腻，组织工作经验相当丰富，工作点子办法特别多。”这是在组织部和他共事过的领导和同事们对他的一致评价。杨清华于 2017 年 2 月 28 日，踏上了前往新疆的征程……儿行千里母担忧，送别的时刻，年已七旬的妈妈泣不成声："去那么远的地方，不知道能不能适应，安不安全？我怎么能放心！"妈妈的含泪嘱托让他心如刀绞，他强忍泪水，安慰着年迈的父母。踏上汽车的那一瞬间，他再也忍耐不住，泪水夺眶而出。一路上，杨清华思绪万千："木垒究竟是一个怎样的地方，那里的工作我能尽快融入吗？少数民族地区的群众能不能接受我？"怀着忐忑的心情，杨清华第一次飞抵新疆昌吉。

在木垒县委组织部，杨清华被任命为分管援疆工作和人才工作的副部长，同时兼任福建援疆南平分指挥部项目综合组组长。

进疆伊始，语言障碍、交通不便、气候不适、饮食不惯等诸多困难，考验着杨清华。如何适应？他的法宝就是全身心投入工作，在不停地工作中逐渐适应。他和全体援疆干部一起，深入基层熟悉了解情况，找准工作定位，理清工作思路，切合实际策划项目，利用闽北地区的优势，为木垒引进资金、引进项目、引进技术、引进先进工作理念……两年多来，就像他所唱的歌一样，他已完全走进并深深热爱上木垒这片热土！

真心结亲：播撒民族团结的种子

走进杨清华的宿舍，屋内收拾得干净整洁，架上有书，墙上有字，桌子上摆着砚台、墨盒和毛笔，还有他没有写完的书法……这样一个充满文艺细胞，追求诗意生活的党政干部。不巧，去采访他的时候，并没有见到他本人。于是，顺藤摸瓜，找到了他的两门亲戚。

哈萨克族老人叶木力一家，住在距县城 80 多公里外大石头乡朱散得村七城子村。夫妻俩身体都不好，速效救心丸是长期的必备药。家中还有一位 90 多岁的老母亲瘫痪在床需要照顾，已经成年的儿子闲在家中，游牧是一家人的主要生活来源，经济十分拮据。

陪我走访的援疆干部祝金虹说，杨清华自从结了这门亲之后，每隔两个月都会坐上 2 个多小时的汽车，一路颠簸，穿过戈壁荒滩，来到叶木力家看望他们。无论是 30 多度的高温，还是零下 20 多度的低温；无论是风雪狂沙，还是大雨倾盆，都阻挡不了他走亲入户的行程。为了尽快改变这一家人的生活境遇，他四处奔走，帮助落实低保政策，落实各类困难补助，并为叶木力的儿子到城里找工作。在他锲而不舍的说服下，叶木力的儿子终于走出乡村，走进工厂务工，收入比在家里翻了好几倍，一家人的生活也逐渐好了起来。

他在日记中这样写道："改变当地群众的思想观念，将内地的文化和技术引入新疆，让民族同胞真正富起来，是我最大愿望。"哈萨克人重情义、讲礼节，叶木力还特意将哈萨克族的帽子和外套送给了杨清华，表示将杨清华当成了自家人。他做的一点一滴都深深烙在了这家人的心里。

杨清华还有一个亲戚是维吾尔族，居住在木垒气象局家属院，男的叫祖里皮哈尔，女的叫迪丽努尔。从他们的"全家福"中，我找到了杨清华。照片上的杨清华额头光亮、鼻悬目深、戴着一副黑边眼镜，很开心的样子。热情的女主人迪丽努尔，怕我认不清他，便快快打开手机，翻出了杨清华住宿她家刚刚起床的生活照，只见这位和蔼可亲的清华同志围着被子，满脸惬意地坐在维吾尔族铺满花毡的榻榻米上，睛目光亮，神清气爽，一脸悠然自得的舒畅。

主人迪丽努尔端来了玫瑰花茶，笑着说："部长经常帮我们家干活，给我们带礼物……每次来，都给我们讲国际形势，宣传党的政策和国家大事……还嘱咐我们要把小孩子教育好。你看，这些文件都是他送来的……"迪丽努尔一面说着，一面把桌上的东西拿了过来。

我一看，约十几份文件，全部装订整齐，排列有序地放在显眼的地方。有民族团结方面的，有扫黑除恶方面的，也有加强学习、安全生产、卫生健康方面的。

"喝茶，喝茶。"坐在一旁的帅小伙祖里皮哈尔终于说话了。

他端起桌上的花茶，送到我手里，微笑着说："自从杨部长来了以后，我们都不喝砖茶了，你尝尝这个茶。"媳妇一听，马上接过话头："现在天天喝他带来的福建茶，也开始研究茶文化了。"

临走，他们喊住我说："等等，我让你看个东西。"疾速翻屏后，找到了："我们一起去坎儿井联谊会。"是杨清华拿着话筒正和一个哈萨克族小伙子拥肩唱歌。凝神一听，唱的正是他的心声：

我的好兄弟 心里有苦你对我说
前方大路一起走 哪怕是河也一起过
苦点累点又能算什么 在你需要我的时候 我来陪你一起度过……

倾心传授：嫁接内地组织工作做法

弹弦听音，唱歌听声。杨清华虽是情感丰富、才华出众，可一旦进入工作状态,便雷厉风行,全神贯注。

干部考核是组织部门的一项重要工作,也是组工干部们必须掌握的一项基本业务技能。在援疆的日子里,杨清华多次带队参加了干部考核。在考核组,他就像一位老师,更像一位检察官。“怎样问话才能打消被提问对象的顾虑,让他们打开心扉;怎样分析考核考察中的第一手资料,准确把握考察对象的特点;怎样归纳总结,才能优质高效地撰写考察材料。我们的考核不能埋没一个好干部,要充分反映出他们的优势和长处,同时也要真实反映他们存在的不足,帮助他们转变提高……每一个环节,每一个细节,他都会考虑到。每次经他点拨,我都茅塞顿开。”木垒组织部干部室的年轻干部马超说。按照师带徒的要求,杨清华还把内地干部选拔任用多媒体汇报方式、干部培训学分累计制、干部培训多种办班模式和内地吸引人才方面的政策、人才库建设等方面经验做法,毫无保留地传授给当地的组工干部们,对组工干部们遇到的各类问题他总能积极热情地给予帮助,出谋划策。

针对县委组织部干部基础工作相对薄弱、管理不够规范的问题,杨清华向部长详细阐述了自己对干部选拔任用工作的经验和看法,并提出了一套规范完整的干部选拔任用工作流程,以及健全干部档案管理的工作方案。王生明部长对此给予高度肯定。根据其建议,县委组织部建立了一套规范完整的干部选拔任用工作操作办法,并于2018年着手建立起一个配套设备齐全的干部档案室,实行了专人管理,同时还抽调精干力量补充完善了干部档案。

用心对接:架起南木两地“连心桥”

作为福建省邵武市委组织系统选派的援疆干部,杨清华常把自己比喻为“桥”,一座沟通南木两地的桥。

木垒的大石头乡是牧区,长年缺水。当地群众牙病患者比较多,到县城医院就诊路途遥远,极不方便。杨清华看在眼里急在心里,多次与南平援疆口腔科医生商量解决办法。2018年下半年,大石头乡中心卫生院准备开设牙科诊室,杨清华利用个人人脉资源多次与邵武市企业家联系,为大石头乡捐赠了价值4万余元的口腔综合治疗仪和手术耗材,开设了南平援疆大石头卫生院口腔科义诊室。南平援疆医生每半个月到义诊室免费为牧区群众诊治。“杨部长为我们解决了大问题!”牧区卫生院的干部群众说到杨清华就交口称赞。

为了让家人了解祖国新疆,感受和体验木垒的风土人情,杨清华利用放暑假，特意将老父亲和儿子接到新疆去认亲戚。叶木力一家拿出了珍藏已久的奶茶、奶疙瘩和手抓羊肉款待远方的亲戚。"新疆亲戚对我们十分热情，说爸爸对他们很好，很为他们着想，给他们很大帮助。"9 岁的儿子杨奕轩一回忆起去认亲的场景就一脸自豪。

经杨清华牵线搭桥，2017 年 9 月，福建省邵武市委常委、组织部长严军一行专程前往新疆木垒县考察调研援疆工作，期间专门同杨清华一起看望了叶木力一家，为他们送去了节日的祝福和礼物，并拍了一张"全家福"作为留念。叶木力一家也用哈萨克语和过年的礼仪向远道而来的福建客人表示热烈的欢迎和诚挚的感谢。

进疆以来，杨清华先后多次组织召开南平援疆项目工作推进会，多次带队督促和参与推进援疆工程项目建设进度，确保了项目建设任务按时保质完成。成功策划了 2 个村级组织建设项目纳入"十三五"规划，成功策划实施了千亩科普观光采摘园"援疆林"建设项目。组织实施了 2018 年"福建援疆・丝绸之路旅游专列"活动，制定了旅客分批进景点行程方案和详细的对接活动参与单位分工方案。与木垒县妇联一道策划并制定实施了福建援疆助力木垒精准扶贫"家庭圆梦行动"。

一桩桩一件件，木垒援疆同事们和当地干部群众看在心里，感恩在心中。"杨部长既主内又主外，他与百姓交朋友、与同事交心，真正走进了大家的心里。"同去的援疆干部福建省建阳市广播电视局专题部主任章奕这样说。

追求完美、严谨自律的杨清华始终保持着节俭朴实的作风，闲暇之时，他除了看书，就是练习书法、读帖、品茶、沉思……想家的时候，就抱起吉他弹一首心曲：

要爱就爱你的全部
就像绿色满野的山坡……

陈霞，新疆作家，原昌吉州文物局书记，现任中华散文网创作委员会副主席。

东海潮起　奇台放歌

——记奇台县委副书记、福建省第七批援疆福州分指挥部指挥长余养挺

/陈友胜　王　薇/

2016年隆冬，余养挺第一次踏上奇台这片充满生机的土地，面对离家万里、既陌生又新鲜的广袤田野，他的内心充满豪情和期待，但也忐忑。三年援疆使命能否出色完成？如何带好队伍？前方的路该怎么走？这些按捺不住的思绪在漫漫长夜流泻，他披衣而起，执笔写下：东海潮起，奇台放歌，鼓岭佳话在丝绸之路回荡；透过馕的圆心，勾勒出家的轮廓，用冬天的雪花做我的使者，把塞外的佳音报给南国；当春雨滴答敲响了门窗，那是我——新疆奇台的一个歌者……

援疆两年多，从福州市海洋渔业局党组成员、纪检组长到中共奇台县委副书记、福州市第七批援疆分指挥长，天性率真耿直的余养挺，秉持着质朴无华的初心、恒心与决心，不断探索、勇于实践，在奇台这片热土上深情放歌，不断提升自我，实现人生价值。在他的带领下，福州援疆工作结出了一个个丰硕果实，缀满在他亲手种下的海棠果树枝头。

当群众贴心人，做干部“大家长”

2017 年 3 月，余养挺受命来到奇台开展工作，面临最大问题就是团队磨合。这支由 20 多位福州援疆干部援疆人才组成的队伍，分别来自福州市直部门和县乡镇各个单位，不同的工作内容、工作方式，造成了大家思想无法统一，工作协同困难，作为一个领头人，余养挺领略到了“家长”难当的滋味。

余养挺整整花了近半年时间，与每个干部交心谈话，熟悉每个人的个性特点，关心干部们的工作生活，努力走进他们的内心世界。经过不断调整磨合，指挥部各个工作组顺利完成了人员分工和任务分解，援友们彼此尊重与信任，各项工作不仅有人干，而且大家还很积极。

捐赠扶贫牛，出资修缮房屋，为 3 个孩子提供和申请助学金……余养挺像对待亲人一样关心、爱护着奇台县坎儿孜乡华侨村的村民阿帕尔·尼亚孜一家。2019 年 4 月，阿帕尔和家人带着精心准备的水果和肉，来福建援疆福州分指挥部看望余养挺，还特意送上一面锦旗，印着“扶贫扶智、寒冬送暖”。

两年来，除了 9 名党政干部，前后两批 23 名专技人才及 8 名短期援疆人员，又加入了 40 名援疆支教教师和 10 名援疆公安干警，援奇的队伍不断扩大，余养挺这个“大家长”肩上的责任也越来越重。而今谈及对这个援疆大家庭的责任和义务时，余养挺欣喜多于感慨，一向自认坚强的他坦言当初数次落泪，因为部署的工作无法顺利推进而几度感怀伤心。“现在，他们一个个十分出色，在我们指挥部和受援单位挑起大梁，大家的感情也日益深厚。”余养挺说。

摸着石头过河是勇敢者的姿态

除了援疆指挥部的一大摊子事，余养挺在县上还分管了宣传文化、教育卫生、招商引资等诸多工作。在新的岗位上，他意识到自己长期在政法和纪检领域积累的工作经验不足以驾驭所有工作，但是一路走来，他对自己的学习能力有着充分自信，不懂就学，不会就问，摸着石头过河正是勇敢者面对未知世界的态度。

风光无限的江布拉克山坡上伫立着汉代名将耿恭的塑像，这片壮美辽阔的土地曾经上演过一段可歌可泣的传奇历史——疏勒城保卫战。十多年来，奇台县一直想把这个故事搬上荧幕。这段传奇深深地打动了余养挺，他知道挖掘这个题材的文化价值对提升江布拉克景区的感召力、增加农牧民就业及收入极具意义，但是3年时间是否足够完成一个复杂的文化工程？余养挺在2017年兼任奇台县委宣传部长期间，开始推动这个项目。几乎日日食之无味、夜不能寐。用他的话来说，这是把自己绑在了一匹狂奔的野马上，欲罢不能。

除了《后汉书》上寥寥数百字的文献资料，和一处被认定为疏勒城保卫战发生地的石城子遗址之外，其他都没有实据，重现疏勒城保卫战谈何容易。从未涉足电影拍摄的他执拗地坚持了下来，两年多来，他摸着石头过河，一人身兼数职，应付着千头万绪的各项电影拍摄前期筹备事务，资金、剧本、团队、主演，影视城选址等阶段的每个环节、每个步骤像齿轮一般紧紧咬合、环环相扣。

2018年5月，电影《十三将士》因合作伙伴变更、操作时间不足而宣告流产。这期间，余养挺顶住各种压力，多方奔走，在福建援疆前方指挥部的斡旋下，寻找到新的合作方。3个月后双方达成投资额约1.5亿元的《十三将士》合作协议。

2018年9月，疏勒古城影视拍摄基地建设启动，赶在大雪封山之前正式完成疏勒城南北城墙的基础工程。在冬天几个月的时间里，还有完善创意设计、提升剧本、确定主演等许多事情要做。余养挺知道，只有等到影视城全面开工，真正实现开机的那一天，自己才有可能松一口气。

卡拉麦里金迎来明媚的春天

卡拉麦里金是世界稀缺的黄色花岗石的代表，在福州援疆团队的推动下，许多福建籍石材厂商远赴奇台投资兴业。2013年前后落户闽奇石材产业园的石材企业达到八九十家，经过2015—2017年石材行业的调整，目前数量降至约35家。

奇台石材产业的起起落落，余养挺看在眼里急在心头。他一方面不断地向国内石材行业的福建乡亲、故交新友求教，另一方面与当地石材业界人士集思广益、群策群力，寻找奇台石材产业的发展之路。2017年，在余养挺的助推下，新疆金奇鼎盛矿业有限公司取得8个采矿证。这在奇台石材产业发展过程中有着里程碑式的意义，也预示着卡拉麦里的春天即将来临。

2018 年 11 月，余养挺带领奇台石材企业第一次亮相第十九届中国（南安）水头石材博览会，成功举办奇台石材招商引资专场推介会，再次擦亮卡拉麦里的金字招牌，并推动 18 家矿企与中国花岗石直采平台签订整体入驻协议，突破了传统的石材营销模式。2019 年 4 月，经过两年多锲而不舍的跟踪对接，国内唯一上市石材企业——厦门万里石股份有限公司旗下厦门石材商品运营中心应邀考察奇台石材产业，与政府部门、石材厂商深入互动磋商，针对物流成本居高不下的发展瓶颈问题，提出一揽子解决方案，并与奇台石材企业达成“服务 + 发展”的合作共赢之新局面。

谁无暴风劲雨时，守得云开见月明。在新疆的日日夜夜，余养挺心系奇台，如何让奇台人民受益于产业发展，如何让产业援疆惠及大众民生，是他长时间思考的问题，也是他布局援疆工作的出发点与落脚点。

两年多来，在余养挺的带领下，福州援疆分指挥部圆满完成了项目援疆、产业援疆、人才援疆和民族团结交往交流等各项工作任务，牵头实施援疆项目 34 个，投入援疆资金 26387 万元。

回首来路，余养挺有如释重负之感。他清晰记得 2017 年把“为国担当、为疆奉献、为榕增光、为己添彩”16 字确定为福州援疆精神时，他的内心波澜起伏，深知自己肩负使命，却又任重道远！

800 多个日子弹指而逝，这期间有别离，也有重逢；有欢喜，也有落寞。每次午夜梦回，他的耳畔始终回荡那首熟悉的旋律《我们不一样》：这片天，你我一起撑起；更努力，只为了我们想要的明天；好好的，这份情好好珍惜……

陈友胜，福州广播电视台公交频道节目监审。

王薇，昌吉日报记者。

一位援疆干部的电商梦

——记奇台县委常委、副县长吴思斌

/林丽明/

“刚刚在参加答辩会，没能及时接到你电话……”电话中传来爽朗的笑声。

我开玩笑说：“这次准备来专访一名网红，你在奇台吗？”

“还真不巧，我在北京呢。”

车辆飞驰而过，透过车窗可见雪山在苍松映衬下，宛若一幅油画，让人不由联想起丝绸古道上“千峰骆驼走奇台，百辆大车进古城”的繁荣。进县城已时至中午，依稀可以闻到“过油肉拌面”的香味，卖酸奶的吆喝声微微伴随着夏日的清凉……

我微微叹了口气说，看来这次要无功而返了。“这次准备专访的网络红人就是你啊，吴副县长！你们推广的‘奇台电商’模式最近在网上名声大噪！”电话那头发出呵呵的笑声，听得出来是抑制不住的喜悦与兴奋，“网红谈不上，但有个好消息分享下!”

“奇台县作为新疆唯一推荐电商典型县,参加商务部、财政部在京组织的国家电子商务典型激励县答辩会,刚才会上专家们对奇台电商给予高度评价,认为奇台电商发展,为新疆精准扶贫、产业援疆等做出了积极贡献。我们已成功跻身全国农村电商典型县20强。”

打开一扇窗

奇台县是国家粮食生产百强县,是全国优质小麦之乡。天山的雪水,充足的日照,富饶的土壤,300天自然孕育,造就了高品质的奇台小麦。2011年“奇台面粉”获得农业农村部农产品地理标志登记保护。2017年“奇台面粉”荣获全国第一个面粉类“国家农产品地理标志示范样板”荣誉。奇台面粉也是新疆唯一、全国第一个面粉类国家级农产品地理标志示范样板。然而,这样好的产品却仅仅是畅销乌昌都市圈。

2017年春天,福州市第七批援疆干部人才“飘然而至”,他们给古城奇台打开另外“一扇窗”。

吴思斌,来自福建自贸区福州片区管委会,时任经济发展局局长,现任奇台县委常委、副县长。奇台县的农业资源让吴思斌赞叹不已。

“这么好的农产品为什么走不出去?为什么就不能卖个好价钱?”吴思斌感到困惑。

经过一段时间的调研,他发现:奇台特色农副产品没有形成标准化产品,远离内地消费市场。传统商务效率低、成本高、运距长,导致产品难以实现优质优价,农业增产不增效,守着金碗讨饭吃。“有资源无产品、有产品无标准、有标准无品牌、有品牌无市场、有市场无规模。”要破解这一制约瓶颈,通过电子商务方式销售,具有较好的产品竞争优势。

在那些万籁俱寂的夜晚,他听到了内心深处真实的声音:功成不必在我,功成必定有我。吴思斌说:“面对困难我总有种越挫越勇的激情,假如从头再来,我依然会选择滚烫的人生。”

人才!人才!

“援疆两年多,家人来了奇台两趟,都没有走出奇台。我总是说,来了奇台就等于来到了新疆；看完了奇台，就等于看完了新疆。”吴思斌说。

他总带着感情说“我们奇台”，他的热情总是温暖着周边的人。在凛冽的春风中，风声比掌声更动听，仿佛涌进暖流，花开在枝上；苍茫的漠北，天地一片静寂，似乎看到前行的灵魂。

“我们奇台有这么好的面粉，但这样的产品，为什么没让消费者认识、认知、认可呢？”

在一个没有电商发展先例的偏远县城，发展现代电商，听起来仿佛手摘星辰——没人、没钱、没产品，物流通道又远，怎么做？

发展现代电商，关键在人才。由于受地处边远县城、条件艰苦、市场开拓难等因素影响，奇台县很难吸引也难以留住有实战经验的电商精英。2017 年 9 月，奇台面粉线上营销项目启动，经过近一个月的忙碌，奇台面粉天猫官方旗舰店正式上线试运营，并进入阿里巴巴淘乡甜直营平台供应链管理。

天猫旗舰店开店不易，特别是全国唯一的一家面粉类政府官方旗舰店，还动用了福建自贸区福州片区资源。但是，店铺经营更是不易，如何在茫茫“网海”中让消费者认知认同太难了。“完全是我忽悠来的，就是用援疆情怀来说服他们的。”吴思斌说。

付红霞，援疆干部奇台县司法局副局长杨航的妻子，一个没有援疆身份的援疆人，放弃福州知名电商大区经理的待遇，加入奇台电商团队。

“福州自贸区每年都给 100 万元经费发展电商。”同时，福州援疆也决定把奇台县发展电商作为产业援疆的一项创新举措，列入三年规划。

新疆的产品好，全国消费者都知道，然而消费反映时效慢，体验差。可是，“奇台面粉”西安分仓的落地，使得物流平均时效由原来的 9 天缩短到 4 天以内。目前，苏州分仓、福州分仓均已落地。

“援疆归来，在福建也可以尝到新疆的土特产品了。”吴思斌的笑声感染着我们。“轮台东门送君去，去时雪落天山路。”据说奇台尚存的唐朝古城墩，就是岑参所说的轮台城北高悬都护节旄的阁墩。站在阁墩上，向北望去，从青河回城的路，原来就是历史有名的回鹘路，后来也称丝绸之路新北道。

奇台——古丝绸北道的重要节点城市，福州——海上丝绸之路的核心城市，海丝路丝，历史性地重叠在了同一维度，这是互联网的维度，也是电子商务开辟的贸易新通道。

2018 年，奇台面粉官方旗舰店销售面粉突破 100 万斤，覆盖 31 个省、直辖市、自治区，北上广、江浙闽占网销额 75% 以上。在政府的引领下，奇台农产品企业纷纷触网,电子商务交易额2.53亿元,奇台农特产品网销额3216万元,同比增长62.34%,增速位居全国县域首位。

“我为奇台代言”

时间流逝,历史更迭,人生难得有那一瞬间,让你灼灼其华,大放异彩。

浙江,杭州,阿里巴巴总部。2017年“双11新米节”开幕式上,阿里巴巴集团从全国3615个地标产品中挑选10多家地区作为首推原产地品牌参展。“奇台面粉”作为全国唯一入选面粉品牌参加“新米节”推广。

吴思斌身着特色服装,手持宣传海报卷轴登台亮相,为“西部粮仓第一面”奇台面粉花式代言。当他说出“我为奇台代言,您为面粉点赞!”那一刻,他是地道的新疆人。

随着见证奇迹的时刻,以劲道无添加著称的面粉团,变成了薄如棉纸的气球。在直播现场,奇台面粉人气爆棚,点赞数突破120万人次,一跃成为这次“新米节”推荐产品的佼佼者。

“奇台礼物”俏销成网红,是援疆催生了“奇台礼物”。“多亏了来自福州的吴副县长,竟让我们企业销售实现了翻番,利润成倍增长,我自己都不敢相信。”林户果业负责人史艳梅说。

发展初期,企业电商意识不强,虽有需求和意愿但多持观望态度,他一家企业一家企业做工作,并多方争取资金启动“奇台礼物”政府公共服务品牌及旅游衍生品设计,优选10家企业开展品牌辅导,对农产品线上销售给予物流补贴,敢于第一个“吃螃蟹”的企业尝到了甜头,其他企业也陆续看到了新零售的希望。奇台面粉、古城白酒、奇台小杂粮……在天猫、京东等电商平台上,一批来自新疆的“奇台礼物”成了疆内外不少消费者青睐的网红产品。

“奇台礼物”形象店入驻国际大巴扎,进驻176家大润发超市销售,福州东部办公区自动售卖区即将投入运营。培育首家航空食品供货企业,设立“奇台礼物”机场专柜,借力“5·18海交会”“9·8投洽会”“亚博会”“食博会”等平台展销。

电商援疆,土粮杂面变“金饽饽”。一包5公斤装的面粉卖到88元,利润翻10倍;一盒四把装的挂面卖到了二百多元,这要在两年前,奇台县的企业会说这是“吹牛皮”,现在,他们信了。吴思斌用一年的时间将“奇台面粉”打造成网红产品,品牌曝光量1000万次以上,销量稳居全网新疆面粉首位,成为新疆面粉第一区域品牌。

“一夜之间成北客,大江东去我西来。”冬日,来奇台出差,在福州援疆指挥部,氤氲的茶汤中,我们都会听到吴思斌讲激昂的电商梦。窗外,风息的雪天,冬山静卧,大地似眠。雪真是一种奇妙的存在,一切被白雪覆盖的地方都变得纯净起来,营造出一种炫目的美丽。

“我只是一片雪花,援疆路上的一片雪花。援疆继往开来,就如一场又一场的雪。”可是,但凡能让人记住的,必然是人生岁月里不能遗忘的情景,最是在意的,是彼此给予的那份期待,不管光阴流转,岁月变迁,美好依然如初见。

林丽明,福建援疆干部,昌吉日报社副总编,作品获中国新闻奖、福建新闻奖一二等奖若干。

情怀，像榕树一样

——记奇台县委组织部副部长徐友镔

/贾春婷/

他舍家远行，在西部边陲大地上挥洒热情，历练人生，倾注真情，根植梦想，使美丽的梦想变成了一场值得用一生去回味的激情之旅。

2017 年 2 月 28 日清晨，在福建省总指挥长、总领队亲自率队，近百名各级领导的深情送别和深切嘱托中，徐友镔登上了飞往新疆大地的厦门航班。

援疆之路，他走定了！

闽山闽水渐行渐远，苍茫大地尽收眼底。云霞之上，飞机穿云破雾。徐友镔除了远赴边疆的激动，心里翻涌着难以诉说的情愫：妻子哀怨的眼神，久病母亲的担忧，叛逆期儿子的沉默，一个个情形令他思绪万千……

最温情的严厉

初来乍到,温和细腻的个性,使他很快与同事们相熟起来,并得到大家的喜爱。

一次,一位在组织部工作了七八年的干部找他汇报工作,说到委屈的时候,忍不住眼圈发红。"能对我说出心里话,说明信任我。"他很快向上级反映了这名干部的情况,建议上级领导及时给予下属理解和关爱。

"真诚地贴近群众,才能听到真实的声音。"

但"按制度办事,以制度管人"也是他一贯的风格。

作为指挥部综合人才组组长,既是制度的制定者又是执行者,他负责20多位干部人才的管理服务以及制度落实、纪检监察、对外联络、文秘和接待等办公室工作。因为性格偏差、认识不同,开始有人很不理解,而他认识到目前在新疆工作的特殊性,硬是错误面前不讲情面,纪律面前保持刚性,努力协助指挥长管好干部、带好队伍。经过不断磨合,逐渐获得大家的支持,还摸索出一套行之有效的管理制度,并建议指挥长将2018年作为援疆工作提升年,使指挥部始终保持昂扬向上、团结奋进的"为国担当,为疆奉献,为榕争光,为己添彩"的援疆精神。

"崇高的援疆事业总会使大家在政治高度上达成共识,化解一切矛盾。"

"有些工作是第一次接触,相比在原单位更辛苦,相反,更不能放松要求,要坚定、坚决地维护党和政府的形象。"他以严于律己、以身作则的政治自觉和党性修养,更加注意维护援疆干部和组工干部的形象,他对奇台本地的领导干部同样严格。

2017年底,他带队督导专题民主生活会,三个部门的主要领导没有按要求履行相关职责,他毫不客气地在领导干部大会上点名批评了这三位领导,让在场的干部和督导组的同志很是吃惊。

"既要热情又不能违规,劳心费神,真的很难做!"在指挥部人员最短缺的时候,他接手了接待工作。

每年5·18福州海交会——奇台旅游推介暨援疆旅游专列新闻发布会的召开,都会吸引一大批向往"闽疆情·闽昌行"旅游援疆专列的客人,同时还有各级领导的考察和交流。接待方案、后勤保障、饭菜搭配、车辆安排等等,都需要他精心策划和协调落实。

“别人回家倒头大睡，我却无法入睡。”

烦琐的事务加之经常应酬，他总是失眠。

2018 年 8 月，正值内地人员来疆高峰，指挥部专业技术人员刚好进行轮换，前一批已走，后一批未到，人员力量严重不足。整日奔波的他忽然就发起了高烧，两天吃不下饭……

他累倒了！

但是，一年来，他将前后几十批包括福州旅游专列在内的游客和交流访问的考察团顺利地接来又欢喜地送走。

最深沉的表达

“工作时间长，深入基层多，管理要求严，回家探亲少”是他们这批援疆干部共同的体会和感受。

来到奇台县委组织部不久，他就发现信息工作上不去是因为缺乏激励机制，便修订组工信息调研和“访惠聚”信息宣传工作制度，从自己争取的个人援疆经费中，拿出 5 万元购买了一批信息化设备，每年向奇台县委组织部资助奖励经费。为激励大家的写作积极性，召开全体干部会议，讲评修改稿件，当场发放奖励。此举，最终实现了中组部信息采用零突破。

2017 年春节回家探亲，他从闽清县又争取 100 万元资金支持用于投入奇台县西北湾镇三屯村文化活动中心建设。除了跑办落实资金、经常到工地了解项目建设情况外，还与援友协调福建籍石材企业免费供应价值数万元的石材材料。

为推进奇台县干部能力提升、人才培养基地和人才工作室建设以及引进紧缺急需高端人才等，他又协调援疆指挥部争取了近 600 万元的援疆资金。

最暖心的关爱

奇台县坎尔孜乡华侨村的牙生·克力木自小失去双亲，离婚后与现任妻子生有一孩，四处打零工，生活拮据。

2017 年，徐友镔与他结成了亲戚。

语言的障碍使他们的交流很困难，但徐友镔通过村委会和工作队与他多次接触，弄清了牙生·克力木的真实情况。如何帮他脱离困境？除了经常给予米面、清油等实物和现金资助,徐友镔真是绞尽了脑汁。

2017 年夏天,徐友镔带着妻儿一同来到了牙生·克力木家里。天南地北、首次相遇的两家人亲切地坐在一起。

徐友镔告诉他,要争取项目帮他发展生产。牙生·克力木异常激动,一边叫妻子下厨,一边打开木柜翻找着。不一会,手里握着一个东西来到徐友镔面前。

"这是我佩戴多年的项链,我要送给哥哥。"牙生·克力木郑重地将它挂在徐友镔的脖子上。"不行,不能违反纪律,你的事就是我的事,只要把心思用到正道上,日子一定会好起来。"

2017 年的一天,徐友镔顺道来到了牙生·克力木家。一家人正急得团团转,一岁多的孩子发起了高烧!徐友镔立即掏出 500 元塞给她,联系驻村工作队找车将孩子送到了县人民医院。

2018 年年底,徐友镔为牙生·克力木家购买了一头价值 1.2 万元的牛,并以入股的形式帮他托管在合作社里,这样,牙生·克力木一家每年可得到 1800 元的红利。

贾春婷, 昌吉州作家协会会员,中国西部散文学会会员。

大爱无疆

——记奇台县委宣传部副部长翁文峰

/贾春婷/

遥远的新疆，陌生的地域，来过，就绝不后悔，爱过，就无怨无悔！援疆之路上的奉献与大爱，是使命，是职责，也是人性中最美好的呈现。

你的灾难，我怎能无动于衷

2018年7月19日，一场灾难突然降临，三岁多的小蓬飞命悬一线！

这一天上午九点多，家住奇台县三个庄子镇双涝坝村的任春和的媳妇准备去邻居家干活，邻居说可以让她三岁多的小儿子任蓬飞去家里看电视，小蓬飞前面先走着，妈妈远远跟在后面，突然，一只大狗从邻居家门口蹿出来，扑倒了经过门口的小蓬飞。

一阵凄厉的哭嚎穿透上空。大狗被赶走了,小蓬飞稚嫩的脸庞不忍直视——鼻骨、下颌几乎都粉碎了,大狗尖利的牙齿从小蓬飞眼角下的鼻骨处直穿进去,留下一个深深的洞痕,惊悚骇人。

情况紧急,小蓬飞被飞速送往奇台县人民医院,可是,医院除了对伤口进行简单的处理外,一筹莫展,建议立即转至自治区人民医院。

200 多公里路程,任春和夫妇揪心扯肺,泪流不止,默默祈祷上苍保佑。

当天下午 3 点多,奄奄一息的小蓬飞幼小的身体终于被送达自治区人民医院,医院立即进行了手术。

8 个小时后,手术结束,小蓬飞的命被捡了回来,被送往重症监护室,始终昏迷不醒。

接下来,将是每天一万元的后续治疗,如果不能及时跟进,生命依然可危。

完成所有的治疗,估计需要 48 万元!

靠打工维持生计的任春和夫妇如临深渊,仅是手术费就几乎花光了家里所有的积蓄,钱从哪里来?他们束手无策!

小蓬飞的遭遇很快传到了双涝坝村委会、驻村工作队以及驻村工作队所在的单位——县委宣传部。

工作队立即出手,通过访惠聚专项资金为任春和夫妇资助 5000 元,并策划启动"情系宝贝 · 共建明天"公益爱心募捐活动,很快就筹集善款 2000 多元。

大家的关怀和帮助使任春和感到一丝欣慰,但这些善款不过是杯水车薪!

每个人的力量是有限的,48 万元还是没着落。

大家建议发起了"水滴筹"。

当这一切发生的时候,福建援疆干部翁文峰也在行动!

得知小蓬飞出事后,他以最快的速度给任春和送去了 2000 元现金,他虽深知心意远远不够。

"一定得想办法筹集费用,救救孩子!"他想到了援疆干部这个特殊的群体,于是,将"水滴筹"链接转到了福建援疆干部微信群,并转发自己的朋友圈。一时间,小蓬飞的灾难飞越了天山,飞进了福建援疆干部们的心里,各路捐款纷纷到来,汇成了爱的海洋。

通过各个链接的转发求助,48 万元巨款在小蓬飞出事 12 个小时后全部筹齐!

两天后,小蓬飞终于从昏迷中苏醒过来,第三天,小蓬飞已经能够通过体外喂养通道进食,注射营养液补充体能了。

生命的曙光穿透了黑暗,爱的暖流让任春和哽咽着说不出话来。

一年过去了,如今的小蓬飞生命体征正常。虽然还要面临今后的鼻梁重塑手术,但回想起当初的一切,任春和夫妇无比欣慰。翁文峰的及时相助,犹如雪中送炭!

自从结识了任春和,翁文峰便经常走进他的家,与他聊天,聊发展,聊福建与新疆的生活习俗和风土人情,关心问候正在长大的小蓬飞。

你的困难,我怎能熟视无睹

2017 年 3 月的一天,春寒料峭,翁文峰提着面粉和清油来到了坎尔孜乡华侨村的则亚伍敦·伊力亚斯的家里。

"从今以后,我们就是亲戚了。"翁文峰非常诚恳地握住了则亚伍敦·伊力亚斯的手。

这个家真穷啊,院子里长着一片参差不齐的树,树下长满荒草。70 平方米的两间屋子,地面疙里疙瘩,屋顶的木料、麦草都裸露着,没有一件像样的家具,三个年幼的孩子也脏兮兮的。两间简易的土屋子就算是他们全部的家当,外间用来做饭,里间用来睡觉,全家五口睡在一起。

看着则亚伍敦·伊力亚斯纯朴的面容和孩子们脸懵懂的眼神,翁文峰心里一阵酸楚。

更让他吃惊的是,这个亲戚根本听不懂他的话,只能用手势和他交流。

"太困难了。"翁文峰说。

"一定得学习国家通用语言,不只是为了你们交流起来方便,更要考虑孩子将来的发展。"翁文峰把辅导他们学语言作为一项任务,每次去则亚伍敦·伊力亚斯家里,都要求他们学习国家通用语言,尤其对三个孩子很是挂念,时常给大儿子辅导功课。

2019 年 6 月 5 日傍晚,翁文峰提着面粉,又一次来到则亚伍敦·伊力亚斯的家里。一进屋就上了大通铺,三个孩子像三只小兔子,呼啦啦围了过来,则亚伍敦·伊力亚斯的小女儿干脆爬上通铺,枕睡在这个翁叔叔的腿上……

自打结了亲,他们就成了一家人,甚至比一家人还要亲。

"这是一个极为勤劳而朴实的人,只要有活干他就干,真应该帮他的。"看到了则亚伍敦·伊力亚斯的困境,也看到了则亚伍敦·伊力亚斯的勤恳善良。

如何帮他打开致富之门？经过商议，他们决定养羊。

首先得买一批羊回来。

万事开头难。借不是办法，又该向谁借？

贷款！翁文峰想通过贷款帮则亚伍敦·伊力亚斯筹集第一桶金。

可是，这个亲戚的贷款信用额度太低，贷不了款。“以我的名义来贷？”翁文峰的决定得到了妻子的大力支持。

2017年8月，翁文峰以个人信用在福清市信用社申请了贷款。返回后，为则亚伍敦·伊力亚斯送来4万元。可是，又没有养羊的圈舍，翁文峰直接拿出自己的5000元现金，让则亚伍敦·伊力亚斯尽快修圈。

则亚伍敦·伊力亚斯很快买回来30多只羊，搞起了育肥。

从此，两人之间来往频繁，电话不断，共同期盼新的光景快点到来。

则亚伍敦·伊力亚斯的国家通用语言水平在一点一点地进步，他的妻子也能听懂了。

2018年年底，则亚伍敦·伊力亚斯把羊卖了，希望把4万元贷款还上。翁文峰告诉他，继续养羊或养牛，日子过好了再说。则亚伍敦·伊力亚斯便用卖羊得来的钱买了三头怀孕母牛。

“哥，明年，我一定把贷款还上。”则亚伍敦·伊力亚斯看到了希望，也有了信心。

“不着急还，也不用操心利息的事，只希望你们越来越好。”翁文峰也替则亚伍敦·伊力亚斯感到高兴。

后来，他又把则亚伍敦·伊力亚斯上报为援疆分指挥部受助捐赠对象。

2018年11月28日，援疆分指挥部举行扶贫牛捐赠托管仪式，则亚伍敦·伊力亚斯一下领到两头“援疆扶贫牛”，并根据援疆分指挥部的意向，将两头牛托管在当地养殖场，每年可以得到3600元的分红。这简直就是天上掉下来的一块馅饼！

“则亚伍敦·伊力亚斯家的大炕疙疙瘩瘩的，第一次来住，一晚上都没睡好，第二天起来，浑身都疼。”翁文峰记忆犹新。

则亚伍敦·伊力亚斯家的大通铺一直铺到了屋子门口，屋内空间很小，更糟糕的是，一到下雨天，屋顶就漏水，很不好受。

“不能这么将就，孩子长大了，得有自己的房间。”

翁文峰想到了孩子的将来，又为房子的事动起了脑筋。

2018年5月，他又争取了6.5万元援疆资金，组织施工队，为则亚伍敦·

伊力亚斯修建了一间新房，还处理了旧房屋顶，旧房、新房同时安装了暖气。

后来，又组织施工人员将院里的树砍伐掉，院子里一下敞亮多了。则亚伍敦·伊力亚斯也陆续为家里添置了有线电视、冰箱等。周围的邻居们都羡慕地说，则亚伍敦·伊力亚斯的亲戚太好了。

援疆期间，他的父亲动过一次手术，母亲动过两次手术，在母亲的一次手术期间，他没有回家探视。“为什么不请假呢？”“假期用完了，大家都很遵守纪律，况且，家里有人照顾的。”

来到新疆，才认识到新疆在整个中国乃至国际上的地位有多重要。

一切都是值得的！

回想当初，父母亲的担忧和对新疆这个陌生遥远地域的疑问，第一次看见雪花纷飞、第一次走进维吾尔族人家里、第一次吃纯正的牛羊肉和拉条子，那时的惊讶、激动与感慨，如今，都已化做眼眸那一抹亲切的微笑了。

贾春婷， 昌吉州作家协会会员，中国西部散文学会会员。

天山下的锋芒

——记奇台县公安局副局长陈祖华

/冉歌舒/

审讯室的时钟显示凌晨四点钟。

这个地处西北的县城，此时灯火零星，春天的风里还夹杂着十足的寒意。此时陈祖华和同事们还在加班。

2017 年 2 月，陈祖华带着满腔热血加入了福建援疆的队伍，到昌吉州奇台县进行为期三年的警务交流。

“人这一生，总是要留下些什么。我以前没有来过祖国的大西北，这次来援疆，对自己也是一种挑战。”刚到新疆的时候还是下雪天，地窝堡机场到奇台的路上，从城市经过一望无际的茫茫雪野，他慢慢变得平静。几个小时前他还在海滨城市长乐，现在却是将身子实实在在紧贴在了新疆这块神往已久的土地上了，想到即将面临的工作，这个年轻的后生陷入了沉思。

来到这里之前，他很清楚地知道自己将要面临什么样的挑战，但具体的工作如何开展呢？怎样做到让群众满意？即将见面的同事们又将如何看待他这个远道而来的援疆人呢？陈祖华的心里有无数的问号。

到达奇台后，他被任命为奇台县公安局党委委员、副局长，先后分管公安局指挥中心、治安大队、公安检查站、便民警务站、刑侦、经侦、禁毒等部门的工作。为了尽快熟悉情况进入工作角色，更好地履行一名人民警察的使命，他把对亲人的思念深藏心中，把对家人的愧疚转化为工作的动力，他口勤、手快，向同事们虚心求教。在调查中，他明晰现阶段工作中，单位在制度理念和技术手段等方面相对滞后的短板。

"当地也考虑到我作为援疆干部的优势，在制度理念、治安管理和办案技术等方面都对我寄予厚望，这是信任，更是一份沉甸甸的责任。"他践行着"为国担当，为疆奉献，为闽争光，为己添彩"福建援疆精神，有针对性地提出建设性意见，在技术方面经常组织培训，创新工作方式方法，全力提高当地民警的办案能力。

"三年来，大家整体的办案水平，尤其是大侦查方面，取得了很大的进步。"谈起工作，陈祖华的眼里冒光："要打造一支能战斗、靠得住、带不走的高素质警察队伍，这需要带领团队在'事上练'，依现在来看，他们完全可以承担起高难度的侦查工作。"

他在分管指挥中心时，不但加强了全局的信息化建设，也增强了全局的信息化应用水平。全力抓好全县 89 个便民警务站的规范化建设，通过"抓内务促管理提水平"这一工作切入点全面提升全县的勤务站的管理和运行水平。在分管业务部门时，他带领专案组连续破获葛某以办理廉租房为由的诈骗案件 200 余起，追回赃款 500 余万元，最大限度地挽回了人民群众的财产损失；带领专案组破获冯某涉嫌非法经营案，查获卷烟 200 余条，涉案烟草价值 69900 元……

2018 年 1 月，全国掀起了扫黑除恶专项斗争热潮，陈祖华立即投入到扫黑除恶专项斗争中，在集中收网行动中，他带领专案组民警连夜奋战，顺利打掉 1 个涉黑团伙，1 个涉恶团伙，端掉 2 个现行赌博窝点，共破获案件 50 余起，取得了丰硕的战果。

集中收网行动结束后，他又马不停蹄带领专案组人员到各派出所督促检查扫黑除恶工作开展情况，分配线索核查任务，及时帮助他们解决工作中的难题。16 个派出所他挨个跑了一遍，几天下来，人都瘦了一圈。

破获以王伟为首的黑社会性质组织案件，是让陈祖华终生难忘的事情。

该组织自2003年至2017年在新疆奇台县、乌鲁木齐市、兵团农六师奇台垦区108团等地实施非法拘禁、敲诈勒索、开设赌场、寻衅滋事、聚众斗殴等违法犯罪行为。

怎么做？具体该如何开展？这是摆在陈祖华和他的团队们眼前的一道大课题。理清思路是关键，当时陈祖华提出两条思路：一是先个案，从个案着手，顺藤摸出整个案件的脉络；二是将犯罪团伙骨干的资金查一遍，从而找到更为扎实的证据。

这个案件盘根错节，极其复杂。他们加班加点，整理往年相关案件资料，甚至几年前的监控视频都被重新调用出来，一件件梳理，查找案件的关键所在。

在各方支持下，他带领团队一举破获了以王伟为首的涉黑社会性质组织犯罪团伙。

利剑为击破邪恶、维持正义而生，也为保卫家国、守护温情而生。与陈祖华在工作时表现出的雷霆手段不同，生活中的陈祖华是位充满温情的丈夫，是两个孩子的父亲。

离家万里，对家人的那份挂念是最难割舍的，但想到能投入这场反恐维稳的斗争，想到组织和家人在自己身后的强大支持，他又变得充满激情。“新疆能取得现在的和平稳定局势，人民安居乐业，是全国人民为之自豪和骄傲的壮举，我作为其中一员倍感荣幸。”陈祖华说。

记得两年前离开福建，坐上援疆的航班时，小女儿还未出生，妻子挺着肚子哽咽着跟他告别。如今，小女儿已经会吵着闹着打视频叫“爸爸”了。18:36，福建已近傍晚，小女儿打来电话，陈祖华指着视频里的小女孩儿，骄傲地跟我说：“这是我小女儿。”笑意从眼睛里溢出，那个身姿挺拔、坐若铜钟的酷警察，瞬间变成了一个学女儿说话的“顽童”爸爸。

说到13岁的儿子，陈祖华有些担心，步入青春期的孩子总有一段叛逆的时光，这段时间更需要父亲的疏导和陪伴。“他现在很少跟我说话，心情好了才跟我说几句，不过还好，他还算懂事。”陈祖华说。

冉歌舒，“90后”，供职于昌吉州文联。

真　情

——记奇台县发改委副主任黄文森

/孙忠玉/

今年三月底，正在忙碌的奇台援疆干部黄文森突然接到一个电话："小丫头正在和我闹，不吃不喝，一定要你来才能解决！"

黄文森一下班连饭都顾不上吃，就赶快到自己的维吾尔族亲戚家去。一问才知道，原来亲戚的小女儿祖克热认为黄文森给她姐姐爱比自己多，自己受到了冷落，所以在闹情绪。黄文森赶快给祖克热做了好一阵思想工作，并保证以后对她更加关心和爱护，祖克热的心情才明显好转，开始吃饭，并认真学习起来，黄文森知道她的这家维吾尔族亲戚的两个女儿正在争夺自己的宠爱，心里十分感动。

黄文森是福建省福州人，来新疆前是闽清县三溪乡纪委书记。当黄文森报名来新疆做援疆干部时，同事、同学都在反对，尤其是她的家人更是强烈反对，他们都认为黄文森已经年近50了，身体也不好，血压低，经常头晕。她的婆婆已经78岁了，患有高血压、高血脂和颈椎病，而且经常发作。但黄文森认为，援疆是国家战略，作为一个共产党员，应该为国家建设做出自己应有的贡献！所以，黄文森义无反顾地踏上了援疆的征途。

2017年2月初，黄文森告别鲜了繁花似锦的老家福建，来到了冰雪覆盖的新疆奇台，被任命为奇台县发展和改革委员会副主任。这时，她才了解到，自己是这批来奇台的援疆干部中岁数最大的一个，因此也成了所有援疆干部的大姐。

但黄文森这个大姐可不好当。援疆干部初来奇台，有太多的不习惯，饭菜不合口，语言听不懂，思念8000里外家人。尤其是一些年轻干部，家里孩子小，每天晚上一打电话，孩子在那头哭喊，干部在这边流泪。

此时黄文森总是暖言安慰。大家都说她是“知心姐姐”。

但黄文森关心最多的并不是她的同伴，而是素不相识的奇台困难群众。黄文森刚来奇台时，给她结的亲戚是坎尔孜乡华侨村的维吾尔族农民塔依尔。一接到认亲通知，黄文森就立即赶到亲戚家里，但她去过多次之后，却一直没见到男主人塔依尔，家里只有女主人古丽介梅兰和两个女儿。黄文森每次询问，女主人都说塔依尔在外面做生意。原来她的丈夫塔依尔是因为盗窃被判刑13年！

了解真相的黄文森不但没有歧视她们，反而更加关心她们了，就在塔依尔回家不久，他就因为车祸导致右肩和右腿骨都断裂，被送进了医院。

黄文森一接到消息，就立即赶往医院，紧急找到援疆的骨科医生，让他对自己的亲戚特殊照顾，并掏出自己身上仅有的500元现金安慰塔依尔。

经过协调，保险公司实行免责先行赔付，给了塔依尔1万元钱，才使塔依尔的手术治疗得以及时进行。

在黄文森的帮助下，古丽介梅兰在县城开了一家凉皮店。

大女儿也考上了新疆医科大学。这对一个世代都是农民的少数民族家族来说真是一件大事！全家高高兴兴地送大女儿到乌鲁木齐市上大学，但这个女儿很快就被送回家了，因为她被检查出得了肺结核。凉皮店也因为女儿的传染病而被迫关门。

就在古丽介梅兰感到最无助的时候，黄文森来到了她家，给她带来了希望。黄文森先介绍古丽介梅兰到奇台汇通商贸城去打工挣钱，又给她女儿在一家手机店里找到了工作。

塔依尔的小女儿在初中学习，英语和数学都跟不上。黄文森就找到同来援疆的中学教师辅导，小姑娘的成绩有了明显提高。

黄文森关爱维吾尔族亲戚，对素不相识的其他人也尽心关照。奇台县吉布库二马场有户哈萨克族牧民，两个孩子同时考到内地，一个上大学，一个上内高班，但他家却很穷，主人决定卖掉住房供孩子上学。黄文森知道后，争取援疆资金对内地大学生资助，每年资助 6000 元，一直到大学毕业。她还与援疆干部杨建东联手，动员福建企业赞助这位大学生 2 万元。由此，黄文森更加关注贫困学生，两年来共安排 199.4 万元资金，帮助奇台县贫困学生。她还动员福建籍企业捐资 18 万元，帮扶奇台县的贫困学生。

黄文森的爱心，犹如久旱的甘露，滋润着奇台贫困学子的心田。

孙忠玉， 奇台人民广播电台主任记者。

爱的回馈

——奇台县财政局副局长刘丰与他的亲人们

/孙忠玉/

这一天，刘丰带着大米和清油去看望在奇台县坎尔孜乡的结亲户谢尔皮丁·夏伊麦尔旦，尽管刘丰再三说明自己有重要的事情，没时间吃饭，但谢尔皮丁的妻子还是非常热情，她70多岁的老公公拉着刘丰的手说："你这个亲戚太好了！"

刘丰是福建省福州人，大学毕业后，在福州市永泰县东洋乡工作，因为工作出色，被提升为乡党委组织委员、武装部长。2017年3月初，刘丰积极响应国家号召，到新疆奇台县开展援疆工作，因为他在大学学的是财会专业，就被分配到奇台县财政局任副局长、局党委委员，分管监督科与会计科工作。

刚一上班就被委以重任，还要与本地干部一同轮流值班、住亲、住户。

看到财政局没有净水器，刘丰主动联系老家永泰县委县政府，争取资金7

万元，给奇台财政局买了4台净水器，让整个大楼上的干部都喝上了纯净水。看到财政局的干部晚上值班时都打地铺睡觉，刘丰就从老家争取资金2.4万元，买了17张沙发床，放在17个办公室里，白天当沙发让前来办事的人坐，晚上值班时当床用。这两件事都让奇台财政局的干部们感受到了刘丰的爱心。

刘丰的结亲户谢尔皮丁·夏伊麦尔旦是奇台县坎尔孜乡华侨村维吾尔族农民。刚一结亲，刘丰马上就到亲戚家看望他们，这是他第一次走进维吾尔族农民家里，刘丰与亲戚谈心，向亲戚请教他们生活习俗。

谢尔皮丁·夏伊麦尔旦的妻子没工作，两个女儿还在上学。得知亲戚家的困难后，刘丰彻夜难眠。他赶快给亲戚申请了低保。

亲戚的困难时时牵动着刘丰的心，他一有空就来到亲戚家来。刘丰发现亲戚家有4间平房，里面却只有一个火炉，生火时只有那一间房子热，其他房子都很冷。而且这种老式的火炉排烟不畅，房间经常有煤烟，很不安全。刘丰就自掏腰包，拿出7000元钱，买了一套土暖气，并带人安装好，解决了亲戚一家人的取暖难题。

但就在刘丰用真心关爱着维吾尔族亲戚的时候，自己的家人却无人照顾。爱人张蓉39岁了，工作本来就很忙，还要照顾10岁的大女儿上学，天天接送孩子上学，可恰恰在这个时候她又怀有身孕。公公、婆婆都已经80多岁，不但帮不上忙，还要张蓉去照顾。天天都生活在这样的高度紧张之中，作为高龄孕妇的张蓉很快就吃不消了：怀孕7个月时，张蓉差点流产。为了保住胎儿，张蓉只好住院保胎，在医院躺了15天，回家躺了两个多月。

刘丰除了在县财政局担任副局长，分管监督科与会计科外，他还是奇台县援疆指挥部的财务主任，分管着每年1亿元援疆资金的把关、指导、审核拨付工作。他每天在两边管理财务，两年多来，工作上从没出过差错。

不管多忙，刘丰都没有忘记他的维吾尔族亲戚和几个联系户。

为了解决亲戚一家人的生活困难，去年11月，刘丰争取资金1.2万元，给亲戚买了一头扶贫牛。亲戚家没有地方喂养，刘丰就把这头牛交给当地的奶牛养殖公司，实行托管。每年就可以分到1500元的红利。满3年后，亲戚可以把扶贫牛牵回家，也可以把牛留在托牛所，自己领回1.2万元的买牛本金。

刘丰有个联系户叫徐国平，是奇台县七户乡农民。他在山上替人放羊，一去就是半个月，家中的老母亲74岁了，得了肺病。有一次徐国平上山放羊时，他的母亲因吐血严重，被送往乌鲁木齐市住院治疗。刘丰一听到这消息，就立即赶到医院看望，送来许多慰问品。

今年春节刘丰回福建过年，返回新疆时，刚满周岁的小孩正在发高烧，可是刘丰却没法多逗留，而是按规定准时返回奇台。他10岁的女儿上学需要人接送，刘丰却无法去接送她一次。父母年老了，需要人照顾，刘丰却无法尽孝。爱人上有老，下有小，还要照顾婴儿。

2018年6月的一天，刘丰像往常一样饭后去打排球，可就在他跳起来扣球后落地的那一刹那，他的左脚跟腱断裂了。奇台县援疆干部的带队人余养挺急忙把刘丰送到乌鲁木齐医院手术治疗，并派3名援疆干部转往照顾刘丰。

刘丰在医院里躺了半个月，回指挥部宿舍躺了3个月。徐国平的母亲知道后，多次打电话问寒问暖。结亲户谢尔皮丁·夏伊麦尔旦的妻子带家人来指挥部看望他，五马场乡的两个哈萨克族联系户也打来电话。刘丰说，自己在3000公里之外奇台受伤住院，尽管家人不在身边，但有这5家不同民族的亲戚和联系户关心自己，这股爱的暖流让他感到非常温暖。

孙忠玉，奇台人民广播电台主任记者。

我们的儿子叫“疆疆”

——奇台县司法局副局长杨航的一封家书

/丁万兵/

亲爱的儿子：

你好！

虽然现在才有一周岁大，也不记事，还没有学会说话，想必你将来的一天能看懂这封信，一定会为你的爸爸妈妈骄傲和自豪。

你的爸爸叫杨航，你的妈妈叫付红霞，老家在福建，家里有年过花甲的爷爷奶奶，还有9岁的姐姐，她出生在福建，而你出生在新疆奇台。你的到来，给我们三代人带来了巨大的惊喜，叔叔阿姨说你是整个援疆指挥部共同的孩子，妈妈说你是新疆给我们最大的惊喜，所以我们给你起名叫“疆疆”，虽然妈妈说，娘俩都是援疆指挥部的“编外人员”，然而你确实是这里名副其实的“网红”，因为你，我们多了一份责任，多了一份动力，多了一份深沉，你那么实实在在提醒我们思考“什么是有意义的人生”;你用成长的生命告诉我们一个人的心灵的国与家,是可以用年轻的步履去丈量的。你让我们明白在新疆奇台有我们最美的记忆和风景,因为她已成为我们的第二故乡。现在我想告诉你爸爸妈妈的故事。

爸爸是一名共产党员,2017 年 2 月,在妈妈、爷爷、奶奶的理解与支持下,踏上为期三年的援疆征程。当年 6 月,妈妈不远万里来疆看望爸爸,在爸爸不断游说下,妈妈放弃了原来大区电商经理的职位,也加入援疆大军。妈妈说,这里更需要她,她的人生应该有边塞的豪迈,这一点让我万分感动。

有话说,好男儿志在远方,为国尽忠是我的本分;作为父亲,行动是最好的教育,榜样的力量是无穷的。爸爸是一名党员干部,坚决贯彻落实上级部署的各项工作,全心全意,兢兢业业是我的本分,进入奇台以后,第一时间熟悉自己的业务,了解本地本单位各项工作,提高了工作效率。

在工作中我还把在福建原单位工作的一些有益的做法、管理经验、规章制度和本地实际结合,通过会谈、经验交流、个别谈心谈话等方式进行深入探讨,提出一些有效的做法,对原有的管理方式方法做一些有益的调整改变,更有利于工作的开展。

有一次,妈妈说产检有一项不正常,需要到新疆医学院检查。我们连夜赶到乌鲁木齐,可是爸爸因为连续值班发高烧了,还需要妈妈照顾,检查结束当晚就回家了。想到这些,我心里既感动又充满了力量。

对了,你还有一个维吾尔族爷爷和奶奶,是在你还没有出生时爸爸在“民族团结一家亲”活动中结识的亲人。爷爷名叫艾皮祖力・赛杜拉,住在坎尔孜乡华侨村,已 70 多岁了,比你福州的爷爷奶奶年龄还大,爸爸为了更好地和你的维吾尔族爷爷和奶奶聊天,积极学习维吾尔语,现在我们能一起拉家常,学习党的文件,还习惯吃拉条子、抓饭等新疆美食。

今年 4 月,爷爷因腰椎间盘突出住院了,我赶紧找来援疆医生叔叔阿姨会诊,住院期间经常晚上去陪护,聊天解闷,康复出院后,送爷爷回家并留下了慰问金,安顿好日常琐事,才放心地返回。

每逢节日探望已经成为一种习惯。我已过了两个维汉一家的中秋节了,过去我和妈妈一起去,现在我们抱着你一起去,奶奶还给你舔油馕、月饼,让你学着喝着奶茶,两家人成了一家人。每当明月当空,银辉普照,我总会想起福建的爷爷奶奶和你的姐姐。可是爸爸想:新疆的爷爷和福建的爷爷一样都是我们的亲人,如果新疆的爷爷奶奶和我们成为一家人,彼此关心、互相帮助,福建爷爷奶奶一定也很欣慰吧。

你妈妈是一个了不起的女性,她清秀温柔的外表下有着一颗坚强的心,识大体顾大局,爸爸响应党的号召准备到新疆时,还担心妈妈不同意,因为妈妈时任国内知名电商大区经理,工作繁忙,又要照顾姐姐生活学习,可是妈妈说,你放心去吧,有我在。

当她不远万里来探亲,得知这里正在发展电商产业、农产品销售难、电商领军人才奇缺的情况后,毅然放弃优厚待遇,和爸爸一起支援奇台发展建设。

妈妈了不起,还在于她有拼命三郎的精神。

奇台县是全国"优质大麦、小麦之乡","奇台面粉"成为全国唯一的面粉类国家级农产品地理标志示范样板。2017 年 9 月,妈妈带领团队启动奇台面粉线上营销项目,奇台面粉天猫官方旗舰店正式上线试运营,并进入阿里巴巴淘乡甜直营平台供应链管理;11 月,"奇台面粉"应邀参加阿里巴巴首届"天下粮仓·天猫双 11 新米节发布会"活动。2017 年 12 月,在西安建立的分仓正式落地,2018 春节临近,"年货节"4 天时间,旗舰店完成销售 5000 余单,销售总额 23 万元,打造爆款产品 2 款,占领全疆面粉月销排行首位,旗舰店市场化运营步入轨道,这也让奇台面粉生产企业看到了新零售的希望。

紧接着,她又带领团队以县级电商服务中心为核心,将奇台县牛羊肉、蜂蜜、瓜子、海棠果等量大质优农特产品推销和零售,打通农村快递物流"最后一公里"通道,辐射带动乡镇(村)及服务站点建设,鼓励贫困户参与农村电商发展和运营,扶持他们建立电商服务站点。加大农村电商从业人员的技能培训,推进农村服务站点与阿里巴巴和京东等大平台合作,实现服务站点的多元化合作经营和多渠道增收。

两年多来,妈妈毫无保留地将电商知识和经验传授给团队的每一个成员,传授给一线电商服务站点的从业人员。没有挂牌的"电商援疆工作室",为奇台留下一支有实战经验的电商团队。

现在,奇台县借助福州援疆打造了福建自贸区"一带一路·新疆(奇台)特色农产品 O2O 体验馆",设立了机场"援疆·访惠聚"特色产品专营店,打通了闽奇商品互通通道。妈妈还带领团队,深入企业进行品牌化辅导,开展电商培训,奇台 30 余种农特产品实现了机场专柜销售,奇台面粉实现一品带动多品县上销售。通过"线上线下联动"方式,奇台产品、奇台品牌逐渐被全国消费者认识、认可。

亲爱的宝贝,随着我的工作的深入,妈妈的面粉等宝贝在线上运营,你也在线下日渐成长，这其中的喜悦和艰辛自不待言，尤其妈妈经常拖着笨重的身体废寝忘食地工作，让我感动不安，然而妈妈总是面带笑容，任劳任怨，无怨无悔。我想这就是幸福吧。

其实像爸爸妈妈这样的人很多很多，我们带着信仰和希望而来，播下生命和希望而别，谢谢你给我们成长提升的机会，你会继续陪着爸爸妈妈、叔叔阿姨在这里完成党和国家交给我们的使命，将深情倾注在我们的第二故乡——新疆奇台。

火红的希望会变为温暖的巢床，逐退风沙，唤醒芬芳。枝枝叶叶是我们不变的深情。

祝你的人生充实而幸福！

爱你的爸爸：杨航

丁万兵，昌吉州第一中学校长，昌吉州作家协会会员。

他从厦门来

——记吉木萨尔县委副书记、福建省第七批援疆厦门分指挥部指挥长潘志远

/叶　薇/

吉木萨尔，祖国西北边陲，古丝绸之路上一颗璀璨的明珠。

2017年初，第七批福建厦门援疆干部人才怀揣着激情和担当，从美丽的鹭岛来到了吉木萨尔。

转眼，三年援疆的时间快到了，在白雪皑皑的天山脚下，在古丝绸之路这片神奇的热土上，23名鹭城援疆干部拧成了一股绳，始终不忘初心，砥砺前行，用忠诚和担当，见证着吉木萨尔的变化，书写着感人肺腑的援疆之歌。

一

提起吉木萨尔，厦门援疆分指挥部指挥长、现任吉木萨尔县委副书记潘志远颇有感触。他说，早在二十年前，自己来到闻名遐迩的天池。但是，那个去天池的路真不好走，坑坑洼洼，丰田车一路颠簸，好久才到目的地。后来，一路辗转，到达吉木萨尔县。那时，吉木萨尔县城街道坑坑洼洼，房屋陈旧，乱哄哄的菜市场，驴马随意拴在电线杆上，这些景致，和远在鹭岛的厦门有着天壤之别。那时他就想，新疆太落后了，有朝一日，一定要为新疆的建设添砖加瓦。没想到，二十年后，响应中央号召，一批批援疆干部人才跨千山万水来到天山脚下，他作为一名挂职领导干部，带领团队，又来到了这片土地。来了，就是新疆人，三年拼搏，三年奉献，无论是九月艳阳天，还是腊月雪纷飞，他始终把群众的事挂在心头，这里已成为他的第二故乡。

在一次援疆对口会议上，潘志远慷慨陈词："作为一名援疆干部，我一定要牢记使命，发挥厦门优势，积极帮助吉木萨尔县开展招商引资工作，让每个援建项目都惠及民生，为加快吉木萨尔县经济跨越式发展、促进两地交流合作做出应有的贡献。"

二

他是这么说的，也是这么做的。入疆以来，他和他的团队"带着任务来，带着感情来"倾情投入，高效务实，用一串串数字，记录了他们在吉木萨尔所取得的成绩。

2017 年，厦门市援疆全体干部人才致力推出厦门鹭岛工业园、厦门中职实训基地、厦门理科实验班、厦门中心病房四张品牌建设。目前，县中医院在厦门各大医院和援疆医生的助力下，由年收入 250 万元小型医院发展成年收入近 4000 万的县属二甲医院。在教育方面，吉木萨尔县第一中学成立了厦门理科实验班，2018 年高考，取得了骄人的成绩，全班 42 人有 39 人上了本科线，吉木萨尔县共实施援疆项目 50 个，工程类项目 36 个，非工程类项目 14 个，到位援疆资金 2. 34 亿元。潘志远个人通过不同渠道，计划外争取援疆资金 350 万，用于扶贫及基础设施建设。其中，为了提高全县中小学生学习汉语的兴趣，捐赠用于县教育局采购朗读亭 120 万元，柳树河子修路 42 万元，大泉湖美丽乡村建设投资150万,大有镇广泉上村文化室30万元……

有志四方皆有为,边疆处处留美名。翻开潘副书记的日志,里面记录了他从2017年接受援疆工作至今的点点滴滴。从对接闽商赴吉木萨尔投资兴业到成功开启“厦门号”旅游专列,从助力美丽乡村建设到扶贫帮困,从村委会文化建设到村民护栏围墙,点点滴滴,一个个可触可感的援疆工程,让群众深刻地感受到了来自祖国大家庭的温暖,真实地享受到援疆项目带来的“看得见、摸得着”的实惠。

走进一家门,就是一家人,认亲,结对子,交朋友,一条援疆路,一生援疆情。每一个遇见的背后,都藏着真实、普通却动人的故事。

吉木萨尔县二宫镇俞家村的村民王凤军推着轮椅上的丈夫深情地说:“没有潘书记帮忙联系医院及时救治,我们家建军早就没命了。”

“再有半年,我就要撤回厦门了,我这有一小瓶药,补血的,专门托人从美国给建军带过来的,国内目前不好买,你要按时给建军服用,药用完,我会及时续上。”

一席话,说得躺在轮椅上咧着嘴正在笑的男人眉头一皱。他身后的女人王凤军顿时泪盈双眼,她哽咽着说“潘书记,他这是舍不得你走啊……”

俞家村村民李雷因为尿毒症反复透析,而他唯一的女儿也因为不明原因,五岁时得了肾小球肾炎,整天发烧发热,尿血头晕。为了帮助这个贫困家庭,潘志远先后筹集5万元资金,用于父女治病和修牛圈。如今,李雷的病情已经有所控制,可以干一般的农活了,女儿李昀阳的身体也在正常的恢复期,如今都上初中一年级了。

两年多的时间过去了,潘志远所包联的大泉湖村今非昔比,已经变了模样,村庄亮化,院落规范,绿树成荫,鲜花盛开,朱漆的院门配上整齐的围墙,美观漂亮。

在这里当了几十年的村书记李克惠说:“援疆干部从那么远的地方来帮助我们,一点架子都没有,走村入户,嘘寒问暖,看到哪里有人堆,就往哪里钻,一块儿拉家常,这样的干部我们愿意他们来,盼着他们来。”

如今,援疆生活已经快结束了,潘志远书记的电脑桌面是厦门援疆指挥部人员的合影。背景是巍峨的雪山衬托着美丽的鲁冰花,“这种花是台湾引进的,它的花语寓意着温暖和爱。在新疆,我与当地同事和百姓结下了深厚的友谊,可以说,吉木萨尔,是我的第二故乡。”他说。

此时,夕阳西下,电脑屏上,鲁冰花正盛开成一片,看着形态各异色彩斑斓的鲁冰花，我的思绪又奔放起来，忽然之间想起了年轻时看过的电影《鲁冰花》。耳畔响起了那部电影的画外音——鲁冰花，是无名的花，它代表着博爱、善良、无私、奉献！

叶薇，昌吉州作协会员。

2018 年 6 月 26 日，福建援疆助力吉木萨尔县精准扶贫“家庭圆梦行动”举行捐赠仪式，为该县 200 户贫困户发放“圆梦行动”物资。

情倾北庭

——记吉木萨尔县委常委、副县长颜伟强

/于光明/

真　爱

吉木萨尔县历史悠久，文化积淀深厚。历史上曾经是汉唐西域军事重镇以及行政首府，是古代丝绸之路的通道和驿站，一直是天山以北政治、军事、经济和文化中心，优越的地缘资源造就了北庭强劲的发展潜力。这是一片待开发的热土啊！

2017 年 2 月，颜伟强如愿以偿，踏上援疆路，从美丽的鹭岛来到北庭，开展为期 3 年的援疆工作。

真　心

每一个援疆队员都是连接两地的桥梁和纽带。作为厦门援疆副指挥长，他处处时时在发挥着桥梁和纽带作用。

来到第二故乡，他深深地爱上了这片土地。他的心愿是要为这片土地付出，让故乡增色添彩。2017 年 3 月，他提出在城南工业园区建立 1 平方公里的“鹭岛工业园”，并制定相应的政策吸引闽台高新技术企业入园。2017 年底鹭岛工业园建成，并入选自治区“飞地经济”试点区。同年，5—6 月，在厦门组织了 6 场专题招商会，组织厦门食品加工、纺织服装等 179 家各类企业参加招商会，不仅宣传了吉木萨尔县地缘资源优势，而且促成 2 个项目签约，重点跟进项目 5 个，预计投资总额 6 亿元。有两家高新技术企业已正式入驻鹭岛工业园。厦门朗星照明有限公司董事长白鹭鸣说：“吉木萨尔县委政府高度重视招商企业，给予很多的优惠政策，我们投资建厂选对了地方，企业发展前景广阔啊。”

吉木萨尔县不但山川壮美，而且资源富集。现初步探明储藏 1600 亿吨原煤、1000 亿立方米天然气、8.5 亿吨石油、6 亿吨油页岩的矿藏资源，是当之无愧的“煤海、气库、油仓”。吉木萨尔还是世界仅存普氏野马的故乡，拥有 7.7 亿年前的古海水温泉和车师古道等极具特色的旅游资源。面对这样的优势，他又有了新的想法：充分利用两地优势，优势互补发展旅游，促进两地共同发展。他着手创新产业援疆模式，设立“一带一路”（吉木萨尔）知识产权投资基金，为两地交流发展牵线搭桥。

2018 年 12 月 7 日，经他努力，吉木萨尔县人民政府与厦门市知识产权局签订了战略合作框架协议，双方决定各自投入 1000 万元作为基金。“一带一路”知识产权运营引导基金吉木萨尔子基金是全疆 19 个援疆省市第一支援疆产业基金，对创新援疆工作具有重大的意义。该基金将连接两地区域、市场和产业优势，发展创新跨区域“飞地经济”模式。以沿海地区优越先进的管理和科技带动吉木萨尔县工业企业的发展壮大。

吉木萨尔南部山区自然景观，中部地区“北庭故城”“回鹘皇家佛寺”“千佛洞”等人文古迹，北部沙漠探险等旅游资源极其富有。北庭又是“一带一路”历史重镇，对助推、促进厦吉区域旅游互惠互利有重要作用。他积极对接、力促以“二十载援疆路，八闽亲人游昌吉”为主题的旅游援疆工作。他来回两地奔波，积极对接相关单位和各大旅行社，并召开专场旅游援疆推介会，让更多的厦门乡亲有机会深入新疆，了解北庭的旅游文化、特色餐饮、民族风情等。2018 年 7 月份，旅游援疆专列首次开进吉木萨尔县，带来了 860 位福建人游北庭。2019 年初，首开“厦门号”旅游援疆包机，设计“喀纳斯 + 吉木萨尔双飞 8 日”专线，将厦门人游吉木萨尔常态化，为县域旅游业注入生机和活力。原吉木萨尔县广播影视旅游局党组书记史东兵说：“厦－吉旅游专列和‘厦门号’专机飞旅游线，不但促进旅游发展，更重要的是让更多的厦门人了解新疆、了解北庭，加强援疆交流合作，让更多人前来投资建设美丽的吉木萨尔。”

天山脚下的吉木萨尔享有“中国白皮大蒜之乡”“中国高淀粉马铃薯之乡”“中国黑加仑之乡”和“中国红花之乡”的美誉。为使北庭的农产品发挥优势，促进销售，扩大影响，2017 年，他借分管主抓电商工作的机会，通过内引外联转变当地电商消费观念，力促网络支付遍地开花，让吉木萨尔人享受到电商的实惠。目前，全县已有 17 家电商企业入驻电商孵化中心，收集农产品种类 219 款，57 款产品上线。电商户大有镇广泉上村养殖大户陆翠青说：“过去我们的农产品只是零星销售，卖不上好价钱，现在不但快捷方便，规模上去了，在家里网上轻松赚钱。”2018 年吉木萨尔县顺利通过全国电商示范县检查验收，并首次入选全国农村电子商务示范百佳县。全县电商年交易额达到 3118 万元，比刚接手时线上交易额增长 147%。

真　情

把群众的冷暖疾苦装在心里，把农牧民当自己的亲人。2018 年 6 月 26 日，吉木萨尔县举办了福建援疆助力精准扶贫“家庭圆梦行动”，为全县 200 户贫困户发放“圆梦行动”物资，折价 30 多万元。2018 年共安排 326 万援疆资金用于扶贫工程、贫困户建房补助和贫困大学生就学补助。11 月组织全体援疆医生和教师来到吉木萨尔县重点贫困村北庭镇三场槽子牧民新村开展医教扶贫活动，为 300 户哈萨克族贫困户送医送药送去先进的教育理念。

他包扶的困难户张运献的爱人兴永（蒙古族）收养两个孤儿，自己身患重病，家庭生活困难。颜伟强对两个孩子视若己出，关心照顾她们的生活学习，送去了 5000 元的慰问金，使这个贫困的家庭得到抚慰与温暖。莎日娜眼含热泪：“颜叔叔是我们家的恩人，我们永远忘不了他。”

时光如水，岁月如流。他用真情真心真爱倾注北庭，爱上了吉木萨尔这片热土。他说："吉木萨尔是我的第二故乡，那山、那水、那村、那树、那人永远装在我心里。"

于光明，吉木萨尔县文联作家协会主席。

木垒县乌孜别克中心校孩子们喜领"鹭岛奖学金"

百炼钢与绕指柔

——记吉木萨尔县公安局副局长吴贤亮

/杨 红/

与厦门援疆干部、吉木萨尔县公安局副局长吴贤亮电话、短信相约七次，最终在一个周五下午下班后，才见到了这位忙碌异常的援疆干部。

瘦硬劲挺，黧黑的国字脸，浓眉大眼，走起路来风风火火，说起话来语速很快，整个人像一柄正气凛然出鞘的利剑。

“当时报名来新疆，从见到文件到决定报名，我只用了20分钟的时间，我当时是福建厦门市公安局湖里分局刑侦大队的中队长，作为人民警察，国家需要我们去新疆，我坚决报名参加。可以说，来新疆，我这辈子值了，不后悔。”吴贤亮双目炯炯有神，语言朴素而实在。

新疆工作的总目标是确保社会稳定和长治久安，公安机关无疑是确保实现这一总目标的主力军。他迅速适应角色，担负起新的斗争形势下一名警察的职责。使命在肩,责任重大,他与巍峨的天山魂梦相依,以理想和奉献定位,在人生的征途上,写满了忠诚与担当。

三起大案

“从2017年来疆,我先后破获了三起大案,其中两起是电信诈骗案,涉案金额较大”,吴贤亮接听完一个电话对我说道。2017年4月13日至5月上旬,吉木萨尔县接连发生三起冒充县领导、援疆干部向“民族团结一家亲”结亲对象骗取钱财的电信诈骗案件,被骗金额7万多元,案件影响极其恶劣。

吴贤亮当时来疆一个多月,这个重担就压在他的肩上。他周密部署,组织专案组赶赴广东开展打击电信诈骗工作,循线追踪,抽丝剥茧,与厦门警方通力协作,密切配合,历时两个多月,在湛江市公安机关的配合下,最终成功将该案7名犯罪嫌疑人全部抓获,同时缴获银行卡297张、POS机20部、手机20部,实现了对犯罪团伙的全链条打击。在此基础上,专案组通过公安部电信诈骗案件侦办平台对涉案银行卡线索进行梳理,串并该犯罪团伙涉嫌冒充领导、熟人类诈骗250余起,涉案金额700余万元。

2017年10月21日,吉木萨尔县城镇居民李绍华神色匆匆地来报案,说一个月前接到自称是昌吉市公安局的电话,称其涉嫌一起洗黑钱的案件,然后按照对方指令每天向其提供的银行卡内转钱,李绍华先后将自己和天和农业合作社的890万余元转入指定账户,却没有收到审查后返还的资金,发现自己被骗,于是前来报案。

吴贤亮想方设法与内地涉案地区金融机构反复联系,查找线索。根据资金流向,专案组侦查人员远赴江苏、广东、广西、福建、湖南等八个省市开展侦办工作,行程上万公里,先后抓获犯罪嫌疑人23人,冻结50多个账户,串并涉及全国各省市案件6起,为受害群众挽回了经济损失。受害人赠送了印有“为民办事 尽职尽责”的锦旗表达感激之情。

2018年吴贤亮又破获一起大案。他带领刑侦大队认真开展扫黑除恶专项斗争工作,实现了吉木萨尔县专项斗争以来涉黑涉恶案件侦破的零突破,一举打掉了一个长期盘踞在吉木萨尔县的恶势力犯罪团伙。12名犯罪嫌疑人已被依法采取刑事强制措施。这个黑恶团伙的覆灭,让老百姓们拍手称快。

“破这几起大案,说实话,我压力很大,我既是人民警察,又是援疆干部,我不能给人民警察和援疆干部脸上抹黑。”吴贤亮说。

从 2017 年 2 月进疆以来，吴贤亮充分发挥专业优势，配合分管领导，做了大量卓有成效的工作：

他牵头建设了 32 个便民警务站，制定了包括公安检查站工作流程和相关工作的系列管理制度。

他多次组织召集网安大队领导及业务骨干研判会商全县网安工作现状及面临的实际，及时强队伍、转方向、抓重点。三年来，网安大队依托技术手段开展各项工作，被州公安局多次通报表扬，工作中的优秀技法在全州被学习交流。

由他负责、协调侦破各类毒品案件 64 起，推动完成了吉木萨尔县禁毒教育基地建设工作，排除了一批吸贩毒人员带来的社会隐患，维护了社会大局稳定。

……

平凡而忙碌的日子，吴贤亮用浑身正气维护一方安宁，用铮铮铁骨担负起沉甸甸的责任，用满腔赤诚维护着新疆社会的稳定与百姓生活的安宁。

三位病人

破旧简陋的民房里。光线暗淡。一个维吾尔族中年男人突然倒地，他两眼上翻，四肢抽搐，口吐白沫，情况十分危急。

刚刚进门的吴贤亮当机立断，一个箭步跨到那男人身边，连连掐着他的人中，那男子终于苏醒了过来。

发病男子叫阿塔吾拉·阿不都肉苏力，是吴贤亮来疆后结的亲戚。第一次走访见到的这幅情景，让吴贤亮心情特别沉重。原来，35 岁的阿塔乌拉幼年时因病导致患上癫痫病，家境贫寒没有长期治疗，最后导致成年后每天高频率癫痫病发作，无法从事正常生产活动。阿塔吾拉 70 岁的母亲买合牡丹·喀马孜长期患有严重糖尿病和高血压，导致双脚溃烂，行走困难。

"买合牡丹大妈和我母亲年纪差不多，看到她，我就想到我母亲，阿塔吾拉就像我兄弟一样，我要想办法解决他们的困难。"吴贤亮第一时间向援疆指挥部领导汇报，并提出帮扶计划，同时积极联系厦门中医院医疗专家为这母子俩进行治疗。吴贤亮马不停蹄，又去相关单位咨询政策，最后让大妈享受了自治区慢性病治疗优惠政策。阿塔吾拉经过治疗，癫痫病由每日高频率发作变为数日偶尔轻微发作，由不能从事正常生产活动变为能自己下地干活，家人也可以出外打工挣钱，从此，阿塔吾拉一家的经济条件得到了天翻地覆的改变。

在结亲过程中，吴贤亮与阿塔吾拉一家人结下了深厚感情。阿塔吾拉的姐姐家经济也比较困难,吴贤亮主动为阿塔吾拉的外甥找工作。

“新疆各族人民给我留下了很深的印象,他们特别淳朴,特别实在,我的亲戚经常让我去他们家里吃肉,喝奶茶,拉着我不让我回来。”吴贤亮感慨地说道。逢年过节、隔三岔五,阿塔吾拉及他的姐姐一家都会邀请吴贤亮去家里做客,他们用最朴实的方式表达着对吴贤亮的谢意。他们从吴贤亮身上感受到一种超越民族、超越血缘、超越地域的大爱,感受到厦门援疆干部这个群体与他们心手相连的真挚情怀,感受到了祖国大家庭的温暖。

谈起家人,吴贤亮叹了口气,“2017 年我来新疆以后,老父亲做了股骨头置换手术,三个多月躺在床上,都是老母亲一个人在照料,感觉亏欠父母,可是父亲在电话里对我说,为国尽忠就是对他尽孝。妻子也是警察,忙起来根本顾不上孩子只能找姑妈照料。”

“碰上周末,孩子一个人在家,就打电话让我给他点外卖,十三岁的小子,正是长身体的时候,我尽可能地点些有营养的东西,我和他开玩笑说这是八千里外点的外卖。”他的眉宇间带着歉意。

“入疆以来,我亲身感受了新疆公安工作的艰辛。任务重,压力大,休息少,新疆干警不怕牺牲,甘于奉献,与他们相比,我个人的这点得失又算得了什么。为新疆实现社会稳定和长治久安总目标,尽职履责,这是我义不容辞的责任。”吴贤亮说道,他神情坚毅目光坚定。

采访两个半小时,吴贤亮接听座机、手机电话 8 个,他不断向我致歉,同时还有干警不断敲门进来,请示工作、递送文件、通知次日开会……

没有豪言壮语,他用热血与忠诚,完美诠释了人民警察和援疆干部这两个新时期最具奉献精神的英雄群体的风采。

走出公安局大楼,微风轻拂,月光柔和,而公安局大楼的好多窗户依旧灯火通明。街道上,三三两两的行人悠闲地散步,巡逻车在路上缓缓行驶执勤。这一刻,我更加深切体会到我们所享受的岁月静好,是因为有人替我们负重前行的深刻含义。

杨红, 吉木萨尔县文联副秘书长、作协秘书长。

天山论茶

——记吉木萨尔县财政局副局长张聪颖

/杨　红/

烫杯，温壶，洗茶，冲泡……在我对面，这位泡茶动作娴熟优雅的中年男子，是福建厦门援疆干部，在吉木萨尔县财政局任副局长的张聪颖。

张聪颖声音不高，语气和缓，温文尔雅。茶香袅袅，我们的谈话开始了。

狼牙石和肾结石

2018 年 8 月的一天，吉木萨尔县车师古道二道桥。这里风景清幽，松柏苍翠挺拔，溪水叮咚作响。张聪颖陪着客商徒步过头道桥、神泉子，在这里小憩。松涛阵阵，仿佛家乡大海的涛声，张聪颖感受到一种难言的亲切。

“哇——”一声惊叫传来，张聪颖吃了一惊，“郑总，怎么了？”只见一旁溪流边洗手的乌鲁木齐新疆坚邦创投公司老总郑武方面露喜色，手里举着一枚白色的东西，"我捡到宝了！"，张聪颖强忍后腰的疼痛，近前细看，"这好像是什么动物的牙齿？"郑武方小心地擦干那枚牙齿上的水分。返程路上，碰到几位牧民，他们翻来覆去地看了半天，确认这是一枚已经石化了的狼牙，郑总如获至宝，从此把这块狼牙石装在包里，形影不离。

2017 年"吉木萨尔至大河沿一级公路"基础设施公路项目开始推进，寻找投资方。吉木萨尔县至吐鲁番市大河沿一级公路项目，拟建长度 128.71 公里，这条公路建成后，吉木萨尔至吐鲁番的通车时间将缩短至一个半小时左右。张聪颖先后与来疆投资创业的企业家们接触多次，都没有合适的人选。后来认识了福建到新疆投资创业的企业家郑武方，在张聪颖的邀请下，郑总与他的团队来吉木萨尔县考察，县领导也迅速与郑总见面，就该项目的设计情况、招商需求、运营模式等展开了洽谈，并对投资前景进行了深入交流。

这条拟建公路项目的起点、终点及沿途方向，与历史上的车师古道重合度较高，建成后，车师古道将被再次"盘活"。"毕竟这个公路项目总造价预估需要 130 亿，郑总还要汇报香港总部决策，所以非常慎重。这也是我邀请郑总去车师古道徒步的原因，让他感受一下车师古道的旅游氛围，感受我县招商引资的环境。郑总与县政府很快达成共识，2018 年 12 月，签署了《吉木萨尔至大河沿一级公路项目投资框架协议》，截至目前，郑总团队已按照框架协议要求，满足了协议条件，已经达到了正式合同的签约标准。"张聪颖微笑道，"本来想着可能还要多做几次工作，可因为这枚狼牙石，郑总说吉木萨尔县是一块风水宝地！"

一块狼牙石哪里有这样大的功劳！这一成果来自于张聪颖的热忱敬业，来自于援疆干部们勇于担当、奉献边疆的可贵精神和家国情怀。

2018 年 8 月下旬，张聪颖腰部疼痛，继而出现血尿现象，趁着到乌鲁木齐出差的机会，到医院作了检查，医生告诉他，两侧肾都有结石，一侧结石已接近 1 厘米，必须立即进行手术治疗。

当时好几个援疆项目正在开工建设，招商引资洽谈的客商必须继续联系，他心急如焚，谢绝了朋友们让他回福建治疗的建议，在新疆医科大学第一附属医院进行了体外碎石手术。他人在医院，心在援疆工作，随时电话了解工程进度，与客商沟通。

住院四天，手术刚一做完，他就匆匆出院，带着强烈的使命感又奋战在了工作岗位。"当时不回福建治疗，一来是节省时间，我负责的项目，督查、拨款，事情多,哪个都需要时间,一来一回时间上我耽搁不起,二来我也相信新疆医生的医术。况且当时还有朋友和援疆办的同志陪护。”张聪颖喝了口茶,声音有些暗哑,“不过说实话,躺在医院里,碎石手术后的那个晚上,我突然有些脆弱,没敢和妻子孩子视频聊天,就说自己在开会……”

经张聪颖不懈努力,2018 年香港闽商发展基金有限公司对吉木萨尔县进行投资,并注册 35000 万成立吉木萨尔昌吐公路有限公司。

温和与强硬

“倒霉死了,我的手机掉进旱厕了,那可是新买的手机啊!”一个村民哭丧着脸,对另一个村民说道,“你是第二个把手机掉进旱厕的倒霉蛋,哪天谁家的娃娃掉进去就不得了了。”老台乡西地村的文化室里,两个村民正在闲聊,说者无意,却被张聪颖记下了。

老台乡西地村,村集体经济比较薄弱,文化室狭小,没有水冲厕所。张聪颖立刻将这一情况向县援疆指挥办领导进行了汇报。经研究,决定由援疆资金安排 450 万元,用于修建西地村文化室,建筑面积 2000 平方米,包含一站式办事大厅、活动室、会议室、男女卫生间等。这项工程 2018 年 7 月开工,即将交付使用。

泉子街镇白杨河村到车师古道头道桥售票处,道路年久失修,乡镇上报修建计划后,张聪颖实地调研发现,这条路修建后,将带动沿途旅游业的发展,也改善群众出行难的问题。经研究,将这个项目列入援疆项目计划。如今这条已完工的道路,极大地方便了群众,也带动了上九户村的民宿产业,并推动了车师古道的旅游业。

援疆工程施工期间,张聪颖隔三岔五便去工地检查,“这是援疆项目,事关重大,来不得半点马虎。一定要确保工程的质量安全,不能出任何差错!”一向温和儒雅的他掷地有声。

从 2017 年 2 月来疆至今,张聪颖积极对接厦门,申请援疆项目资金和援疆工作经费,2017—2018 年,厦门援疆资金安排共计 22018 万元,并配合省前方指挥部发放援疆人才安家费、生活补贴等各种费用。2018 年 6 月份张聪颖配合厦门财政局、厦门对口办开展对口支援与帮扶资金专项检查,8 月中旬配合厦门审计局“援疆项目资金审计组”对厦门援疆分指挥部 2017 年下半年至 2018 年上半年的工作进行审计。

2017—2019 年吉木萨尔县实施工程类援疆项目 64 个。张聪颖带领项目组工作人员对所有项目脚踏实地深入调研，下工地，配合开建、续建项目的开工拨付进度资金，加强对工程项目的监督管理。2017 年 5 月在昌吉州取得全州援疆项目进展情况第二名的好成绩。张聪颖以高度的责任感、务实严谨的态度，在对口援疆项目广度拓展、深度挖掘、力度强化上狠下功夫，不断提高对口援疆综合效益，保证了援疆项目的正常建设。援疆项目种类多，有“两居工程”、教育项目、医疗项目、基层组织阵地建设项目、社会事业项目等，有续建项目、新建项目；非工程类援疆项目包括智力援疆、扶贫攻坚资金、贫困大学生补助、交流交往等项目，这些援疆投资项目落地建成，成为吉木萨尔县重要的经济增长点。

张聪颖因为工作作风扎实，勤奋敬业，贡献突出，荣获吉木萨尔县 2018 年优秀共产党员的称号。面对荣誉，他平静淡泊，“我感谢组织给我援疆工作的机会，感谢新疆各族人民，让我有了一段刻骨铭心的经历。”张聪颖语气温和，令人如沐春风，“等我老的时候，想起这一生，有三年在祖国的大西北度过，有我参与建成的援疆项目，是很值得骄傲的事情。就像茶，我如果不来新疆，我不会知道天山雪水泡红茶、泡乌龙茶的味道。在这里，我喝了闽茶以外的新疆茶，有雪菊茶、茯砖茶、三泡台，在我的亲戚孜娜提家里，在牧民的毡房里，我也喝了奶茶，刚开始的时候，说实话，喝不惯，”张聪颖微笑着，“但是后来时间久了，就喜欢了，现在有时候我自己还用普洱茶兑牛奶，熬一点奶茶喝呢。”

我们每个人，都是一撮茶叶，而生活正是一壶滚烫的沸水，茶叶因为沸水才释放了清香；我们的生命，因为这种释放得到了丰盈。张聪颖与新疆这壶沸水，相融相缠，最终浸泡为最甘美的茶水，他把所有的体验与历练，都变成一种成就与圆满。

谁能说巍峨天山的雪水，不是八千里外鼓浪屿的浪花呢？

杨红，吉木萨尔县文联副秘书长、作协秘书长。

诗意的历程

——记吉木萨尔县文化体育广播电视和旅游局副局长林鸿博

/付金霞　刘　勇/

厦门和新疆分别位于祖国版图的两端，直线距离近5000公里，但是，在福建援疆干部的眼里，从东南沿海到西北边陲的距离并不遥远。

2017年2月，作为福建省第七批援疆干部，林鸿博和肩负共同使命的援友们一起，踏上了新疆这片土地，此后的三年中，他们共同践行一个跨越千山万水的约定，为国担当，为疆奉献，为闽争光，为已添彩。

吉木萨尔县是林鸿博此次援疆的目的地，这里距离乌鲁木齐170多公里，是新疆天山北麓，准噶尔盆地东南缘的一个小县城，东邻奇台县，西与阜康市接壤，总人口14万多人。新疆，对林鸿博来说，有种特殊的吸引力。来到了新疆这个远方，看着吉木萨尔的种种风物，林鸿博思绪纷飞，提笔写下深情的长诗：

来到新疆,
我禁不住心潮激荡,思绪联翩。
这片我从小就向往的热土啊,
你真是不负我望,如我所愿。
你是这样的广袤,这样的浑然。
那山,起伏连绵;
那雪,白亮耀眼;
那天,清澈蔚蓝;
那地,极目无边。
还有那草、那木,那石、那滩,
那人、那景,那白、那蓝,
长河落日,大漠孤烟,骏马奔驰,牛羊满山……
一幅幅壮丽无比的画面,
让人心醉,如梦如幻。

一、事有担当敢作为

在吉木萨尔,林鸿博担任县文化体育广播电视和旅游局党组成员、副局长一职,同时,还兼任厦门援疆分指挥部综合组、人才组、宣传组组长等多个职务。已经有两千年历史的吉木萨尔,曾经是汉唐西域军事重镇,是古丝绸之路北道的重要驿站,是西域政治、经济、军事和文化中心,拥有昌吉州唯一的世界文化遗产——北庭故城,沉淀了深厚的底蕴,焕发着勃勃的生机。这里吸引着林鸿博,也触发着他的思考。怎样迅速与当地干部群众融为一体,怎样更好地发挥自己的才能,为吉木萨尔县文化体育旅游等各项事业的发展贡献应有的力量,是他在吉木萨尔要做的第一件事。

爱拼才会赢,这是福建援疆干部最常说的一句话。为打响"世界文化遗产、丝路地标北庭"这一品牌,林鸿博主动请缨,承担了负责全局整个文体领域的工作,主抓全县公共文化服务体系示范区创建工作,分管着局文艺股、图书馆、文化馆、非物质文化遗产传承保护中心、文体中心、文化旅游市场综合执法等多个部门。

2017 年的夏天,在吉木萨尔县北庭园文化广场、玫瑰花节、六月六庙会、北庭国际文化旅游节、全县百日文化巡演等各种文体活动现场,人们总能看到他忙碌的身影。他主动与文体爱好者沟通，与当地百姓谈古论今，了解大家的意愿需求。他积极参与吉木萨尔县各类文体活动组织策划，用文化塑民魂润民心。他还带领文艺工作者们把节目送进军营、送进幸福互助院、送到周边乡镇，让各族群众共享文化惠民的成果。

“有了金点子，才能干出好样子！吉木萨尔的文化活动搞得红红火火，多亏了林局长的指导和奉献。”吉木萨尔县文广局文艺股股长、县文化艺术技能大师张进元如是说。他们是工作上的同事，也是艺术上的知音。在他们的组织、带动下，全县的群众文化工作不断顺利进展。在全州率先成立了县级公共文化理事会，图书馆、文化馆总分馆建设名列前茅，诸多工作亮点得到了州创建办的高度评价。2018 年 8 月，在昌吉州第四届新疆曲子会演中，吉木萨尔选派的两个节目一个获一等奖、一个获三等奖，还获得了优秀创作奖和最佳组织奖。在文化和旅游部对昌吉州开展的公共文化服务体系示范区创建验收中，吉木萨尔县以 961 分的高分顺利通过验收，名列全州第一名。现在，全县有大大小小文体团队近百支，常年活跃在基层一线，每年开展各类文体活动上千场次，百姓们直呼过瘾。

积极推动吉厦两地的交流，增进闽疆人民的感情，也是林鸿博重点考虑的事情。他多次随同潘志远、颜伟强两位指挥部领导，积极做好与厦门的各项联系对接，陪同吉木萨尔教育、医疗、旅游等部门人员到厦门开展双向交流。2017 年，在厦门成功举办“产业援疆、合作之旅——吉木萨尔投资推介会”，2018 年、2019 年，两次在厦成功举办厦门旅游援疆推介会，并成功组织福建人民乘坐援疆专列来新疆旅游，社会反响热烈，成效显著。

援疆是一种缘分，浸润着林鸿博深刻的情怀；援疆是一种奉献，点燃了林鸿博奋斗的热忱。他不负担当，不辱使命，一路欢笑，一路温情无限。

二、不是亲人胜似亲人

与本地少数民族群众结“亲戚”、交朋友，是林鸿博援疆工作中的另一件开心事。

家住吉木萨尔县二工镇的维吾尔族群众苏来满·祖龙、家住新地乡的哈萨克族群众美热汗·吾黑都是林鸿博的亲戚。每次前往，林鸿博都要为他们精心选购生活物品。哈萨克族的老阿妈爱喝茶，他再加上一袋米两袋蔬菜；维吾尔族大叔的女儿要结婚，他登门祝贺还要送上礼金；亲戚家有人生病，他积极联系援疆医生为他们诊治；节庆活动中，他邀请亲戚逛巴扎游景点；家属从厦门来疆探亲，他也不忘带上家人到亲戚家认门……林鸿博对亲戚们好，亲戚们对他也是真心诚意，在一次次的交流交往中，他们早已把林鸿博当成了亲人，家中有事都要找他拿个主意。三年时间，他们不是亲人胜似亲人。美热汗老人对他伸出大拇指说："共产党好，党的干部好。"

三、胜地能成远客诗

吉木萨尔，是有诗意的胜地。历史悠久的北庭故城、车师古道，雄浑浩瀚的大漠风光，独一无二的古海温泉、野马中心使这里魅力独具，诗人李白、岑参，都曾经在这里留下千古的名篇。林鸿博深爱着这片土地，工作之余，他用诗描述这里的山水风物，用诗记录这里的缱缱深情。

他写这里的雪后风姿——

信有春风雪后生，庭州满眼是新晴。
天山远眺峰明暗，道木斜伸柯纵横。
万里清光催淑气，千般好景润初萌。
君观鸟雀翩翻处，似作佳音兆太平。

他写这里的大漠风光——

秋初戈壁我登临，北地行车大漠深。
石映晴空青缀草，山连远路赤烧金。
荒原日落流霞壮，古海泉温暖气侵。
最忆归程圆月朗，清明恰似故人心。

他写这里的金秋胜境——

庭州那处觅秋光？树下枝头道路旁。
木叶随风飘晚翠，林花映日绽微芳。
高天极目神行远，妙境留心色忆黄。
万事闲观能自在，何须车马待寒霜？

……

让思想在北庭古城栖居，让诗意与援疆生活陪伴。林鸿博说："吉木萨尔的山山水水，风土民情，牵动着我的心，我快乐着她的快乐，幸福着她的幸福！"3年时光，100多首诗歌，或许说明了他的别样情怀与追求。

三年援疆路，一生援疆情。林鸿博曾经在自厦返疆途中写过首诗："一别南天到北疆，飞机俯瞰总苍茫。云山入眼青黄幻，白雪漫时又故乡。”在潜意识里，他早已把新疆当成第二故乡，把去新疆，说成回新疆。从家乡到故乡，林鸿博和他的援友们喜欢上了这里的四季，喜欢上了这里的生活。在这里，不仅有他奋斗的事业，还有他牵挂的亲人。终有一天，他们将挥别这片热土，而这段援疆历程将是他们一生中最美好的记忆，这份援疆情缘也必将日久弥坚，令他们永记心间。

付金霞，供职于吉木萨尔电视台新闻中心，多篇作品获得新疆、昌吉广播电视新闻奖一、二、三等奖；

刘勇，供职于吉木萨电视台。

援疆，圆梦

——记昌吉市委副书记、福建省第七批援疆泉州分指挥部指挥长王春雷

/郑丽媛/

一次新的征程，从抉择开始。

2016 年底，福建省泉州市惠安县县委常委王春雷泪别刚被查出患有肺癌但仍不知情的父亲，从东海之滨到西北边疆——新疆昌吉市，开启了援疆工作的远征。

这位远征的人，到底为什么，即使在多个深夜里因为担心和父亲天人永隔而彻夜难眠，却还是最终选择了出发？

这位远征的人，到底图什么，背井离乡扎根边疆三年？

这位远征的人，到底做什么，能坚定从容地践行援疆使命？

援疆，为什么？

王春雷第一次到新疆是2013年，“那时是跟团来看望慰问援疆干部，对新疆第一印象很好，看到新疆发生的巨大发展变化，有一代代援疆干部的付出和功绩，最初萌生了如果有机会也要守土建疆、建功立业的想法。”他回忆说。

2016年底，泉州市委组织部发出新一批援疆动员令，王春雷主动报名参加。在诸多报名者中，经组织部门考察研究后，王春雷被确定为泉州市第七批援疆干部人选，并担任泉州援疆分指挥部指挥长。

当激情满怀的王春雷正在谋划新征程时，却遭遇晴天霹雳。“临行前一段时间，父亲突然被查出患了小细胞肺癌，这种病毒性大、发病快，不能手术，只能化疗，且很难有效医治。”王春雷说，“那段时间，我疯了一样在各大医院找专家咨询病情，以及接下来的治疗方案，一周就瘦了7斤。”

为了让父母免受刺激，放心治疗，王春雷没有将实情告诉父母，他拜托医生护士帮助他一起精心编织“善意的谎言”。白天陪着父亲治病，佯装轻松的样子，晚上却在被窝里默默流泪，彻夜难眠，他知道接下来的每一次化疗，父亲的身体都会每况愈下。

眼看着援疆出发在即，王春雷内心一天比一天煎熬。这一次如果选择出发，就不能在父亲身边尽孝，“父母在，不远行”，那段时间，这句话无数次拷问着王春雷。他多么想留下来，陪伴父亲走完最后的生命，多一些在父亲膝下聆听教诲的时光！

“一边是组织的信任和重托，一边是割舍不下的骨肉亲情，那段时间特别矛盾，特别纠结，也曾有过放弃的念头。”王春雷陷入了两难境地。

家人非常理解他此时的煎熬，妻子、大哥、表哥几次同他谈心，“你放心去援疆吧！家里父母有我们来照顾，况且你也不是医生，留下来也医治不好父亲的病。”“如果父亲知道你是因此而放弃援疆，他肯定要放弃治疗的，父母亲的性情你是知道的。”大家都这样劝他。

父亲一直以来都很支持王春雷援疆，“好男儿应当志在四方，趁着还年轻多做些事情。不用担心，等我病好了，我和你妈去新疆看你，也去玩一玩。”听着这些话，他心中酸痛不已。

这一抉择，万分艰难。最终，他选择——出发远征。

来到新疆后，即使工作繁忙，王春雷每天都会和家人通电话，不时询问医生父亲的病情，还一再叮嘱大家要非常注意日常细节，千万不能让父母察觉到真实的病情。

然而这一天还是来了。2017 年 9 月 11 日，王春雷接到父亲病危的消息，第二天一早立即启程赶回泉州，也是在这一天，援友们才知道王春雷父亲生病的事。在医院 ICU，身上插着各种软管的父亲已经深度昏迷，任凭王春雷一遍遍呼唤，父亲始终没有回应。这一面，是他和父亲的最后一面。

六天后，又一次艰难的抉择摆在了王春雷面前。因为痰堵随时可能危及生命，医生建议要实施气切手术，通过吸痰维持生命。医生还说，即使手术了，父亲也一样无法醒来。

怎么办呢？王春雷再次陷入纠结和两难。从感性上说，很多人都会选择为父亲手术，哪怕多留多见一天也好。然而，为了不耽误儿子援疆工作，为了不让老伴再受病痛折磨，母亲再一次劝王春雷说，“不要给你爸手术了！让你爸安详地走吧。如果他有意识，也会要求我们这样做的。”

母亲的“狠心话”不无道理。想着，如果气切手术，父亲仍要经历长时间的换管吸痰折磨，看着他疼痛抽搐时的表情，王春雷心里有一万个不愿意。想着，手术后，父亲仍像个植物人，需要长时间陪护，母亲身体也会被拖垮。

长痛不如短痛。最终，王春雷和母亲经过理智考量后，作出了一致而又艰难的决定，拒绝手术。在拒绝手术签字的那一刻，王春雷心如刀割，因为这回自己很狠心也很绝情。病房里，王春雷望着父亲、泪流满面地写下了《抉择》一诗：“亲爱的父亲/请原谅母亲和我的狠心/这是唯一让您不再饱受苦痛的诀别/我有多想再听您坚毅的拒绝/可您已不再醒来/正像消逝的生命/难以拒绝。”

9 月 17 日这一天，王春雷的父亲安详地走了，这是一场没有言语的道别，也是他心中永远无法弥补的痛。

牢记父亲生前对他的嘱托：“做一个为国家干实事的好干部！”王春雷把眼泪咽进肚子里。泉州分指挥部不能长期“群龙无首”，为了不耽误工作，他在父亲去世一周后就赶回新疆昌吉市，立即投入工作。

“子欲养而亲不待。”到底是什么让王春雷宁愿忍受这样的痛楚，最终选择了援疆？

“顾大家，舍小家。”这六个字，字字千钧。在王春雷身上，是最真实的反映，最忠诚的践行。

援疆，干什么？

援疆，不是镀金石，不是走过场、装样子。王春雷深知援疆干部肩负的使命和担当。“建设社会稳定和长治久安的新疆，让内地省市帮助新疆各族群众同其他地区群众一样生活越来越好，加深内地省市和新疆的联系以及两地人民的交融，让各族人民紧紧团结在一起。援疆干部是做好这些工作的有力推动者。”王春雷说。

来到昌吉市后，他被任命为昌吉市委副书记。他带领泉州市第7批援疆干部人才快速融入，主动作为，传承好历批泉州援疆干部的好作风，发扬泉州人爱拼敢赢，输人不输阵的精神，全力推动昌吉市经济社会发展。

他带领第7批泉州援疆干部在全国援疆省市中做出了多个首创之举——

成立昌吉市泉州援疆促进会。使200多家泉州籍企业在昌吉有了“娘家”。促进会为各家企业搭建政企沟通平台，解决生产经营过程中的难题。同时也鼓励企业以商招商，带动更多泉州企业家来昌吉投资兴业。促进会成立以来，为昌吉引进企业23家，涉及投资金额达62.3亿元。

依托昌吉市文博中心筹建泉州援疆展馆。以文字、图片、影像、各类物件等形式，展示泉州市一批批援疆干部前赴后继援助昌吉市20年的历程，记录泉昌两地的深厚情谊。

组织开展“老援疆干部再续昌吉情”活动。邀请前6批泉州市援疆干部代表重返“第二故乡”，重温援疆岁月。看着昌吉的发展变化，与老友们相聚，很多老援疆干部相拥而泣。

制作了昌吉泉州双城赋石碑，成立了两个基金会……指挥部的许多工作走在前列，得到了福建省援疆前指和当地领导的充分肯定。

在推进援疆工作中，王春雷当好指挥官；在援疆干部共同生活中，王春雷努力做好“家长”。

“援疆干部来到新疆，远离自己的亲人，很容易产生孤独感。作为分指挥长，我还有一个重要职责是管理服务好每一位援疆干部，让他们在这里安心工作、舒心生活。”王春雷说，“这是一个大家庭，我要做好这个大家庭的家长。”

王春雷这个“家长”当得如何？泉州援疆干部苏毅伟评价说：“王指挥长很操心，他管不上自己的孩子，却非常关心我们的生活。记得一次夜里点名，有一个干部的电话打不通，一晚上没回来，指挥部的好几个人通宵都在找他。后来找到他后，王指挥长对他进行了严肃批评。这个干部也主动在会上做了检讨，深刻反省了自己没有请假私自外出的问题，给其他干部做了警示。无规矩不成方圆，每一个人都代表泉州援疆干部形象，没有纪律约束不行。”

在泉州市援疆干部大家庭里，大家不仅团体意识强，还感受着温馨的关怀。指挥部每月为当月生日的同志举办集体生日，大家一起送祝福、抹蛋糕、聊天谈心，在快乐的氛围里心与心靠得更近。

援疆干部家里出现困难时，思乡之情总会更深切。王春雷都第一时间主动开解，尽自己所能为援疆干部解决后顾之忧。

王春雷倾心为援疆干部们做好家长，却很少将自己心中的痛楚说给其他人听。“家家有本难念的经，我不想把这种负面情绪传递给其他干部，因为在这里我要做好榜样，内心也要更强大更淡定。”他说。

援疆，图什么？

自 2016 年底来到新疆，王春雷和其他援疆干部一样，在新疆一待就是三年。他们图的是什么？

答案写在王春雷的诗句里，“用汗水书写一个时代的记忆，屯垦戍边和爱拼敢赢，都是这片土地跳动的脉搏，将东南和西北紧紧连在一起……”是一个梦想、一种情缘牵动着援疆干部的心。

三年来，王春雷带领泉州援疆分指挥部先后筹集资金 300 万元、350 万元分别设立了“泉昌情·圆梦助学金”“泉昌情·生命救助基金”，为昌吉市家庭困难的学生和身患重病的贫困群众点亮了希望之灯；实施的一项项民生工程为昌吉市各族群众改善了医疗、住房、就业等方面的条件，让各族群众的幸福感不断增强；在昌吉市 20 所中小学建成了泉州援疆书屋，让孩子们从小在心中播下泉昌情谊的种子……

“三年援疆路，一生泉昌情。”这句话多次出现在王春雷写作的文章中。2019 年是泉州市对口援助昌吉市 20 周年，为了记录泉昌人民的深厚情谊，王春雷跟指挥部同事一起策划准备了一份特殊而珍贵的“礼物”。

这是一块石碑，它矗立在昌吉市中央公园入口处，高 3 米、长 12 米。这是一块会“说话”的石头，“曩者两汉，西有长安之繁华，东有洛阳之殷阜，遂引班固、张衡感而操觚，各以两都、两京为赋。今者域中，西有昌吉之崛起，东有泉州之腾翥。古邑重光，历史文化以交相辉映……”上书《昌吉泉州双城赋》碑文，向观者娓娓道来：昌泉两城的历史沿革、山川形胜、人文先贤、对口支援、经济发展、城市建设、美好愿景、友谊长青等泉昌两地交往交融的动人故事。

“古人以石为媒，以碑为记，我们希望这个石碑能够成为泉州援疆的文化遗产，让泉昌两地珍贵的情缘代代相传，真正让刺桐丁香共芬芳，泉昌两地一家亲。”王春雷说。

在制作这块石碑的过程中，也发生着一个个充满温情的故事。当泉州惠安一家雕艺公司的负责人得知这块石头是用来做援疆纪念石碑时，不但以成本价收费，而且安排了技艺最好的师傅经过 3 个月时间精心雕刻完成。

碑文的作者是福建省诗词学会常务副会长、泉州诗词学会会长、泉州市人大常委会原秘书长王仁山。当王春雷邀请他为石碑作赋时，他欣然应允。王仁山用一个多月阅读了 200 多万字各类资料，才开始谋篇动笔，又几易其稿，力求完善。在石碑雕刻阶段，他还先后多次到惠安雕艺公司亲自监制，从字体、字号、上色、排版都一一悉心指导。

石碑制作完成后，从东南沿海一路西行，通过特种大挂车运载，历时 11 天才顺利运抵昌吉市安家。

“石碑制作过程中，不论是我们援疆干部，还是泉昌两地的人们，都倾注了心血，到处都能感受到泉昌两地的深厚情谊。”王春雷说。

援疆三载，王春雷和各族群众交朋友、结亲戚，共同经历了一段段难忘的故事。他还带领泉州援疆干部和昌吉市各族群众结对认亲，在昌吉市中央公园内栽种了一片“泉州援疆林”，如今棵棵树木茁壮挺拔，成为援疆干部和昌吉市各族群众友谊长青的见证。

援疆三载，王春雷同其他援疆干部一边克服气候、水土、饮食方面的差异和思乡念亲的心理不适，一边融入当地努力工作。他们究竟靠着怎样的力量支撑自己？“是家国情怀的信仰之力，是新疆各族干部群众的热情相待，还有新疆大美风光的心灵安放。”王春雷说，“援疆，是为了帮助新疆各族群众实现美好生活梦想，也是为了圆每一个援疆干部守边报国、磨炼人生的梦想，更是为了推动中华民族团结一心实现中国梦。”

因援疆而圆梦。即将结束这场远征，王春雷在诗中深情写道：“20 年啊/一代人的记忆/往后多了一个魂牵梦绕的名字/一生结缘/不离不弃/如今，我在这里远眺家乡/来年，我在家乡一样深情守望着这片土地……”

郑丽媛，昌吉日报社记者。

援疆，今生无悔的选择

——记昌吉市委常委、副市长刘永强

/林丽明/

奋斗，是青春最亮丽的底色

2017 年 2 月 28 日，是刘永强一生永远值得铭记的日子。

这一天，他与福建省第七批援疆工作队 196 名援友一道踏上援疆征程。

此时的祖国西北边陲，白雪皑皑、银装素裹。千里冰封的北国风光，这让从小在南方长大的他，一下子兴奋了起来。

昌吉，寓意昌盛吉祥，想到今后将在美丽西北边陲工作生活三年，刘永强心里充满了期待，期待在未来三年时间里，用成绩见证决心，用行动践行承诺，用青春追逐梦想，让三年援疆路无怨无悔。

2016年底，他接到通知，他将成为泉州市第七批援疆工作队光荣一员，那一刻，他内心充满了激动，这是组织的信任和培养，也是自己人生一次难得的机遇。但他也深知，援疆不仅仅是个人的付出，更需要家人的默默支持与奉献。现实情况是，爱人在德化县工作，而且有孕在身，儿子在永春县一中就读初一，是最需要陪伴的时候。

2005年，他接受组织选派已到外县挂职一年，那时大儿子才刚满周岁。而这次要到万里之外的地方援疆，一去又是三年。想到这些，刘永强内心里十分纠结，不知如何向家人开口。当他艰难地说出自己的决定时，爱人沉默良久，含泪笑着说："你放心去吧，我会照顾好孩子和自己的。"那一夜，他和爱人相拥彻夜未眠。

刘永强说，要感谢组织对他家人关心关怀，家人及亲人们的理解支持，朋友们的关心帮助，让他没有后顾之忧，全力以赴投入到援疆工作中去。

援疆，每天都是进行时

不是每一朵花都能盛开在天山上，雪莲做到了；

不是每一棵树都能屹立在戈壁，胡杨做到了；

不是每一个人都能来援疆，我们做到了！

这是刘永强在日记本上写的一段话。为国担当，不辱使命，让这一段激情燃烧的岁月，成为生命中最难忘的时光。也是他对自己的期许。

援疆，每天都是进行时；援疆，每天都是倒计时。

到昌吉市后，刘永强任昌吉市委常委、副市长职务，期间兼任二六工镇党委第一书记，分管招商办、援疆办、园区建设管理服务中心工作，联系总工会、共青团、妇联工作，协助市长抓好迎接中央环保督察工作，代管农业农村工作，分管市场监管工作。在泉州援疆分指挥部任副指挥长，分管产业对接、项目建设及安全保卫工作。虽然任务多、担子重，他毫无怨言，深入到乡镇、单位、企业、学校、项目一线调查研究，让自己在最短时间实现角色转变，让分管工作和援疆工作无缝对接有序开展。

刘永强分管招商引资工作，针对昌吉市土地供应现状，绘制全市招商引资土地供应图，为做好招商引资项目用地提供清晰精准用地信息，做优招商土地供应保障。他牵头制定《关于加强昌吉市招商引资工作的实施意见》，规范完善招商办事流程，进一步加快招商项目落地速度；建立招商引资周例会制度，每周分析研判招商工作；不定期召开优化营商环境座谈会，及时协调解决企业提出的困难和问题。两年多来，他组织举办招商推介会4场次，累计签约38个项目，这些项目为昌吉市发展增添了新动能，招商引资工作绩效考核连续两年位居全州前列。

去年11月，新疆粤商鑫达投资公司总裁李平富到昌吉考察通用航空项目，这一项目选址要求高，刘永强积极协调林业、国土、招商等部门加以解决，多次组织昌吉市相关部门召开项目推进会。目前，公司已与昌吉市签订协议，第一期拟投资25亿元建设通用航空枢纽基地、服务基地、科普基地等。

2017年12月，作为分管质监工作领导，刘永强代表昌吉市带队参加“全国质量强市示范城市”申述答辩，最终顺利通过答辩，昌吉市成功获得“全国质量强市示范城市”创建资格。在他分管市场监督管理工作两年时间中，质监、工商工作连续在全州绩效考核中位居前列。

刘永强还是泉州援疆分指挥部副指挥长，负责援疆项目的建设管理。他深知，援疆项目建设是凝聚人心、改善民生的重要抓手，也是泉昌两地人民二十年情谊的有力见证。两年多来，泉州援疆分指挥部共实施援疆项目53个，总投资3.69亿元，其中安排援疆资金2.13亿元，其中工程类项目25个，17个项目已完工并竣工验收交付使用，8个项目正按计划推进。在推进援疆项目建设中，坚持“80%援疆资金用于基层，80%援疆资金用于民生”原则，多次组织项目责任单位召开援疆项目建设推进会，并深入项目工程一线，现场办公解决项目建设中存在的问题，有力加快了项目建设开复工进度。在他和援友的努力下，市十四小学教学楼、市四中教学楼、市人民医院综合门诊楼项目纷纷投入使用。

真情，洒满庭州热土

“草场毡房嘘寒暖，沙丘戈壁披星月。”两年多来，刘永强坚持深入联系点乡镇、村（社区）、幼儿园、老党员、民族团结一家亲亲戚、农牧民住访联系户、扶贫户家中开展走访调研，拉家常、话亲情，现场办公，帮助协调解决实际困难问题。

他的结对亲戚买拉依·努尔布拉提是一户哈萨克族牧民，住在昌吉市庙尔沟乡阿克旗村。买拉依父亲努尔布拉提患有膀胱病，基本丧失劳动力，母亲革命古丽患有风湿病，爷爷苏力唐哈孜患有风湿性关节炎，叔叔吾拉孜别克患有智障残疾二级。家庭收入仅依靠买拉依打工和家里耕地出租，四个病人长期服药，而且由于房子十分破旧简陋，保温能力差，每到冬季全家只能到城区租房居住。

了解到这一情况后，刘永强多方奔走，协调住房建设资金。2018 年 10 月，买拉依一家喜迁新居，结束了“候鸟式”的生活。

贫困户黑金秀，是二六工镇十二份村农民，智力残疾，家里有 4 口人，母亲马万梅智力残疾，儿子在昌吉市就读初中，全家收入来源主要靠丈夫杨盘龙务工。看到他们一家房子摇摇欲坠、家徒四壁，刘永强的心被深深地刺痛了。他多方奔走，为黑金秀家筹措了一笔建房资金。几个月后，一座 80 多平方米新房落成，而且屋内采用了电采暖。杨盘龙在村委会上班，有了一份固定收入。他开始在自家的园子种上了菜，养上了鸡，黑金秀倚在新房子的大门上笑了……

对热孜亚三姐妹来说，来自福建的刘永强伯伯的倾情相助，更是让她们终生难忘。

2018 年 8 月中旬，刘永强收到昌吉市建国路街道锦绣社区居民吐乐洪·斯德克、魏守芳夫妇发出的求助信。原来，他家大女儿热娜上大三、二女儿热孜亚刚考上北京理工大学，三女儿热孜宛也以优异成绩考上了内高班。开学在即，三个女儿的学费和路费都还没有着落。经刘永强热心牵线，西拓能源集团公司总裁陈双塔捐助一万元，先行解决三姐妹的学费和路费，并表示今后将继续资助直至她们完成学业。福建幸福园艺有限公司总经理郑泽新也将热孜亚列为他的捐资助学对象。

8 月 22 日上午，热孜亚姐妹前来辞行，并送上锦旗“亲民为民助学情，援疆大爱闽昌情”。在援疆工作近三年的时间，刘永强已先后帮助 5 名家庭贫困少数民族学生圆梦大学，协调解决助学资金累计达 10 余万元。2018 年，他被昌吉州评为“捐资助学先进个人”。

刘永强深有感触地说，这些成绩得益于昌吉市委、政府为泉州援疆干部人才创造了良好的工作生活环境，每逢传统佳节，昌吉市四套班子领导亲自到泉州援疆分指挥部看望慰问，这些都让援疆干部倍感鼓舞和温暖；得益于昌吉市各族群众的大力支持，二十年对口援疆，泉昌两地人民加强交往交流交融，情谊不断加深。

刘永强还说起一个小故事，至今让他难以忘怀。一天他出门打的，路上与的士司机拉起了家常。下车前他准备付钱，司机师傅说，你一上来，我听口音就知道你是援疆干部，我就没有打表，这些年来，你们援疆干部舍小家、顾大家，为昌吉做了那么多实事好事，我也为你们服务一次。

北国的雪，纷纷扬扬，让人领略到“忽如一夜春风来，千树万树梨花开”的动人魅力，同时也张扬着“雪花落地献身去，滋润河山不顾己”的精气神。刘永强说，三年援疆可以用十四个字概括：“酸甜苦辣皆营养，喜怒哀乐尽收获！”选择援疆，无怨无悔！

林丽明，福建援疆干部，昌吉日报副总编，作品获中国新闻奖、福建新闻奖一、二等奖若干。

新疆天池黄金大道

援疆，遇见更好的自己

——记昌吉市委组织部副部长苏毅伟

/郑丽媛/

"想多一些历练，就来援疆。"说这话的是福建省泉州市南安市委组织部副部长苏毅伟，在他看来，三年援疆征程亦是他成长进步的历程。

2016年底，苏毅伟主动向组织递交了援疆申请，经组织考察合格后，他告别亲友，背起行囊，开启了一场说走就走的援疆远征。

工作中的多面手

从东南沿海到西北边陲，从未到过新疆的苏毅伟感觉一切都是那么新鲜新奇，但他却从未忘记自己肩负的重任。他是泉州市组织系统派出的首位援疆干部，"既是援疆干部，又是组工干部，一定要作表率，不能给组织丢脸。"他常常对自己这样要求。

来到昌吉市后,他被任命为昌吉市委组织部副部长。经过调研,他发现昌吉市普遍存在高层次人才短缺的突出问题。“为受援地引进、培养一大批留得住、用得上的人才,是新疆可持续发展的根本之道。”这是苏毅伟面临的首个挑战。

他出点子、谋思路,有意识地把泉州人才工作的好经验好做法结合到昌吉市实际工作中。2018 年 6 月以来,昌吉市按照州上统一部署,开展了“千名硕士进昌吉”活动,面向全国陆续引进了 300 余名硕士研究生,引才力度之大、人数之多,为历年之最,还填补了昌吉市乡镇、街道基层一线单位多年没有研究生的空白。

昌吉市人才工作取得的成绩,离不开苏毅伟的用心谋划。他提出:要拓宽视野,用政策吸才、感情引才、环境留才,实现守土建疆和个人成就的“双赢”。他牵头组织制定了昌吉市事业单位急需紧缺人才引进办法、领导联系专家制度、引才十条优惠政策等 8 项政策及配套文件并协调相关部门高标准打造了 98 套可“拎包入住”的人才公寓。

此外,他还十分重视人才培养工作,多次协调昌吉市人社局、财政局等相关部门,扎实推进华洋领创大厦、乐活小镇等人才孵化基地建设,现已有 300 余家企业入驻,孵化企业 232 家,直接带动区域 1600 余人创业就业;积极争取援疆经费,用于受援地干部培训,截至目前,先后分期分批选派 650 余名干部人才赴福建等地考察培训,促进昌吉市干部人才增长才干。

2019 年,苏毅伟牵头协调成立了 4 家泉州援疆专家高层次人才工作室,分别给予援疆经费支持。这是昌吉市首次成立援疆专家工作室,为援疆专家搭建了良好的工作平台,破解了过去援疆专家单兵作战、传承连贯性差的问题,现在工作室的多位援疆专家组团研究昌吉市医疗卫生等事业的技术短板,更好地在昌吉市发挥传帮带作用。

同时,苏毅伟还负责着项目援疆工作。

这几年,一座座农村富民安居房、小学、门诊楼如雨后春笋般拔地而起。

一个又一个民生项目有效改善了昌吉市各族群众的生活条件。这些项目能够保质保量高效完工的背后,也有苏毅伟付出的辛勤汗水。

他深入基层调研,掌握实际情况,精心筛选项目,合理安排资金,确保 80% 以上的援疆资金都能用于民生、用于基层。

面对项目建设过程中出现的一个个难题,他见招拆招。新疆施工期较短,保证援疆项目当年建成难度较大。苏毅伟便加大项目实施跟踪管理,定期召开推进会，逐一跟踪了解督促援疆项目的进展情况。及时审批拨付项目资金，确保项目工程进度和资金高效使用。积极协调纪委监委等部门加大督查工作，对项目开工慢、施工慢的责任单位负责人进行约谈，有效倒逼了援疆项目责任单位推动项目高效建设。为了让援疆项目保质保量完工，真正惠及于民，苏毅伟还及时组织验收完工项目。三年来，昌吉市援疆项目有序推进，成效显著。

稳步实施“三个双一百”工程，做好内地党政代表团来昌吉的项目建设考察工作，参与“泉昌情20周年”系列活动，负责昌吉市泉州援疆促进会成立大会会务工作……援疆三载，苏毅伟不断应对挑战，以高度负责的态度完成好援疆分指挥部安排给他的每一项工作。

他说：“不断迎接挑战的过程，让我学到了多样的工作经验，使我适应环境的能力强了很多，也成为工作中的多面手。”

生活中的知心大哥

在泉州市第七批援疆干部中，年轻同志较多，思想活跃，在疆工作生活中也会遇到各种各样的实际问题，苏毅伟总是会主动加强沟通协调，按照组织部和援疆指挥部对援疆干部“严管厚爱”的要求，切实做好援疆干部人才日常管理服务工作。

一天晚上，一位泉州援疆干部剧烈腹痛，苏毅伟和其他几位援疆干部立即将他送到医院，做了阑尾炎手术。苏毅伟做表率，当天晚上彻夜守护在这位援疆干部身边。在大家的暖心关怀下，这位援疆干部很快恢复了健康。“在新疆，所有援疆干部都是彼此的家人，谁有困难，其他人都会搭把手，帮助他度过困难时期。”苏毅伟说。

在第七批援疆干部中，谁的家里有难事，谁在工作中有烦恼，少有能逃过苏毅伟的双眼。“因为他是我们的知心大哥，有啥烦心事，找他聊聊，心情就能好些。”泉州援疆干部黄庆平说。

感恩生命中的每一次相遇

在这次援疆前，苏毅伟没来过新疆。却有很多新疆朋友认识他、惦念他。出发援疆前，苏毅伟接到了多位新疆朋友的电话。这是怎么回事？

“泉州和昌吉已经援建二十周年了，以前昌吉市就有很多干部也到泉州培训、学习、挂职，因为我在组织部工作时间较长，我在泉州也认识了很多从昌吉到泉州挂职的干部，有的人和我虽只有一面之缘，却将我当作了朋友。”他说，新疆人的热情让他对援疆征程充满了信心。

来到新疆后，朋友们主动前来看望他，让他少了很多孤独感。在工作中，昌吉市各个部门的干部支持配合他，使他在这里能够大展身手。

在昌吉市二六工镇下六工村，苏毅伟和回族青年马成结了“亲戚”，原本经过三年的交往，心与心靠得越来越近。苏毅伟每一次到马成家拜访，马成和妻子都会为他准备美食，马成家上幼儿园的小女儿一见到苏毅伟，就高兴地让苏毅伟抱她。南方水果成熟时，苏毅伟拜托泉州援疆干部回家探亲时帮他带来新鲜水果，第一时间送到马成家中。苏毅伟的妻子和儿子来新疆时，专门抽出时间去马成家做客。

自从结识了哈萨克族困难群众木沙合买提，苏毅伟便牵挂着他们一家四口人的幸福。他一边自掏腰包，一边向泉州援疆分指挥部争取到慰问金，帮助木沙合买提改善生活。还为木沙合买提的两个孩子争取到泉州援疆分指挥部设立的“圆梦助学金”，让他们安心学习。

每次泉州援疆分指挥部举办的公益帮扶活动，苏毅伟总会积极参加。让苏毅伟印象比较深刻的一次，是泉州援疆干部们去昌吉市阿什里乡给困难家庭的孩子们送冬衣。

“孩子们脸上露出质朴的笑容，亲切地喊我们叔叔阿姨，给我们送上自己制作的精美卡片，那个场面让我感到，自己就是一个新疆人。”苏毅伟说，“现在我有很多质朴、热情的新疆朋友，同他们在一起，我感觉这里是我的第二故乡。”

与此同时，三年援疆征程，他和同来的泉州援疆干部并肩作战，克服了一个又一个困难，收获了珍贵的情谊。

2019 年的“七一”，苏毅伟被昌吉州党委评为优秀共产党员。他说，得到这份荣誉很感动，是组织上对他的鼓励和鞭策。“新疆一定会越来越好，想想这其中也有我们援疆干部付出的努力，我就感到自豪。这次远征是我最精彩的人生经历，让我成长为更好的自己，活出了更有意义的人生。”苏毅伟说。

郑丽媛，昌吉日报社记者。

使命千钧重　闽昌情浓长

——记昌吉市招商局副局长陈传芳

/王　颖/

2017年2月28日，陈传芳接过第六批援疆干部手中的接力棒，进疆开启了新征程。自幼喜欢历史的他从小就对这片神奇的土地心驰神往。“选择了开始就意味着坚持，选择了远方就必须风雨兼程。”他做足了功课、也做好了准备，要把新疆当作第二故乡，尽己所能不负使命重托，不负三年韶华。

一

援疆为什么、干什么、留什么？这是陈传芳临行前领导的嘱托，也是他一直潜心思考的问题。入疆前，他就认真学习国家出台的相关政策，广泛参阅有关新疆经济社会发展、历史文化等方面的书刊，加深对党中央治疆方略的理解和把握。入疆后,他受命担任昌吉市商务经信委党工委副书记、副主任兼市招商办副主任,同时负责泉州分指挥部的产业对接组和财务工作。梳理工作机制、加大招商推介、创新招商平台、注重招商实效,通过"走出去""请进来"方式,加强援受两地及疆内外的经贸合作交流,拓展产业合作空间……源于充分的准备和思考,加上福建人"爱拼才会赢"的拼劲,陈传芳一上任就马上进入状态,理清思路、放开手脚大胆地干起来。

万丈高楼平地起,要想绘就美好的蓝图,摸清底数、精准施策是关键。陈传芳重新梳理招商优惠政策、作业流程、组织架构和关键节点,限期摸清市区、园区和乡镇的土地状况、设施配套和报批情况,建立招商储备项目库和每周招商工作例会制度,做到有章可循、心中有数、有的放矢。逐个走访76个新建、续建项目,全面了解企业诉求,督促相关部门协调解决存在问题。提出"最多跑一趟"审批建议,落实职能部门挂钩、包联企业制度,着力创造、优化营商环境。

二

走稳了第一步,陈传芳又因地制宜,加大招商推介、创新招商平台。围绕昌吉市生态康养、文化旅游、信息服务、总部经济、金融服务、现代商贸物流等六大产业,整合招商资源,梳理汇编优惠政策,主打"绿色招商"品牌和"以商招商、商会招商"的双向合作平台。他先后组团参加西洽会、厦洽会、亚欧博览会和"6·18"项目成果交易会等大型会展活动,8次举办项目推介会,大力宣传昌吉市良好投资环境,并马不停蹄地组织人员前往西安、上海、江苏、浙江、福建等地对接项目落地,走访各省市在疆商会,利用新媒体将优惠政策点对点推送至相关企业和投资商。积极参与"企业家昌吉行——产业援疆与产业发展圆桌会议"筹备活动,进一步提升昌吉市知名度和影响力,并依托"闽疆文化交流中心",推动新疆特产规模化外销福建。

功夫不负有心人,一系列招商举措成效凸显,不到三年时间,陈传芳和他的同事们累计引进企业22家,计划投资12.3亿元;增资扩营2家,新增投资6.75亿元。这些项目全部投产运营后,预计可新增就业岗位1800个、产值35亿元!在他的积极动员下,来访的晋江人大代表、青联委员、晋籍企业家先后投入资金59万元和15万元的鞋服用于帮助贫困学生、精准扶贫对象,慰问援疆干部、访惠聚工作队和公安干警等。

三

取得这些成绩，陈传芳并没有知足，他说：相比项目援疆、资金援疆，我觉得更重要的是理念援疆、情感援疆。俗话说，授人以鱼，不如授人以渔。不管是产业援疆，还是教育援疆、医疗援疆，进一步密切新疆与内地的联系、帮助培育壮大民营企业家队伍和做好专业技术的“传、帮、带”比单纯的招商引资、教书育人、救死扶伤工作更有价值、更有意义，影响也将更为深远。为此，陈传芳还和其他援疆干部一起，千方百计牵线搭桥，创造机会和平台让昌吉的干部、专业技术人才到内地学习先进的理念。

在昌吉，陈传芳还认了一户维吾尔族“亲戚”，户主名叫艾力，他们一家4口人来自墨玉县，住在宁边路街道顺城巷社区的土坯房里。第一次到艾力家，陈传芳的眼睛适应了好长时间才看清昏暗的房间，除了简陋的生活用品外，连个电视、冰箱都没有，他第一次真切地体会到了什么叫作“家徒四壁”，同时也感受到了一份沉甸甸的责任和压力。随着交流的不断深入，陈传芳得知艾力家庭关系很复杂，从小父母离异，与妈妈、弟弟们相依为命，不到20岁就到乌鲁木齐打工。他和前妻生了两个女儿，和现任妻子育有两儿一女，因为生活窘迫把其中1个孩子送给了别人，现在4个儿女们都和他生活在一起。该如何帮助艾力，走出现有的困境呢？

就业是民生之本，是困难对象自主自立的根本，也是民族群众联系社会、融入社会的主要途径。陈传芳从帮助就业入手，他多方联系，先后帮助艾力的妻子和两个大女儿找到了工作，又积极帮他的小儿子、二女儿上户口、找学校。2017年下半年，昌吉市旧城改造项目涉及艾力家，在帮他合理合法争取到近50万元拆迁补偿款后，陈传芳勉励艾力千万不能坐享其成，一定要把日子越过越好。艾力非常信任也非常感激这个汉族亲戚，他用拆迁补偿款在老城区买了3套二手房，其中1套自住、2套出租。现在夫妻俩有了稳定的工作和收入，家里添置的东西也越来越多。2019年初，艾力终于如愿以偿地拿到了驾照，还买了辆二手车，用上了智能手机和微信，准备和他弟弟卡斯木合伙做牛羊生意。

看着艾力一家越过越红火，陈传芳由衷地感到高兴，除了正常的结亲住户，他还经常主动抽空去艾力家坐坐、聊聊天，带些学习用品和书籍给小孩，询问一下近况。让陈传芳欣慰的是，艾力一家对现有的生活很珍惜，也很感恩党和政府的恩情。最令陈传芳意外的是,艾力好几次向他表达:现在的生活比以前好了,想把以前资助的钱还给他,陈传芳都婉言拒绝了,只要你们日子过好了,那些钱不算什么。

三年一诺,天山留勋!一批批援疆干部的面孔在变,但奉献第二故乡的真情一直没变。像陈传芳一样的援疆干部们传递着爱心接力棒,殚精竭虑,利用一切有利时机为昌吉经济社会各项事业发展忙碌奔波,他们将韶华与真情留在了庭州大地,将来自八闽大地的爱洒在了天山脚下,用实际行动抒写了一首永恒的赞歌!

王颖, 供职于昌吉州党委编办。

做援疆路上的螺丝钉

——记昌吉市公安局副局长邱鑫

/廖冬云/

两年前，笔者与邱鑫有过短暂交流，此次见面，感觉他的福建口音淡了许多，新疆味儿更重了！他笑着调侃说："每天都在单位和同事们在一起，家乡口音被他们拐带没了！"

与邱鑫握手坐定后，他照例拿出了家乡的新鲜茶叶。初见他时，他才刚来新疆，再见他时，他已经快要和这片热土挥手离别了。回忆近两年半的点点滴滴，邱鑫的眼眶有些许的湿润，"请新疆和家乡的人民放心，我无论身在哪里，都会尽职尽责地坚守岗位！"

一

“第一次来昌吉是元旦，冰天雪地，我真正领略到了北国风光，这里的马路特别宽，人也不多，有秩序，我就非常喜欢这个城市。”原来7年前，邱鑫来昌吉看望好友，昌吉给他留下了美好而深刻的印象。2017年，邱鑫得知有机会到昌吉参加援疆工作时，便积极申请，如愿踏上了援疆之路。

来疆伊始，干燥的气候给邱鑫带来了很大的困扰，他出现了喉咙发痒、皮肤干裂等症状，加湿器、润肤露、大量饮水，以及吃水果，成了邱鑫的必备“功课”。提到润肤露，邱鑫调侃说：“以前一直觉得男人不用这些东西，到了新疆后，我每天都要擦润肤露，干燥的天气逼得我不得不臭美。”

为了发挥福建沿海公安工作和新疆反恐维稳工作互通共进的作用，两年来，邱鑫先后分管和协管了特警、刑侦、经侦、禁毒、巡控、消防、警卫、便民警务站；2018年底，他又协管国保、出入境管理和技侦大队。

他组织侦办了“1·29”特大网络贩卖毒品案，捣毁了长期利用手机线上转账，雇佣“马仔”送货，兼贩传统与新型毒品的特大网络吸贩毒团伙。缴获毒品22.86公斤，将167名疆内及四川、河南、广州、安徽等地涉案人员抓获归案。昌吉市公安局禁毒大队的成绩得到了公安部禁毒局的肯定和嘉奖。

不仅如此，他还组织侦破了6起命案、9起社会广泛关注的重大案件，摧毁3个特大电信诈骗团伙；牵头侦办涉众型金融犯罪案件12起，涉及受损群体七千多人。

二

女儿是爸爸的小棉袄，这句话不假。从东南到西北相隔数千公里。为了不错过女儿的成长，邱鑫一有时间就用手机和女儿视频。在得知马上可以见到爸爸时，女儿高兴得不得了，自己动手收拾行李。“爸爸，爸爸！”一个六岁的小女孩飞快地扑入父亲的怀抱，这是曾发生在乌鲁木齐地窝堡机场的温暖一幕。

“把他们接回到昌吉后，孩子不停地跟我说这说那，到凌晨一点多都不睡。”邱鑫说起女儿时，显得有些动容。即使家人不远千里来到昌吉，邱鑫因为工作的忙碌，也没有足够的时间陪伴他们。“父母和妻子看到我工作和生活的环境,都很放心。他们现在非常支持我援疆。”邱鑫如释重负地说。

爸爸来援疆,女儿多多的收获也很大,在幼儿园里她成了大美新疆的宣传大使。这还要从去年7月说起,上幼儿园大班的多多在地窝堡机场买了12张明信片,她在每张明信片上写了赠言,回到学校后,她分发给班里的小朋友,利用一节课的时间,给老师和小朋友们讲爸爸的援疆故事、新疆的壮美景色和风土人情,小朋友们听得津津有味,多多也是满满的自豪。

援疆已快两年半了,邱鑫几乎将全部的时间和精力都放在公安工作上,很少有时间关心家人。

邱鑫的忙碌在福建援疆干部圈里是众所周知的,他不仅没有时间回家和陪伴家人,也几乎缺席了所有的援疆人员聚会。为了丰富援疆干部的日常生活,泉州市每位援疆干部都分有一块菜地,邱鑫忙得至今不知道菜地在哪儿,“这是邱鑫菜地里采摘的豆角。”前几天,一位援疆干部拿着一把豆角,调侃他说。

三

“祝你生日快乐……”邱鑫至今还记得2018年6月8日,他和市公安局及建国路派出所民警一起为三岁失踪小女孩冯某某过生日的情景。

6月6日晚22时40分,昌吉市公安局建国路派出所接到报警,称三岁小女孩冯某某于6月6日晚22:30左右在滨湖河中央公园失踪。接到报案后,邱鑫召集市局刑警大队立即展开调查,于6月8日13时许,在乌鲁木齐市铁路局某小区幼儿园找到了该女童,女孩安然无恙。

6月8日是小女孩3岁生日,大家一起买来蛋糕,为小女孩庆祝生日。“我也有女儿,看到这个可爱的孩子,我就想到了自己的女儿,大家一起为她过生日,也算是留给彼此的美好回忆吧!”邱鑫说。目送着孩子和家人团聚后,他又忍不住给远在福建的女儿拨去了电话……

邱鑫不仅给昌吉人民带来了温暖,还在物质上给予帮助。他按照泉州市援疆指挥部的安排,负责对接公安援疆项目建设。他还争取10万元的援疆资金,为市公安局设立了民警医疗室,方便民警就医取药。

他还协调石狮市“阳光太太”志愿者协会捐赠羽绒服、运动鞋,在2018年元旦“泉昌情20年情暖牧区走进阿什里乡”活动中,赠予牧区孩子们。2018年下半年又收集各类服装2000余套,运抵昌吉,用于结亲、扶贫工作。组织石狮市青商会部分会员资助昌吉市三中20名贫困学生每人5000元。联系泉州市妇联组织60名"爱心妈妈"手织150件爱心毛衣,送给阿什里牧区和东方启智儿童福利院的贫困儿童们。

他还积极投入"民族团结一家亲"活动,与维吾尔族兄弟凯撒尔·努尔买买提和哈萨克族兄弟木汉·逊哈提两家人结对成了亲戚。除了日常走访交流、关心慰问,还带着"亲戚"参加了"泉昌情亲子悦读会""我带亲戚游昌吉"等活动。通过"同吃、同住、同劳动、同学习"的结亲交流,向两家亲戚宣讲党的民族政策、解读党的十九大精神。前不久,还教凯撒尔夫妻该怎么写入党申请书,表达了入党的意愿。

邱鑫说,他来到新疆仅是发挥了一颗螺丝钉的作用,微不足道。但是,螺丝钉更象征着一种精神、一种风格、一种态度。他以一颗永不生锈的螺丝钉精神,诠释着人民警察这份神圣职业,书写着援疆人的志向与情怀!

廖冬云, 昌吉日报社记者。

爱在边疆大山深处

——记昌吉市住建局副局长苏纯益

/马　月/

奶茶飘香，歌舞曼妙……坐落在天山脚下、三屯河畔的新疆昌吉市阿什里哈萨克民族乡，居住着 1952 户 8000 多农牧民，其中少数民族占到 95%，这里也是昌吉市脱贫攻坚的主战场。

国务院首批历史文化名城、东亚文化之都、被联合国唯一认定的“海上丝绸之路”起点城市福建泉州市，1999 年拉开援疆序幕。

2018 年 11 月的新疆，初寒料峭。在牧民叶列木斯刚刚修建的 80 平方米的安居房里，一位八千里之外“亲戚”的到来让家里暖意融融。一抹金黄的酥油就一口醇香的奶茶，夕阳西下，粗茶淡饭也让牧民叶列木斯家里不时传出欢乐的笑声。不知从什么时候起，苏纯益这位东海之滨的援疆干部已经深深眷恋上天山北麓下牧民家的桌上的美食……

65 岁的叶列木斯世居在昌吉市阿什里乡。“阿什里”是哈萨克语，意思是“白碱滩”。据当地牧民说，他们的祖辈逐草而居游牧到这块地方的时候，看到向阳的坡地上都是白碱，因此就把这里称作“阿什里”。作为游牧民族，阿什里的哈萨克族牧民逐草而居世代放牧，居无定所，吃穿有忧。为了让牧民“定下来、能致富”，20年来泉州援疆指挥部都拿出专项资金，按照“产业兴旺、生态宜居、乡风文明、治理有效、生活富裕”的总要求，在昌吉市25个行政村乡村试点开展乡村振兴示范村建设，目前，全市已有2204户农牧民住进安居房。牧民叶列木斯的新房就是去年建成的，在“亲戚”苏纯益的关心下，叶列木斯个人仅筹资2万元，就住进了宽敞明亮的安居房。

习近平总书记指出新疆的问题，最难最长远的还是民族团结问题。在苏纯益看来，援疆工作也要围绕这个总书记的讲话画好同心圆。就要去最艰苦的地方，既然阿什里有昌吉市最多的少数民族、最多的低收入家庭，那么就要把援疆情怀释放到最需要的地方去。

65岁的叶列木斯和老伴儿阿卡热西一个身患高血压，一个身患冠心病和糖尿病。特别是妻子阿卡热西，因为常年疾患，体重一度增加到240斤，肥胖的身体几乎让她寸步难行。2017年5月，苏纯益第一次上门“认亲戚”的时候，阿卡热西几乎是半跪着爬起来和他拉了手。这一幕，让苏纯益鼻尖陡然一酸。叶列木斯大哥告诉他，阿卡热西大嫂终年卧床，碰上天气好的时候，打开窗户，晒晒太阳已经很好了。眼前的这一切让他的内心五味杂陈，他下定决心，无论如何都要帮阿卡热西大嫂解决这个难题。

2017年5月25日，苏纯益带着价值1000多元的多功能轮椅来到叶列木斯大哥家，他一边给家里人介绍轮椅的使用方法，一边和叶列木斯大哥把大嫂扶上轮椅，几经周折，阿卡热西大嫂终于坐到了轮椅上，苏纯益和大哥一起推着阿卡热西走出家门。初夏的阳光洒在阿卡热西的身上，已经很久没有晒到太阳的阿卡热西情不自禁地抬起手臂，遮住脸颊，她忍不住把头埋在这位异乡亲人的怀中失声痛哭。

叶列木斯有两个女儿。长女合木巴提2016年以优异的成绩考取昌吉州二中。父亲卖牛给孩子凑齐了第一笔学费。然而，因为父母收入微薄，还要按需支付医疗费用，合木巴提的心头总是笼罩着一层阴云。苏纯益坚定地认为：只要咬紧牙关帮助两个孩子完成学业，就一定能够改变这个家庭的命运。经过多方努力，两个孩子均被纳入泉州援疆“千人圆梦助学行动”补助序列，还给即将参加高考的合木巴提争取到援疆“资助昌吉市贫困大学生”项目，两个孩子每年可以获得3000～6000元的补助。合木巴提说：“苏叔叔教给了我坚强和勇敢，我要努力学习，将来做一名优秀的医生，回到家乡，回到牧区。”

扶贫要同扶智结合起来。福建泉州分指始终坚持把80%援疆资金用在民生和教育领域。深知责任重大的苏纯益主动挑起教育援疆总协调的重担，在他的努力下，泉州教育援疆工作首次实现了校区全覆盖和救助制度化。

2019年2月27日，“泉昌情·圆梦助学基金”大学生助学金发放仪式如期举行，为34名品学兼优、家庭经济困难的学生共发放助学金18.3万元。

对于苏纯益来讲，每一笔救助都应该实现社会效益的最大化，要把钱花在最需要救助的人身上。为了做到这一点，苏纯益带着援疆办的干部足迹踏遍这座南北狭长260公里的城市，平原、北部沙漠、南部绵延几十公里的山区，只要有人居住的地方他们都留下了汗水。巴丽江·木拉提家住昌吉市阿什里乡阿什里村，原本村上在进行贫困户排查时并没有将她家列入名单。但是，苏纯益在走访中了解到，因为她的父亲患有糖尿病，每月的开支就得几百元。2018年，巴丽江·木拉提考入新疆伊犁师范大学小学教育专业，苏纯益经过多次了解决定将她列入救助对象。5000元助学金温暖着巴丽江·木拉提的心，更成为她努力奋斗、追逐梦想的动力。她说：“援疆助学金就像是雪中送炭，以后我会更加努力，做一个对社会有用的人。”

2017年以来，在苏纯益等援疆干部的共同努力下，通过扶贫帮困、结对认亲、设立基金等形式，多种援助资金不断涌向牧区：投资450万元的庙尔沟乡民族手工刺绣示范基地和哈萨克民族手工艺品基地项目陆续建成；“泉昌情·圆梦助学基金”“泉昌情·大病救助基金”“精准扶贫家庭圆梦行动”等扶贫平台累计救助资金达300多万元；阿什里乡中心校、佃坝镇中心校、庙尔沟乡双语幼儿园先后500余贫困学生收到一百多万元的救助；通过开展“情系牧区暖冬行”，350名大病患者得到100余万元的救助，16名白内障患者重见光明。昌吉市教育局副局长陈静表示，泉州援疆指挥部高度重视教育援疆工作，通过基金会平台，已经帮助过将近1000名学生，圆梦助学基金也架起了泉昌两地沟通的桥梁，在孩子们和社会各界的心中根植了深厚的援疆情谊，为培养合格的边疆人才发挥了巨大作用。

边关月、漠中沙，风飞雪、雾里花……在苏纯益的眼中，边疆的疾苦都是画，那画中有援疆干部汗水泼墨，那画中有牧民欢歌描摹，无论是南海之滨还是北国风光，那画中都是祖国蓝图伟业。苏纯益无怨无悔。他仿佛看见，三月的阿什里，草长莺飞，在叶列木斯家的小院里，坐在轮椅上的阿卡热西眼睛笑眯了缝儿，刚刚出生的小牛犊正在撒欢，蓝天下，好日子的景象越来越清晰……

马月，昌吉市外宣办主任。

诗酒趁年华

——记昌吉市文化体育广播电视和旅游局副局长王斯诚

/史　晶/

塞上春未老，半壕春水一城花。五月，正是边塞小城昌吉最美的时节。援友们晚饭后在河边散步，这是难得的轻松一刻。

身为昌吉市文化体育广播电视和旅游局副局长的王斯诚看着游人如织，心中的快乐又与别人不同。“休对故人思故国，且将新火试新茶，诗酒趁年华。”苏轼的这首词与他此时的心境有着异曲同工之妙。三年援疆，今年已是最后一年。这个春天还在此处，明年的春天就回到了故乡安溪。此时在沙枣花儿的浓香里思念家乡的茶园，明年也许会在青青的茶园里想念这塞上的春色。乡愁就在这点点滴滴中弥漫开来。

青山一道同云雨　吾心安处是故乡

王斯诚是厦门大学历史系的高才生，也是一名文艺男，有着诗人的情怀与气质。每个少年的心中都有诗与远方,他是个资深的背包客,还曾是网上旅游论坛的版主。10 多年前,他当驴友一个人自己在新疆逛了十几天。没有来过新疆,不知道新疆之大,没有来过新疆,不知道新疆之美。西部的独特风情给他留下了深刻的印象,“没有想到,十年之后我会成为一名新疆人,在这里工作、生活、成长。”

“青山一道同云雨,明月何曾是两乡。”虽然离家八千里,王斯诚却从没有离家的愁绪,吾心安处是故乡,三年时间他已经融入了当地,成为昌吉人。他对笔者说:“不是每个人的人生都有当一回新疆人的机会,但是我有,我有亲戚在昌吉,我有朋友在昌吉,我还有梦和酒在昌吉。”

2017 年 2 月王斯诚援疆,担任昌吉市文化体育广播电视和旅游局党组副书记、副局长,第七批福建省泉州市援疆工作前方指挥部宣传组组长。援疆工作不仅是产业援疆、智力援疆、项目援疆,更重要的是要文化引疆、情感融疆。王斯诚对笔者说,加强两地之间的交融交往交流,加深两地人民之间的情感是一项长期的工作,虽然可能当时看不到具体成效,但慢慢地对昌吉的旅游宣传、经济发展会起到推动作用。润物细无声,两地人民之间的心紧紧相连在一起,福建与新疆人民也要像石榴籽一样紧紧抱在一起。

三年间,王斯诚着力于加强泉昌两地旅游合作,促成泉州与昌吉两地旅游局、旅游协会签订合作协议,双方互相推介旅游资源、互相拓展旅游市场,共同打造“泉州—昌吉”旅游品牌。王斯诚在加强旅游区域合作、助力旅游项目投资、实现资源优势互补、增进两地友谊等方面发挥了重要作用。泉州市援疆分指挥部先后累计投入 350 万援疆资金,助力旅游援疆通过组织多种形式的旅游活动,双方互送客源 1 万人以上。积极组织昌吉市旅游企业参加泉州市举办的各种展览活动,在泉州开展昌吉旅游推介会,对昌吉市进行全方位宣传,推介昌吉的旅游资源,提高昌吉的知名度。2019 年,7 月 2 日,“泉州号”援疆旅游专机抵达昌吉,“二十周年援疆路,泉州亲人游昌吉”活动成行。10 月份还开展了“新疆千人游八闽”活动。

树立宣传工作也是援疆软实力的理念。作为泉州援疆指挥部宣传组组长,他发挥特长,建起声屏报网立体宣传平台,率先在全省各分指挥部创办“刺桐花红昌吉”微信公众号,及时推送援疆工作重大举措、工作成效和先进典型,扩大泉昌两地宣传交流,联结两地情谊。同时,把昌吉市的招商政策、招商环境、闽商典型等通过微信公众号及时、迅速宣传出去,为昌吉的招商引资、产业发展营造良好环境。创办《刺桐花红昌吉》简报,两年多来已刊发

36 期，让后方单位领导、家人了解援疆干部的工作生活情况，也让泉昌两地加强交流，关注支持援疆工作。积极搭建外联宣传平台，策划各类主题报道，在《人民日报》《福建日报》《昌吉日报》《泉州晚报》、新疆广播电视台、昌吉州广播电视台等主流媒体，刊登播报各类新闻报道 200 多条。

王斯诚说："我三年干了三件事。"

2017 年，推动组建了乌鲁木齐安溪商会，让全疆 1 万多名安溪人有了自己的家；2018 年，在泉州华侨大学举办昌吉市全域旅游高级研修班，昌吉市 50 余人参加，这是昌吉市旅游系统有史以来最大的一次培训活动；2019 年组织"泉州号"旅游援疆包机，200 多名泉州游客游昌吉。

关山万里。如果说援疆不苦，那是假话，三年甘苦，冷暖自知。但是以一名共产党员的忠诚与担当，王斯诚从不以为生活上的苦是苦，安下心沉下身，以功成不必在我、功成必定有我的精神，他想让自己三年的行为能实实在在为昌吉留下一些观念的新芽，如春草在经济建设的春风中越发繁茂。每年的夏天，王斯诚都会把母亲接到昌吉来，忠孝两全。吾心安处，终是故乡。

茶酒相交共辉映　西出阳关有故人

"喝茶只喝安溪铁观音，喝酒只喝昌吉葡萄酒"。王斯诚现在会这样说。来自铁观音的故乡安溪，他品茶当然是行家。"霞多丽、赤霞珠、美乐"，当他口中吐出一连串葡萄品种，头头是道地跟笔者说起酿酒葡萄，俨然就是一位葡萄酒行家。"我觉得昌吉的葡萄酒和安溪铁观音很相似，都是农产品的再加工，都是味觉上的饮品"，王斯诚说。援疆三年，他认真学习葡萄酒知识，深入田间地头，从葡萄的种植、葡萄园的管理，到葡萄采摘、酿造、储存、窖藏，"葡萄酒是一个很有意思的东西，它不单单是酒，还是一种文化，对于昌吉来说，也是很好的旅游产品。"

"葡萄美酒夜光杯，欲饮琵琶马上催"。古来昌吉就盛产葡萄美酒，到了昌吉，他才知葡萄酒多么让人心醉。世界上葡萄酒的黄金产区都位于北纬 44 度，而昌吉市的葡萄酒就位于这样的黄金产区之内。这里跟法国波尔多一个生长环境，出产的葡萄酒品质也跟其不相上下，葡萄酒业内有句话"法国波尔多，新疆昌吉州"，可见昌吉葡萄酒的江湖地位。但酒好也怕巷子深。好酒卖不出好价钱，企业小散不成规模，他说，这和以前安溪的茶业很相似。

安溪是中国产茶第一县，茶园广阔，茶企业众多，但是小而散，除了种茶做茶，基本再没有其他业态的拓展。十几年前，安溪学习法国葡萄酒庄园的经营管理模式，做大做强安溪铁观音。当时的县委县政府组织了几批茶企到法国去参观学习。经过几年时间的发展，安溪形成了几大茶叶企业为核心的茶业龙头，特别是在茶旅结合方面，做得非常不错，安溪的茶庄园现在已经是旅游的热门地。2018 年安溪涉茶产值 175 亿元，单纯的种茶做茶卖茶，是做不到这么大的规模的，只有打通整个茶叶的上下游产业链，才能形成茶叶的产业化规模，特别是茶庄园建设，助推了安溪铁观音的“二次腾飞”。这些好的经验在王斯诚看来是昌吉葡萄酒发展可以借鉴和学习的。

第一年，他组织了昌吉市几大酒庄参加安溪县组织的“艺博会”，把昌吉葡萄酒带到了安溪，把昌吉戈壁印象、爵士酒庄等品牌宣传推介出去。第二年，昌吉市全域旅游培训班到安溪现场教学，参观考察安溪的茶叶 + 庄园 + 旅游的模式。葡萄酒企业主走进安溪，走进茶庄园，体验和感受茶的味道、茶庄园的魅力。很多的葡萄酒经营者喜欢和他打交道，一有空闲就到他办公室喝茶，印象戈壁酒庄的老板富强说，王局长脑子灵活，眼光独到。他建议我们走酒旅结合的路子，把葡萄酒庄和旅游相结合，让游客既感受葡萄酒的魅力，又可以走进葡萄园，体验葡萄采摘的乐趣，亲手制作一杯独一无二的葡萄酒，打造“我在昌吉有片葡萄园”的葡萄酒庄文旅品牌。

王斯诚自豪地说，如今在安溪，昌吉的葡萄酒销量很好。这里有他的心血，也是他的荣耀。“我现在提出的一些想法和建议，也许未能马上实现，但随着经济的发展，总会有用。”他信心满满地说。

壶杯轻转，红色葡萄酒流光溢彩；顺杯轻挂，那浓郁的果香里有着独特的味道。援疆三年，安溪茶与昌吉酒已经融入了他的情感与生活。只有热爱才能融入，只有融入才能热爱。对王斯诚而言，八千里路云和月，一枝一叶总关情，三年前“著鞭跨马涉远道”的豪情壮志，在一千多个日日夜夜的繁忙中，泡出了杯中的这一口浓香茶韵，瓶里的这一抹绯红。

爱过知情重，醉过知酒浓。三年援疆路漫漫，对王斯诚而言，茶酒相交共辉映，西出阳关有故人。这份援疆情也如橡木桶里窖藏的干红，在时光里发酵，历久弥香。

史晶，中国报告文学协会会员，新疆作家协会会员。昌吉日报社主任编辑。

万里援疆家国情
不忘初心砥砺行

——记呼图壁县委副书记、福建省第七批援疆龙岩分指挥部指挥长林晖

/廖冬云/

从东南沿海的闽西老区到西北边陲的呼图壁县，福建对口援疆前方指挥部龙岩分指挥长、呼图壁县委副书记林晖作为“主心骨”，带领着两批17位龙岩的干部人才，用激情和行动谱写着一曲曲新时代的奉献之歌。

对于林晖来说，援疆，是一种使命，也是一种责任，更是一种情怀。将责任和使命化作动力，怀着满腔热情，将汗水挥洒在这片热土上，一起谈新疆的发展，看新疆的变化，思新疆的未来。“如果援疆是一幅画，‘辛苦’只是底色，

‘劳累’只是浓墨，能为新疆发展助力，为家乡人民添彩，才是最美的颜色。”林晖说。

无悔援疆　民生援疆强造血

林晖是龙岩分指挥部的大家长，援疆工作两年半时间里，他既有思念父母亲人的内心酸楚，也有投身新疆建设的热忱激情。向西、向西、西出阳关，踏着前辈的足迹，肩负组织的重托，他和第七批福建省援疆干部身赴新疆开始艰苦创业，成为传递国家行动的“使者”，成为新时期“边塞新曲”的续写人。

2019 年 6 月 21 日，呼图壁县融媒体中心在区州县委、福建援疆龙岩分指挥部的支持下，正式挂牌。据林晖介绍，自去年呼图壁县开展融媒体中心建设工作以来，龙岩援疆分指挥部就充分发挥优势，通过资金、项目、人才、智力帮扶等方式，全力推动呼图壁县媒体融合发展。

时间拨回到去年 3 月，龙岩电视台在龙岩对口援疆指挥部的安排下，来到呼图壁县电视台考察。经过双方的沟通交流，龙岩电视台和呼图壁县电视台初步达成了协作意向。龙岩电视台选派技术骨干到呼图壁进行挂职，并全力帮助呼图壁县实施融媒体中心建设。林晖还多次到呼图壁县电视台调研指导，在呼图壁县融媒体中心建设中，福建龙岩援疆分指挥部给予 300 万元资金支持，用于县级融媒体中心及乡村融媒体文化小站建设。

援疆工作在强调建立人才、技术、管理、资金等全方位对口支援新疆的有效机制，始终要把保障和改善民生放在支援新疆的优先位置。六一儿童节，林晖带领着所有龙岩援疆干部来到呼图壁县五工台镇幼儿园，和幼儿园的全体师生开展了“感恩援疆情、欢乐共成长”主题活动。龙岩分指挥部向幼儿园捐献了 3 万元善款，用于改善幼儿园的办学条件。

最让林晖感动的是，幼儿园的孩子们为援疆干部们亲手制作了礼物，收到手工制品的那一刻，林晖的心都被暖化了。“孩子们送的礼物，我会一直珍藏着，带回龙岩老家。”林晖说。记者了解到，2017 年，龙岩分指挥部援建了五工台镇花儿幼儿园，这是一个村级幼儿园，于 2017 年 8 月投入使用，是呼图壁县重点民生项目，目前共有 2 个班，70 多个小朋友已入园。

真情融入　只为情意更深长

色彩斑斓的夏季，是昌吉景色最美的时节。福建援疆干部用生动鲜活的故事，让民族团结之花越开越艳。“像爱护眼睛一样爱护民族团结”，林晖是这么说，也是这么做的。在这片热土上，他和维吾尔族亲戚热合木吐·赛义提手牵手、心连心，诠释着民族团结的深情。

林晖清楚记得，2017年7月，他第一次去呼图壁县二十里店镇二十里店村亲戚家的情景。由于是初次见面，语言沟通不畅，彼此都有些生分。热合木吐和林晖熟悉后，才敞开心扉说出了自己的心里话。“我以为，你和我结亲戚，就是为了完成任务，没想到你是认真的，有你这个好兄弟，是我一辈子的福分。”热合木吐说。

既然是亲戚就得常来常往。热合木吐今年70岁，有严重的骨质增生，妻子患有高血压，他们的身体状况，林晖一直记挂在心上，他还经常带着援疆医生去为他们做体检、制订康复计划。亲戚家的小女儿在2017年考上了乌鲁木齐的一所职业院校，学费对于这个贫寒家庭来说是个难题，林晖当即表示，龙岩分指负责孩子一半的学费，另一半的学费还需要他们自己想办法。“我不想大包大揽的原因，是因为我觉得他们也要靠自己的双手去赚钱，去想办法，这样，这个家庭境况才能越来越好！”林晖说。

林晖发现，亲戚家偌大的院子里杂草丛生，他就萌生了帮助他们种菜的想法。去年4月，他在市场买好辣椒、茄子、白菜等菜苗来到亲戚家，他扛起铁锹教亲戚种菜。到了七八月份，蔬菜长得很旺盛，热合木吐每次都会热情地让林晖带回去一些蔬菜，分给援疆干部们吃。

林晖最难忘的一次，是去年夏天，妻子从福建来到呼图壁县，与他一起去看望亲戚。女主人穿着一身大红色的衣服在门口迎接他们，热合木吐远远看到他们，就拄着拐上前来和林晖拥抱，行贴面礼。

中午时分，热合木吐的妻子做她最拿手的拉条子，一顿丰盛的午饭，让一家人吃得其乐融融。午休过后，林晖两口子与亲戚们道别，热合木吐的妻子转身到了卧室，拿出了一条亮丽的维吾尔族特色丝巾硬塞给了林晖的妻子。“你别嫌弃，这是我最喜欢的一条丝巾，算是送给妹妹的见面礼！”听了女主人一番朴实的话语，那一刻，林晖和妻子无不动容。

隐藏思念　致力产业援疆

世界上最遥远的距离是什么？林晖的回答是思念。他在新疆，父母、妻子在福建，儿子在东北，“从地图上看，我们这三点的距离，就是边长最长的等边三角形，亲人们距离那么遥远，思念也就更遥远了！”林晖说。

2018 年 9 月，林晖回福建出差，他特意提前为母亲庆祝 72 岁寿辰，在母亲的生日宴上，他为母亲献上了一曲《儿行千里母担忧》，他几乎是哭着唱完这首歌，母亲也是抽泣着听完了这首歌。再次回忆起当时的场景，林晖依然眼含热泪。

每个人背井离乡来援疆，都有不易。援疆期间，他们要抛下自己的父母、亲人，只为在这片热土挥洒汗水，奉献自己的力量。“我必须要隐藏起自己的思念，乐观向上地，积极开展工作，这样，我们这个大家庭才能充满更多的笑声！”林晖说。

在林晖的带动下，龙岩分指挥部充分发挥区位优势、政策优势、产业优势，变“输血”为“造血”，引领“南雁北飞”，积极承接产业转移，实施产业援疆，发展县域经济，促进就业增收。2017 年，新疆汉诚服装有限公司、新疆友诚纺织有限公司、新疆天山路通矿业有限公司、新疆卡鑫隆服饰织造有限公司、呼图壁闽疆木业有限公司等一批内地优势产业和企业相继涌入，目前已有 15 个项目落地呼图壁，总投资达 17 亿元，创造就业岗位 800 个，卫星工厂已引导近 200 人各族群众就地就近就业。

离疆的脚步更近了，林晖希望竭尽所能为呼图壁县做更多的好事、实事，让他们的日子过得更好！他将以“一腔热血洒边关，壮志未酬誓不还”的壮怀和豪迈，援建更多的好项目，把党的关怀和温暖送到各族群众的心坎上。

廖冬云，昌吉日报社记者。

壮歌西行　援疆无悔

——记呼图壁县委副书记、福建省第七批援疆宁德分指挥部指挥长陈何兴

/廖冬云/

“时光一去永不回，往事只能回味……”呼图壁县委副书记、宁德援疆分指挥部指挥长陈何兴感慨，或许这句歌词最能表达此刻的心声。5月16日，记者在呼图壁县宁德援疆前方指挥部见到了陈何兴，这是他对记者说的第一句话。三年时间，说长不长，说短也不短，还有半年多时间就要离开工作、生活过的地方，他认真思索着，还有哪些项目需要完善？怎么才能在最短的时间里，给第二故乡留下更多的深情？

和陈何兴交谈的过程中，记者感受到他身上有着侠义之风，他的“侠”不是横刀立马、快意恩仇，而是心系边疆、壮歌西行。侠之大者，为国为民。援疆期间，陈何兴用真挚为民的情怀，用务实工作的态度，用舍小家为大家的情怀，谱写了一曲动人的援疆之歌。

滴水穿石抓项目

习近平总书记在宁德任地委书记时提出“滴水穿石”的闽东精神，提出的“四下基层”工作作风，在陈何兴三年援疆过程中得到全面体现。

援疆伊始，作为呼图壁县委副书记、福建援疆宁德分指挥部指挥长，陈何兴把“滴水穿石”精神贯穿到援疆工作始终，坚持一任接着一任干。在压茬交接时，陈何兴实地察看了上一批动工建设的项目，力争按照规划继续抓好项目建设。

在项目施工中，他经常到现场办公，全面检查工程质量、施工安全、工程进度等，现场研究解决工程建设过程存在的问题困难，力促援疆项目能按时、保质保量完成建设，努力把每个项目建设成为示范项目、精品项目。在第七批宁德援疆项目呼图壁县二十里店镇二十里店村维吾尔族风情村项目、呼图壁县呼图壁镇幸福和宝成社区服务中心项目、特困家庭住房温暖工程项目、石梯子乡农牧民创业园配套设施项目、二十里店镇头工林场村村民文化服务中心项目等工地随时可以见到陈何兴的身影，在他的精心组织下已全面完成并投入使用，完成投资3600万元宁德援建的9个工程类项目建设。

2018年4月，宁德分指挥部按照省前方指挥部“十个一”要求，在二十里店村建设具有福建援疆特色的“闽疆生态文化村”，培育“民族团结示范村”“乡村振兴示范村”。宁德指挥部负责道路畅通工程、文化阵地、民族食品品牌培育、“闽疆生态文化村”LOGO、围墙改造、基层组织建设等工作。时间紧、任务重，陈何兴组织乡镇领导，交通、发改等单位研究建设方案，协调设计、立项等前期工作，用最短时间完成前期工作。每个环节都提前介入，亲自部署监督，建设过程亲自到工地指导检查，解决现场出现的问题，督促施工单位按照时间节点安排好工期，仅用3个月就完成10.6公里通村油路建设工程。

心系群众促增收

走在二十里店村的宁德路上，海棠果花混合着沙枣花儿的香味直钻入鼻。两边文化墙上，展现了习近平总书记《摆脱贫困》一书重要观点、宁德市旅游、白茶、畲族文化，与二十里店村浓郁的少数民族文化交织交融在一起。

远处飘来了浓郁的馕香味儿，顺着香味儿，记者来到西域香飘打馕合作社，冷风吹得人瑟瑟发抖，站在馕坑边，阵阵暖意袭来。牙生·尼牙孜去年10月加入打馕合作社，一天打1200～1300个馕，一个月有3万多块钱的收入，收入翻了三番，一家四口都忙不过来，又雇了两个人打馕。“我今年64岁了，现在党的政策太好了，我们住上了300多平方米的新房子，累也高兴！”牙生·尼牙孜爽朗的笑声回荡在打馕合作社。

陈何兴告诉记者，二十里店的馕质量口感好，销往乌鲁木齐、克拉玛依、石河子等周边地区，每周可以销售4万个馕。宁德援疆前方指挥部认为成立打馕合作社可以帮助村民增收致富，注册了西域香飘馕的商标，建了打馕合作社展厅，实行统一商标、统一生产、统一包装、统一销售，并建立电商平台，把馕作为二十里店村增加民族群众收入的特色产业来培育，经过半年的运作，合作社解决就业30人，合作社成员的收入也是“芝麻开花节节高”，每月创造收入10万元。

入疆以来，陈何兴始终关注呼图壁产业发展，多次带队到广东、福建、浙江、河南、天津等地招商、参展。2017年4月，福安企业家黄爱玲选定在呼图壁五工台食品工业园投资办厂，生产饼干、沙琪玛、小米酥等食品。2017年10月正式投产，企业年产值5000多万，消耗当地面粉、油料等农产品近8000吨，解决当地群众就业100多人，带动了农牧民增收致富。

真情实意解民忧

第一次到二十里店村赛里木·阿不都海力家走亲戚，陈何兴请教当地的驾驶员后，带去了米、面、油等礼品。亲戚的勤劳、朴实和热情款待感动了这位远方的客人。从此，陈何兴经常住访联系，会不定期去看看亲戚，到亲戚家聊聊天、喝喝奶茶，亲戚也非常信任他，只要家里有什么需要帮忙的都会给他打电话，节日也会打电话问候。妻子和儿子暑假来新疆，特意给三个孩子买了新衣服。

陈何兴的住访户是家住石梯子乡白杨河村的木拉提·哈力阿斯哈尔，交谈中得知，木拉提的二儿子是福建内高班长乐华侨中学毕业的，后来考上铁道警察学院，是援疆政策的受益者，谈话间，心与心的距离越来越近。住访期间，他们一起学习十九大精神、全国两会精神、民族宗教政策，听到60岁的木拉提大哥声音洪亮地读着“我是中华人民共和国公民”“爱祖国、感党恩、听党话、跟党走”等句子，陈何兴欣慰地笑了。

陈何兴进疆以来，联系结对的亲戚、贫困户、老党员共有8户，住亲、走访、看望亲戚成为一项经常性的工作，除呼图壁县统一安排结亲住访外，工作下乡、调研时，他也会到亲戚家走走、聊聊天、拉拉家常，为他们解决家庭实际困难，解决他们就业、子女就学、低保、困难救助等问题十多件。

牵线搭桥增情谊

入疆以来，陈何兴致力推动两地共建合作，利用回闽时间，经常跑部门、找领导、推项目，促成福建、宁德有关部门和呼图壁建立共建关系，形成全面援建格局，建立长效援建机制。

在寿宁县委的支持下，2018 年 11 月 22 日，寿宁下党村党支部与呼图壁二十里店村党支部正式结对共建，实施党建援疆。2019 年 6 月他带领二十里店党员赴下党开展共建，全面推动两个党支部在支部班子建设、党员队伍建设、农村经济发展、实施乡村振兴等方面共建合作。

二十里店村党支部书记艾尔肯·尼亚孜表示，“这次红色共建之旅，打开了我们的眼界。通过学习下党村发展模式，特别是党建、旅游方面的发展思路，充分利用二十里店现有的资源优势、交通优势、硬件优势，我们有信心让村民的日子越过越好。”

积极推动福建警察学院和呼图壁开展院地合作，设立“福建警察学院新疆呼图壁教育训练科研基地”。在他的推动下，先后有宁德市文化旅游局、共青团宁德市委、宁德市总工会、宁德市民政局、闽东医院等 5 个部门与呼图壁建立共建合作关系。

三年援疆，一生铭记。这些日子，陈何兴真情援疆、真心投入、真抓实干，给予呼图壁县的是奉献和深情，给予家庭的只有遥远问候与牵挂。“牵挂老婆的身体，她患高血压，长期服药，生怕她出问题；牵挂孩子，儿子读高中，怕学习成绩跟不上……”

把思念藏进心底，在他脑海中，始终盘桓不息的是第二故乡——呼图壁县的各族人民和呼图壁县未来的发展前景。这是大爱，是一个共产党员、援疆干部的无私情怀。

廖冬云，昌吉日报社记者。

“工作还没完成，我不能离开新疆”

——记呼图壁县公安局副局长郑允荣

/冉歌舒/

今年，是郑允荣援建新疆的第六个年头了。

2014年早春时节，南方已开始转暖，而远处西北的新疆，还是一片银装素裹。郑允荣作为福建省第六批援疆干部人才，踏上了前往新疆的航班，担任呼图壁县公安局党委委员、副局长，正式开始了他的援疆工作。

成为一名出色的警察，是他从小根植于心的梦想。“还是在中学的时候，看了很多关于警察的影视剧，内心对成为一名人民警察充满敬仰和向往。”郑允荣说。1995年高考报志愿，他毫不犹豫地报了提前批公安系统最高学府——中国人民公安大学，就读于刑事侦查专业。1999年大学毕业，他同样毫不犹豫地选择成为一名人民警察。

呼图壁县位于新疆维吾尔自治区中北部，东距首府乌鲁木齐68公里。初见，酷冷的风穿过宽敞的街道，只觉得这座城市的气质与故乡大不相同，少了清秀，多了一份大西北的粗犷和豪迈。天气虽冷，但当地干部对他们的热情不减，“感觉这些同志很亲切，这让我对接下来要面对的工作更有信心。”到达昌吉后，郑允荣和援友们参观了宁德前几批援疆项目成果，进一步了解援疆工作的意义。

郑允荣是第一次来到新疆。关于新疆的一切了解，都来自于身边的人。“来之前，我与前几批的援疆干部接触比较多，哥哥也曾在乌鲁木齐工作过两年时间，听他们聊起在新疆工作的经历，我对新疆充满着期待。2014年1月底，福建省第五批援疆任务期满，须轮换新一批援疆干部，看到单位通知，我就抢先去报名了。”郑允荣说。

根据呼图壁县公安局党委班子分工，郑允荣先后协管刑侦工作，主管经侦、禁毒工作，分管治安和绩效考核，分管治安、巡逻防控大队、便民警务站和派出所工作，分管一体化中心、指挥中心、办公室等工作。

刑事侦查是郑允荣的专业优势所在，做起来自然得心应手，他认真了解本地刑侦部门的专业水平情况，充分发挥在闽工作期间的刑侦工作经验，带领县局刑侦大队民警先后侦破数十起重大疑难复杂刑事案件，刑侦队伍攻坚克难和整体战斗力明显提高，打造了一支带不走的刑侦专业队伍。

2014年4月份，呼图壁县城镇发生一起电信网络诈骗案件，案值20万元。案发后，郑允荣第一时间带领刑侦大队民警开展案情分析和各项侦查工作，在昌吉州公安局相关部门的大力支持下，锁定了犯罪嫌疑人居住地在湖北省襄阳市。并带队赶赴湖北省武汉、襄阳等地开展工作，在当地公安机关的密切配合下，先后抓获犯罪嫌疑人10余名，破获涉及全国十几个省、市、区的系列电信诈骗案件共20余起，涉案价值达100余万元。

“既然选择援疆，就必须全身心地投入，真心实意办实事，为援疆工作的大局铆足劲儿干。”为推动宁德市公安机关对呼图壁县公安局对口支援和结对帮扶工作，为呼图壁县公安局争取技术、经费和人才支持，郑允荣充分利用出差及回闽探亲机会，积极主动向宁德市、县两级公安机关主要领导汇报新疆反恐维稳工作情况和昌吉州、呼图壁公安工作情况，先后共为呼图壁县公安局提供计划外援助资金约150万元，有效解决了县公安局专项资金困难和工作经费紧张的压力。

2017年4月以来，郑允荣依托宁德市“十三五”援疆项目即将完工并投入使用的有利时机，多次赴闽向福建省公安厅政治部、福建警察学院有关领导主动汇报。经过多方协调和不懈努力，最终实现了福建警察学院与呼图壁县的密切合作，双方签署了合作共建协议，并在两地分别设立两个基地：一是在呼图壁县设立了"福建警察学院新疆呼图壁教育训练科研基地"，二是在福建警察学院设立了"新疆呼图壁县公安局民警科研实践基地"。

郑允荣还担任宁德援疆分指挥部财务组组长，主要负责指挥部的财务管理工作，确保各类资金款项的安全使用和科学调度，协助分指挥部领导做好对外交流交往、产业援疆、招商引资、扶贫帮困等各项工作。他先后多次协助分指挥长组织多家呼图壁企业赴闽参加福州"6·18"海峡项目成果交易会、厦门"9·8"国际投资贸易洽谈会、宁德市电机电器博览会和"中国·霞浦农特产品展洽会"等大型展会，并陪同呼图壁县经信委、招商局等部门组成的招商考察团前往龙岩、泉州、福州、宁德等地开展招商引资活动，促成两地商业合作。

和本地干部一样，郑允荣也积极参加"民族团结一家亲"活动，定期与结亲户同吃、同住、同劳动、同学习，并按照送政策、送法律、送党恩、送温暖，帮助他们解决生产和生活中实际困难，制定扶贫帮困的计划和时间表，用实际行动帮助脱贫脱困，与当地少数民族干部群众结下了深厚的友谊。

转眼近六年了，郑允荣选择援疆的时候，女儿还未满周岁。

"我能在这边放心地开展援疆工作，家人们做出了很大牺牲。"郑允荣说。

远离家人，个中滋味如何自不必说。但在第六批援疆工作结束时，郑允荣仍主动选择留任，和第七批援疆干部一道开展新阶段的援疆工作。"就是觉得自己前三年任期的很多工作都没完成，当然，这样一个决定，对家人来说的确很难接受，但他们最终还是服从大局了。"郑允荣说。

"在决定是否留任的问题上，他是'先斩后奏'的，我同意也得同意，不同意也得同意。"郑允荣的妻子打趣道。

"六年援疆路，一生新疆情。"郑允荣说："通过援疆，使我增长了知识才干，锻炼了意志品质，丰富了人生阅历，体会了'天山青松、戈壁红柳，沙漠胡杨，绿洲白杨'的壮志豪情。"

冉歌舒， "90后"，供职于昌吉州文联。

援疆路上

——记呼图壁县农业局副局长吴林青

/张军剑/

一

“什么,你要去援疆?”电话里传来有些苍老、疲倦的声音。年过七旬的父亲一阵咳嗽,沉默了片刻。

“你不是不知道家里情况离不开你！你给领导说下咱们不去行不!”

电话里传来一片忙音,父亲把电话给挂掉了。

一会儿,铃声又响了,父亲把电话又一次打过来了。

“刘芳同意吗?”

“还没跟她说,准备跟你说完再去跟她说。”

“都四十岁的人了，有点责任心好不好？你的婚礼还没办！这么大的事，你都不先跟我们商量！”父亲强调，“你马上去找领导，咱不能去！”

“你去援疆？定了吗？”未婚妻子刘芳焦急地问道。

“基本定了。”吴林青说。

“那我怎么办？这婚还结不结了？这么大的事情，你怎么能不跟我商量呢？”

“我也是刚刚接到体检通知的。所以还没来得及跟你商量。”

未婚妻刘芳电话那头一阵沉默。

还在北京出差的他，突然接到援疆的体检通知，真的没有一点心理准备。接连打完两个电话，吴林青心里也是一片沉重。两个最亲近的人都反对，让他感觉迷茫、彷徨……

体检通过了，家里人的思想也终于做通了。

进疆以后，看到援疆办公室里的“为新疆奉献，为宁德增光”的标语，吴林青心中重新充满了激情和斗志。

二

刘芳的单位工作很忙，她又是管理岗位，经常加班加点。相隔万里，吴林青似乎什么忙也帮不上。

吴林青刚刚离开的第一周，未婚妻刘芳就患上重感冒发高烧，半夜加班回来累得病在床上，想喝杯热水爬不起来。她委屈得直掉眼泪……刘芳最终把国企的工作给辞了。

两个月后，她放下一切来到新疆呼图壁县，简单地请同事吃个便饭，就把婚事办了。

妻子的到来给了吴林青无限的温馨，也给他的援疆工作增添了不少动力。

有一次凌晨五点，在单位加完班吴林青推开了房间的门。

妻子迷迷糊糊地从沙发上坐起来。“你回来啦？喝杯水。”

他疲惫地靠在床上。

妻子说：“要不要吃点东西？苹果我削好了。”

他摇了摇头。

妻子把苹果放下，去卫生间给搓了热毛巾。“你就不能让别的领导陪同检查吗？你刚值完班！”

农产品检测中心双达标认证存在的问题不少。这次“双认证”抽检，估计是过不了的，但必须保住“双认证”，否则几百万的检测设备等于一堆废铁了。一整天的值班，吴林青非常疲惫。交完班就跟新到的检测中心干部一起准备检查，一直到下午检查组到来。随着检查对照表上面的叉叉越来越多，他的心也悬得好高……

检查组最终还是被感动了，同意给时间整改，没有直接取消双认证。经过一段时间的加班加点地整改，“双认证”通过了。

三

呼图壁县恒硕农业有限公司的广场上堆满了各乡镇送来的农田废旧地膜，像山一样，一座挨着一座；大货车一辆接着一辆，卸了又走，走了又来。

车间里机器轰鸣，切碎洗净的地膜随着水流被喷洒出来；他和刘厂长蓬头垢面，在像垃圾堆一样的地膜山上，一座座拉着防晒网遮盖着。

这是吴林青驻厂的第 10 天。

每天早早来，援疆楼晚上点名之前回去。每天的工作就是驻点企业督促生产、协调着各乡镇拉运废旧地膜进厂加工，还要督促大丰镇开展废旧地膜回收工作。

为了督促企业翔实记录台账、开足马力 24 小时生产，每天吴林青都是在跟厂长“吵架”、跟会计小妹“计较”、跟生产工人“拌嘴”中度过。督查完加工企业，就赶到大丰镇去检查地膜回收落实情况，督查完大丰镇，又马上赶回厂里继续驻点……

2018 年 9 月，国家审计署兰州办事处到呼图壁县审计农业环保项目，提出呼图壁县“农田废旧地膜回收利用率低”的审计意见。

呼图壁县作为全国现代农业县，首先开展农田废旧地膜的回收利用示范。废旧地膜的回收利用，作为试验性、示范性的项目，缺乏先例可循，摸索前行，实施得并不顺利。项目资金缺口很大，现有的项目补助资金根本不足以调动各方面的积极性，导致农户不愿意回收废旧地膜，企业不愿意加工生产。

农业局领导班子每个人都得包一个乡镇整改。吴林青负责大丰镇的整改，还得负责回收加工厂的驻厂监督。确实，农田废旧地膜污染已经是新疆农业生产的一个重大隐患，地膜污染整治是一项功在当代、利在千秋的重要工作。

在全县上下努力下，根据上级的审计提出的意见终于完成了整改工作，顺利通过农业厅督察组的验收。

四

“奶奶，我来看你了。”吴林青用哈萨克语打着招呼，他放下刚从县城市场上买来的一大袋蔬菜和水果。

吴林青的结亲亲戚哈拉茶西是一个哈萨克族的老奶奶，已经92岁高龄，腿脚不方便。老人的儿子已经去世，跟她生活的是大孙子，大孙子是身体残疾的光棍汉。两人靠低保过日子，生活拮据。

结了亲戚以后，除了统一执行的结亲住访，每次下乡，吴林青都会去她家坐坐。两人语言不通，每次对话是各说各的，更多的是看手势、看表情。

老人出不了门，生活很简朴，吃得很简单，她家的伙食常常是馕就着奶茶。所以，每次来看她，除了米、面、油，他总想额外给她带一些鸡蛋、水果、蔬菜，改善她的伙食。

为了能与老奶奶贴心地交流，吴林青认真地学习起了哈萨克族日常用语。虽然发音不太准确，但他已经可以和老奶奶简单打招呼了。

蓦然回首，吴林青觉得自己的三年援疆路无愧于党和组织的重托，也是自己无悔的人生赶考路！

张军剑，呼图壁县电视台专题部主任、主任记者。

“援疆，让我的人生丰富多彩”

——记呼图壁县文化体育广播电视和旅游局副局长邱志宇

/张军剑/

八千里路云和月，呼河水映天山情。2017 年 2 月，作为福建省第七批援疆干部人才，他告别尚在哺乳的孩子、年迈的父亲，来到呼图壁县文化体育广播电视和旅游局，开始了援疆工作。

融　入

在他脑海里，新疆只是一个遥不可及的地理概念。

来疆后，邱志宇充分尊重适应当地习俗，以最大的热情和最饱满的精神投入到工作中。他把推动两地旅游、文化交流交融，促进民族团结，作为自己的使命和任务。

他把推进呼图壁全域旅游发展作为旅游工作重点。主动投入到推进全域旅游规划编制，星级宾馆及景区的创建，旅游厕所的提升改造，旅游道路交通标识建设，新疆礼物“昌吉标准体验店”的建设等工作。

康家石门子景区，距离县城85公里，往返170公里，其中有一半的道路尚未路面硬化，两年多的时间里，他往返40余次，现场勘察，进行旅游基础设施建设，市场推广等工作。2018年在他努力推动下，呼图壁县新创建AAA级景区2家，其中1家已授牌，另一家正在申报中；申报创建四星级旅游饭店、三星级旅游饭店各1家；新建新疆礼物呼图壁县体验店1家，全县主要景点都配齐了旅游道路交通标识。

援疆宣传是他另一项工作内容。2018年，在龙岩“11·8”海峡机械博览会上，他把呼图壁的哈萨克族DALA乐队、本土“五叶草乐队”、央视星光大道周冠军歌手都带到了自己的家乡——龙岩市连城县，通过联谊晚会把异域风情呈现在龙岩群众眼前。

驻　村

五工台镇大泉村，距县城十余公里。

初来乍到，展现他眼前的是一片西北农村特色景象，村里除了主干道有硬化外，村中道路都是些砂石路面，厚厚的尘土夹杂着大小不一的卵石。每一脚踩上去都会溅起许多尘土。他与“访惠聚”工作队员同吃同住同劳动，按工作队要求带领一个工作组，包干一个片区进行入户调查走访。

他们居住的土房子四处漏风，新疆的十月，早晨刷牙撒地上的水都会在早饭后就结成冰块。

这段时间的集体生活拉近了他和同事间的距离。虽然饮食习惯不同，常觉不合胃口，却让他尝遍了皮辣红、凉粉、拉条子、揪片子、汤饭、抓饭，工作餐中的这些地道新疆家常饭。

这时恰是新疆的秋天，景色如同上帝打翻的调色板，蔚蓝天空下五彩斑斓的防风林，秋水长天一色的湿地，多彩而壮观。他在驻村日记中写道：为了新疆大地的社会稳定和长治久安，大家都在辛勤工作，无私奉献。走上援疆之路，这是人生最大收获。

结 亲

他的结亲户是哈萨克牧民叫木拉力·艾斯提，居住在雀尔沟镇克孜勒塔斯村。

亲戚家离县城60公里左右，一家五口，两个女儿一个上初中，一个上小学，小儿子哈斯阿依尔，下肢残疾，待在家。

他和两位援疆医生来到木拉力家，主人家很是热情招待，摆了一桌子的干果点心，烧上一壶热腾腾的奶茶。房子约70平方米，三个房间一个厨房，厨房里烧煤的炉子煮饭兼取暖。一个独立的房间，另两个开放式的房间一个做餐厅，一个做会客厅。木拉力腾出仅有的一间带门的房间给他们住。

白天木拉力外出放牧，家中留守的是9岁的小儿子哈斯阿依尔，由于孩子残疾没有上学，一双机灵的大眼睛，却双脚痉挛，无法站立走路，平时都盘腿躲在炕上。由于没上学，语言也不通，只能比画着做点交流。

一日三餐很简单，每天早上奶茶配馕饼，中午做一大盘面，晚上做面或偶尔做个带点风干肉的抓饭。

同驻一个村的几位援疆干部交流后发现村子不大，却有好几个肢体残疾而在家的孩子。这些孩子都是因脑神经受损或其他原因引发的手脚痉挛，肢体残疾但智力正常。于是他们琢磨着如何帮助这些残疾的孩子。

在援疆干部中有儿科医生、中医保健针灸推拿等方面医疗专家。一起驻村的医生分析说，这些孩子还处于长身体阶段，给予早期康复治疗，锻炼残存功能，能有效改善生活质量。他们上报龙岩分指挥部领导，经研究决定以共建“爱心病房”形式来帮助这些孩子。

2018年5月，龙岩援疆分指挥部与呼图壁县中医医院举行康复“爱心病房”签字仪式，在县中医医院共建“爱心病房”。针对贫困家庭儿童开展康复治疗。小哈斯阿依尔经过两期的治疗，现在已经可以拄着拐杖自己行走了。

2019年1月17日，“迎新春联欢会”在呼图壁县二十里店镇二十里店村火热上演，村民们一不小心成了“网红”。

邱志宇从2018年5月开始负责在二十里店村指导“文艺轻骑队”组建和节目排练工作。

为了教村民们唱好闽南语歌曲《爱拼才会赢》，他打印好歌词，进行逐句讲解歌词含义，让每个人把歌曲下载到手机上，一遍遍听，然后跟着哼唱。逐字逐句地练。没想到大家进步很快，维吾尔族群众天生能歌善舞，短短几个月，大家已经唱得有板有眼了。文艺队演唱的闽南歌曲《爱拼才会赢》节目成为联谊会上一大亮点。现在村民热孜古丽·哈力克和阿依夏·玉苏甫等越来越多的妇女加入文艺队，村里形成近20人的文艺团队，丰富了村民业余生活。

邱志宇离开家时，妻子在乡镇卫生院从事医护工作，大孩读小学五年级，二孩才五个多月。入疆第一年的11月，有出差机会，途中顺路回家探亲，刚好遇上二孩患上了水痘，后传染给大孩，两个孩子一起生病，从白天照顾到晚上，五天假期几乎都没有睡好一天觉。

他深切体会到，离家万里，每个援疆干部背后都有着家人的鼎力支持、牺牲和付出。

邱志宇说：援疆，让我的人生丰富多彩！援疆生活让我拓宽了视野，提升了境界，净化了灵魂，磨炼了意志，丰富了人生。

张军剑，呼图壁县电视台专题部主任、主任记者。

不辞长作新疆人

——记呼图壁县商务和经济信息化委员会副主任陈小宁

/李存玲/

“一段援疆路，一生新疆情。既然选择了援疆，就要有所作为不留遗憾。”这是龙岩市援疆干部陈小宁的心声，也是他在新疆呼图壁的工作的真实写照。

来自闽西红土地的陈小宁，同事和朋友们都笑称他个头高大、身材魁梧不说，肤色还是古铜色，再加上爽朗的笑声，如果不是他一腔略带客家口音的“福建普通话”，简直妥妥就是一个西北硬汉。

今年47岁的陈小宁，来自龙岩市长汀县经济信息科学技术局。在2017年2月28日他受组织选派如愿来到呼图壁，任商务和工业信息化局副局长。“进疆为什么、在疆干什么、离疆留什么”，这是他经常思考的“援疆三问”。“既然有机会来到新疆，就要在这片希望的田野留下自己的印记，要将自己多年从事经济工作积累的人脉圈、信息流和自己所长带到呼图壁，牵线搭桥，让更多的客商来呼图壁投资兴业，实现援受双方协同共赢发展！”陈小宁自信满满地说。

产业援疆永远在路上

近年来，在龙岩产业援疆的推动下，一批强产业、惠民生、促发展的援疆企业陆续在呼图壁落地投产，对促进该县经济高质量发展、优化调整产业结构、促进财政增收和群众就业发挥了积极作用。这其中，负责产业援疆工作的陈小宁功不可没，在每一个援疆企业洽谈对接前，他是马前卒；洽谈中，他不辞辛苦作“空中飞人”；落地投产后，他是企业的“保姆和店小二”。

在陈小宁从事招商引资工作中让他最有成就感的是中蓝服饰织造有限公司的投资签约，“这是在难度系数比较高的情况下，签约速度最快的一次招商。”

陈小宁与中蓝服饰织造有限公司董事长张仕均的首次见面是在 2018 年 9 月 20 日召开的呼图壁县（福建石狮）招商推介会上，张仕均在台下听了陈小宁激情澎湃地宣讲，第一次知道了新疆有个县城叫呼图壁。

当时中蓝（福建）集团有限公司已经有在新疆投资纺织服装产业的初步意向，投资首选地是南疆地区，呼图壁并不在该公司投资备选之列。但是陈小宁却没有放弃，一而再，再而三地发短信、加微信、打电话联系，并通过在福建的企业家朋友帮忙说项，邀约赴呼图壁投资考察。

在陈小宁一次次的盛情邀请下，张仕均带着投资考察团队于当年九月底来到呼图壁。在来疆的两天时间里陈小宁全程陪同，到工业园区实地考察投资环境，与县领导见面了解当地发展规划，赴相关单位了解优惠政策和审批手续。

精诚所至，金石为开。2018 年 12 月 9 日中蓝服饰织造有限公司正式与呼图壁县签约。接着，陈小宁马不停蹄投入到该公司注册、厂房装修、员工招聘、协商协调等服务企业工作之中。2019 年 4 月 23 日，中蓝公司一期项目正式竣工投产，解决了当地富余劳动力 550 人的就地就近就业问题。

后张仕均董事长接受媒体采访时笑着说，“之所以选择来呼图壁投资发展，除了当地的各种比较优势外，龙岩援疆干部的精准、精细、精心服务让我非常感动，更让我坚定了在呼图壁投资的信心，同时这也是中蓝集团在外投资兴业速度最快的落地项目。”

温暖一座城

来疆后，陈小宁的身影不仅仅出现在县城的各种企业里，他的脚步也走近了呼图壁各族群众身边，策划了一系列公益活动，以实际行动践行着社会责任。

2018 年 8 月 29 日，福建援疆龙岩分指挥部联合产业援疆企业新疆卡鑫隆服饰织造有限公司、新疆锦华二十里店棉业二十里店镇林场村开展脱贫攻坚助学圆梦活动。为该村 8 名 2018 年高考录取新生各发放每人 1000 元助学金；同时慰问 16 户建档立卡贫困户，为他们送上了价值 4000 元的米、面、油等生活物资。

2019 年 4 月 19 日，由昌吉州网信办发起，呼图壁县网信办主办，福建援疆龙岩分指挥部、呼图壁县商务工信局协办的“小城大爱 · 益起来”网络公益工程启动仪式在呼图壁县体育馆拉开序幕，来自全县 39 家爱心企 业、13 家公益团队和各党工委 600 余名干部群众参与活动。捐赠仪式上，福建援疆龙岩分指挥部、昌吉州中蓝服饰织造有限公司、新疆卡鑫隆服饰织造有限公司等单位、企业捐款捐物总价值 13 万元左右，专项用于扶贫帮困、捐资助学。许多单位、企业踊跃参与，爱心捐赠总额占公益活动捐资捐物总额的 50.8%，这归功得益于陈小宁的精心筹划、组织发动。但他谦虚地说：“这要感谢援疆企业弘扬闽商精神、传递慈善力量，我们只不过是积极地加以引导”。

亏欠中的奉献

“儿行千里母担忧，我母亲是重度的类风湿病患者，生活自理能力比较差，最怕她打电话来问我什么时候回家。”陈小宁神情变得黯然。

“妻子是公务员，2017 年底又下派任驻村第一书记，来新疆的时候孩子刚上初一。2017 年 12 月，妻子不慎发生车祸，导致右手神经受伤，有三个多月都使不上力，连穿衣服都困难，还要给孩子做饭啥的。”

“在去年八月，母亲因急性脑梗死和不慎摔伤骨折两次住院，都是妻子一个人忙前忙后，等到母亲康复出院了之后，才敢告诉我。”淡淡的笑容背后，是对家人的亏欠和内疚。

来疆两年多，经他手在呼图壁县落地投产的项目共有13个，总投资15.7亿元，涉及纺织服装、新型建材、矿山开发、现代物流等产业。数据虽然不能说明一切，但数据却能见证一种存在，铭记一段过往。陈小宁认真告诉记者："其实我所做不多，但新疆这片土地和人民却给予了我很多，朴实的老乡温暖的眼神、舒心的笑容，让人动情，'不辞长作新疆人'。"

李存玲，呼图壁县融媒体中心记者。

描绘人生最美的风景

——记呼图壁县发改委副主任林康祥

/张军剑/

大漠孤烟，长河落日。屈指数来，他们已在呼图壁县奋斗了1000多个日日夜夜。两年多来，他默默坚守在边疆，给予呼图壁县的是奉献，给予家庭的只有遥远问候。

林康祥还记得临行前妻子、女儿、父母、朋友依依惜别的场景，亲人的嘱托时时萦绕在耳边。但为了完成组织交给他的使命，2017年2月28日，他跟随大部队毅然踏上西去的行程，开始为期三年的援疆之行。

回首两年多援疆路，他在艰难中前行，在寂寞中坚守，他以实际行动依托援疆项目改善了当地民生、助推了社会稳定、促进了民族团结，援疆岁月也为他人生描绘出最美的风景。

打造援疆项目亮点工程

援疆是一项神圣的使命，更是一份沉甸甸的责任。他们聚焦总目标，是新疆社会安定稳定发展的参与者、建设者和见证者。

从东南沿海，到西北边陲，面对着工作艰苦、语言障碍、环境复杂、民族习惯不同的难题。在逐步克服了气候、语言、饮食、工作环境上的巨大差异后，他迅速适应角色，融入当地工作，他在宁德分指挥部担任产业项目组组长，负责产业的发展和援疆项目的建设，并做好后勤保障工作。

福建援疆指挥部把组织实施二十里店维吾尔族风情村项目建设，作为打造美丽乡村品牌的援疆项目亮点工程。作为项目建设的参与者，林康祥心中充满着欣慰和自豪。

从二十里店镇二十里店村南面的村文化演播中心俯瞰村庄，新修的四纵一横柏油路、浅黄色民居、赭红色围墙、图文并茂的文化长廊和农家乐大门口挂着的火红灯笼，在夕阳的映衬下，宛若一幅美丽的油画。

二十里店镇是呼图壁县苗木花卉产业强镇，建成了10万亩苗木花卉产业园，有银杏、夏橡、皂角、丝绵木等200多个品种。

走进二十里店村文化演出中心，迎面就看到“各民族像石榴籽一样紧紧抱在一起”的巨幅墙画，援疆农家书屋、电商工作室、特色产品展示柜和古朴的木架、农家小竹篮、葫芦雕刻等坐落其中。

2018年7月份开始，在福建省前方指挥部的大力支持下，认真实施了二十里店镇二十里店村“闽疆生态文化村”项目。按照“十个一”目标要求，在宁德投资1000万元援建的呼图壁县二十里店美丽乡村项目基础上，建设“闽疆生态文化村”项目，其中由宁德负责的就有五项之多，从施工前期手续的办理到竣工仅四个月，时间紧、任务重，为了确保如期完成任务，对接设计、修改方案、项目评审、立项、招标等前期手续，林康祥无一不亲力亲为，他每天深入施工现场，详细察看项目建设的进度、了解项目在推进中存在的困难。白天一身土晚上一身泥，通过不懈的努力，他终于保质保量地完成领导交办的任务，为将闽疆生态村打造成为全疆乡村振兴的示范点奉献出自己微薄的力量。

撒下民族团结的种子

人间最美四月天。呼图壁县的牧区春天一样有着迷人的色彩。

四月的石梯子乡牧区，风里飘荡着花的芬芳，阳光里也藏着青草的香味。徜徉在春风里，牧民卡得尔·巴义坐在自己的农家小院，看着花开满枝的苹果树，心里充满着丰收的希望。

来到呼图壁县后，林康祥与石梯子乡卡得尔·巴义结成了亲戚，卡得尔·巴义是年过六旬的哈萨克族牧民，三个女儿都已出嫁，老两口身体不好，家中仅靠种植土地的一点收入，没有其他经济来源。

林康祥看到卡得尔·巴义院子大，积极协调、争取资金、购买树苗，亲手在亲戚院子里种下海棠和苹果树。

看到卡得尔·巴义家60多平方米的旧房还可以利用，他向指挥部争取了庭院食用菌种植这个项目，买来塑料薄膜和遮阳篷布，说干就干，几天后，一个设施齐全的菇房建成了。

林康祥利用周末邀请农业食用菌专家到亲戚家进行指导。食用菌的生长对温度的要求很高，由于卡得尔·巴义不会讲国家通用语言，林康祥就请来驻村的工作队员做翻译，让卡得尔·巴义掌握蘑菇的种植技术。

一分辛苦一分收获，卡得尔·巴义的蘑菇房里的蘑菇像变戏法式的长出了大朵大朵的蘑菇，让这位只会放羊、养牛的哈萨克族牧民惊喜得伸出大拇指连声叫：好！好！

脚下沾满多少泥土，心中就有多少芬芳。林康祥认为：援疆干部们来到这里，不仅带着发展经济、造福一方的使命而来，而且还带着一份深厚情谊，在这里撒下了民族团结的种子。

援疆路程已经走过了三分之二，这段故事里有对家人的亏欠、有对这片土地的深情。今后，新疆这片热土永远是一个让他充满留恋和回忆的地方。

张军剑，呼图壁县电视台专题部主任、主任记者，多篇作品获得全国、自治区、自治州广播电视新闻奖。

援疆让我成长

——记呼图壁县住建局副局长翁颖

/徐承秀/

今年33岁的翁颖是福建省龙岩市第七批援疆干部中最年轻的一位同志。现任呼图壁县住房建设局副局长兼县团委副书记。援疆前任职福建省龙岩市上杭县湖洋镇党委组织委员。

2017年2月,响应党的号召,带着出征的誓言、领导的重托、红土地百姓的嘱咐,翁颖踏上了援疆之旅。

选择援疆　缺席亲情

"新疆很大,新疆很远。"这是翁颖对新疆的认识,也只停留在教科书上,"占中国国土总面积六分之一,听说坐飞机去也要一天"。

接到援疆任务时，年轻的他欣然接受组织的安排。但，全家人除了父亲支持他，母亲、岳父岳母和妻子都不支持。担心他水土不服，担心年幼的孩子缺失父爱……离家万里，要说义无反顾其实很难，家人的担心翁颖全都知道，"虽然有太多的放心不下，可是组织交给的重任不能辜负。"

出发时，翁颖简单收拾了行李，一大早还来不及跟家人告别，看着熟睡中的女儿，就匆匆地踏上了援疆的征程。

来援疆时，女儿才一岁多，爱人在上杭县工作，翁颖便把孩子托给居住在龙岩市的父母。母亲停转掉了位于龙岩市区的服装店，一心帮他带孩子，让儿子能安心工作。一年后春节回家，女儿都不喜欢他这个爸爸抱了。

在翁颖的家乡，有着这样一句俗语，"天上雷公地下舅公"，翁颖解释道，意思是妹妹结婚，哥哥必须出席，哥哥不到场，酒席座位不好排。"我曾经设想了无数遍，妹妹的婚礼要怎么操办，要如何隆重而浪漫，可惜我却成了缺席的人。"2017 年 9 月，妹妹结婚，然而就在妹妹一生中这么重要的时刻中，翁颖还是缺席了。

"不是领导不通人情，是我没有递假条。"为了不延误指挥部工作的进展，翁颖只字未提请假。向来支持他的父亲也第一次在电话中责怪他，"我也解释了，可是父亲还是很生气，一年多了，父亲说家里有啥难事都没给你说，就妹妹结婚才开口让你请假……"说到这里，翁颖哽咽了，那是他来新疆以来第一次流泪，因为家人的责备，"那时候我觉得特别愧对于家人，可是没办法"。

在翁颖的钱包里，有一张照片，一位老人慈祥地微笑着，老人就是从小带他长大的外婆，是他至亲的人。

"去年我外婆生病住院，家里人怕我担心，都瞒着我，还是有一次因公出差随考察团到龙岩进行招商引资的时候，他们才说了这个事情。"翁颖说，援疆不是一个人的援疆，而是一个家庭的援疆，"很对不起家里人，很多时候想跟他们说些感谢的话，但性格原因往往开不了口"。

我在呼图壁挺好的

在翁颖房间的醒目位置上，摆放着两顶维吾尔族小花帽，他说，一个是去年刚入疆的时候，县里面组织 500 名各族群众来欢迎送给他的礼物，另一个是他的结对亲戚送给他的。

"把呼图壁县作为我的第二故乡，积极主动地熟悉呼图壁经济社会发展情况、积极主动地适应全新的工作环境、积极主动地融入呼图壁的风土人情，全身心地投入到新的工作岗位上。”这是翁颖来到呼图壁的第一天写给自己的话。

新疆干燥的气候，让翁颖这个南方人适应不了，嘴唇发干，鼻子流血，为了克服这些问题，努力融入新环境中，和当地的干部群众打成一片，翁颖是用了心的。

按照县委政府的统一安排，翁颖和雀尔沟镇克孜勒塔斯村的村民热汗古丽·买买提结成了“民族团结一家亲”亲戚，经常带着米面油去看望亲戚，尽可能地抽出时间与亲戚一家同劳动同学习，竭尽全力帮助亲戚一家解决生活生产上的问题。现在只要翁颖一去，家里的笑声就不断，俨然一家人。

然而因为文化、语言、饮食、生活习惯的差异，起初热汗古丽一家对翁颖并不怎么热乎。“基本上不怎么说话，都是我自己在那里讲。问他们有什么困难，他们也不说。”翁颖知道，必须用心去待他们，他们才会接受自己。

热汗古丽一直在家照顾一个年幼的孩子，没有合适的工作，为了提高家里的收入，翁颖工作之余，就跑前跑后忙着给热汗古丽找工作，最终选择纺织园区内的一家纺织服装公司，可以计件算工资，时间灵活，离家还近，这样热汗古丽才能工作和照顾小孩两不误。

看到这个福建小伙子这么真心实意地帮助自己，热汗古丽十分感动，给翁颖送了一顶维吾尔族小花帽，表示谢意。

“我听说这是很高的礼遇啊！”戴着小花帽，翁颖也开心地笑了。后来，翁颖又把热汗古丽的丈夫买买提·纳麦提介绍到新疆奥美医用纺织品有限公司上班。

亲戚家的日子一天天好起来，他们之间的感情也一天天深厚起来。

“他们时常会给我打电话，让我注意身体，做了好吃的也会叫我到家里去，还买了新疆干果要送给我的家人，就是感觉特别亲。”说到这里，翁颖心里充满了幸福，他也会在给家人的电话中告诉他们，“我在呼图壁真的挺好的！”

生命的二次成长

不到新疆不知道祖国之大，不到新疆不知道祖国之美。只可惜，工作太忙，翁颖还没有去过新疆的其他地方好好看看新疆。“快三年了，只因工作原去过昌吉和乌鲁木齐。”翁颖有些遗憾地说。

这份遗憾来自于肩上的一份份责任:福建省对口支援新疆工作前方指挥部龙岩分指挥部综合组、人才组及财务组的工作;县住建局劳动力转移、工程造价、招商引资、城建档案、计划生育、民族团结、双拥、科技、信息、城乡解困、老龄及工青妇等工作,这些都是翁颖的工作内容。

沉稳有序,条理清晰,援疆资金规范使用,项目建设严格推进,人才管理用情用心,文化活动有声有色,服务接待细致入微…… 每一件工作,他都尽最大努力去做好。

去年,福建援疆前方指挥部、龙岩援疆分指挥部、宁德援疆分指挥部结合乡村振兴、脱贫攻坚、民族团结等方面大力将呼图壁县二十里店镇二十里店村打造成为体现中央要求、符合新疆实际、彰显闽疆情深的援疆项目。

其中一项打造一面全家福笑脸墙,经过深入村民家里抓拍村民最有幸福感的笑脸,翁颖跟镇村干部挨家挨户地跑,最终用 346 张村民的笑脸做成了笑脸墙展示在村口的墙上。

第二天,就有村干部给翁颖打电话,“有的村民问,为什么没有他们的笑脸,是不是漏了?我回答他,不是全部展示,因为版面有限只挑了一部分。”翁颖说,挂了电话,村民们一个个发自内心的笑容,像电影片段一样出现在他的脑海里,那一瞬间,仿佛又看到了村民脸上的遗憾。

“还有村民当面跟我说,现在党的政策这么好,生活这么幸福,我们都高兴得很,都想让大家看到我们的笑脸……”这一席话,深深地触动了翁颖。

翁颖立即把这个情况向上级请示,经过批示,换上了一张长 9.9 米高 2.8 米的笑脸墙,集合了 1173 张村民的笑脸。

“听到村民对我们援疆工作的认可,打心眼里高兴。”翁颖说。

通过翁颖的积极对接,成功促成上杭县古田镇五龙村党支部和呼图壁县二十里店镇二十里店村党支部结对共建。

五龙村获得全国生态旅游乡村、全国先进基层党组织、全国文明村等称号;两个党支部在社会治理、生态文明、乡村旅游等都有各自的亮点和特色,希望通过党支部结对共建活动的开展,能互学共赢、协同共进,实现党员干部受教育、基层群众得实惠、共建支部同促进、科学发展见成效的目标。

“当我看到二十里店的少数民族同胞能够在台上熟练的演唱闽西苏区红歌《剪掉髻子当红军》时,我感觉援疆是幸福的、是暖人心的,文化交流是不分民族、区域、时间和空间的,爱心不分彼此,真情没有界限。”翁颖说。

两年半来,他跟随领导、同事,10 余次赴北京、上海等地开展招商引资,协助召开福建龙岩产业援疆项目推介会、呼图壁招商推介会等专场推介会；接待市、县党政代表团及龙岩市属媒体采访团、企业家代表等 39 批 400 余人次进疆考察、慰问，组织呼图壁县党政、人大、民政、法院、文化交流等学习考察团组等 9 批 120 余人次赴岩交流、学习。

“感谢援疆给了我生命的第二次成长，能够拥有援疆这一段特殊的回忆，是我人生中最大的收获。如果再给我一次机会，我还是会选择来这里。”翁颖动情地说。

徐承秀，呼图壁县融媒体中心记者，多件作品分别荣获新疆新闻奖、昌吉州广播电视节目奖。

莆田来的“儿子娃娃”

——记玛纳斯县委副书记、福建省第七批援疆莆田分指挥部指挥长龚冠雄

/张军民/

莆田，自古是闽中的政治、经济、文化中心。这里历史悠久，文化源远流长，素有“海滨邹鲁”“文献名邦”之美誉。龚冠雄就出生在这里。

龚冠雄可能自己也不太清楚，为何他骨子里有着浓浓的西北情结。西北的寥廓山川、汉子味道，边疆的大漠孤烟、古道瘦马，每每在他心中掀起波澜。大学时他念了中文系，专注西北文学。

援疆的号角吹响，心怀远方的龚冠雄一而再报名、申请援疆。整装待发之际，他以诗言志：“辞家万里今赴疆，莫问得失慨而慷。不忘初心践使命，直把他乡作故乡。”

迎接龚冠雄的是一场漫天大雪。作为从没见到雪的南方人，多少次梦中飞雪，如青梅花落，但他来不及欣赏塞外雪景，岗前培训一结束，穿过雪幕，驱车直奔百里之外的玛纳斯。他要在2016年底完成交接，站在别人结束的地方，开启自己别样的生命历程。

“哑巴”书记

龚冠雄有两个头衔，福建省莆田市援疆分指挥部指挥长、玛纳斯县委副书记。谁也没想到，到新疆，他却成了“哑巴”。整整当了一个多月的哑巴书记、哑巴指挥长。

零下20多度，秉持倾情援疆、精准援疆、从严援疆的龚冠雄，一边建章立制规范援疆的各种管理，一边走村串镇入厂访企。有时凌晨2点，身边工作人员还会收到他批改的材料，大家打心眼里佩服起这个“拼命三郎”书记。龚冠雄进入了“忘我工作”状态，今日事今日毕，时不我待只争朝夕。

玛纳斯是世界三大碧玉出产地之一，享有“中国碧玉之都”美誉。站在故宫玛纳斯碧玉文物展、中国（莆田）海峡工艺博览会、21世纪丝路琼韵玉器展的推介现场，龚冠雄的莆田地瓜腔里，又多了新疆口音。拿起话筒就开讲，他声情并茂，深深打动了场内的人。新时代碧玉雕刻工艺的代表作碧玉妈祖像，在他的牵头推动打造下雕成并获全国金奖。以温润莹绿的碧玉，雕出“立德、大爱、行善”的妈祖精神，既凝聚了莆玛一家亲的援疆深情，也实现了“海丝”精神和“古丝绸之路”精神的再次融合。碧玉文化旅游节升级为全国性文化旅游活动，外引淘宝官方直播，内联新疆工艺美协助力，推动碧玉产业升级发展。光阴交替，又一个寒冬来临，他力推冰雪风情文化旅游，“新疆是个好地方、新疆有个玛纳斯”。莆田前往玛纳斯援疆旅游包机、上海松江游客专列陆续开启，玛纳斯全域旅游迈开大步。

玛纳斯位于世界三大葡萄酒黄金生产线。在赏碧玉、游湿地中，品美酒是“那人却在灯火阑珊处”的时刻。当他举起酒杯，庆贺玛纳斯葡萄酒屡获国际金奖，中国首个也是目前唯一酿酒葡萄小产区得到认可授牌，玛纳斯获得“中国葡萄酒之都”美誉的时候，之前的奔忙游走推介，不分昼夜的安排策划，变成了杯中美酒，一饮而尽的唯有豪爽喜悦。玛纳斯的葡萄酒从原产地开始，终于跻身世界名葡萄酒行列。很多玛纳斯人站在牌匾前，不知道它的意义，种植户也是一知半解，只有在秋天收获时，才惊讶于这里的一串串葡萄都变成了金葡萄。

龚冠雄不仅是幸福玛纳斯的代言人、推介者,也是事必躬亲打造幸福的践行者。莆田名师团入玛讲学、组团式医疗援疆、天山北麓药用植物园建成、莆田水果引种玛纳斯、全州唯一由援疆筹建的标准化示范化便民警务站——莆田凤城便民警务站投入使用、玛纳斯莆田小吃展举办、莆田艺术团入玛演出……教育、医疗、科技、政法、文化等各行业援疆全面开花。一次又一次的奔走协调通联,一次又一次的外出招商引资,一次又一次的实地督促落实,陀螺一样旋转的龚冠雄,在日复一日的忘我实践中,深深爱上了这片土地。

同时,他也离不开胃药"耐信",更为痼疾咽炎所"青睐"。生命的透支催生壮大了痼疾,变成了喉咙结节增生和息肉糜烂。他吞咽困难,咳嗽难止,有时候还咳出血丝来,最后彻底说不出话来。在援友们的"逼迫"下,他走上军区总医院的手术台。刚下手术台,医嘱一月内不能讲话。龚冠雄叫人买来了写字板,一边雾化一边打点滴,一边用写字板与人交流。而今,龚冠雄的随身宝写字板"已下岗了",胃药耐信和西地碘片却还一直揣在身上。

亲民书记

六户地农民彭江涛说:没有莆田援疆就没有我的今天。高位截瘫坐在轮椅上的彭江涛,现在是玛纳斯县莆玛情商贸有限公司的法定代表人。"莆玛情"棉被在淘宝店更新上线,同时兼营新疆特色优质产品,手下有十多名残疾员工。互联网+让他圆了致富梦,龚冠雄为他贴身打造的"莆玛情"升级发展方案,让他开始了创业梦。

曾经生活不能自理、被爱人抛弃,几度轻生的他,在一批又一批莆田援疆干部的帮助下,现在不仅活下去了,还要回报社会,带动乡亲一起奔向幸福新生活。龚冠雄亲自帮他卖棉被,有一次短短两个月就卖出1369床被子,解决了彭江涛流动资金短缺的燃眉之急。

院子里,调皮捣蛋的孩子,正爬高爬低,欢实的马驹一样。胡兰别克端起奶茶,看一眼巴郎,深深地感念,没有龚冠雄就没有孩子,喝到的香奶茶,还凝集着龚冠雄的汗水。2017年4月,才半岁的孩子,莫名其妙地半多个月持续低烧不退。胡兰别克四处求医,辗转各家医院,急出了白头发,孩子的病也不见好。

龚冠雄下村听说了,立即赶来,连夜把孩子送到新疆医科大学第一附属医院,又联系协调专家会诊。医生说,要是再晚来几天,就是保住了命,还会影响大脑发育。2017 年 12 月，寒风刺骨大雪纷飞，龚冠雄走进黄台子村，就听说自来水管爆了，赶紧联系相关部门抢修。得知胡兰别克家里没有一滴水，龚冠雄打着手电提着水桶，到两公里外的河边砸开冰面，提回两桶水。胡兰别克的妻子看着嘴唇冻得发紫的副书记，眼泪止不住往下流。

提起龚冠雄，孜力汗一个劲地竖起大拇指。去年 7 月，原本身体不好的她，突然不停地呕吐、腹泻，送到医院被确诊为急性肾功能衰竭、尿毒症。六神无主之际，龚冠雄来到病床边。后来，又找专家会诊，协调给她转院，还悄悄垫付了 3000 元医疗费。之后，虽然很少见到龚冠雄，但孜力汗从援疆医生林堤那里知道，她住院期间龚冠雄每天都会向林堤问起她。

“无情”书记

龚冠雄的志向是高远的，古往今来的圣贤志士，都激发着他骨子里的男儿担当、壮烈情怀。

低收入家庭圆梦行动、情系职教爱心助学、送医送药入牧区、上夜校讲台为牧民授课、组织文艺小分队进村庄、带农技干部教牧民种菜……龚冠雄恨不能三头六臂七十二变，恨不得一夜之间全县低收入群众全部脱贫。儿童节，龚冠雄和清水河牧区的孩子们欢度；古尔邦节、清明节、端午节、中秋节，龚冠雄和老干部、老党员、结联亲戚、牧农共度；而父亲、妻子、孩子和莆田的亲友，退隐到了时光的最深处，被他深深地藏在心底。在深夜的某一刻，靠回忆过往，靠短暂的视频，靠微信上一两句问候，靠一个电话，给他们看不见摸不着的关心。长情的陪伴、成长的见证、膝下的承欢与慰藉，他只能缺席。

那个深夜，得了“耳石症”九天睡不着觉的老父亲以为自己得了绝症，给他打了个电话：“儿子，我估计不行了。”连夜和医生电话沟通后，他含着泪嘱咐妻子送父亲去了医院，而他还是留在了难以割舍的玛纳斯。他当了新疆的“儿子娃娃”，却成了“无情”儿子、“无情”丈夫、“无情”父亲。

每个援疆人都是幸福的，因为他们从此有了两个故乡，一生都体味着别样的乡愁。每个援疆人都是伤感的，因为他们从此有了两地书两地情，一生都在此与彼中纠结。风霜雨雪，千辛万苦，励精图治，砥砺奋进，酿就了龚冠雄葡萄美酒一般甘甜醇美的援疆生涯，塑造了他碧玉一般“冰心玉壶”的援疆人形象。

大雪纷飞的深夜，龚冠雄凭窗念下：“到弥漫汉子味道的西北走走/是我年少时的梦想/飞越莽莽昆仑的那一刻/养育我的东南/便成了三载难眠的思念……/八千里路云和月/三载历历昼与夜/百般豪情/万千牵挂/化作援疆人浓浓的家国情怀……”

张军民，供职于玛纳斯县法院，新疆作家协会会员。获首届“回族文学奖”。

情洒玛河大地

——记玛纳斯县委副书记、福建省第七批援疆三明分指挥部指挥长朱昶凯

/邓　芳/

“东南、西北、天涯，父母妻儿国家。三载苦耕耘，遍地秋实春华。天山脚下，再展红旗如画！”

——如梦令·援疆

2016年12月，朱昶凯作为福建三明市第七批援疆分指挥长来到玛纳斯县。三明是一片红色的土地，在这片土地上成长起来的人民有着别样的红色情怀。朱昶凯也把这份情怀带到了新疆，带到了玛纳斯县这片热土，他带领三明指挥部的援疆干部，足迹踏遍了玛纳斯县的山山水水、角角落落。学校的讲台上、医院病房里、蘑菇种植户的大棚中、水稻改造的田间地头都留下他们奔波的身影。他们辛勤耕耘，无私奉献，把满腔的热忱播洒在玛河大地，开出了友谊的花朵，结出了致富的硕果。

闽玛生态村的友谊花

闽玛生态村是重点援疆项目，10 年里投入援疆资金 3000 多万元、带动各类投资资金 1 亿多元，完成 522 套牧民定居房，还配套建设了养殖区、双语幼儿园、卫生院、供电、给排水等基础设施。建成后的闽玛生态村先后被评为九星级党组织、州级文明村、州级“美丽乡村”示范点和国家级环境整治示范村。

朱昶凯也在闽玛生态村结识了自己的哈萨克族亲戚——牧民吐鲁逊·力亚斯一家。朱昶凯与吐鲁逊·力亚斯一家成为亲戚后，与周围的村民也成为朋友，常常和他们一起坐在铺着花毡的炕头喝茶聊天，从他们的衣、食、住、行到上学、就业无所不谈。在夜晚的篝火旁，他和三明援疆干部与村民一起跳哈萨克族舞蹈“黑走马”，欢声笑语响成一片。

自从和朱昶凯结亲后，叶鲁逊·力亚斯一家每次进县城，都会到指挥部的办公室来坐坐，过年过节邀请援疆干部去家里做客。现在，吐鲁逊·力亚斯已识得不少茶叶的品种，他会得意地拿出来待客，说这是自己亲戚从福建带来的好茶。

现如今，闽玛生态村里的牧民只要见到操福建口音的人，就知道，准是谁家的亲戚来了，见了他们就会露出真诚的笑容，向他们竖起大拇指。2017 年 9 月 26 日，时任福建省长的福建省委书记于伟国率福建党政代表团来新疆考察时，曾到村里的努尔哈力·巴依乌扎克家中做客。12 月，努尔哈力·巴依乌扎克给于伟国书记写了一封信。

很快，努尔哈力·巴依乌扎克就收到于书记的回信，信中说：福建会一如既往做好包括闽玛生态村在内的援疆工作。

十年耕耘，漫漫黄土坡上早已草木葱茏，巷道两边的果树早已硕果累累。春去秋来，黄墙红顶的院落早已脱去初落成时的突兀，隐没于绿荫环绕里，炊烟袅袅中鸡犬相闻，一派世外桃源的田园风光。过去叫作“加尔苏瓦提村”的定居点，如今已正式更名为“闽玛生态村”。闽玛生态村黄墙红顶的院落在土地上扎了根，现如今，闽玛两地人民间的友谊也在闽玛生态村的牧民心中深深地扎了根。

特色产业筑起致富梦

援疆三年，朱昶凯带领三明援疆指挥部干部，大力推进“食用菌产业升级”“南果北种”“南稻北种”等特色农业，帮助玛纳斯县农民增收致富。

朱昶凯到了玛纳斯县以后，并没有因为引种食用菌项目是前期工作组遗留的就忽视它，他认为这个产业非常有前途，是增加就业、农民增收致富的好项目。朱昶凯带领工作团队着力促进这个项目的产业升级，采取各种办法提高菇农精细化种植技术和食用菌工厂化生产水平。2017 年 8 月，在朱昶凯的推动下，在玛纳斯县包家店镇成立了福建·昌吉食用菌实训基地。为了把三明食用菌产业的先进技术和理念引进到玛纳斯县，他先是“请进来”，请福建省有关食用菌专家为当地的农牧民授课，同时还“走出去”，安排食用菌种植大户和专技人员到三明接受培训。

他和技术员经常走村入户，穿行在一个个菇棚里，察看菌菇的生长情况。去年夏天，因为家事和工作在闽玛两地之间奔忙，身心俱疲的他病倒了，为了不影响工作，他和医生商量，把打点滴的时间安排在每天早上或者晚上。有时白天工作太忙，顾不上打针，就只能晚上去医院。即便这样他也放心不下那些蘑菇，在产菇的关键期，他常常是打完针就匆匆赶往种植户的菇棚。

功夫不负有心人。在他和同事们的努力推动下，玛纳斯的食用菌产业发展上了新台阶，已成为农牧民增收、就业的重要途径。2018 年，玛纳斯县食用菌种植规模达 900 万袋，实现产值 9300 万元。现在玛纳斯县的食用菌品种有双孢菇、平菇、茶树菇、黄金菇，其中双孢菇生产已位居新疆前列。

在三明指挥部办公室的工作风采展示墙上，有一张朱昶凯在温室大棚内查看一株株绿色苗木的照片，那是玛纳斯心连心公司大棚内引种的百香果。这是朱昶凯和他的团队正在推进的“南果北种”项目。2018 年，在玛纳斯心连心公司大棚内试种百香果成功，186 平方米的土地上当年结果 3000 多枚，取得了很好的经济效益。今年开始，朱昶凯和他的团队在玛纳斯成功培育百香果苗，并开始在全县大范围推广种植，大棚、大田、庭院等全面铺开，为今后百香果在北疆地区大面积种植奠定了较好的基础。

朱昶凯接着又说，另外我们还有“南稻北种”项目。玛纳斯县的广东地乡和旱卡子滩乡都有种植水稻的传统。目前由福建农业专家设计，水稻种植专家负责技术指导，正在旱卡子滩乡实施 300 亩水稻土壤改良增收工程，如今已试种植十几个新品种。他们引进资金支持当地水稻种植合作社打造绿色及有机大米品牌，推广到江苏、浙江、上海去销售，现在已成功注册了“天山碎玉”米的商标，为玛纳斯县大米销售创造了条件。

不论是“食用菌产业”，还是“南果北种”“南稻北种”，朱昶凯和三明援疆指挥部的干部始终把带领农民增收致富作为自己的使命，不谋一时之功，但求持续发展。他们已经在玛纳斯县这片沃土播下了致富的种子，扎下了希望的根，在朱昶凯和一批批援疆干部的不懈努力下，这些种子一定会长成参天大树，福荫玛纳斯县的广大百姓。

家国难两全

三明第七批援疆工作队是凝聚力很强的一个团队，作为这个团队的领头人，朱昶凯的人格魅力发挥着巨大的作用。

朱昶凯关心帮助他人从来都是春风化雨，润物无声。三明指挥部就像是一个家，温暖着每一个人，他知道每一个援疆人身后都有一份牵挂的爱，一份舍弃的痛，他自己也深切体会着家国不能两全的无奈。

在来援疆之前，组织部门曾征求他个人意见说：“你两个孩子都比较小，特别是小儿子才一周多，援疆三年，家里会不会有困难？”他回答说：“家里的困难我们自己克服！”可没想到的是，2018 年 9 月，六十多岁身体还算康健的父亲突然病逝。他的家庭生活秩序被彻底打乱了。父亲从发现患癌症到去世仅三四个月的时间，他什么都来不及做，就失去了为父尽孝的机会。他接到父亲病危的电话时，正有一项重要的接待任务，本想把接待工作安排好就赶回去，可当天晚上还在工作时，就突然接到电话说父亲已经去世。他一时没忍住，当场就失声痛哭。

一向性格开朗的母亲又因父亲去世而患上了抑郁症，也住进了医院。一时间家里简直乱了套，当妻子抱着得了肺炎又不慎摔伤的小儿子，在电话那头无助哭泣的时候，远在千里之外的他却无能为力。

不再会有一个地方、一段岁月让他们如此清晰地感觉到自己对国家的责任，并且把自己做的每件事都与国家、民族的利益紧密相连。在天山脚下的这片土地上，处处烙下援疆干部的印迹，他们用自己的实际行动，用自己的爱心把新疆各族人民与祖国紧紧连在一起。

朱昶凯说：“援疆虽有遗憾，但我从来没有后悔自己的选择。我的父亲曾是军人,驻守海岛保家卫国的经历,是他一生的骄傲。援疆对我来说也会是一生的骄傲!"

邓芳，玛纳斯县公安局干部，昌吉州作家协会会员。

心在天山　身在天山

——记玛纳斯县公安局副局长朱志平

/邓　芳/

玛纳斯县，一个抬头就能看见雪山的地方。县公安局办公大楼矗立在县城的南端，站在福建莆田援疆干部玛纳斯县公安局任职的副局长朱志平办公室的窗前，抬眼望去，在湛蓝透明的天空下，皑皑雪山仿佛近在眼前伸手可及。

朱志平拿出福建特产白茶放在茶壶里烹煮，茶叶在开水里翻滚着，煮出来茶水的颜色如新疆人平常喝的茯茶一样色泽浓郁、味道醇厚。茶的热气在他的面前轻轻飘荡，他谦和地微笑着说："我在莆田基层派出所工作八年。"在派出所担任教导员的八年里，他将所在派出所由区级先进派出所带成了全国优秀派出所。

其实他是有理由为自己自豪的，翻开福建农林大学优秀校友材料可见他自2005年毕业后从警十四年的履历，他曾荣立个人三等功一次，集体一等功一次，曾被评为福建省优秀人民警察，获得福建省五四青年奖章、福建好人等许多荣誉。

朱志平很清楚自己为什么要来援疆,每一个警察都有一个英雄梦,新疆是热血男儿的向往之地。援疆之前朱志平从未来过新疆,它遥远、神秘,充满种种危险传言,也正因此而对他充满了吸引力。

在来新疆之前,他做了充足的心理准备。但踏上这片土地开始,他遇到的困难、责任和压力依然超过了他的想象。虽然这里已没有刀光剑影、血雨腥风,但奋斗在这片土地上的人们为了这份安宁所付出的心血和努力却远远超过了他的想象,家国情怀,责任担当不仅仅再只是当初报名援疆时的一股豪气,而是脚下一步步走来的艰辛。

伴着公安局大楼彻夜不眠的灯火,日复一日的奔波忙碌,他从最初的震撼、感动到习以为常,经过一次次精神的蜕变,最终彻底融入了这里的生活。

初到玛纳斯,3 月 8 日就被安排负责乐土驿镇“怡园”农村警务站的建设。农村警务站建设不仅对他是一项从来没有做过的工作,对玛纳斯县公安局来说也是第一个农村警务站,没有在这里工作的经验,没有现成可借鉴的模式,而警务站建设又是稳疆措施中的重要举措之一而受众人瞩目。陌生的环境,顶着一项前所未有的重任,他就这样带着满腔的茫然一脚踏进了与过去十四年截然不同的从警生涯。

为了不负重托他一头扎到乐土驿派出所,这一住就是一个多月。他与民警同吃同住同执勤,挖掘整理工作亮点,认真提炼重点工作特色作法,总结典型经验,一切都是从头做起,选址、功能区设置、警务流程运作,事无巨细他都事必躬亲,完善这个警务站的各项硬件设施和工作流程,最终这个结合新疆农村警务特点的警务站被打造成为集警务、服务、教育培训“三站合一”的集约型、综合型维稳工作平台,真正体现出农村便民警务站“一站多能,一警多能”的实战效果,为昌吉州农村警务站建设提供了样板。昌吉州警务站建设现场会在玛纳斯县召开时,这个“怡园”警务站作为观摩点。艰苦的工作让人能快速地融入这里的生活,朱志平从这里开始了解新疆维稳工作,了解自己的战友,也开始自己的援疆生活。

这三年,他与新疆的广大干部共同经历磨炼,他不再是旁观者局外人,而是责任的担当者。

三年,他的内心改变了,生活理念、生活方式也改变了,在福建工作时,每天下班的第一件事是换衣服,脱去警服换上便衣就完成了身份的转换,可自从来到这里以后就没有上下班之分。现在他已习惯二十四小时随身携带着笔记本;几乎天天穿着作战服,休息日上街买菜都装备齐全。

他记得第一次夜晚巡视时,每到一处警务站、派出所、查检站都能看见那些不眠不休的战友无怨无悔地在寒风中站岗执勤。那一刻,自己真切地爱上了这片土地,由此产生了一个想法,自己应该在这里留下点东西。

2010—2017 年 ,莆田市公安局与玛纳斯县公安局对口援建已七年,朱志平是第三位援建干部,经他多方筹措经费,“莆田凤城警务站”矗立在玛纳斯县最为宽阔的碧玉大道双景路的路口,这是昌吉州首个由援疆干部个人筹建的警务站,也是第一个由援疆方和受援方联合命名的便民警务站。警务站的文化设计中融入了福建妈祖文化元素和新疆艾德莱丝绸图案,寓意莆玛两地的深情厚谊,莆田市长李建辉曾亲自为警务站揭牌,如今,“莆田凤城警务站”已成为莆玛两地团结共建的象征。

才两年多的时间,他的鬓角已白发丛生了。他说:“也许这将是我一生中与众不同的三年,我经历了,付出了,也收获了人生最难忘的岁月。”他踏上援疆之路时,妻子正怀孕在身,可遗憾的是,只能算着能在妻子生产时赶回去陪护,他还在飞机上,小女儿已呱呱坠地。这三年,他见证了为维护这片土地上安宁,公安干警们怎么地付出和牺牲。与他们相比过往岁月中那些曾经的付出都不算是付出,曾经的遗憾也不算是遗憾。在这里他和战友们并肩奋斗,也在这里了解质朴善良的各族人民,结下了真心相待的亲戚,因为他们,他相信新疆一定会有一个美好的未来。

“莆田凤城警务站”后院有一块空地,他和援友们开辟了一块小菜地,起名“莆玛试验田”,每有闲暇时间,他喜欢到这里侍弄那些菜苗,看着它们开花结果,他说:“今年我要在这里种几棵葡萄,葡萄上架后这里会有一片绿荫。”

“援疆三年我在新疆干了什么,给新疆留下了什么,倒不如说我收获了什么。在这里看到了什么叫无私奉献,明白了什么叫的责任担当,负重而行。”援疆这三年会是他一生难忘的日子,每当他奔波在路上时,巍峨天山都与他相伴而行,不知道有多少个夜晚,走出办公大楼时已是繁星满天皓月当空。

南宋著名诗人陆游曾在《诉衷情 · 当年万里觅封侯》里感叹,“此生谁料,心在天山,身老沧州”,诗人生不逢时,报国之志难酬。朱志平说很庆幸生活在这个时代,很庆幸这三年来到这里,此生有幸在国家需要的时候心在天山,身也在天山。

邓芳,玛纳斯县公安局干部,昌吉州作家协会会员。

援疆团队里的“后勤部长”

——记玛纳斯县工业园区管委会副主任魏运朝

/杨立新/

忙碌了一天的魏运朝，今天提前一小时离开了县工业园区的办公室，迎着渐渐西去的太阳，他急匆匆赶往援疆指挥部的餐厅。因为开春后，大量援疆项目启动，工地到处开花，援疆干部分散开来，在各处抓落实，跟进项目进度，大家非常辛苦。恰逢今天周末，他要多加几道菜，犒劳一下大家。

顾不上喘口气，魏运朝放下手中的公文包，火速换了衣服、洗了手，麻利地系上围裙，帮着做饭的大嫂切肉切菜、摆放碗筷。夕阳西下，天渐渐暗了下来。华灯初上时，餐厅的香味四溢。援疆干部们陆续归来，终于品尝到餐桌上可口的饭菜，只见有清蒸鲤鱼、红烧排骨、木耳青菜、蘑菇炖土鸡，还有家乡的笋干、粉干煲汤等。团队成员们吃得津津有味，魏运朝也笑得开心。

带着梦想起步，一路穿云破雾，走过山重水复。那还是两年前，一个春寒料峭的季节，福建省三明市的援疆干部集体出发，从八闽大地来到了新疆玛纳斯县，开始了漫漫援疆之路。初来乍到，还未来得及熟悉周围的环境，指挥长就把后勤保障组长的重任交给了魏运朝。他来疆前是省梅列经济开发区管委会副主任，现任玛纳斯县工业园区管委会副主任。

俗话说，兵马未动，粮草先行。出门在外，吃是头等大事。刚来玛纳斯县的头两个月，食堂的每餐菜品总少不了新鲜的羊肉，那是赶上五一劳动节，县上的各个部门前来慰问看望援疆干部，一下子送来五只整羊。魏运朝和同事们从未干过剔羊肉的活，无奈之下，翻箱倒柜之后，总算找到了一把不太锋利的斧子，大伙只好一起动手，七手八脚地将羊大卸八块，整整折腾了两天，才将五只羊塞满了冰柜。尽管衣服上沾满了血点子，还弄得满身的羊膻味，但让大伙过了个有意义的劳动节，魏运朝心里甭提有多高兴，对搞好伙食也有了信心。

然而，魏运朝很快发现，同事们连着吃了几顿羊肉后，渐渐没了新鲜感，大家走近餐桌的眼神，已由刚来时的兴奋变得有点茫然和无助，连做饭的大嫂也跟着发起了牢骚："我是按人头做的饭菜，怎么越剩越多了？"这可愁坏了魏运朝，总不能让大家饿着肚子去上班吧？心急火燎的他马上联系老家的朋友，从万里之外寄来虾米、紫菜、干贝、蛏干等海鲜品，还有笋干、粉干、香菇、木耳等一些能贮存的福建菜。另一面，魏运朝坐下来和做饭大嫂进行了认真沟通交流，终于找到问题所在。原来，新疆羊肉虽好吃，但性温热量高，连着吃就会上火，如不改变做法，自然就会让人失去兴趣。

看着众人的目光，魏运朝的心里似乎写满了希冀。他至今还记得，做饭大嫂说得那句新疆俗语：有福不能同受，油饼子不能卷肉，重茬的事不能连着有。这让他豁然开朗。从那时起，他严把食材进货关，饭菜尽量以清淡为主，注重荤素搭配，还制定了每周食谱，做到了一日三餐不重样，还手把手教会食堂大姐做福建菜和煲汤，通过调剂着各种花样，丰富菜品，刺激大家的味蕾。经过不懈努力，终于让同事们在玛纳斯吃到了家乡菜，品尝到三明的味道，找到了家的感觉。

后勤保障工作，不仅仅体现在食堂伙食的管理上，还包括大家的住行，婆婆妈妈的一大堆啰唆的事，牵绊着魏运朝。援疆指挥部宿舍，由于使用时间长了，今天张三房间的灯不亮了，明天李四的卫生间水龙头坏了，后天老周的马桶又堵了，大后天小陈卧室纱窗破了钻进蚊子等等。面对琐事，魏运朝总是不厌其烦、想方设法，抢在第一时间一一去化解。

指挥部有一辆工作用车，除集体活动外，还担负着下乡义诊、入户结亲、扶贫帮困、开展交流等任务，根本无法保障所有人乘坐。每次活动前，魏运朝总是精心谋划，同活动牵头者认真沟通，在车辆保障、物品购买、活动流程上做好事先计划安排，确保活动实施过程万无一失。对于进进出出的账目和各种手续，他严格按规章制度办事，洁身自好，清清白白做好每一件事，认真履行组织赋予的援疆使命。

把干柴烧成火，火烧锅里放进五彩的生活，让那带着故乡景色的美味，牵动起援疆人的脉搏。2018 年 9 月 27 日，玛纳斯县举办第七届碧玉文化旅游节，魏运朝的家乡福建沙县特色小吃受邀参展。根据分工，此项任务责无旁贷落在他的肩上。魏运朝在和沙县小吃产业集团充分沟通的基础上，先后四次深入碧玉园，实地考察，仔细察看这里的地形和建筑，小吃摊位布置效果图前后经过了六次修改。从活动开幕前接机，到沙县小吃在玛纳斯展示一周结束送机返回，整个活动过程顺利而圆满，使万里之遥的凤城百姓感受到了闽中饮食文化的魅力。

一肩担双责，豪情满胸怀。在做好援疆后勤保障工作的同时，魏运朝时刻不忘自己所承担工业园区的职责。他大胆借鉴东南沿海的先进理念，在和主要领导沟通后，多次在单位会议上宣传增强为企业服务的意识。两年来，全园区发展理念发生重大转变，干部职工牢固树立起了“全程代办”的服务意识，为园区内企业办理各种相关手续方便快捷，对每个企业指定专人负责，做到了第一时间、第一现场为企业排忧解难，整个园区形成了良好的营商环境。

穿过风雨，走过四季。魏运朝至今都还难以忘记，去年他负责乐土驿铁路专用线和物流园建设项目的跟踪服务，在线路放样时遇到地上物仍未征迁到位的问题。当时正值一月份，室外气温零下近 30 度，为不影响项目进度，他协调组织当地政府和国土等相关部门现场办公，及时解决地上物征迁问题，使该项目按时开工。当项目建设过程中，专用线上有一段与居民住宅小区距离较近，虽然符合铁路设计规范要求，但仍遭到居民的投诉。他又立即组织规划、设计和施工单位到现场协商解决。最后，通过线路优化、增设隔音板和施工组织优化等措施，得到周边居民的理解和支持，从而确保了该项目年底完工投入运行。

多少往事就如玛河荡着轻波，多少美好就像蓝天上流动的云朵。在援疆团队成员的眼里，魏运朝既是他们最棒的“后勤部长”，更是工业园区的好领导。但在魏运朝的心里，守住初心，保持一股朝气蓬勃，与大家一起携手走过一段难忘的日子，梦里都会唱着希望和幸福的歌。

杨立新，玛纳斯县文联副主席、作家协会主席，著有《文化玛纳斯》等。

“学习十九大、援疆续华章”援疆心语诵读会

“小身板”大能量

——记玛纳斯县发改委副主任邹水星

/杨立新/

早春四月，玛纳斯县阳光明媚，街道两旁的树木开始吐芽，蜷缩了一冬的叶片渐渐伸展开来，迎着春风肆意摇曳。

远在南部山区的塔西河哈萨克民族乡，早晚的气温还夹杂着一丝丝寒意。红沙湾村村民周海泉的家里，一家人已开始清理院落，打扫林带的残枝落叶。在他家的食用菌棚里，一位戴着眼镜、浓眉大眼的年轻人，正在忙碌着。他不时地给这户人家指点着，码放整齐的菌袋上密密麻麻长出了菌孢，像即将绽放的迎春花蕾。

一

前来为他家指导食用菌产业发展的那位年轻人，名叫邹水星，是福建省三明市第七批援疆干部，现任玛纳斯县发改委副主任，来疆前担任三明市发改委重点项目办主任，外表看上去比实际年龄年轻了许多。谈起邹水星对他家的扶持和帮助，51 岁的老周显得很激动。他说，你别看人家小身板，搞起产业援疆可真是有大能量。老周一下子打开了话匣，娓娓道来。

原来，周海泉一家十年前还靠着几亩山区瘠薄地维持生存。20 世纪 90 年代开始，在政府的支持号召下，开始绿化房前屋后的荒山秃岭，几十年下来，已绿化造林达 2000 亩。2012 年，第五批福建援疆干部来到他家考察，看到他家四周绿树环绕，加之山区气候凉爽，雨量充沛，很适合发展林下食用菌栽培。从那时起，周泉海不仅和福建援疆干部结了缘，更和食用菌栽培结了缘。

2017 年，邹水星带着专家上门为他家把脉会诊，大胆提出了采用游客体验式采摘食用菌方式进行种植，让游客立体直观感受到绿色食品的魅力，也亲近了自然。到 2018 年，食用菌种植一下扩大了规模，平菇达到 25000 袋，木耳 20000 袋，灵芝 3000 袋，年接待游客上千人，年食用菌采摘收入约 50 万元，还带动周边牧民十多人前来就业。

邹水星带领三明援疆专家经常上门指导，现场解决技术难题，还掐着指头，帮老周算起了细账：每亩林地用玉米秸秆、菌种成本 3000 元，可出菇 1500 公斤，按鲜菇市场最低批发价 10 元/公斤计算，扣除成本，每亩林地套种食用菌就能达到纯收入万元以上。这一算账，老周更有干劲了，还栽种了上百亩的经济林，在林地里饲养了土鸡、红嘴雁、鹅等禽类，全家 70% 的收入来自林下产业。谈起现在的变化，周海泉感慨道，要不是援疆干部指导和扶持，我可能守着金山银山，也只能端个泥巴碗。

在返回县城的路上，我们一路讨论的话题，仍离不开如何推动产业援疆、实现精准脱贫上。作为三明援疆分指挥部副指挥长，邹水星主要负责援疆项目的推进和产业发展工作，他说，要把扶持食用菌发展作为产业援疆的重点来抓，使这一产业向优质化、特色化发展。

我在内心反复品味和掂量着小蘑菇、大产业是何等的分量时，却听到一组惊人的数字。他告诉我，2018 年全县食用菌种植规模已达 900 万袋，实现产值 9300 万元，新增食用菌合作社达 6 家，带动一百多户农牧民就业，人均增收

300 元，食用菌已托起当地农牧民增收致富的梦。邹水星信心满满地说道，推动食用菌产业提质增效，强化两地产业合作对接和技术指导尤为重要，目前已完成集专家授课、菇农培训、菌种培育、新品种实验于一体的“闽昌食用菌产业实训基地”建设，为今后的发展提供了有力的技术支撑。

二

如数家珍中憧憬升华的空间，也有着援疆者的梦想。他举例说道，这两年来，已先后邀请福建省食用菌研究院院长胡开辉、省农科院食用菌研究所所长林衍铨、国家食用菌产业体系岗位专家陈美元、食用菌研究领域专家卢正辉和马璐等多人来玛纳斯考察指导，深入农户种植基地实地会诊，共举办食用菌技术培训班 40 余次，培训人数达 1000 多人次，帮助菇农提高种植水平，也为当地留下了一支带不走的技术队伍。

促进食用菌产业转型升级，必须要有龙头带动，突出项目支撑。去年以来，邹水星经过牵线搭桥，积极促成福建省食用菌生产企业来玛纳斯考察，建设食用菌研发生产销售规模化项目，并通过强化服务，积极推进日产 20 吨的金针菇项目建设，努力实现玛纳斯食用菌产业向工厂化、规模化迈进，让食用菌产业像一朵雪莲花盛开在天山北麓，见证精准脱贫和闽玛情深。

暑来寒往，不遗余力，任劳任怨，只为百姓早日奔向小康。2017 年 9 月 23 日下旬，邹水星组织玛纳斯县农业局及食用菌种植大户一行十多人，奔赴福建参观学习食用菌产业。大家先后考察大学、科研机构、种植企业等单位，产、学、研为一体的食用菌体系和全新理念，使大家印象深刻，也学到了真经。送走考察组，本想陪伴一下家人和孩子，三十日下午接到省前指通知，援疆干部国庆期间一律和当地干部群众一起度过，他赶紧订了张十月一日返疆机票。正在上小学的女儿眼巴巴望着他出门，说了句：“就不能陪我玩一会吗，爸爸？”邹水星轻轻抹去女儿眼角的泪水，告别家人，毅然返回了工作岗位。

为了加快推进食用菌产业发展，提高栽培种植技术水平，助力脱贫攻坚，在邹水星的积极倡导和筹备下，2018 年 11 月 20 日，玛纳斯县召开了全县食用菌发展规划座谈会。作为会议筹备和主持人的他，上午就接到岳母去世的消息，他强忍悲痛、不露声色，会议在总结以往工作基础上，通过介绍食用菌发展规划、相互交流等形式，达到了预期效果。直到整个会议所有议程即将进行完毕，他才向领导汇报和请假，匆忙赶回老家。

三

如何能让当地百姓在产业发展上做到既有“一招香”，也能当“多面手”，一直是邹水星萦绕于怀的大事。2018 年年初，他所在的三明分指挥部从福建引进百香果种苗，在玛纳斯县企业温室大棚等地试种成功。期间，他和技术人员时常前去指导，现场解决技术问题，使该基地 180 多平方米的果苗，当年就收获百香果 3000 多个，投放超市后一个果实就能卖到 3 ~ 5 元，取得了较好的经济效益。

他抓住在新疆种植百香果具有市场价格好，土壤、光照、肥料充足，且和内地相比果实口感好等优势，积极从当地实施精准扶贫、建设美丽乡村和发展庭院经济的示范带动作用入手，建议将该项目作为今年三明援疆重点来抓，并从免费提供种苗、全力提供技术支持和培训、实行以奖代补等措施上加以扶持。他还让家人从福建寄来百香果，分发给种植户品尝，并根据实际情况，及时提出了全县百香果种植产业发展计划。

播种无尽的希望和未来，让飞翔的梦载满真诚的期待。在着力推进脱贫攻坚的征程上，邹水星和他所在的援疆团队铆足了劲，两年来扶贫攻坚共安排援疆资金达 2600 万元，先后实施了牧民定居等 11 个项目；实施内地就读困难大学生补助工程，使 210 名贫困大学生得到补助，资金高达 126 万元；实施援疆精准扶贫“家庭圆梦”行动，动员三明市 90 多家企业、商会和个人，为玛纳斯县 169 户贫困户捐赠 25 万元的家用电器，实现了旱卡子滩乡、塔西河乡精准贫困户全覆盖；促成三明市明溪县对口帮扶旱卡子滩乡，实施扶持水稻产业、完善旅游设施等 6 条帮扶措施。

天地相依爱不休，山水相连情牵手。邹水星产业援疆、助力脱贫攻坚，就如拽一片霞光，映红这里百姓生活的笑脸，也让援疆深情融进玛河的壮阔，舞动在无边的草原和大漠。

杨立新，玛纳斯县文联副主席、作家协会主席，著有《文化玛纳斯》等。

“小诸葛”的援疆“三字经”

——记玛纳斯县规划局副局长陈昌荣

/杨立新/

在一次绥来大桥设计方案汇报会上，当主管局的领导将本次项目设计方案总体情况汇报完毕后，针对大家对方案提出的种种意见和疑惑，现场有位戴着一副眼镜、温文尔雅的年轻人，走到视频播放图前，对着设计图纸，侃侃而谈，全新的理念、令人信服的解答，很快在现场引起了共鸣。

他是谁？我身旁的工作人员告诉我，这位就是福建省三明市第七批援疆干部、现任玛纳斯县规划局副局长的陈昌荣。由于熟悉城乡规划业务，人送绰号“小诸葛”。

也许胸中有天地，意气激昂。陈昌荣毕业于南京大学资源环境与城乡规划管理专业，来疆前任三明市住房和城乡建设局办公室主任。在玛纳斯县规划局分管规划服务中心、政务大厅规划窗口、重大项目规划选址、设计条件复核等工作。当谈到来疆后两年多的工作感受时，陈昌荣带着谦和的语气说道：援疆工作一定要做到“实、诚、亲”三个字。

当我还在内心掂量这三个字的分量时，陈昌荣说，这个“实”字说起来容易，做起来可就得一步一个脚印。他回忆道，仅2017年一年，他就组织办理了24件选址意见书、66件规划设计条件通知书，全力为全县项目建设提供有力的规划服务。每个建设项目规划方案的确定，都要通过踏勘现场、熟悉地形、查看图纸、学习和查阅相关法规，来不得半点马虎。他强调说，一个规划管长远，如果我们的工作不实，就会给今后的发展埋下隐患。

踏石留痕的脚步，只为耕耘凤城的幸福。陈昌荣告诉我，这两年多来，他已参与了多项重大项目规划编制的组织工作。其中县葡萄酒谷特色小镇规划，让他记忆深刻，这是昌吉州规划局确定的重点规划编制项目之一。为凸现中国葡萄酒之都的文化特色，他通过参与标书起草、带领人员现场踏勘、现场答疑，全力参与配合，大胆尝试运用国际葡萄酒庄建设理念，达到中西合璧，从而确保了方案公开招标的有序进行。

在谈到智力援疆时，陈昌荣说，我还年轻，未知的领域还有很多等待我去探索。来新疆学习和锻炼，如果不在“诚”字上多用功，就不会有收获。为此，他将三明市开展的“城市双修”活动及精细化管理方面的成效和做法，运用到具体工作中，同时也将玛纳斯在城乡基础设施规划建设中的大手笔，以及在城市风格塑造上坚持一以贯之的好做法，及时宣传介绍到三明。

就在陈昌荣全身心投入援疆工作时，远在老家的父亲却遭遇了一场车祸。消息传来，正在建设项目现场踏勘的他，坚持做完最后一道程序才请假。当接机的亲人伴着他急匆匆赶往医院，推开病房的门，只见手术后的父亲憔悴地躺在病榻上。此时，坚强的父亲表现得异常冷静，反倒安慰陈昌荣说，“没事，手术很成功，休息几个月就好了。你待上几日，就回疆吧？那里更需要你。”陈昌荣深感愧疚，他唯有更加努力工作，才能报答父母的养育之恩。

精诚所至，金石为开。不忘的是初心，担当是最坚定的表达。在较短时间内，陈昌荣不仅基本熟悉了玛纳斯县城乡规划工作的现状，而且利用自己所学的专业特长和工作经验，同身边工作的同事进行沟通和交流，积极参与到重大项目规划、建筑方案讨论，规划审批把关，通过认真审查项目审批材料，从而不断促进依法行政和规划审批的规范化。

在抓好受援单位规划工作的同时，陈昌荣还全力抓好三明分指挥部综合协调、信息宣传和人才管理等，确保了三明市项目援疆、产业援疆、智力援疆、交流交往等各项工作的有序推进。特别是两地交往交融方面实现了较大突破。据统计，2017 年先后组织 7 批次、120 多人赴三明开展培训，还在当地组织各类培训 11 次，培训人数达 500 多人次。他还开通三明援疆微信公众号，发布信息 90 多条，定期编写《三明援疆》工作简报，积极向各类媒体报送宣传稿件，有十多篇被新闻媒体采用，为援疆营造积极向上的氛围。

把他乡当故乡，视各族人民为亲人。就像一棵长青的树，要把根扎在人心深处。陈昌荣在“亲”字上做到了真情融入，积极参加“民族团结一家亲”活动。他结亲的对象名叫沙利亚洪·依马哈力，家住旱卡子滩乡加尔苏瓦提村，是一位纯朴、善良的哈萨克族大叔。当他了解到大叔 61 岁的老伴加俄·哈纳波亚患有高血压病多年，导致腿脚走路不方便时，陈昌荣一一问清了病因，不仅记在了本子上，而且记在了心里。

在组织援疆医疗专家到旱卡子滩乡加尔苏瓦提村开展义诊时，给大叔的老伴诊断病情，将口服的药品送到手上，并叮嘱其改变生活习惯，饮食上做到低盐、低糖、低油，渐渐地，老人的病情有了好转。每逢佳节倍思亲。去年中秋节，大叔特意煮好了羊肉、备好了香喷喷的包尔沙克和奶茶，准备招待陈昌荣。而此时的陈昌荣早已备好了节日礼品，登门看望大叔一家。亲人相见分外情深，眼角的泪花伴着笑容，浓浓的民族团结情谊，让陈昌荣感受到了别样的中秋氛围。

结真亲、真结亲，关键要身体力行。这两年多，陈昌荣参与到产业援疆、脱贫攻坚的项目中，其中持续做强食用菌栽培，并成为农牧民增收致富的新途径。落实援疆资金 1380 万元，有力推动了一批惠及民生的项目建设，促进了当地民生的极大改善，他所在的分指挥部也被昌吉州党委、政府授予扶贫开发先进集体称号。

杨立新， 玛纳斯县文联副主席、作家协会主席，著有《文化玛纳斯》等。

“黑脸汉子”的爱心记录

——记玛纳斯县商务工信局副局长陈银林

/杨立新/

初次见到陈银林，要不是听他说一口带有莆田腔的普通话，还以为他是咱大西北的人。只见他黑得发亮的脸上架着一副近视眼镜，显得干练、敦厚又不失刚毅。

这位被玛纳斯人称为“黑脸汉子”的陈银林，今年才满42岁。2017年2月踏上了援疆之路，开启了他人生道路上的援疆征程。他来时担任福建省莆田市湄洲湾北岸山亭镇人大主席，现任福建省第七批援疆指挥部莆田分部副指挥长、玛纳斯县商务经信委副主任。

走进他的办公室，只见案头上摆放着工作日志和每项援疆项目的工作小结等资料。随手拿起的一本援疆主要工作完成进度统计，炽热的情感扑面而来。里面记录着两年多来，陈银林和他的团队七百多个日日夜夜，战高温、斗酷暑、冒严寒、顶风雨,在玛纳斯这片广袤的大地上,进厂矿、钻山沟、入农户、搞创业、帮扶贫、送温暖的点点滴滴,还原着每件援疆工作的来龙去脉。

陈银林深情地告诉我:援疆工作要真正做到政策上扶、资金上帮、措施上跟进,情感上的投入很重要。他说,一定要把他乡当故乡,把当地百姓当亲人。只有情融进了,心才能扎根,爱才能得到释放。说着,他打开了电脑,只见文档里一张张图片、一幅幅画面,生动而具体地记录着陈银林和同事们援疆工作的每个精彩的瞬间。

看到一张他和残疾人彭江涛在一起的照片时,这位敦厚的黑脸汉子两眼含着泪花。原来,在第六批福建援疆干部期满返回家乡交接时,当时的指挥长林峰拉着陈银林的手,语重心长地说道:"小陈,六户地镇的彭江涛因车祸致残,妻子离他而去,上有七八十岁的老母,下有十岁的小孩,生活遇到的困难很大。我们帮他建了个网套厂,还希望这个爱心接力棒在你和大家的手中继续传递下去呀!"

从那以后,彭江涛一家人的生活,就被陈银林和援疆干部们牵挂在心。2017 年 10 月 6 日,大伙组织在疆闽台企业联合会 9 名企业家,来到了小彭家里,为其购买了一辆价值 4000 多元的自动轮椅,不仅方便了小彭的出行,也大大提高了生活的质量。紧接着,大伙纷纷掏出现金,现场帮助彭江涛一家促销增收,不一会儿,就买走了一百多套棉被。

陈银林还清楚地记得,那年的十月天气渐渐冷了,他们将购买的那一百多套棉被赠送给了玛纳斯县第三中学的少数民族贫困生。他积极对接利牌服装企业,为乐土驿村贫困学生送去冬衣 30 套,让这些孩子暖暖地度过寒冬。他陪同莆田籍企业家考察团来县上考察,专门去了旱卡子滩乡幼儿园,当场解决了基础设施建设急需的 9 万元资金,被当地政府称之为雪中送炭。

这一年的十一月,陈银林出差回了趟福建老家,他来不及与家人团聚就马不停蹄地向莆田市委市政府领导汇报援疆工作,向所在的区介绍新疆玛纳斯在发展中遇到的实际困难,争取方方面面的理解和支持。最终落实了 100 万元捐赠,争取到了莆田市再次给予的 20 万元援疆资金,以及湄洲湾北岸经济开发区管委会、组织部给予玛纳斯县商务经信委 21 万元援疆工作经费。

就在他为玛纳斯的发展奔走时,他想到了身残志坚、仍在脱贫路上苦苦挣扎的彭江涛。于是,在即将离开莆田的那几天,陈银林步履匆匆前往市总工会、市妇联、市民政局和其他社会团体进行对接,真情打动人心,短短几天下来,他就通过网购为小彭推销了一千多床棉被,促销金额达到二十多万元。

作为县经信委副主任，他积极做好参谋助手，加强与莆田商务局对接电子商务工作，落实平台搭建、创新合作、资助支持等事宜，多次带领莆田籍企业家来玛纳斯考察参观，了解当地投资创业环境，通过参加莆田艺博会、厦洽会、亚欧博览会，积极推介玛纳斯碧玉、葡萄酒、民族服饰等产业，并在厦洽会期间促成签约两个落地项目。

抚摸着凤城的杨柳，每一步都有难舍的牵挂。陈银林说，努力不是为了炫耀，也不求什么回报，只想把援疆工作做到更好。一次，他带领玛纳斯县中青班后备干部到莆田市委党校参加为期十天的培训。他以智力援疆为抓手，通过学习、参观和考察，使大家对城市经营、社会治理、企业创新等方面有了全新认识，理论和实践得到了提升。在助推县域产业发展上，他先后多次带领莆田企业家来玛纳斯考察，对接云计算机和大数据项目落地，改善投资环境。

心血洒在一路，只为追寻美丽的梦想；不管付出多少辛劳，也要留下无愧的时光。两年多来，陈银林为落实莆田援疆项目，从南到北，风雨无阻，足迹踏遍了县一中、中医院、青少年活动中心，以及塔西河乡黄台子村和大草滩村项目、清水河乡团庄村和芦草沟村牧民定居点工程。每到一个项目点，他都认真调研，仔细查看项目质量、工程进度，及时拨付工程款，保证了援疆项目顺利施工，每年的援疆项目资金基本完成。

团庄村是莆田援疆的重点项目。在前一批援疆的基础上，陈银林按照援疆指挥部的要求，着重推动和落实“一县（区）援一村带一乡促一县”精准援疆试点工程。作为副指挥长，他视责任为使命，从联系、筹备，到最终项目落地，他发挥了重要的作用，搭起了莆田市城厢区与团庄子村之间的帮扶桥梁，通过注入“资金流、信息流、资源流、文化流”等，立足发展牧区旅游业，打造出卧龙山观景台、哈萨克族人文主题休闲广场等公共基础设施，丰富了旅游业态，有力推动团庄村面貌改变、产业提升、百姓致富。

也许这里的每棵树记得援疆干部的身影，因为他们把小路走成了大路，把风雨织成了风景，只为了百姓那些期待的眼神。县一中、三中的贫困学生，没忘记“陈爸爸”，从与他们结成对子那天起，每逢开学他们就会收到陈银林送来的书籍、文具等学习用品。

家住塔西河乡黄台子村的哈萨克族牧民巴哈提，还清楚记得，2017 年 4 月 8 日，陈银林来到他家结亲，一进门就嘘寒问暖，了解他家的生产和生活状况，还帮助解决了巴哈提女儿的就业问题。

自从和巴哈提结亲以来，人们会时不时看到陈银林提着米、面、油、水果和蔬菜前来走访。有时一住就是几天，同吃一锅饭，同睡一个炕，一起干农活、喂牲畜，不是兄弟胜似兄弟。每逢肉孜节、古尔邦节等节日到来时，巴哈提一家都会热情邀请陈银林前去做客，一起吃手抓羊肉，一起跳黑走马舞。当听说陈银林爱人和女儿来新疆探亲时，巴哈提请他们一家人到自己家里吃顿饭，深厚的情谊，亲如一家。

陈银林的爱心记录，闪烁着援疆干部走过的足迹，跳动着时代行进的脉搏，更澎湃着春潮激荡的壮阔。我从他黝黑而略显沧桑的脸上，读懂了他满目的深情，那就是无愧地付出，只为心中那份爱更加虔诚。

杨立新， 玛纳斯县文联副主席、作家协会主席，著有《文化玛纳斯》等。